KB021930

그 포구의 꽃

그 포구의 꽃

방소윤 장편소설

문학나무

소멸된 포구와 사랑의 미학

다섯 살 때의 어느 봄날에 겪은 일이다.

'강경포구'에 배가 들어와서 잔뜩 부려지는 생선들을 뒤짐지고 살펴보시는 할아버지 뒤를 언니가 따르고, 그 뒤를 내가 따르며 구경하다가 어느 결에 홀로 남겨지고 말았다. 엄청나게 큰 생선들이 어른의 엄지손톱만한 흰 비늘들을 반짝이며 펄떡이는 생명력이 신기해서 정신을 빼앗기는 바람에 앞선 할아버지와 언니가 사라지는 것도 몰랐던 것이다. 나는 남의 집에 들어가 고두밥을 얻어 먹고, 또 어찌하다 알갱이가 통통하게 무르익은 보리밭 사잇길을 걷고 있는데 뉘 부르는 소리 있어 뒤돌아보니, 저 멀리서 할머니가 분홍색 포대기를 팔에 걸치고 내 이름을 목청껏 부르며 잰걸음으로 오고 있었다.

어린 내가 현혹됐던 큰 생선들의 펄떡임은 자주 어른거리며 세찬 그리움을 자아내게 했다. 그리고 세월이 흐르며 가슴에 어떤 간절함을 한껏 품게 하더니 나이가 들수록 꼭 이뤄내야 할 의무감마저 깃들게 했다. 그건 소멸된 강경포구에 대한 이야기를 엮어보고 싶은 갈망이었다. 근원적인 가치와 애절하고 지고한 사랑의 미학이 담긴 팩션소설로. 그 염원이 장편소설 『그 포구의 꽃』을 낳았다.

　충청남도 끝자락인 '강경'에 이백여 년 간 영화를 누렸었던 포구. 서해와 가까운 금강 하구 때문에 존재할 수 있었던 그 강경포구는 6·25전쟁으로 배들과 수문이 폭격을 맞는 바람에 소멸돼 버렸다. 누대에 걸쳐 토호 선주 집안이었던 할아버지는 풍류를 꽤 즐기는 분이라 그러셨는지 몇 편의 영화제작을 하셨는데 모두 흥행에 실패하고 말았다.

　강경은 흐르는 금강의 경치가 아름답다. 강과 읍내 사이를 가로지르는 둑 위에서 바라보면 흐르는 푸른 물결, 광막하고 하얀 모래톱 위에서 붉은 노을이 비끼는 정취는 예술성이 느껴질 만큼 그지없이 아름답고 경이롭다. 하지만 강 이쪽 읍내엔 아주 고즈넉한 우수가 머물러 있다. 옛적의 시간이 그대로 정지된 듯한, 근대에서 밀려난 작은 도시의 낡음이 오롯이 남아 있기 때문이다.

강경포구는 서해의 각종 해산물이 모여들었던 곳이라 소금문화인 염장기술이 자연스럽게 발달돼 있었으므로 젓갈산업의 불씨도 끊임없이 살아 있었다. 드디어 충청남도 관계부처의 후원으로 설립된 '강경읍번영회'가 젓갈생산의 불을 지펴서 1997년 가을에 '제1회 강경젓갈축제'를 열어 지방 음식문화의 특장을 드높이고 있다.

나는 가끔 강경에 대한 상상을 형상화시켜 본다. 강경은 금강 줄기와 읍내 사이를 기나길게 가로지르는 등골뼈 같은 둑에 한쪽은 푸른 물결의 튼실한 날개이고 한쪽은 작은 읍인 조금 나약한 날개를 갖고 있다고. 그 튼실한 날갯짓은 나약한 날갯짓까지의 피돌기를 너끈히 아우를 수 있다고. 그런 예스러움이 오히려 독특한 무늬로 타지 사람들의 감성계를 자극할 수 있다고.

2014년 가을
방소윤

차례

나무의 전설

나무의 전설

　그 씨는 바람을 타고 오래된 한옥의 뜰로 굴러 와서 싹을 틔워 두어 해를 자랐다. 어느 봄날, 그 나무의 이파리 생김새를 본 부인은 깜짝 놀랐다. 가지에 무딘 가시를 달고 있는 대추나무였기 때문이다.

　'상서로운 조짐이네… 삼신할머니가 둘째는 아들을 점지해 주시겠구먼.'

　부인은 두 손을 모으며 가슴에 품은 염원이 이루어지리라고 굳게 믿었다. 그래서 동네방네 쏘다녀 튼실한 접가지를 구해와 대추나무의 부름켜에 접붙이기를 했다. 나무는 쑥쑥 자라서 열매가 맺히더니 수년 후부터는 예닐곱 됫박을 소쿠리에 그러담을 수 있었다.

　부인은 두 번째 수태를 했다. 그런데 그해 여름 6·25전쟁이 터져 갑문과 누대에 걸쳐 가산이었던 배들이 폭격으로 불타버렸고, 그 고장에 이백여 년 동안 화려하게 존재했던 포구마저 소멸돼버리자 부친도 세상을 등지고 말았다. 부인은 충격으로 산달이 서너 개월이나 남은 태아를 사산하고 산욕열까지 앓은 탓에 석녀가 돼버렸다. 조상의 얼이 깃들어 있는 한옥을 지키기 위해서 부인은 이를 악물고 데릴사위인 남편에게 작은댁을 얻어줘야만 했다. 그랬는데도 작은댁마저 딸만 둘 낳았다.

자국눈이 내린 어느 설날, 놀랍게도 황조롱이가 대추나무 우듬지께서 정지비행하다 드높이 솟구쳤다. 그것을 본 부인은 이제 결혼한 딸이라도 아들 낳기를 염원했다. 하지만 딸마저 딸을 낳자 부인의 염원은 극에 달하고 말았다. 초여름에 땅거미가 내려올 즈음 제비가 고샅길을 낮게 날아다니는 것을 유심히 보던 부인이 대추나무 아래에서 고함을 지른 것이다.

"내가 널 금쪽같이 보살펴왔으니께 우리 딸내미한테라두 은혜 갚음 해다오, 제발!"

부인은 사다리를 밟고 올라가 나뭇가지에다 도끼와 낫, 톱을 죽 걸쳐놓았다. 이튿날 꼭두새벽에 장대비가 쏟아지고 번개도 치면서 대추나무에 벼락이 떨어졌다. 그 한옥의 안뜰을 쪼갤 듯 엄청난 굉음을 울리며.

'그려. 제비 날갯짓이 흙먼지를 날리믄 장대비가 쏟아지지. 꼬옥 번갯불을 사르며 말여. 대추나무가 통째루 구워졌겄구먼.'

부인은 대추나무 가지에 걸린 쇠붙이들이 벼락을 끌어들였다는 걸 알고 흔연스런 기색으로 중얼거렸다.

누르께해진 대추나무 잎들이 갈라지며 몸통도 거무스름해졌다. 시들시들해진 열매는 마당에서 도사리로 구르다가 닭들에게 파

먹혔고, 줄기는 앙상하게 말라가며 불길한 징후가 나타났다. 시난고난 앓지도 않는 부인이 들은귀가 있는 말을 딸에게 유언처럼 남긴 것이다.

"야야. 벼락 맞은 대추나무는 말여. 천지간의 기운이 꽉 차 있단다. 그려서 도장을 맨들어 지니믄 세상에 이름을 널리 드날린다는 거여. 그려서 올여름에 벼락 맞은 우리 대추나무 아랫동아리를 동강내서 보낼 꺼여. 그걸루 니 도장을 파서 꼬옥 지녀야 한다."

딸은 어머니의 넋을 편안케 하기 위해서 그 유언을 받아들였다. 그러자 뜻밖에도 딸의 이복 여동생 이름이 먼저 세상에 널리 드날려졌고, 더불어 가족들의 이름까지 드날려졌다.

이제 딸도 어머니의 숨결이 서린 울안에 눕는다. 어머니가 집착했던 아들의 실체. 그건 '금강'이 흐르는 고장에 터를 잡은, 오래된 고향집을 지켜줄 존재라는 걸 알기 때문이다.

맨드라미꽃, 그 붉음

대전에 있는 H미술관 학예실장으로부터 상상도 하지 못했던 놀라운 전화를 받은 건 보름 전이었다. 그는 먼저 조심스럽게 내 이름과 고향을 확인한 후 용건을 꺼냈다. 충청남도 관계부처와 내 고향인 '강경' 출신 유지들의 후원으로 '강경포구, 그 역사성의 혼적'이라는 이색 전시회를 기획했다는 것이었다.

"강경포구에 대해서요?"

내 입에서 단박 새된 소리가 터져 나왔다. 일순 강렬한 뜨거움이 정수리를 때리며 온몸으로 내달았다. 책상 앞에 앉아 있었는데도 거센 바람에 휩쓸리듯 상체가 기우뚱해질 정도였다.

실장은 내가 뛸 듯이 반기는 줄 알았는지 말을 이어나갔다. 이젠 소멸돼버린 그 강경포구의 흔적들을 장르가 다른 중견작가들의 예술적 시각으로 이미지화하려고 한다는 것이었다. 그래서 도록에 게재할 인사말을 써줄 사람으로 그 지방의 토호집안 후손인 내가 추천돼서 연락했다고 설명했다.

"강 교수님 선조들은 배 수십 척을 가진 거상들이셨더군요?"

나는 얼른 대답하지 못하고 입술만 깨물었다. 선조, 배 수십 척, 거상들, 이런 용어들이 세찬 그리움을 자극해 주지 않았기 때문이다.

"맞습니다만, 그 전시회에 참여하는 분들 중 강경 출신이 많은가요?"

내 목소리엔 내가 듣기에도 껄끄러운 무엇이 돋아 있었다.

"잘은 모릅니다. 아마도 후원금 내는 분들 중에 계시겠죠. 작가들 중엔 안 계십니다. 그래서 작가들과 일차적인 답사를 할 때 그곳 마을 사람들로부터 교수님 집안 얘기를 들었습니다. 아주 유명한 집안이시더군요."

유명한 집안? 나는 무심코 되받듯 웅얼거렸다. 상대가 어쩌면 작은어머니(아버지의 작은댁)의 실체를 알고 에둘러 던지는 말일지도 모른다는 느낌이 예리하게 스친 것이다.

"몇 대를 이어 거상이셨고, 또 교수님 댁이 오래된 전통한옥이라니까 작가들에게는 좋은 소재가 될 것 같습니다."

"그럼 우리 집에 들어가 보셨어요?"

가슴 한 자락이 출렁이는 바람에 나는 소리를 지르듯 물었다.

"아닙니다. 4주 후 토요일 오후에 이사장님과 작가들이 모여서 기획회의를 열 예정인데 교수님에게도 초대장을 보내드리려고요. 꼭 참석해주셨으면 합니다."

나는 애써 호흡을 가다듬었다. 상대가 전화한 취지는 가늠됐지만 그래도 내 고향집에 특별한 관심을 쏟고 있다는 게 무척 당혹스러워서였다.

"그 후원회에서 말예요. 강경의 영화와 퇴락의 역사성을 순수하게 탐구해보려는 목적은 아니겠죠? 내로라하는 유적은 없고 산업사회가 걸어온 흔적들만 초라하게 숨겨져 있는 곳인데요."

여전히 가슴에 와 닿지 않는 정황들이 미심쩍어서 나는 슬쩍 물어보았다.

"옛 포구에 걸맞은 산업을 되살리려는 디딤돌로 열릴 기획전이라고 합니다. 때문에 충청남도에서 적극 후원하는 거지요."

되살리려는 디딤돌? 내 귓전을 울린 말이 순간 굉장한 위력의 바람처럼 휘돌았다.

"어떻게 시간 좀 내주실 수 있으십니까?"

전화기 속에서 재촉하는 듯한 말이 이어졌다.

나는 하르르 떨리며 나오는 날숨 끝으로 겨우 응답할 수밖에 없었다. 집안의 중요한 행사 때문에 시간이 어떨지 알아보고 연락해줄 테니까 전화번호를 불러달라고 했다. 그건 너무 놀라서 허둥지둥 꾸며대는 말이었다. 시어머니 칠순잔치는 작가들 모임보다 한 주 전의 일요일로 잡혀 있었다.

전화를 끊자 되살리기의 디딤돌이라는 말이 귓속에서 울림으로 맴돌더니 감정의 파고로 밀려들었다. 옛적엔 포구가 있어서 호남을 아우르는 상업도시로 영화를 누렸었던 곳에서의 몰락한 집안, 그래서 상처의 딱지 속에 진물처럼 고인 비감이 새삼스럽게 도졌다고 할까. 읍내로 흐르는 운하가 도로망 같아서 한창때는 하루에 100여 척의 배들이 드나들었었던 포구. 일본과 중국 상인들의 왕

래가 잦아서 무역과 유통의 중심지로 자리 잡았었고, 봇짐장수들로 시끌벅적했던 객주와 장구소리 울려 퍼졌던 요정들. 그런 것들의 소멸은 바로 우리 가족의 신산스런 삶과 맞닿아 있었다. 뜻밖의 소식은 마음을 착잡하게 만들었다.

6·25전쟁 때 '강경포구'에 정박해둔 배들과 갑문이 폭격을 맞아 거의 불타버리자 그 충격으로 외할아버지가 돌아가셨다. 어머니 또한 충격을 받아 아이를 사산했고 산욕열까지 앓아서 더 임신할 수 없는 몸이 돼버렸다. 어머니는 뿌리를 알 수 없는 민들레씨(양자)를 얻는 것보다 작은댁 들이는 게 조상에 대한 도리라며 아버지에게 수없이 애원했다.

아버지는 데릴사위인데다 중학교 교사로서의 도덕성 때문인지 한사코 반대했다. 어머니는 억병으로 취해서 문설주를 껴안은 채 울부짖었다.

"자식두 못 낳는 이깟 몸뚱어리, 뱃길에 물고기 밥으루 줘버릴 꺼구먼요!"

어머니의 이런 외침은 내가 건넌방에서 손바닥으로 양 귀를 틀어막아도 들릴 정도였다.

아버지는 결국 학교에 사표를 냈다. 그리고 처가를 위해 씨받이로 젊은 여자를 받아들였다. 아버지의 삶은 어쩔 수 없는 선택이었다.

작은어머니는 시집올 때 초례를 치르지 못하고 족두리도 쓰지 못했다. 뒷머리는 반달꼴로 뒷목에 올려붙이고, 연지 곤지 찍고,

초록색 저고리에 다홍색 치마 차림으로 별채 큰방에 다소곳이 앉아 있었다.

각시가 엄청 배고플 텐디, 나는 깨나 걱정스러웠다. 그래서 안채 대청 끝에 걸터앉아 있는 어머니 눈치를 보면서 댓돌 위를 서성거렸다. 그때 작은어머니의 큰절을 받고 나온 당고모가 어머니에게 다가오더니 한 마디 던졌다.

"마늘각시 아니구 살짝 얼금뱅이구먼."

"그런 본새라 꺼려지긴 했어두 몸이 실팍해서요."

어머니의 대꾸가 나는 어쩐지 듣기 싫었다. 내가 보기에 작은어머니는 아리따웠다.

"하여간 처량한 신세구먼. 부모 도우려구 지 팔자를 가시덤불에 부려놓았잖여."

나는 당고모가 늘어놓은 말이 무슨 뜻인지 궁금했지만 차마 물어볼 수는 없었다.

그날 땅거미가 사윈 후에도 작은어머니에게 아무도 음식을 가져다주지 않았다. 어둠살이 짙어지자 나는 찬방으로 몰래 들어가 약과 몇 개를 가지고 나와서 별채로 향했다. 틈을 봐서 작은어머니에게 슬그머니 건네주고 싶었다. 그런데 어머니의 이상한 모습이 눈에 띄었다. 댓돌 아래 서너 걸음 떨어져서 호롱불빛이 흐릿하게 창호지를 비춰주는 별채 큰방을 감시하듯 바라보며 서 있는 게 아닌가.

나는 사랑채 벽 모서리 뒤에 숨어서 어머니가 안채로 돌아가 주길 끈질기게 기다렸다. 어머니는 제자리를 맴돌듯 마냥 서성거리기만 했다. 옷깃 속으로 파고드는 이른 꽃샘바람의 심술에 몸이 떨려서 나는 작은어머니에게 약과 건네주는 일을 포기할 수밖에 없었다.

이튿날부터 작은어머니는 행랑어멈과 같이 부엌에서 일을 했다. 아버지와 어머니의 겸상을 차려서 안방에 들여놓은 후 우리 겸상을 들고 건넌방으로 들어왔다. 연분홍 치마에 꾀꼬리색 저고리를 입은 작은어머니가 내 눈엔 여전히 아리따웠다. 더욱이 당고모가 흉봤던 살짝곰보 자국은 한쪽 뺨과 턱에만 서너 개씩 있어서 안심이 되기도 했다.

"아버지가 국어선생님이셨으니께 너두 국어공부는 잘 하겠네."

생선가시를 일일이 발라서 내 밥에 얹어주던 작은어머니가 처음으로 말을 건넸다.

"작은엄니두 국어공부 잘 했어유?"

뭐라고 대꾸를 해야만 할 것 같아서 나는 궁금하지도 않은 걸 물어보았다.

"그냥저냥. 그럼 뭐혀. 중학교두 마치지 못했는디."

"울 엄니는 고등학교 졸업했는디. 참, 울 엄니 몇 살인지 알어유?"

"알어. 서른하나. 아버지는 서른다섯이구. 나는 스무 살."

"나는 여덟 살인디."

우린 그렇게 스스럼없이 이야기를 나누며 밥을 먹었다.

어머니는 불을 지핀 아궁이나 알불 가까이엔 작은어머니를 얼씬도 못하게 했다. 불똥이 튀어 치마에 구멍을 내면 냉병귀신이 들어간다는 것이었다. 또 꼭두새벽엔 우물에서 퍼 올린 첫 물을 사기대접에 담아 장독간의 다릿골독에 올려놓고 두 손 모아 비는 치성도 드리게 했다. 다릿골독엔 대대로 이어져 오는 씨간장이 들어 있었다.

봄비가 땅을 촉촉이 적신 다음날 어머니는 장독대 가장자리에 맨드라미씨를 죽 뿌렸다. 태양이 이글거리는 여름이 되자 맨드라미는 수탉 머리의 볏을 닮은 붉고 탐스러운 꽃을 피웠다. 그 맨드라미 꽃길을 따라 걸으며 어머니는 두 손을 모으고 머리를 조아려서 읊조리고 또 읊조렸다.

'제발, 제발 아들 녀석을 점지해 주십시오오.'

주술적 염원을 자아내는 어머니의 그런 간절함은 나날이 이어졌다.

작은어머니의 배는 가을을 지나면서 잔뜩 부풀어 올랐고, 그해 십이월 초순 딸을 낳았다. 어머니가 당신 가슴팍을 주먹으로 치며 환장혀! 환장혀! 외쳤다. 나도 바라던 사내동생이 태어나지 않은 게 슬펐다. 그래도 사흘이 지나기 전에 아버지가 아기에게 '유주'라는 이름을 지어주었다.

유주가 돌이 되자 어머니는 돌잡이 상 차리는 걸 극구 반대했다. 심지어 타래버선을 신겨도 사내동생을 보는 데 탈이 생긴다는 것이었다. 그래서 미역국 끓이고, 붉은 팥고물을 묻힌 수수경단만 빚었다.

유주는 어린애인데도 고집이 상당했다. 제 손에 쥔 게 위험해서 강제로 빼앗으면 발버둥을 쳤다. 얼굴이 파랗게 질리고, 벌어진 입안의 그 작은 혀를 바들바들 떨면서 그악스럽게 울어댔다. 게다가 옷을 휘지르며 저지레하는 일이 많아서 내가 유주 뒤를 졸졸 따라다녀야만 했다. 사랑방에서 늘 서예에 몰두하는 아버지도 유주의 고함이 들리면 제꺽 나와서 보살펴주곤 했다.

"지집애 머리카락 본새가 뻣뻣한데다 반곱슬여. 성질머리 지랄 같겄어."

어머니가 곱지 않은 눈초리로 유주를 보며 그렇게 중얼거렸는데 그 말이 내 안에서 메아리로 울린 것일까. 유주가 남동생이 아니라 미웠고, 그래서 어른들 몰래 그 애의 머리채를 뒤로 잡아당기며 괴롭히곤 했다.

어머니의 염원은 수위가 더욱 높아졌다. 작은어머니에게 늘 남색 치마에 연두색 저고리만 입게 했다. 봄에 맨드라미 씨도 다시 뿌려서 한여름에 꽃을 피우기 시작하면 아들을 바라는 주문을 또 줄기차게 외워댔다.

유주를 낳은 지 2년도 안 된 구월 초순에 작은어머니는 또 딸을 낳았다. 어머니가 충격으로 그만 이성을 잃은 것일까. 당신이 가꾸어서 두 손 모아 비비며 염원하던, 아들의 상징인 맨드라미를 모조리 뽑아 내던졌다. 그리고 매일 새벽에 작은어머니가 정화수를 떠놓던 사기대접도 우물가의 빨랫돌에 패대기쳐 깨뜨려버렸다.

'지집애만 점지해준 요사스런 것들여!'

어머니는 악을 쓰듯 뱉어내고 비틀거리며 안방으로 들어가 문을 닫아버렸다. 그쯤에선 내 감정도 덩달아 어머니 편으로 기울었다. 그렇게도 절실히 바라던 남동생이 태어나지 않은 게 한없이 슬펐다. 그래서 부엌으로 들어가 첫국밥을 짓고 있는 행랑어멈에게 하소연을 해보았다. 다른 집들은 아들이 참 잘 생기는데 우리 집은 왜 이러느냐고 했다.

행랑어멈이 입을 비죽거리며 말을 늘어놓기 시작했다.

"원래 지집애를 낳은 뒤루는 네댓 년 걸려서 땅심을 길러야 하는겨. 내가 줄창 알려줬었만… 고렇게 터울을 뒤가지구 턱하니 수리를 낳은 뱁새를 여럿 알구 있구먼. 아이구, 부실헌 밭에다 또 글또글헌 씨를 암만 뿌려봤자 쓰잘데기 없는 쭉정이나 매달리지 뭘. 참나, 그 찰짜성질머리니……."

나는 행랑어멈 말을 도통 알아들을 수 없었다. 그래도 어머니가 무언가를 공연히 서둘러서 남동생이 태어나지 못했다는 뜻인 것 같기는 했다.

아버지도 시름이 아주 깊었나 보았다. 사랑채 밖으로 좀체 나오지를 않았다.

추석 다음날 저녁, 아버지가 나를 불러들였다. 굳어 있는 얼굴로 잠시 침묵을 지키던 아버지는 무겁게 입을 열었다.

"나 내일 서울로 올라간다. 두 어머니에겐 알렸구… 성현이한테 과실들 따라고 일러놨지만 너두 좀 도와라."

나는 입술만 비죽거렸다. 아버지가 오랫동안 돌아오시지 않으려나봐, 대뜸 그런 직감이 스쳤다.

아버지가 슬며시 돌아 앉았다. 얘기를 더 나누기가 괴롭다는 몸짓 같아서 나도 시무룩한 표정으로 방을 나왔다.

이튿날 학교에서 돌아오자 사랑방은 정말 비어 있었다. 꾸역꾸역 밀려오는 을씨년스런 느낌 때문에 건넌방에 들어가서 책상에 엎드렸다. 그러다 어머니가 대청에서 거세게 외치는 소리를 어렴풋한 잠결에 들을 수 있었다.

"이봐! 그믐사리 조기젓깔 찌구, 배추속댓국 좀 끓여!"

나는 대뜸 걱정스러웠다. 조기젓갈 찌고 배추속댓국 끓이려면 아궁이에 불을 지펴야 하는데, 그럼 치마에 불똥이 튀어 냉병귀신이 들어가면 어떡하지?

하지만 작은어머니가 늘 불을 지피며 끼닛거리 준비를 해야만 했다. 논농사는 도지를 주었지만 밭농사는 억척스러운 행랑어멈이 남새를 심어 가꾸느라고 주로 밖에서 일하기 때문이었다. 그렇다 해도 매년 행랑어멈이 하는 일까지 어머니는 작은어머니에게 시켰다.

"이봐! 굴비 파묻은 통보리 쩔었을껴! 걷어내서 닭 모이루 줘!"

"이봐! 싸게싸게 텃밭 씨도리배추 갈무리혀. 어영부영허다 늦사리 헐라!"

안방에서 툇마루 쪽의 미닫이문을 밀어붙이고 고개만 내민 채 목청을 높이는 어머니가 나는 야속했다. 그러면서 아버지에 대한 언짢은 마음까지 꿈틀거렸다. 어머니가 아기 업은 작은어머니에게 종일토록 집 안팎의 고된 일을 시키는 건 아버지가 서울로 훌쩍 떠나버렸기 때문인 것만 같아서였다.

첫 무서리가 내린 일요일 오후에 행랑어멈 아들인 홍성현이 나를 불러냈다. 나보다 두 살 많은 그는 해마다 아버지가 했던 대로 대추나무에 사다리를 걸쳐놓은 후 밟고 올라가 장대로 가지를 휙 휙 쳐서 대추들을 떨어뜨렸다. 나는 갈고랑막대기로 대추를 긁어모아 소쿠리에 주워 담았다. 우듬지에 매달린 대추들은 배고픈 새들의 먹이로 남겨놓자며 우리는 큰 인심을 쓴 듯 즐겁게 웃었다.

홍성현이 사다리에서 내려와 겉옷을 툭툭 털어내었다.

"오빠. 탱자는 무서리 두 번 내리고 난 후에 따는 게 좋겠지?"

내 말이 끝나자 큰소리로 야단치듯 끼어드는 사람이 있었다. 행랑어멈이었다.

"아서라! 금쪽 같은 내 아들한티 그깟 일을 시키냐! 쟈는 그저 공부나 열심히 할 인물여! 허우대 봐라! 이담에 걸출한 대장부가 돼서 떵떵거릴 본새지!"

홍성현이 얼른 자기 어머니의 참견을 막듯이 응대해주었다. 선생님(우리 아버지)이 초여름에 탱자를 솎아줘서 시간이 별로 걸리지 않을 것이라고 했다.

"관둬야! 내가 다 알어서 딸 테니께! 넌 싸게 들어가 공부나 혀!"

행랑어멈은 눈까지 부라리며 호통을 쳤다. 그리고 홍성현을 돌이켜 세우더니 강제로 등을 떠밀었다.

며칠 후부터 행랑어멈이 구시렁거리며 가위로 탱자를 따서 땅바닥에 던지기 시작했다. 우리 집을 둥그스름하게 에워싼 돌담 안 울타리인 탱자나무 열매를 행랑어멈 혼자 따도록 모른 척 할 수는 없었다. 해마다 어머니도 거들었는데 아버지의 서울행에 부아가 났는지 발걸음도 하지 않았다. 할 수 없이 내가 손을 가시에 찔리면서 행랑어멈을 도왔다.

가을 끝자락이 물러나며 서릿바람이 건들 불어올 즈음이었다. 학교에서 돌아와 안마당으로 들어서자 아기를 업은 작은어머니가 부엌문께서 나에게 손짓으로 섬돌을 가리켰다. 분명 눈에 익은 남자 구두가 놓여 있었다. 아버지? 나는 놀란 눈으로 물었고, 작은 어머니가 환해진 얼굴로 고개를 끄덕였다. 나는 운동화를 벗어 내차고 대청으로 성큼 올라섰다. 이어 아버지! 목청껏 부르며 쪼르르 내달아 안방 문고리를 확 잡아당겼다.

아버지도 문주 왔구나, 함빡 웃으며 반겨주었다. 그런데 내 눈은 방 가운데에 펼쳐 있는 물건들로 먼저 쏠렸다. 그건 색색의 수실과 화사한 옷감 뭉치들이었다.

"다 아버지가 사 온 것들여. 수실은 나 자수 놓으라구 산 거랴."

어머니가 모처럼 나긋한 목소리를 뽑아 올렸다.

"옷감들은 니 작은엄니한테 주려고 사왔다. 두루마기를 잘 지으니까."

아버지는 어머니의 눈치를 슬쩍 살피는 것 같았다.

"난 낼부터 저 비단에 바지런히 수를 놔서 두동베갯모를 갈어야겠어요. 잡귀가 얼씬거리지 못하게. 당신이 수뽄 좀 그려줘요."

"그러리다. 손재봉틀은 별채에 줬으니까 당신에겐 다음번에 다리 달린 신식 재봉틀을 사다 주리다. 역전에 가게 생겼습디다."

아버지가 정겹게 말했는데 어머니는 대꾸를 하지 않았다.

나도 속으로 으응? 했다. 아버지가 머지않아 또 서울로 올라간다는 뜻 같아서였다. 그럼 어머니는 작은어머니를 집안일에 더욱 매달리게 할 것이고, 나 또한 유주나 애기 때문에 공부할 시간을 많이 빼앗길 게 걱정이었다. 나는 장차 읍내의 고등학교가 아닌 서울의 명문 고등학교로 전학하고 싶은 꿈을 품고 있어서였다. 그런 시름을 가늠했는지 아버지가 내 손을 잡고 토닥거렸다.

"문주야, 아버지가 말이다. 나라에서 주최하는 붓글씨대회에서 3등을 했거든. 이참에 서울서 더 머물며 붓글씨 선생 노릇도 하구, 또 더 열심히 노력해서 1등도 해보구 싶다."

나는 대번에 기분이 좋아졌다. 방금 가졌던 걱정은 싸악 없어졌다. 아버지가 붓글씨대회에서 일등을 하면 내가 서울의 명문 고등학교로 훨씬 쉽게 진학할 수 있을 것이라는 기대감이 차올라서였다.

그날 저녁 먹을 때 작은어머니가 낭랑한 목소리로 자랑을 했다.

"문주야, 아버지가 말여. 애기 이름 지어주셨구먼."

"그래유? 이쁜 이름여유?"

"경주랴. 한자 뜻으루 기쁠 경이구, 주는 니들하구 같은 기둥 주 돌림이지. 아버지가 서울서 붓글씨루 상 탄 게 애기 복으루 생긴 기쁜 일이랴."

경주, 하고 나는 한번 불러보았다. 애기가 정말 복이 많아서 다음번엔 꼭 사내동생을 보았으면 하는 마음이 간절해졌다. 그래야만 행랑어멈이나 드난꾼들도 아버지가 데릴사위라서 아들 욕심은 크지 않다고 쑥덕거리지 않을 것 같았다.

나는 아버지가 왜 데릴사위 되었는지 그 이유는 중학교 일학년 때야 들을 수 있었다. 보리가 알알이 여물어갈 즈음의 어느 일요일, 아버지는 나를 데리고 뒤란 밖 소나무동산의 등마루에 올랐다. 금강 건너 광활한 모래톱에서 하얗게 튀어 오르는 빛살을 헤집으며 쑥을 뜯는 여자들의 움직임이 아스라이 보였다.

아버지는 잠깐 침묵을 지키다가 입을 열었다.

"이곳은 말이다. 서해와 멀리 있으면서도 금강 하구는 가까워서 포구가 생겼을 게야. 이 동산 아래 너럭바위를 지나 시장 쪽으로 굽이치는 물길이 옛 포구였다."

나는 잠자코 있었다. 어머니가 일찌감치 알려주었기 때문이었다.

"옛적엔 제주도에서 해산물을 실은 배들도 드나들었고, 중국의 무역선도 비단과 소금을 싣고 와서 장사했어. 니 외가 선조들은 어선을 많이 가진 분들이셨다. 여기서 저 멀리 바라보면 바람을 함씬 머금어 팽팽해진 돛을 단 뱃머리가 보였었지."

"그럼 우리 친가 선조들두 배를 많이 갖구 있었어유?"

"우리 윗분들은 말이다. 니 외가 선조들의 집사로 사셨어. 배에 싣고 온 물품들 판매와 그 돈 관리를 치부책에 적는 것 등, 두루 맡아서 해주는 분들이셨지."

내 눈이 깜박거려졌다.

"우리 아버님도 집사셨는데 불행히도 일찍 돌아가셨다. 그래서 우리 어머니가 재혼하셨는데 니 외조부모님이 나를 거두어주셨지. 또 이곳에서 멀지 않은 곳에 있는 공주사범대학에도 보내주셨고."

나는 아버지가 어머니와 혼인하게 된 이유를 그제야 헤아릴 수 있었다. 외삼촌이 둘이나 있었지만 한 분은 어릴 적에 병사했고, 한 분은 독립군의 비밀자금을 나르다가 일본군한테 들키는 바람에 총에 맞아 목숨을 잃었다는 말을 어머니에게서 여러 번 들었다.

"내가 니 외조부모님께 은혜 갚으려고 니 어머니랑 혼인해서 데릴사위 된 건 아니다. 나도 저 금강을 사랑했고, 포구를 사랑했고, 무엇보다 니 고조할아버지가 지으신 우리 한옥을 사랑했다. 그래서 그 한옥을 지켜줄 아들을 낳고 싶었는데……"

아버지 목소리가 사뭇 가라앉은 걸 느낄 수 있었다.

"아버지. 우리 집 대를 꼭 아들이 이어야만 해유?"

얼떨결에 나는 볼멘소리를 뱉어냈다.

"아니지. 딸 셋 중에 누구든 이어가면 좋지 않겠니?"

아버지가 나를 데리고 등마루로 올라온 이유가 조금 감지되었다. 아버지는 '딸 셋 중에'라고 에둘러 말했지만 사실은 내 안에 우리 집 대를 이어갈 의무감이 깃들도록 일깨우려는 뜻으로 느껴진 것이다.

하지만 아버지의 깊은 속뜻에 대항하듯 어머니는 점점 거칠어져갔다. 여차하면 작은어머니에게 생트집을 잡아 호되게 야단치기가 일쑤였다. 동생들도 어머니의 사나운 눈초리에 늘 풀이 죽어 있었다.

그런데도 사라진 포구를 향한 아버지의 애착은 정말 강했나보았다. 내가 대학교 일학년 때 옛 포구에 버금갈 '수산물가공업체'를 읍내에 유치하겠다는 공약을 내세우며 아버지가 국회의원 선

거에 출마했다. 하지만 낙선하는 바람에 우리 집안은 몰락해버리고 말았다

우리 가족은 상대후보가 공약에서 수세에 몰리자 작은어머니를 측실로 몰아붙이며 딸만 둘 더 낳았다는 야유를 줄기차게 퍼부은 것이 낙선의 요인이라고 믿었다. 때문에 어머니는 당신의 울분을 스스로 감당할 수 없는 지경에 이르렀는지도 몰랐다. 아버지와 작은어머니가 어머니의 절절한 염원을 저버리고 아이를 더 낳지 않았다는 것, 그래서 아들을 얻지 못했다는 믿음이 너무나 강했다. 그런 이유로 어머니가 잠깐 정신착란을 일으킨 것일까. 다시는 돌아올 수 없는 강을 건너버리고 말았다. 막냇동생인 열한 살짜리 경주를 서울의 어느 집에 몰래 양녀로 줘버린 것이다. 작은어머니가 생살을 갈기갈기 찢어 심장을 꺼낸들 자식 잃은 아픔보다 더하겠느냐고 울부짖자 아버지는 반드시 경주를 찾아서 데려오겠다며 서울로 향했고, 만일 찾지 못하면 절대로 내려오지 않겠다는 말까지 남겼다.

소멸된 포구에 걸맞은 산업, 도대체 그게 무엇일까?

여전히 현실감이 들지 않아서 다시금 곱씹어 보았지만 비감만 가슴속에 울울하게 들어찼다. 그러자 혹시 작은어머니는 알고 있을지 모른다는 의구심이 곤추세워졌다. 이제라도 전화로 솔직히 물어보거나 슬쩍 떠보기라도 할까 하다가 고개를 흔들었다. 만일 알고 있으면서도 지금껏 나에게 비밀로 했다면 작은어머니와 내가 함께 견뎌온 세월에 대한 상실감으로 괴로움을 누르기가 힘들

것만 같았다.

이튿날 H미술관 실장에게 전화를 했다. 아무래도 내가 작가들과의 회의에 참석하기 힘들 것 같으니까 초대장은 보내지 않아도 된다, 하지만 강경포구 역사에 대해서는 속속들이 알고 있으므로 필요한 글은 쓰겠다며 그쪽 반응에 신경을 세웠다.

실장은 분명 실망스런 음색으로 그러세요? 대꾸하다가 전시회 개최는 5개월 후 10월 중순쯤으로 예정됐고, 일차 모임 후 또 날짜를 잡아서 논의해야 되니까 그때는 꼭 참석해주길 바란다고 말했다. 나는 일단 응낙은 했다. 그래도 만약의 경우에 대비해 참여 작가들의 전화번호를 알려달라고 해서 일일이 적어놓았다.

며칠은 내가 기획전과 군이 연결되지 않았으면 좋겠다는 바람으로 보냈다. 그런데 시간이 흐르면서 감정은 더욱 뭉치고 얽혀 괴로웠다. 그건 극심한 두려움이 밀려왔기 때문이었다. 만일 이번 특별 기획전이 큰 반향을 불러일으켜서 막냇동생 경주까지 알게 되면? 그녀가 잊어버린 기억의 회로를 더듬어 스스로 고향집을 찾아가면, 아마도 유주는 내 목이라도 옭아맬 것이다.

유주는 기질이 워낙 어기차서 어머니와 충돌이 잦았는데 고등학교 일학년 때 가출해버리고 말았다. 훗날 내가 집에 내려갔을 때 작은어머니의 경대서랍에서 유주 편지를 발견하고 몰래 읽어 보았는데 온몸이 오그라드는 것 같았다. 어머니 뼛골을 저리게 할 독설이 가득했다. 반드시 성공해서 장차 서울의 손꼽히는 양장점 주인이 되겠다는 것, 그러면 경주를 찾아낼 것이고, 만약 그 애가 잘못됐으면 어머니를 저주하는 것으로 끝내지 않고 복수하겠다는 글까지 적혀 있었다.

유주의 저주는 정말 이루어진 것인지도 몰랐다. 어머니가 너무나도 애달픈 모습으로 생을 마쳤기 때문이다. 아버지의 무소식이 10년 째 되던 해의 가을 나날을 어머니는 등마루에 서서 하염없이 강을 바라보다 내려왔다고 했다. 아마도 은빛 물비늘이 눈을 부시게 해서 돌아설 때 비틀거리다 풀줄기에 미끄러진 게 아닐까 싶었다. 바위 모서리에 뒷머리를 부딪쳐 뇌출혈을 일으킨 죽음이었다.

어머니의 삼년상을 치른 후 유주는 해마다 신문에 경주 찾는 광고를 끈질기게 해왔다. 유주가 벼르던 복수의 칼날은 이제 나를 겨냥해 휘둘러질 것이었다.

나는 열손가락으로 머리카락을 움켜쥐었다. 경주가 힘겹게 살고 있는 것을 마침내 알아냈으면서도, 처음엔 유주에게 복수당할 어머니를 보호하기 위해, 나중엔 경주가 어린 시절의 기억을 잊었다는 것을 알고 작은어머니가 받을 충격이 두려워서, 그런 고뇌와 비밀의 굴레에 얽매인 채 내가 허우적거리기만 한 것을 유주가 알게 되면, 그녀는 내 얼굴에 침이라도 뱉을 것이다.

내 두려움은 나날이 커져만 갔다. 고향의 사라진 포구를 주제로 열릴 이색 기획전에 혹시 유주도 연결되어 있을지 모른다는 불길한 느낌마저 왠지 줄기차게 몰아쳤다. 그렇게 시달리다가 그저께 퇴근해서 돌아와 보니 책상에 등기우편물이 놓여 있었다.

발신인 이름을 들여다본 나는 소스라쳤다. 유주였기 때문이었다. 그녀와 맞섰을 때 그랬듯이 마구 퍼부을 소나기를 품은 적란

운을 보는 것 같았다고 할까. 급격히 고조되는 긴장감을 추스르려고 손가락 끝을 이로 깨물다가 봉투를 찢어서 내용물을 꺼냈는데 뜻밖에도 편지였다.

어느 결에 거칠어진 숨결을 한동안 가다듬고 나서야 편지에 눈길을 주었다. 하지만 끝까지 읽어보지 못하고 주먹까지 불끈 쥐며 편지지를 구겨서 책상 서랍 안에 처박아두고 말았다. 강경포구를 위한 특별기획전에 유주도 연결됐을지 모른다는 불길한 예감이 맞아떨어진 것이었다. 게다가 편지 내용은 굴욕감과 분노까지 얽히고설키게 하는 바람에 감정을 추스를 수 없었다.

나는 의자에 풀썩 앉았다. 그리고 하르르 떨려나오는 숨을 고르며 마음을 다잡았다. 유주의 편지를 다시 꺼내서 이번엔 끝까지 읽어야만 했다. 언제까지 외면할 수는 없잖은가. 무엇에 짓눌린 것처럼 뻣뻣해진 손을 억지로 틀듯 내밀어 책상 서랍을 열고 꼬깃꼬깃한 편지지를 꺼내 펼쳐드는 손이 다시금 떨렸다.

언니

내가 언니에게 첫 편지를 보낸 지 어언 삼십여 년이 흘렀네. 그때는 우리 집안의 불행을 알리는 소식이었지만 이번 두 번째 편지는 감동이 넘쳐나는 내용이야.

언니. 진즉에 꼭 밝혔어야 할 이야기가 있는데 언니 시어머니 칠순 상차림 날 만날 거니까 그때 알려주려고 미뤘어. 그런데 하필 그날 아주 중요한 모임이 잡혀서 나는 식사 도중에 자리를 떠야 할 것 같기도 한데다 아무래도 먼저 편지로 알리는 게 좋을 것 같아서 이렇게 쓰는 거야.

언니. 내가 수년 전부터 강경의 유지들을 두루 찾아다니며 간청한 일이 있었는데 그게 뭐냐면 말야. 고향을 활성화시킬 산업을 발굴해보자는 거였어. 유지들과 수없는 논의 끝에 강경포구를 대체할 특산물로 최고의 젓갈 생산이 가장 알맞다는 결론을 내렸어. 그래서 비율이 조금씩 차이 나지만 공동출자와 '논산시'의 관계부처 후원으로 식품연구원 몇 명에게 연구비를 지원해왔어. 염도가 낮은 젓갈의 참맛을 생산해보라고.

언니. 나는 아버지가 국회의원 선거에 출마했을 때 내세웠던 공약을 이뤄주기 위한 짜디 짠 땀방울을 그토록 무수히 흘린 거야. 그런 정성이 하늘에 닿았는지 드디어 결실을 맺었어. 강경을 위한 특별기획전이 마련될 예정이니까. 미술관 실장이 언니한테도 연락했다는 말을 전해주었어. 아마 언니는 긴가민가했을 거야. 사실 처음엔 언니랑 머리 맞대고 의논해야 할지 어떨지 고민했었어. 그런데 말야. 고향집을 큰엄니가 아닌 우리 엄니가 지키고 있듯이 나도 언니를 제쳐놓고 오로지 내가 앞장서서 이뤄보고 싶은 욕망이 끓더라고. 그렇기에 행여 언니가 알게 될까봐 마음깨나 졸였었지. 아마 내 열등감 때문일지도 몰라.

어쨌든 혼신을 쏟아 부은 결실이라 난 엄청난 희열에 들떠 있어. 앞으로 대대적인 홍보를 해서 강경을 수면 위로 떠오르게 할 거야. 혹시 모르잖아. 경주가 우연히 보게 되면 그리움을 참을 수 없어서 스스로 나타날지도.

언니. 혹시 큰엄니 혼령이 역정내실까? 이녀르 지집애, 구정물통의 호박씨 놀 듯 제멋대로 까부는겨! 하고. 큰엄니가 툭하면 나한테 소리치는 지청구였잖아. 또 아버지 선거자금 때문에 팔아치운 우리 밭을 은밀하게 사들였고, 그곳에다 당고모 작은손자 외엔 아무도 모르게 젓갈발효 창고까지 지었는데 큰엄니 혼령이 슬퍼하시려나? 그렇지만 나에겐 언니하고 다른 시각의 차이가 있었다는 걸 큰엄니는 아예 모르셨을 거야.

기억나 언니? 우리 어렸을 적에 등마루에서 강 건너 모래톱을 바라보며 서로 생각이 엇갈렸던 거. 언니는 그랬지. 먼 훗날 서해의 모래가 밀려 밀려서 흘러오면 언젠가 강줄기가 사라질지도 모른다고. 하지만 내 생각은 반대였잖아. 모래는 언제든지 파내면 된다고. 이를테면 언니 생각이 소멸의 상상이었다면 내 생각은 생성의 확신이었던 거야. 이 기억은 내가 두고두고 아끼며 기억하고 싶을 때마다 꺼내서 되새겨보는 장면이야.

언니. 먼저 알려준 것들보다 훨씬 감동적인 일이 하나 더 있어. 그건 올가을에 강경시장에서 첫 번째 젓갈축제를 여는 거야. 판매도 시작하고 전국의 유명한 음식점 주인들과 요리사들을 모셔다가 잘 곰삭은 젓갈 맛을 보게 하는 축제지. 언니 시누이도 초대할까? 그 시누이 원래 잘 먹질 않아서 비실비실한 약골이었다며? 그런데 입주과외선생인 언니가 음식 만들어 먹는 재미를 알게 해주었더니 그쪽으로 진로를 택했다며?

여기까지 읽으며 가까스로 버텨내던 내 인내심이 그만 또 무너지고 말았다. 처음보다 댓 줄 더 읽었지만 편지지를 다시 손아귀로 구겨서 책상 한쪽에 던져버렸다. 순간 그 누구의 모습이 스치며 목덜미와 뺨이 뜨거워졌기 때문이다. 유주가 그 누구에게서 나와 시누이에 대한 이야기를 전해 들었는지 대번에 알 수 있었다. 그 누구는 우리 자매의 심장이 뛰는 한 그 속에 각인된 존재로 생생하게 살아 있을 남자였기에 그랬다.

아마도 유주는 제 기억의 한 조각으로 편지를 마무리하려고 했을 것이었다. 하지만 그 조각이 나에겐 뾰족한 송곳처럼 가슴을 너무도 아프게 찔러왔다.

피돌기가 모세혈관을 달구었다. 나는 눈 감은 채 열 손가락을 깍지 꼈다 풀기를 되풀이하며 마른 입술을 깨물었다. 고향을 위한 특별기획전에서 유주는 나와 동고선이 될 수 없는 주요 지위의 인물이라는 인식과 그녀가 나를 홍보기사 쓸 인물로 추천했을 것이라는 시린 굴욕감까지 뒤엉키는 바람에 더 앉아 있을 수가 없었다. 그만 벌떡 일어나서 층계를 내려와 주방으로 들어섰다. 아줌마가 소박이 담글 가지를 끓는 물에 데쳐내어 찬물에 헹구고 있었다. 나는 가지 한 쪽을 냉큼 집어 한입 가득 베어 물었다. 퍼석하고 향도 밍밍했다.

"살짝 절였어요. 곰삭은 멸치젓으로 간을 맞추려구요."

아줌마가 한 마디 했다.

나는 건성으로 고개를 끄덕이고 가지의 질깃한 껍질을 씹으며 주방을 서성거렸다. 착잡한 심정이 물결처럼 넘실거렸다. 결국 나도 고향에 화려하게 존재했었던 포구의 생성과 소멸에 대하여, 우리 고향집에만 깃들여 있는 정취에 대하여 글을 쓸 수밖에 없는 숙명이 절감되는 것이었다. 아무럼 나는 나일 수밖에 없지 않은가.

생가지를 먹은 탓인지 속이 더부룩해서 탱자차를 끓여가지고 다시 서재로 돌아왔다. 구겨진 편지지가 눈에 띄자 비열한 녀언… 하고 입매를 비틀며 씹어뱉었다. 어떻게 그다지도 철저하게 나를 제쳐놓을 수 있단 말인가. 어떻게 저 혼자 그런 거사를 비밀스럽게 틀어쥐고 추진할 수 있었단 말인가.

이를 꽉 물고 된 콧김을 뿜어내자 돌연 내가 쓸 글의 초안을 어떻게 잡아야할지 생각을 모아봐야겠다는 조급증이 밀려왔다. 그것은 유주의 편지에 대한 거센 반발심이었다. 홍보기사의 첫머리이든 행간의 상징 의미이든 어머니의 삶을 정리하고 다듬어 고아한 글귀로 장식해주고 싶었다. 그래서 책상에 원고지를 꺼내놓고 앉았다.

탱자차를 한 모금 마시고 왼손으로 턱을 괸 채 상념에 잠겼다. 막막함만 밀려왔다. 어떻게 풀어나가지? 글이란 거리와 각도를 조절한 피사체의 찰나적인 풍경을 포착하듯이, 회화적인 구도로 단면의 아름다움만 살리듯이 쓸 수는 없잖은가. 유별스런 추억이 엉겨 있는 켯속을 헤집어내듯 손가락으로 머리카락을 들추며 이리저리 긁어 올렸다. 그러자 엉뚱하게도 기억 속에 웅숭깊게 남아 있던 한 영상이 홀연히 떠올랐다. 어머니가 아버지의 소식을 애절하게 바랐던 어느 봄날의 장면이었다. 너무나도 선연한 그 기억이 늘어지지 않게 운율을 살리듯 적어가기 시작했다.

햇살이 대추나무 꽃망울을 다보록하게 틔울 즈음의 일요일 점심나절, 툇마루에 앉아 있던 어머니가 섬돌로 내려서는 내 소맷부리를 잡아끌었다.

"야야, 저어기 대추나무 우듬지 좀 봐라. 저기다 까치가 둥지를 짓는 건 첨이여. 어째 예사롭지 않게 보인다."

사랑채 지붕마루 옆쪽을 손가락질하는 어머니 목소리엔 설렘이 실려 있었다.

나는 눈을 치떠서 올려다보았다. 정말 자잘한 나무깽이들로 얼기설기 엮은 둥지의 만듦새가 얼추 둥그스름했다. 그러자 무심결에 입에서 터져 나오려는 놀람소리를 삼키려고 나는 입술을 조여 물었다. 어머니가 까치집을 보고 갈망하는 그 무엇이 대뜸 스쳤기 때문이다. 그건 아버지의 기약 없는 소식일 것이었다.

"까치는 높은 나무 우듬지에다 곧잘 집을 짓잖아요."

나는 부러 쌀쌀맞게 대꾸했다. 서울행 기차시간에 맞추려니까 마음도 조급했지만 아버지의 기별을 애타게 바라는 어머니 심정이 차갑게 헤아려져서 그랬다.

"야야, 작년 가으내 말여. 빨간 고추잠자리 떼들이 뜰 안팎으루 훨훨 날아다녔다. 넌출넌출 늘어진 거미줄에 날개자락 걸린 놈들을 내가 다 풀어줬구먼."

"차암… 까치집이나 고추잠자리 떼들이 몰려들면 반가운 편지를 받는다는 옛말을 아직도 믿어요, 엄니는?"

나는 또 매정스럽게 대꾸하다가 대추나무 가까이서 막 벌어지는 풍경으로 엉겁결에 시선을 던졌다. 붉은 볏을 팽팽히 세운 수탉이 암탉 무리 중 한 마리에게 살짝 들썩이는 날갯짓을 하자 암

닭은 다소곳이 배를 땅에 깔며 꽁지를 올렸다. 수탉이 암탉 등에 사뿐히 올라타더니 꽁지깃을 부챗살처럼 쫙 펴 내려서 맞대었다. 따사로운 봄볕이 깔린 뜰에서 닭 한 쌍의 성애는 꿈결에 스치듯 짧았다.

나는 그만 몸을 틀었는데 어머니가 내 스커트자락을 움켜잡았다.

"그려, 믿는다. 그러니께 니가 아버지 좀 찾아봐. 찾어서 정 오기 싫으믄 제발 편지라두 보내라구 해라. 나 환장하겄다. 이대로는 숨길 끊어질 것 같단 말여."

떨리듯 울먹이는 목소리. 나는 어머니의 감정에서 굽이치는 물살을 감지할 수 있었다. 그래서 이젠 아버지를 찾아봐야겠다고 마음을 다잡았다.

여기까지 글을 적어놓고 나는 탱자차를 목다심으로 천천히 마셨다. 어쩌면 어머니도 닭 한 쌍의 성애를 보았을 것이다. 그 풍경은 어머니의 원초적인 여성성을 자극해서 그렇게 애절한 말을 쏟아내게 했는지도 몰랐다.

볼펜을 내려놓고 글을 다시 읽어보았다.

어머니가 뜰의 두어 가지 정경을 보고 애절하게 토해낸 말들… 그건 아버지의 소식을 절절하게 기다리면서도 이글거리는 애증이 교직된 탄식일 것이었다. 아버지가 막냇동생 경주를 찾으러 집을 떠나서 자그마치 삼 년여 세월을 훌쩍 넘기고도 아무런 기별조차 전해주지 않았기 때문이었다.

아버지의 그런 무소식은 어머니에 대한 응징이라기보다 어쩌면 어느 부잣집에서 잘 자랄 수 있는 경주를 굳이 찾아서 데리고 내려가길 꺼려하는 심리일지도 모른다고 나는 추측했었다. 그래서 아버지가 지난한 은둔생활을 하고 있는 것이고, 두 어머니도 그렇게 교감하기 때문에 속으로 탄식을 삼키면서 견디고 있다고 헤아렸던 것이다. 그렇기에 나 또한 어머니에게 매정스럽게 대할 수 있었다.

내가 대학원에 들어갔던 그 시절, 초로에 접어든 어머니의 그런 질박한 표현이 듣기에 껄끄러워서 뺨이 뜨끔거렸었다. 하지만 이젠 내가 써야 할 글의 초점과 많이 어긋나더라도 머리글에서 남편을 마냥 기다리는 한 여인인 어머니의 애절한 기다림을 은유로 돋을새김 해줘야 한다는 강박에 빠져들었다. 그래야만 옛적에 금강줄기에서 영화를 누렸었던 강경포구와 사라져간 것들의 이음새를 짜 맞추는 글을 쓸 수 있을 것만 같았다.

음… 이 글을 사라진 포구와 어떻게 조율하지?

볼펜을 앞니로 물고 곰곰이 생각을 모았다. 그러자 가슴에서 새삼스런 아픔의 파장이 일었다. 내가 써야 할 홍보기사에 어머니와 맞물려 있는 작은어머니라는 존재를 함초롬하게 직조해내기가 버거운 것이다. 진실이란 모든 품을 수 없는 것들을 품고, 담을 수 없는 것들을 담아도 아름다울 수 있다는 확신이 있으면서도 그랬다.

그래서일까. 일껏 써놓은 어머니의 애절했던 기다림을 외면하고 다시 주방으로 내려와서 가지소박이를 내가 담글 테니 아줌마는 다른 일 하라고 일렀다. 그리고 바닥에 주저앉아서 양푼의 시뻘건 소를 손가락으로 움켜잡았다. 그걸 가지의 칼집에 꾹꾹 눌러 박아 쟁여놓고, 다시 가지 한쪽을 찢어 씹어 먹고⋯⋯.

"놔두세요. 손에 매운 고춧물 들면 아릴 텐데요."

아줌마가 거실에서 큰소리로 말했다. 그러자 '손에 고춧물 들면 아릴 거다'는 말이 메아리치듯 기억의 먼 회랑을 돌고 도는 게 아닌가.

어느 날 주전부리를 가지러 내가 부엌에 들어섰을 때였다. 작은어머니가 가지소박이 담그려고 양념을 버무리고 있었다.

"나두 같이 소를 넣을까유?"

그날따라 가지의 길쭉한 칼집에 소를 가득 채워보고 싶었다. 내가 텃밭에서 처음으로 딴 꽃다지라 그랬는지도 몰랐다.

"아서. 손에 매운 고춧물 들면 아릴 텐디."

작은어머니는 손까지 내저으며 말렸다.

그때 어머니가 이봐, 하면서 부엌문턱을 넘어섰는데 나를 보더니 대뜸 눈에 불을 켰다. 이어 호된 꾸지람이 터져 나오기 시작했다.

"문주야! 넌 왜 여기서 입때껏 해찰을 부려? 공부는 건성건성할 꺼여? 성현이 갸는 달을 불빛 삼어가며 공부에 미쳐 있는디! 아, 갸가 고등학교에 일등으루 척 붙으믄 갸 어멈이 얼매나 눈꼴시게 뻐길 꺼여! 무슨 벼슬이라두 따논 것처럼 말여!"

나는 얼떨결에 양손으로 두 귀를 힘껏 막았다. 귓속 깊은 곳의 달팽이관으로부터 홀연히 휘돌아 공명처럼 울리는 어머니의 고함에 소스라치게 놀랐기 때문이다. 심장의 파동도 혈관을 타고 흘러 손바닥으로 양귀를 막았는데도 또렷하게 들렸다.

'어머니는… 먼 훗날 내 사랑이 홍성현 어머니에게 무참히 짓밟히게 될 운명을 예지했었던 것일까?'

'만일, 내가 홍성현 어머니의 횡포에 무너지지 않았더라면 우리의 사랑은 이루어졌을까?'

고개가 절레절레 흔들어졌다. 아버지와 홍성현은 극명하게 다른 처지였으므로. 아버지의 어머니는 재혼을 했지만 홍성현 어머니는 턱 버티고 있는 태산이었으므로. 그래서 나는 괴로움에 비틀거리면서도 아주 침착하게 아니, 아주 냉정하게 내 사랑을 포기할 수 있었다.

매운 양념이 범벅돼서 아릿해진 열 손가락을 양푼에 걸쳐놓고 나는 멍하니 내려다보았다. 가지소박이를 담그느라고 소를 주물럭거려 뻘겋게 된 열 손가락… 내 청춘시절에 토한 피를 흠씬 묻힌 것 같은 슬픔이 고양되더니 늑골이 뻐근해져왔다.

'홍성현, 그와의 비련은 필연적인 것이었을까? 만일 내가 다시 대학교 일학년 시절로 돌아가면 그의 충고대로 아버지의 국회의원 선거 출마를 한사코 만류할까? 그래서 아버지가 포기했더라도 홍성현과 나는 연인이 되었을까? 아니, 만일 아버지가 당선되었으면 우린 행랑채 아들과 주인 집 딸로 그렇게 한 울타리 안에서 살았던 사이로만 머물렀을까? 아니, 애초에 아버지가 출마하지 않았더라면 홍성현과 나는 연인이 되지 못했을까?'

이어지는 생각들을 곱씹어보았지만 내 가슴은 더욱 쓰리려 올

뿐이었다.

 내가 대학에 들어간 후 아버지의 편지를 받은 건 하늬바람이 밀려올 무렵이었다. 그해 여름의 제7대 국회의원 선거에 아버지가 출마하겠다는 놀라운 내용이었다. 정치인이 돼서 읍내의 젖줄이었던 옛 강경포구에 버금갈 수산물가공업체를 유치하는 데 온 힘을 기울이겠다는 꿈을 품고 어머니와 합의를 보았다는 것이었다. 나도 여름방학 때 내려가서 선거운동을 도와야 한다고 씌어 있었다.

 나는 걱정에 앞서 뛸 듯이 기뻤다. 아버지가 국회의원으로 당선되면 내가 가고자 하는 대학교수의 길목을 밝혀줄 등불이 될 수 있으리라는, 솜사탕처럼 달콤한 몽상마저 부풀어 오르는 것이었다. 그래서 곧바로 답장을 띄웠다. 고향에서 아버지보다 나은 인물은 없으니까 틀림없이 당선될 것이라고 용기를 북돋아 주는 글을 썼다.

 두 이레쯤 지나 수업이 끝나고 교정을 걸어 나올 때였다. 근처에서 누가 강문주! 하고 크게 부르는 소리가 들려왔다. 고개를 휘휘 둘러보았더니 흰 티셔츠에 갈색 바지와 점퍼 차림새의 남자가 서 있었다. 그를 찬찬히 바라보기도 전에 홍성현임을 대번에 알수 있었다. 그가 대학생이 된 후 작년엔 정초 삼일 전 밀삣기로 세배하러 시골집에 내려왔었고, 올해엔 편지로만 대신했는데도 그랬다. 행랑어멈은 걸출한 인물이 될 아들 뒷바라지를 해야 한다며 서울로 따라 올라갔고, 아버지는 홍성현이 입주가정교사로 고등학생을 가르친다고 나에게 알려주었다.

홍성현이 이젠 우리 집 행랑채에 사는 남자가 아니라는 멀어진 거리감과 그래도 많이 남아 있는 친근감 때문이랄까. 그가 나를 교정까지 찾아와서 기다리는 게 정말 놀랍고도 반가워서 혹, 숨을 잦히며 눈까지 휘둥그레질 정도였다.

나에게 뚜벅뚜벅 다가온 홍성현이 주위를 두리번거렸다.

"저기, 어디 좀 앉아서 얘기하면 좋겠는데."

홍성현이 우리 대학 상학과 선배지만 건물은 성북구에 따로 있어서 교정 지리를 잘 모를 것이었다. 그가 뭔지 아주 중요한 얘기가 있어서 날 찾아왔다는 직감에 긴장하며 먼저 걸음을 떼었다. 비교적 한적한 오솔길가의 벤치로 그를 안내해서 나란히 앉았다. 잠시 어색한 침묵이 흘렀다.

"아주머니는 안녕하시지요?"

내가 먼저 조심스럽게 물었다. 사실 홍성현의 어머니가 보고 싶기도 했다.

홍성현은 고개만 끄덕거린 후 좀 망설이는 듯하다가 입을 열었다.

"오늘 널 찾아온 건 강 선생님 문제 좀 의논하고 싶어서야."

"아버지 문제? 그럼 선배도 아는 거예요?"

아버지의 출마를 뜻하는 것이라고 나는 대뜸 알아차렸다.

"그래. 물론 선생님이 고심 끝에 내리신 결정이겠지만, 내가 들은 말이 있어서 여간 걱정되는 게 아니거든."

나는 굳은 표정으로 홍성현의 얼굴을 빤히 바라보았다.

"선생님이 상대후보의 계략에 빠지신 게 아닌가 싶다. 선생님에게 읍내의 대표 격인 지식인이니까 출마하시라고 부추긴 운동원이란 작자들, 실은 상대후보가 풀어놓은 하수인들이라는 거야. 다른 후보보다 선생님과 대결해야 당선될 확률이 높다고 믿는 계산속이겠지."

"누가 그런 말을 전했어요? 그걸 곧이곧대로 믿어요?"

차가운 눈초리를 쏘며 나는 물었다.

"물론 그 말이 진실일 수도, 거짓일 수도 있겠지. 하지만 새겨들어야 할 말 아니니? 이건 내 추측인데 말이다. 만약 진실이라면, 너네 가족 관계를 겨냥해서 유세 공박을 하려는 게 아닐까 싶다."

가족 관계? 누군가에게 등짝을 한 대 맞은 것 같은 아픔이 퍼졌다.

"그렇지만 읍내 사람들은 아버지가 애첩을 얻은 게 아니란 걸 다 알잖아요. 데릴사위인데다 처갓집 대를 이어주기 위해 작은댁 들인 거, 그런 남다른 헌신과 애정이 오히려 여성 유권자들의 공감을 얻을 거라고 계산했는데요, 나는."

상체를 곧추세우며 나는 강한 어조로 항의하듯 했다. 홍성현이 시선을 멀리 던지며 머뭇거렸다. 나는 구두 끝으로 흙을 문지르며 그의 응답을 기다렸다.

"물론 그런 요소도 작용할지 모르지. 하지만 현실성엔 너무 거리감이…, 선생님이 중학교 교사이셨기 때문에 야망도 소년처럼 풋풋해서 그런지 모르지만 포구의 생명력이 소멸된 강경에 수산물가공업을 유치해 보겠다는 꿈, 그거 불가능하다고 생각되지 않니? '군산항'이 멀지 않은 곳에 있는데."

"아버진 선각자세요. 앞으론 업종 분업화가 이루어질 수 있다고 편지에 쓰셨더라고요. 강경도 벨트로 연결되는 지역이 될 수 있다는 관측으로 강경포구 가치를 널리 알리기 위해 그런 공약을 내세우겠다는 거예요."

"그렇지만 선거는 가당찮은 중상으로도 변수의 작용이 심하잖니. 게다가 선거를 치르려면 감당하기 벅찬 비용이 들어갈 것이니까 까딱하면 집안을 기울게 할 수도 있거든."

"물론 불확실성이 강하지만 그래도 나는 불가능하다고 생각하지 않아요."

홍성현이 말을 잇지 않았다. 분명 나를 조리 있게 설득해서 아버지의 출마를 만류해보려고 왔지만 단박에 거절당하자 난감해하는 것이리라. 그렇게 헤아려지면서도 내 안에서 슬그머니 반발심이 솟아올랐다.

"선배는 소멸된 포구에 대한 그리움이 눈곱만치도 없겠죠. 아버지 출마가 모험이지만 포기는 더 위험한 모험이라고 생각해요 나는. 왜냐면 포기함으로써 더욱더 포구를 향한 찬란한 그리움이 우리 가족을 병들게 하고 말 테니까요."

"그러니까 넌……."

홍성현이 짧게 뱉어낸 후 어금니를 질끈 물었는지 도드라진 관자놀이가 확연히 보였다.

나도 입술을 잘근잘근 깨물며 홍성현이 뱉어낸 말의 뜻을 가늠해보았다. 그러니까 넌, 조상이 배를 수십 척 가졌던 후손이라 행랑채 아들과는 생각이 너무나 다르구나, 아마도 그런 말을 차마 하지 못한 채 쓴웃음만 삼키고 있는지도 몰랐다.

"니가 3, 4학년이었다면 어땠을까."

쓸쓸해하는 표정으로 일어서며 던지는 홍성현의 말이 어렵지는 않았다. 이를테면 내가 겨우 대학교 일학년이니까 세상물정을 모른다는 뜻이리라.

나도 일어섰다. 우린 말없이 교문을 향해 걸었다. 어린 시절 주인집 딸과 행랑채 아들로 오랫동안 한 울타리 안에서 살았어도 이렇게 서로의 어깨가 닿을 듯 나란히 걸어본 적은 없었다. 나는 짐짓 어색함을 털어내려고 입을 열었다.

"가정교사가 힘들지는 않지요? 선배는 뭐든 잘 이겨내고 또 실력도 좋으니까."

"뭐 비교적. 그런데 뭐든 잘 이겨내는 본성은 아니다. 그렇게 해야만 한다는 걸 알아채는 눈치가 일찍 웃자란 탓이겠지. 과외 받는 애 아버지가 증권회사 중역인데, 그분에게서 실물경제와 거시경제를 많이 배울 수 있어서 좋아. 기업들이 자금을 조달하기 위해 주식을 발행하고 상장시키면 일반인들이 성장성을 보고 그 주식을 사고팔아 이익을 얻는 원리지. 나도 앞으로 금융시장을 깊이 파고들어 공부하고 싶다. 우리나라도 자본주의가 봉오리를 맺어서 꽃을 활짝 피울 테니까."

"꽃, 그 말을 들으니까 엉뚱하게 우리 집 울타리 탱자나무꽃이 떠오르네요. 지금쯤 활짝 펴서 향기가 휘돌 텐데."

홍성현은 대답 없이 걷기만 했다.

교문 밖으로 나와서 사거리에 이르자 우린 서로 주춤거렸다. 홍성현이 먼저 손을 들어 건너편을 가리켰다.

"나는 길을 건너야 하는데."

"난 이쪽에서 버스 타면 돼요. 선배. 나한테 충고해주려고 찾아온 진심 잘 알아요. 선배 말고 누가 그런 말을 해주겠어요."

"그래. 마음 단단히 먹었으니 어쩌겠니. 그래도 나한테 뭐 연락할 일 있으면 이 전화번호로 해라."

홍성현이 점퍼 안주머니에서 메모지를 꺼내 내밀었다. 나는 얼른 받아서 책갈피에 꽂았다.

신호등에 파란불이 켜지자 아쉬움이 어린 듯한 눈빛으로 나를 한번 바라본 후 바삐 길을 건너가며 멀어지는 남자의 뒷모습. 그건 우리 집에서 곡식자루든 뭐든 자질구레한 짐을 늘 지게에 얹어 나르던 뒷모습이 아니라는, 알 수 없는 허전함이 밀려와서 나는 황급히 눈길을 내리깔았다.

그날 이후 아버지의 출마에 대한 불안이 고조되긴 했다. 홍성현의 충고에 여전히 공감대가 형성되지는 않았지만 그대로 흘려버리기엔 쉽게 내려놓지 못할 무게감으로 어깨를 눌러왔다고 할까. 하지만 내 신념은 나날이 다부져가고 있었다.

'불확실성의 확률. 그 언저리를 기웃거리는 게 아니라 한가운데로 뛰어들어가는 거다. 나는 고향에서 최초로 서울대학 국문과에 합격한 여대생이잖아. 그곳 여고의 자랑거리니까 아버지 왼팔 역할을 톡톡히 해낼 수 있어. 딸 가진 부모들의 부러워하는 시선이

야말로 득표에 많은 도움이 될 것 아닌가.'

스스로를 한껏 부추기며 다짐하는 말은 내 안에서 윤기 도는 차돌처럼 단단하게 자리 잡혔다. 그래서 달포가량 지나 여름방학이 시작되자 그날로 가방에 옷가지를 꾸려 넣어서 기차를 타고 고향으로 향했다.

땅거미를 밟으며 우리 집 마당으로 들어서서 먼저 사랑채를 보자 댓돌에 신발들이 즐비했다. 그래도 발걸음은 부엌으로 향해졌다. 작은어머니와 동생들이 저마다 손을 놀리며 음식 준비를 하고 있었다. 내가 정겹게 야들아! 부르며 문턱을 넘어서자 유주와 경주가 동시에 와락 달려들어 붙들고 늘어지며 좋아했다. 아이들 몸에서는 시척지근한 구정물 냄새가 풍겼다. 검댕이가 묻어 후줄근한 앞치마를 입은 작은어머니도 내 어깨를 쓸며 한 마디 던졌다.

"후딱 왔구먼. 아무렴, 아버지 살릴 보밴디."

마치 대단한 원병을 만난 것처럼 안심된다는 표현일 것이었다. 작은어머니는 얼른 아버지 어머니를 만나라며 등도 떠밀어 주었다.

어머니는 안방에서 라디오에 귀 기울이고 있다가 아주 환한 얼굴로 맞이해주었다.

"라디오는 아버지 드려야잖아요? 많이 필요하실 텐데."

"야야, 성현이가 아버지한티 벌써 라디오를 보내줬구, 전화까지 놔줬지 뭐냐. 대청 바람문 옆에다 전화기 떡하니 모셔 놨다. 제 딴엔 손씻이 한 거겠지. 갸를 아버지가 자식처럼 끼구 그 어려운 공부 오죽 가르쳤냐."

매우 흡족한지 어머니 입가에 함박웃음이 퍼졌다.

나는 많이 놀랐다. 홍성현이 이렇게까지 아버지를 돕고 있다는 게 믿어지지 않아서였다. 그저 할 말을 잊고 잠시 멍하니 서 있다가 안방을 나왔다.

사랑방에는 아버지와 운동원들이 얘기를 나누고 있었는데 그들은 나를 보자 환호성을 질러댔다. 이곳 읍에서 처음으로 서울대학교에 합격한 자랑스러운 여대생이 내려왔으니까 선거전에 더할 나위 없이 유리할 것이라는, 지극히 듣기 좋은 추임새들이었다. 나를 바라보는 아버지 눈빛 또한 아주 그윽했다.

늦은 밤, 아버지와 이런저런 얘기를 나누면서도 홍성현이 나를 찾아와서 걱정해주었던 얘기는 끝내 털어놓지 않았다. 아버지도 우리 집안의 약점에 대해 충분히 깊은 생각을 거친 후 나와 같은 결론에 이르렀을 것이다. 그렇게 내친걸음을 무겁게 하기는 싫었다.

사랑채는 운동원들과 뭇 사람들로 나날이 붐볐다. 그들을 위한 입맷상을 차리느라고 작은어머니는 줄곧 먹을거리를 만들고, 유주가 개수통에 그릇을 가득 담아 우물가로 가면 경주는 두레박으로 물을 길어 올려 같이 설거지를 했다. 나도 거들어주려고 생선 비늘을 긁거나 푸성귀를 다듬었다.

어머니는 자주 부엌에 들어서서 음식들을 둘러보며 투덜거리곤 했다.

"얼래, 볼가심만 하믄 되지 뱃구레 채우려구 그러네. 먹음새가 죄다 염치가 없어. 까딱하다 거덜나겄다."

"사랑에서 이왕에 시작하신 일인디… 성님. 좋은 말씀만 하세유."

작은어머니가 그렇게 응대했는데도 어머니의 찌푸린 표정은 펴지지 않았다.

초복이 지나고 장대비가 억수로 쏟아지더니 더위도 잠깐 주춤했다. 그 짬을 이용해서 아버지는 선거유세를 했다. 운동원들에 의해 학교 운동장이나 시장 공터로 동원된 사람들에게 아버지는 마이크를 들고 목이 쉬도록 연설했다. 당신이 국회의원으로 당선되면 강경 출신의 상공인들을 설득해서 수산물가공업체를 세우는 데 온힘을 기울이겠다고 했다.

나도 모인 사람들에게 일일이 허리를 깊숙이 숙여 아버지에게 한 표를 찍어달라고 부탁했다. 또 동네방네 골목을 발이 부르트도록 돌아다니며 만나는 이들에게도 그렇게 했다. 반응은 무척이나 호의적이었다.

하지만 아버지의 그런 공약을 반박하는 상대후보 유세도 나는 몇 번 들을 수 있었는데 왠지 가슴이 서늘해지곤 했다.

"여러분! 장사꾼들은 수지가 맞을 곳이면 쇠파리처럼 악착스럽게 몰려듭니다. 수산물가공업체를 유치한다고요? 멀지 않은 곳에 군산항이 있는데 이곳까지 생선을 실어와 가공하면 수지타산이 맞겠습니까? 그런 계산쯤은 예닐곱 살짜리들도 할 수 있을 겁니다. 그러니 우리 읍을 살릴 방도는 우선 강을 건널 수 있는 다리를 놓아서 모래톱을 농경지로 개간하는 게 좋을 것 같습니다. 그 모래톱은 넓고도 넓은 땅덩어리가 아닙니까? 우리 다 같이 개간하여 농작물을 심으면 새로운 수입원이 생기니까 다시 활기를 띠는 읍으로 변할 겁니다. 저는 정부의 요직 인사들에게 이런 중요성을 관철시켜 개간 비용을 끌어낼 자신이 있습니다!"

아버지와 나는 상대후보의 발상도 꽤나 괜찮다는 생각은 했다. 하지만 아버지의 공약에 가능성의 수치가 높지 않다면 상대후보 공약은 불가능성의 수치가 훨씬 높다는 냉정한 분석이 따랐다. 장마철에 홍수라도 나면 강물이 모래톱을 넘실거리는데 개간해서 그런 경우를 당하면 땀 흘려 가꾼 농작물은 한 포기도 건질 수 없을 것 아닌가. 때문에 먼저 수리시설을 해야 하니까 우리나라 경제 여건으로는 도저히 실현성이 없을 것이었다.

아버지는 상대후보의 발상이 얼마나 불가능한지 조목조목 반박하는 연설을 했다. 사람들에게 먹혀들어가는 반응을 감지할 수 있었다. 그러자 상대후보가 뜻밖의 공세로 우리의 약점을 부각시켜서 떠벌리기 시작했다.

"그 후보는 측실까지 둔 위인입니다! 아들을 낳아 대를 잇겠다는 구실이지만 그런 고릿적 핑계거리가 먹히지 않는 시대가 됐습니다! 그래선지 측실도 기막히게 딸만 둘 더 낳았잖습니까!"

와아! 사람들이 내지르는 함성은 마이크를 타고 크게 울려 퍼지곤 했다.

우리 가족은 한순간 독벌레에게라도 물린 것처럼 오그라들어서 고통스러운 신음을 삼켜야만 했다. 지글거리는 땡볕 아래서도 어머니는 부들부들 떨며 오살헐 놈, 하고 수없이 씹어뱉었다. 내 가슴 속도 바싹 마르며 시득시득 졸아갔다. 아버지 속은 나보다 더

시커멓게 타들어가는 것 같았다. 시름에 겨워 처진 어깨와 갈라진 입술로 자꾸만 찬물을 들이키곤 했다.

어머니가 결국 이마에 띠를 질끈 동여맨 채 드러눕고 말았다. 나도 우리 가족 관계가 부끄럽지는 않았기에 강제로 불명예를 뒤집어쓴 듯한 열패감에 휩싸일 수밖에 없었다. 그러자 교정까지 나를 찾아와서 우리 가족 관계가 걸림돌이 돼 아버지에게 불리하게 작용할 것이라고 짚어주던 홍성현의 날카로운 충고가 떠올라 가슴도 시려왔다.

나는 지푸라기라도 잡고 싶은 조바심이 일었다. 바로 홍성현의 도움이었다. 그가 내려와서 아버지는 오로지 처가의 오래된 한옥을 지켜줄 아들을 얻기 위해 어쩔 수 없는 선택을 했다는 걸 한껏 두둔해주면 막바지에 이르러 득표에 지대한 영향을 끼칠 것 같았다. 그 또한 우리 읍내에서 처음으로 서울대학에 합격한 남학생이었다는 가치만으로도 기대 이상의 효과가 날지도 모르잖은가. 그래서 아버지에게 내 심중을 밝혔다. 아버지는 단호한 표정으로 아서라, 고개를 저었다.

"전화국 직원이 전화를 설치해주고 첫 통화를 해보라고 그랬을 때 당연히 성현이한테 했다. 하도 고마워서 뭐라고 해야 할지 모르겠다는 말부터 꺼내니까 지가 얼른 묻더라. 나를 위해 내려와서 뭘 도우면 되겠느냐고."

"홍 선배가 그런 말을 했어요?"

"그래. 하지만 기웃거리지 말라구 했다. 자의든 타의든 발을 담그면 까딱하다가 흙탕물이나 모함을 뒤집어쓸 수도 있거든."

"참 아버진. 그 선배한테 그런 분별력이 없을라구요."

다급한 상황에서도 여유를 보이는 아버지에게 나는 볼멘소리를 냈다.

"너는 우리 집 딸이니까 선거 끝나면 그만이지만 성현인 다르다. 남자라서 앞날에 굴곡이 생길 위험성이 높아. 그리고 성현 어멈이 득달같이 쫓아와서 도리깨라두 휘두르며 덤벼들 거다. 자기 아들 앞길 막을 셈이냐고. 작년 가을 서울 갔을 때 성현이가 밥 산다며 어멈이랑 나왔는데 차암… 아주 영악한 서울내기 됐더라."

아버지 입가에 어설픈 웃음이 번졌다.

"전 아버지에게 아무런 도움이 안 되고 있잖아요."

"그래도 우리 한번 기대해보자. 사람들에겐 겉마음과 속마음이 있거든. 사람들 속마음엔 우리 집을 향해 다져진 길이 있을 거라고 나는 믿는다. 니 선조들이 이모저모로 선심을 참 많이 베푸셨으니까."

나는 정말 괴로웠다. 아버지의 기대감, 그건 탱탱하게 영글고 있는 희망이 아니라 나의 애처로운 모습을 보듬어주는 손길일 것이었다. 때문에 조금도 위안이 되지 않고 오히려 허방을 디딘 듯한 아뜩함만 밀려왔다.

중복이 지난 이틀 후, 드디어 투표일이 하루밖에 남지 않았다. 우리 가족은 저마다 제대로 밥 한 술 뜨지를 못했다. 운동원들이 또 한 바퀴 돌겠다며 나갔지만 아버지는 어찌해 볼 수 없는 무력감에 빠진 듯 사랑방에서 라디오도 꺼놓은 채 묵묵히 붓글씨만 썼다. 어머니도 안방에서 수를 한 땀 한 땀 놓는 것으로 시간을 견디고 있었다. 동생들은 마치 숨어 있듯이 별채에서 나오지 않았다.

내 가슴은 더욱 아려왔다. 차라리 뭐든 일하는 게 좋을 듯싶어서 부엌으로 향했다. 작은어머니가 청솔가지를 깔고 앉은 채 소래기의 흰콩을 두 손으로 비벼서 껍질을 벗기고 있었다.

"점심 안 드신다구 두 분 손사래 치실 것 같아서 말여. 상 차릴 엄두가 나야지. 건입맛으로 느지막이 콩국수나 올리려구 콩을 삶았구먼."

내가 묻지도 않았는데 작은어머니는 설명해 주었다.

"반죽은 애들보고 치대라고 해야겠네요. 나는 홍두깨로 밀어서 썰고요."

일부러 밝은 소리로 맞받았다.

"더운데 반죽은 뭘. 마른국수나 삶지. 그게 목 넘김두 수월하잖여."

"그래도 애들 데리고 올게요. 풀죽어 있을 텐데."

서둘러 별채로 향했다. 동생들은 방문을 연 채 책상 앞에서 책을 보고 있었다. 야들아! 나는 사뭇 정겹게 부른 후 콩국수 만들 거니까 나와서 거들라고 했다.

동생들이 부스스 일어서는 것을 보고 돌아섰다. 안채 모퉁이를 꺾어 걸음을 옮기다가 나는 눈을 홉뜨고 말았다. 참외를 담은 누런 봉투를 든 채 안마당으로 성큼성큼 들어서는 남자. 분명 홍성현이었다. 그는 아무렇지도 않은 듯 우물가로 가서 참외를 내려놓았다. 그런데 내 뒤를 따르던 동생들이 동시에 성현오빠! 부르며 내달리더니 그의 품으로 파고들었다.

"잘들 있었구나."

홍성현이 동생들 등을 번갈아 토닥여주자 그 애들은 또 같이 울먹거렸다.

쟤들이 왜 저래? 나는 못 마땅해서 미간을 찡그렸다.

"나 선생님께 인사드려야지."

홍성현이 말하자 동생들은 몸을 떼어냈다. 경주는 부엌으로 향했는데 유주는 먼저 사랑채로 쪼르르 달려갔다. 아버지에게 홍성현이 왔음을 알리고 우물로 내달리더니 두레박으로 찬물을 퍼 올려서 자배기에 붓고 참외를 담가놓은 후에 안방으로 향했다. 어머니에게도 홍성현이 왔음을 알리고 나서야 부엌으로 들어갔다.

나는 그저 멍한 채 서 있었는데 사랑채를 나온 홍성현이 가까이 오더니 어떻게, 안방에 같이 들어갈래? 물었다.

"나 질책하러 온 거예요?"

그만 엉뚱한 말이 불쑥 튀어나왔다.

"그러지 마라. 왜 미리부터 뒷걸음치려고 하니?"

"그 말 위로가 되지 않아요."

"기다려. 삶은 엉뚱한 데서 꼬이기도 하고 탈 없이 풀리기도 하니까."

홍성현은 더 할 말이 없다는 듯 걸음을 떼었다. 그가 안채 댓돌 위로 올라서기 전에 부엌에서 작은어머니가 나오더니 종종 다가와 그의 손을 덥석 잡았다.

"그 먼 길을. 고맙기두 하지."

허리까지 굽실거리며 작은어머니는 어쩔 줄을 몰라 했다.

홍성현도 고생 많이 하셨죠? 하고 같이 허리를 숙이며 예를 갖
췄다.

"무슨 고생. 어서 들어가지."

작은어머니가 안방 쪽을 손짓으로 가리켰다. 그리고는 홍성현
이 구두를 벗어놓고 대청에 올라서는 뒷모습을 지켜보고 나서 돌
아섰다.

그때부터 우리들의 손놀림은 바빠졌다. 다 같이 광으로 가서 먼
저 맷돌 위짝을 들어내 맷방석에 올려 부엌 뒷문 쪽으로 밀고 당
겼다. 다음엔 고랑이 패어 있고 아래로 비스듬히 주둥이가 쳐져
있어서 훨씬 무거운 아래짝을 낑낑거리며 날라다가 물로 닦아서
위짝과 중쇠를 맞췄다. 아래짝 주둥이로 흘러내리는 콩국물이 고
이도록 자배기를 밀어 넣고 경주가 맷돌 윗구멍으로 삶은 콩을 국
물과 함께 한 국자 부었다. 작은어머니는 손잡이를 돌려 맷돌질을
시작했다.

부엌 뒷문께 한옆으로 만들어놓은 돌화덕의 아궁이에 유주가
불을 지폈다. 나는 오이채를 길쭉하게 채 썰어놓은 후 물이 펄펄
끓는 화덕의 솥에 두 묶음의 국숫발을 펼치듯 흩뿌려 넣었다. 국
수가 흰 거품을 한소끔 부르르 밀어 올리자 찬물을 한 바가지 들
이부어 주걱으로 휘저으며 끓이다가 조리로 건져서 양푼에 담아
우물로 날랐다. 유주가 두레박으로 퍼 올린 찬물에 나는 국수를
넣고 살살 비비듯 헹궈서 부엌으로 날랐다.

작은어머니가 바삐 찬들을 담아냈다. 나박하게 썬 무장아찌는
바라기에, 성게젓갈은 굽달이접시에, 숨이 나른하게 죽은 열무김

치는 보시기의 오둠지까지 담고 소금종지도 세 개씩 마련해서 살 강에 놓으면 경주가 부엌마루 위의 소반들로 날랐다. 아버지와 홍성현의 겸상, 어머니와 나의 겸상, 작은어머니와 동생들의 겸상이었다. 나는 국수를 검지와 무명지에 돌돌 감아 타래로 만들어서 사발에 담았고, 유주는 되직한 콩물을 부어 고명으로 오이채를 얹고 잣도 듬뿍 띄웠다.

소반을 든 나와 작은어머니는 안방과 별채로, 유주는 사랑채 누마루로 향했다. 내가 방에 들어서서 소반을 내려놓자 어머니는 힐끗 쳐다보더니 앉음새도 바꾸지 않았다. 그냥 수틀을 쥔 채 심란하다는 표정만 지었다.

"드세요 제발. 그래야 내일 투표할 기운이 나죠."

"해봤자 뻔한디 뭘."

"그러니까 잡수라는 거예요. 질 것두 원통한데 왜 배까지 곯아요."

나는 무릎걸음으로 어머니에게 다가가 수틀을 뺏어버렸다. 그리고 숟가락을 들어 어머니 손에 억지로 쥐어주었다.

내 강압에 마지못한 듯 어머니가 말없이 콩국물을 한 술 떠서 입으로 가져갔다.

나도 먹기 시작했다. 젓가락으로 국수를 휘저어 일부러 후루룩 소리 내며 입술로 빨아들였고, 열무김치도 우적우적 씹어 삼켰다.

"성현이 갸, 허우대가 듬쑥해 보이더라. 니 아버지가 자식마냥 끼구 가르치지 않았으믄 서울대학 문전두 구경 못했을 텐디. 난리 통에 부친 잃구 오갈 데 없는 신세를 거둬줬드니만, 그런 은혜를 갸 엄니는 씨알곱재기만큼두 고마워하들 않았어. 중뿔나게 촐싹 대기만 하던 꼴이라니."

"……."

"가만, 갸 기가 원청 쎄서 우리 복을 꿰찬 게 아닌지 모르겄네."

"……."

"어이구 반편이. 내가 오죽 애간장이 탔으믄 눈물바람으루 애원 하든지 요부짓이든지 하라구 그랬겠어. 공력을 들이믄 제아무리 심중 굳은 사내라두 매정하게 뿌리치지 못할 텐디. 그여 아들놈 하나 낳지 못해서 사랑은 개망신을 시키구, 내 피는 이렇게 다 말려버리구, 집안 꼴은 쑥대밭을 만들구, 어이구 천불나."

국수 가닥을 젓가락으로 뽑아든 채 어머니가 이엄이엄 늘어놓은 혼잣소리, 그것이 내 안으로 아프게 파고들었다.

순간, 하마터면 수저를 상 위에 탁 내려놓고 나는 고함을 지를 뻔했다. 그 고함은 아주 위험한 폭발일 것이었다. 딱히 무엇이라 고 할 수 없는, 모두 뭉뚱그려진 지겨운 것들을 부숴버리고 싶은 그런 충동을 가까스로 억누르며 콩물을 꿀컥 삼키고, 그렇게 말없 이 먹어댔다.

어머니가 내 기색을 살폈는지 한숨자락을 늘어뜨리고 나서 말 은 더 잇지 않았다. 국수를 다 먹은 나는 벌떡 일어나 대청으로 나 와버렸다.

어머니가 또 얼토당토 않는 푸념을 늘어놓을 것만 같아서 도망 치고 싶어 뒤꼍을 거쳐 사립문을 열고 소나무 동산으로 들어섰다.

솔 향이 풍기는 오솔길을 올라가 등마루에 서면 눈이 시릴 정도로 푸른 물이 흐르는 긴 금강줄기, 사람들을 싣고 강을 건너는 나룻배, 강 건너 광활한 모래톱과 그 끝으로 아스라이 보이는 병풍산이 한 눈에 들어왔다.

나는 복잡한 머릿속을 비우고 싶어서 소나무에 등을 기댔다. 그리고 눈을 감은 채 강바람을 깊이 들이마신 후 천천히 뱉어내고, 그렇게 반복했다.

잠시 후 옆에서 인기척이 났다. 눈을 뜨자 홍성현이 옆에 서 있었다.

"선생님이 널 데리고 3시 기차로 올라가라고 하시는데."

내 고개가 저절로 떨구어졌다.

"이번 선거 결과가 안갯속 판세가 아니란 걸 알고 슬퍼하는 니 모습이 너무 가엾다고 하셨어."

내 안 저 깊은 곳에서 치밀어 오르는 무엇, 목구멍으로 터져 나오려고 꺽꺽거려지는 그 무엇을 막기 위해 양손아귀로 입을 틀어막았다. 하지만 손가락 사이로 마구 쏟아져 나오는 그 무엇, 나는 그만 돌아서서 소나무를 끌어안고 엉엉 울음을 터뜨리고 말았다.

아주 잠깐이었을까? 아니, 한동안이었던 것도 같았다. 애써 울음을 추스르며 손등으로 눈 밑을 훔쳐내는데 홍성현의 말이 들려오기 시작했다.

"내가 대학에 합격하고 선생님이랑 여기 올라온 적이 있어. 선생님은 모래톱 끝까지 가리마처럼 다져진 길을 보시고 두 가지 감상에 젖었었다고 하셨다. 하나는 저 병풍산 아랫마을 사람들이 물품을 이고지고서 여기 시장으로 오며가며 다져진 길인데도 선생님은 마치 당신의 탯줄 같은 숙명을 느끼셨다는 거야. 다른 하나는, 그럼에도 저 길을 걸어 병풍산을 넘어서 훌쩍 떠나고 싶은 충동을 애써 눌러야만 했었던 당신에 대한 연민이었다고 하셨어."

나는 입술을 오물거리며 눈을 껌벅거렸다.

"선생님은 뒤의 감상보다 앞의 감상이 더 강렬했었다고 하셨다. 이곳을 향한 애정이 훨씬 컸기 때문에 떠나지 못하셨다는 거야. 그래서 대학도 멀지 않은 공주사대를 택했다고 하시더라. 서울사대에 다니려면 서울로 올라가야 하고, 그러면 이곳으로 다시 돌아오지 않을 것 같아서 그러셨대."

"……."

"그런데 나도 말야. 이 동산을 떠받들고 있는 저 아래 너럭바위에 외경심을 품곤 했었어. 얼마나 오랜 억겁의 시간으로 물살에 닳으며 빚어졌기에 편편하고 거대한 너럭바위가 뜨락처럼 에돌아 펼쳐졌을까 하고, 바위틈으로 스며든 강물이 이 동산기슭에 소나무숲을 이루게 하고, 너네 집 우물로 고이고, 나도 그 물을 마시며 자랐고……."

나직한 목소리로 느릿느릿 들려온 말. 어느 결에 내 가슴에서 잔물결로 겹쳐지고 흩어지며 쏴아 소리를 냈다. 어쩌면 강바람 소리인지도 몰랐다.

"이런 때 너에게 뭐라고 해줘야 할지… 아, 어떤 책에서 읽은 글귀가 떠오른다. '삶이 나를 버릴지라도 나는 삶을 버리지 않겠다'고 하는 주인공의 중얼거림이었어. 삶에서 어쩔 수 없는 상황에 맞닥뜨렸을 때 말야. 고통과 환상에 그렇게 반격을 가함으로써

자생력이 움트니까 다시 세상의 중력과 이어질 것 같지 않니?"

나는 숨을 깊이 들이켰다. 내가 더없이 초라해졌다는 좌절감에 못 견뎌하던 자존심의 구심력이 천천히 회전되기 시작했다. 그렇기에 입안에서 맴도는 말을 떨리는 날숨으로 기어이 뱉어냈다.

"우리 아버지 꿈은 환상이 아녜요."

"그래. 먼 훗날의 이 지역을 위한 밑그림을 그려서 보여주신 거지. 언젠가 그 밑그림을 완성시키는 인물이 나올 거라고 믿고 그만 서울로 올라가자."

홍성현이 돌아섰다. 이상했다. 그의 인력에 내 몸이 끌리듯 저항 없이 따라서 움직여지고 있었다.

오솔길을 따라 내려오고, 소지품들을 가방에 넣어 들고 나와서 아버지와 어머니에게 작별인사를 했다. 대문까지 마중 나온 작은어머니와 동생들과 헤어진 후, 나는 다시 홍성현의 인력에 순응하듯이 뒤를 따랐다.

그렇게 홍성현과 함께 기차를 타고 서울로 향했다. 가족들에게 험한 일을 맡기고 나 혼자만 편하자고 허둥지둥 도망치는 듯한 고약한 느낌을 떨쳐버릴 수는 없었다. 어느새 축축해진 눈시울을 차창 밖 풍경으로 돌렸다.

"저기 말이다."

홍성현이 조심스럽게 말을 붙였다.

나는 여전히 축축한 눈시울을 껌벅거리며 고개를 돌렸다.

"혹시 입주가정교사 해볼 생각이 있으면 내가 도와줄까?"

짙은 안개가 햇살에 걷히면서 서너 걸음 앞의 길이 트일 때처럼 시야가 밝아지는 것 같았다.

"그러면 고맙죠. 다급하게 여기저기 부탁해야 할 형편인데."

"그럼 한숨 자라. 간밤을 새우다시피 했을 텐데."

어른 말을 잘 듣는 아이처럼 나는 고개를 끄덕였다. 한여름의 더위를 흩트리듯 창문으로 들어오는 바람살에 머릿속을 말갛게 비워내며 깊은 잠에 빠지고 싶었다.

기차가 어느 역에서 머물고, 다시 달리고, 주전부리를 파는 판매원의 외침이 귓가를 스치고, 나는 잠결에 간간이 눈을 뜨고 귀도 열었다. 어느 때는 창가에, 어느 때는 홍성현의 어깨에 머리를 기댄 채 정말 다디단 잠에 취해 있다는 걸 인지할 수 있었다. 또 대전역에서 내려 그가 사주는 국수와 김밥을 먹은 후 화장실에 다녀오고, 경부선 급행열차로 갈아타고서도 또다시 밀려오는 졸음에서 벗어나질 못했다. 서울역에 도착하면 열한 시 다 되니까 많이 먹으라는 그의 말을 따른 게 식곤증을 일으킨 것일까? 내 어깨를 자근자근 누르는 손길을 감지하고 무거운 눈꺼풀을 올려야만 했다.

"도착했어. 정신 차려."

홍성현이 웃으면서 나를 보고 있었다.

나는 얼른 정신을 추스르며 양손가락으로 머릿결을 훑고 스커트 자락도 쓸어내렸다. 그리고 가방을 들고 일어서는 그의 뒤를 따랐다. 승강구를 내리자 달빛이 맑고 밝은 밤이었다.

"그동안 못 잔 잠이 한꺼번에 다 벌충됐겠다."

플랫폼을 나란히 걸으면서 홍성현이 한 마디 던졌다. 나는 멋쩍어서 희죽이 웃을 수밖에 없었다.

집찰구와 역사를 빠져나와서 거리에 이르자 홍성현이 달려오는 택시를 향해 손을 흔들었다. 내가 머뭇거리자 내 하숙집까지 바래다주겠다는 것이었다.

나는 대뜸 손사래를 쳤다. 까닥하다가 선배 통행금지에 걸리면 어떡하려고 그러느냐며. 홍성현은 완강하게 우겼다. 내가 택시 안에서도 잠들까봐 안 된다는 것이다. 자기는 동네 여관에서 자면 되니까 걱정하지 말라며 우리 앞에 멈춘 택시 문을 열더니 나를 억지로 밀어 넣었다.

택시를 타고 오는 내내 나는 아무 말도 못했다. 진심이 담긴 말로 홍성현에게 고맙다고 해야 하는데 적절한 표현이 만들어지지 않는 것이었다. 감당하기 힘든 일을 겪은 탓에 지쳐서 무너지듯 잠을 잤지만 여전히 아프고 슬프고 쑥스럽기도 한 내 마음을 그가 읽어주었으면 하고 바랄 뿐이었다. 그러다가 하숙집 앞에 다다라 택시에서 내리자 겨우 군색한 말이 흘러나왔다.

"나 때문에 고생 너무 많이 했어요."

어둠 속이지만 홍성현의 웃는 얼굴을 알아볼 수 있었다.

"고생은 무슨, 또 연락하자."

짧게 응답한 후 가방을 내게 넘겨주고 돌아서서 다시 택시에 올라타는 남자. 그의 뒷모습에 눈길을 꽂으며 나는 생각에 잠겼다. 저 남자가 없었더라면 나는 어떻게 했을까 하고.

다음날부터 나는 일부러 신문을 읽지 않았다. 국회의원 선거결과에 대한 기사가 지면을 장식했을 게 뻔해서였다. 읽지 않는 오기를 부린다는 것, 그것 또한 뭔지 억울하게 빼앗긴 것 같은, 그런 치기의 분노일 것이었다.

닷새 뒤 오후 1시쯤 됐을 때 하숙집 아주머니가 나를 부르더니 전화 받으라고 했다. 홍성현의 전화였는데 내가 입주가정교사로 들어갈 집이 생겼으니까 가보지 않겠느냐고 물었다. 그가 현재 살고 있는 집의 사촌형네 딸로 중학교 1학년이라는 것, 아버지는 외국상품을 수입해서 판매하는 사람이고, 어머니는 후처고, 이복오빠는 현재 군인으로 복무중이고, 자신이 추천하는 서울대학 여대생이라니까 무조건 좋다며 지금 만나 보자고 한다는 것이다.

나는 뛸 듯이 기뻤다. 무엇보다 2학기가 시작되기 전 자리를 잡아야 안정돼서 학업에 열중할 수 있을 것이었다. 즉시 홍성현이 알려준 주소로 찾아갔다. 초인종을 누르자 잠시 후 아줌마가 육중한 철대문 옆의 쪽문을 열어주었다. 내 신분을 밝히니까 그녀는 알고 있다는 듯 고개를 끄덕이더니 앞장을 섰다. 계단을 올라가 사철나무와 꽃들이 만발한 정원의 디딤돌을 지나서 집안으로 들어섰는데 화사한 원피스 차림의 여인이 반겨주었다. 생김새가 푸근하지는 않은 인상이었다. 나는 그녀가 권하는 대로 맞은편 소파에 조심스럽게 앉았다.

"참해 보이네요."

여인이 내 얼굴을 쓱 훑어보더니 한 마디 던졌다. 이럴 때 나는 뭐라고 응답을 해야 하나, 망설이기만 했다.

"아버지가 전직 교사셨고 이번 국회의원 선거에서 낙선하셨다면서요?"

나는 네, 짧게 응답했다.

"사촌동서네 가정교사한테 강 선생 집안에 대해 물어봤어요. 기왕이면 얌전한 집안에서 자란 과외선생을 구하려고요."

얌전한 집안? 나는 속으로 갸우뚱했다. 우리 아버지가 선거에서 낙선한 게 얌전한 집안과 무슨 상관이 있는 것일까?

"왜냐면 우리 현정이한텐 첫 선생이거든요. 걔가 약골이라서 공부를 등한시했어요. 이제부터는 고삐를 바짝 죄야 하는데 첫 선생을 잘못 만나 공부에 재미를 붙이지 못하면 안 되잖아요. 이왕이면 집안이나 품성이 얌전하고 일류대학 다니는 선생을 구하려고 몇몇 대학생들을 만나보았는데 마음에 썩 드는 이가 없었거든요."

나는 다소곳이 듣기만 했다.

아줌마가 다가오더니 탁자 위에 냉커피 두 잔을 내려놓았다.

"듭시다. 내가 외국에서 직접 사 온 건데 향이 아주 좋아요."

현정 엄마가 먼저 잔을 들었다. 나도 잔을 들어 한 모금 마셨다.

"그런데, 우리 동서네 과외선생하고는 어떤 사이예요?"

현정 엄마가 은근한 음성으로 물었다.

나는 당황했다. 우리 사이의 관계가 과외선생 선발 조건에 들어가는 건가?

"뭐 고향 선후배 사이라고 들었는데 그 선생 실력이 탁월하다면서요? 그 집 아들을 일류대학에 합격시켜주면 한밑천 뚝 떼어줄 거라구 하던데요."

나는 웃음으로 응답했다. 현정 엄마도 내 반응만 보고 더 이상

묻지는 않았다. 대신 얼른 가서 짐 싸가지고 들어오라고 했다. 나는 고마워서 허리를 깊숙이 숙여 절을 한 후 돌아왔다. 그런데 하숙집 대문께서 홍성현이 나를 기다리고 있었다. 커다란 가방을 두 개나 든 채.

"그 집 사모님이 전화 해주셨어. 너 합격이라고. 그래서 짐 싸주려고 왔지."

나는 흠칫했다. 이젠 홍성현이 우리 집에서 허드렛일을 하는 처지가 아닌데, 하는 조심스러움이랄까.

주인아줌마에게 사실을 얘기한 후 남은 하숙비를 치르고 홍성현과 같이 짐을 꾸리기 시작했다. 짐이래야 옷가지와 차렵이불과 책들이었다. 홍성현은 가방에 책을 넣다가 내가 보자기를 펼쳐놓고 이불을 쌀 때 입을 열었다.

"가정교사도 선생이다. 계획표 짜서 실행하는 게 좋아. 또 아이 비위 맞추려고 눈치 보는 건 좋지 않지만 눈높이에 맞춰주는 대화는 자주 나누는 게 좋아."

"잘 알겠습니다."

그렇게 응답하자 웃음이 터뜨려졌다. 방안에 울려 퍼지는 낭랑한 내 웃음소리. 멋쩍어서 얼굴을 슬쩍 돌려야만 했다.

큰길로 나와서 택시를 탔다. 홍성현이 현정네 집 앞에다 가방 두 개를 내려주고 간 후, 그 집 이층 방에다 짐을 옮겨놓았을 때 하루 만에 바뀌어버린 내 처지를 실감할 수 있었다. 무엇보다 넓고 깨끗한 방과 가구들에 대한 구속감이랄까. 내가 자유롭게 행동하고 편하게 호흡할 수 없으리라는 일말의 우려인지도 몰랐다.

그런 예감이 들어맞기라도 하듯 잠시 후 방으로 들어서는 단발머리 여자애를 보자 내 가슴은 서늘해지고 말았다. 창백한 피부, 가냘픈 몸매, 외출했다가 들어왔는지 교복차림도 아니니까 중학생이란 걸 알 수 없을 정도의 작은 키였다.

"현정이니?"

나는 조심스럽게 물었다.

현정인 아주 해맑게 웃으며 고개만 끄덕였다.

"반갑다. 언니랑 악수 할까?"

내가 다가가며 손을 내밀자 현정은 쑥스러워하며 제 손을 내밀었다. 나는 그 애의 손등을 쓸어주며 우리 잘해보자고 다정하게 말했다.

현정이 나간 후 짐들을 대충 정리하고 건넌방 앞에 가보았는데 열린 문으로 현정의 모습이 보였다. 침대에서 곤히 잠들어 있었다. 먼발치로도 애처로워 보였다. 그러자 현정에겐 공부가 어울리지 않는 옷을 입히는 것과 같을지 모른다는 불안이 슬며시 마음 한편에 걸렸다. 그건 조금 전 짐을 정리하면서 예감했던 우려에 더해져 부풀어지는 불안이었다.

"얘, 자고 있지요?"

뒤에서 현정 엄마 목소리가 들렸다.

나는 얼른 돌아서며 겸연쩍은 웃음을 지었다. 현정 엄마가 딸 방으로 들어서더니 그만 자라, 부드럽게 말을 던졌다. 현정이 조금 꿈틀거렸다.

"강 선생이랑 같이 밥 먹자. 첫날인데 니가 안 먹으면 강 선생이 입맛 나겠니?"

현정이 부스스 일어났다. 힘들어하는 기색이 역력했다. 현정 엄마가 나랑 같이 내려오라며 자신은 먼저 층계를 내려갔다.

현정이 방에서 나오자 나는 일부러 그 애 머리카락을 쓸어 넘겨주며 말을 걸었다.

"발도 찬물로 말끔히 씻어봐. 그러면 밥맛이 훨씬 좋아지거든."

현정이 의외로 그럴게요, 선뜻 응하더니 욕실 안으로 들어갔다. 나한테 거부감을 보이지 않는다는 생각이 들자 마음은 조금 편안해졌다.

나는 현정의 머리를 빗질까지 해준 후 같이 아래층으로 내려와 식당에 들어섰다.

"현정이 아버지는 출장 가셨어요. 나도 같이 가야했는데 강 선생 만나는 일이 중요해서 미뤘어요."

내가 현정 아빠를 기다리며 좀 멈칫거리자 현정 엄마가 알려주었다.

식탁 의자에 앉아서 맞은편의 현정일 바라보았다. 차려진 반찬들을 시뜻하게 바라보는 그 애 얼굴은 더욱 핏기가 없어 보였다. 건강한 아이라면 노릇하게 구워진 두툼한 갈치 토막, 계란말이, 나물, 먹음직스러운 육개장을 보고 손길을 부산하게 움직일 것이다.

"강 선생, 첫날이라고 체면 차리며 몇 수저 뜨지 말고 양껏 먹어요."

나는 네, 대답하고 현정에게 말을 건넸다.

"현정아, 니가 많이 안 먹으면 나 창피해. 난 원래 먹보거든."

현정이 재미있다는 듯 웃었다. 그 애는 정말 내 말을 따르려고 애를 썼다. 내가 먹는 반찬을 저도 따라서 먹어보고, 내가 맛있지? 물어보면 고개를 끄덕거렸다. 그런 걸 기특한 듯 바라보던 현정 엄마가 가볍게 한숨을 쉬었다.

"애가 제 달을 채우지 못하고 나왔어요. 어려서부터 약을 입에 달고 살거든요. 그렇지만 다행히 별다른 병은 없대요."

다소 안심이 되었다. 현정에게 만약 별다른 병이 있다면 내가 그다지 도움 안 되는 경우가 올지도 모르잖은가. 그래서 천천히 밥을 먹은 후 현정일 데리고 정원으로 나왔다. 아직 말복이 오지 않았지만 입추가 지난 절기 탓인지 견딜 만한 더위였다. 넓은 잔디밭을 슬슬 거닐며 현정과 이런저런 이야기를 나누고 싶었다.

"우리 수업 계획을 세워볼까?"

"언니가 알아서 해주세요."

분명 시큰둥한 반응은 아니라는 걸 알 수 있었다. 그러자 홍성현이 들려줬던 말이 이내 떠올랐다. 아이 비위 맞추려고 눈치 보지 말라고 했던 말이.

"그럼 내 생각을 말할 게. 무엇보다 먼저 음식을 맛있게 먹으려고 노력해봐. 가령 음식이 맛없어도 맛이 있다, 이걸 먹어야 건강해진다, 이렇게 자신에게 속삭이면 정말 맛이 생겨서 잘 먹게 돼. 그리고 매일 가벼운 운동을 하면 건강해지고. 우리 그렇게 해볼까?"

"무슨 운동을 해야 하는데요?"

"이렇게 걷는 것도 좋구, 또 아침엔 가볍게 체조하는 것두 좋을 거구."

현정이 고개만 끄덕거렸다.

나는 그 애 손을 잡고 일부러 앞뒤로 흔들며 잔디밭을 겅중겅중 걸었다.

그날 밤, 늦도록 편지를 3통이나 썼다. 아버지와 어머니, 작은 어머니에게 내가 홍성현의 도움으로 입주가정교사가 돼 학비와 용돈을 벌게 됐다는 것과 전화번호는 똑같이 썼지만 내용은 조금씩 다르게 적었다. 그리고 몹시 궁금해 할 홍성현에게는 며칠 지낸 다음 편지를 보내는 게 좋을 것 같아서 일단 미뤘다.

다음날 환경이 바뀐 긴장 탓인지 꼭두새벽에 눈이 떠졌다. 마루로 나와서 현정의 방문을 살그머니 밀치니까 곤히 자는 모습이 보였다. 어쩌지 첫날부터 아침 운동하자고 흔들어서 깨워? 나는 망설이다가 밭은기침으로 인기척을 내보았다. 현정이 아무런 움직임도 보이지 않았다. 그래서 무리하지 말자, 중얼거리며 먼저 씻고 까치발로 서성거리며 한동안 기다렸다가 현정일 깨워서 데리고 내려왔다.

아침 먹고 난 후 현정이 피아노레슨 받는 날이라며 집을 비웠다. 그 사이 나는 편지를 부치러 나가려고 준비하고 있는데 현정 엄마가 들어섰다. 외출을 하려는지 말끔한 투피스차림이었다.

"어쩌나, 강 선생 오자마자 현정일 맡기고 며칠간 외국 좀 다녀 와야겠어요. 현정 아버지가 미국에서 수입할 원단을 결정하는데 아무래도 내가 있어야 하거든요. 오늘 출국하기로 약속했었어 요."

"……."

"이런 일이 자주 있었어요. 그동안은 아줌마가 오래 있었던 사람이라 맡겼었는데 지금 아줌마는 온 지 두어 주도 안 됐거든요. 괜찮지요?"

그럼 이런 경우 괜찮지 않다고 어떻게 응답한단 말인가. 마치 이러려고 나를 허겁지겁 고용한 것 같은 그런 꺼림칙함이 들었다.

현정 엄마가 내 표정에 실린 감정을 읽었는지 이맛살을 설핏 구겼다.

"부담스러우면 현정이 이모 오라고 연락하지요 뭐."

"제가 경험이 없어서요. 혹시 현정이 몸이라도 아프면 큰일이잖아요."

"그런 건 걱정 말아요. 우리 제부가 저 아래 큰길가의 병원 의사니까 연락하면 곧바로 달려와요."

현정 엄마가 지갑을 열더니 봉투를 꺼내 책상 위에 올려놓았다.

"돈을 좀 넣었는데, 강 선생이 알아서 써요. 먹고 싶은 거 사다가 현정이랑 먹든지 나가서 사먹든지 해요. 그리고 현정이 오면 얘기 좀 해줘요."

정말 한시가 급한지 현정 엄마는 서둘러서 방을 나갔다. 나도 대문까지 배웅해야 할 것 같아서 따라 나섰다. 그렇게 배웅하고 돌아와서 책상 위의 봉투를 열어보고는 깜짝 놀랐다. 돈이 너무 두둑했다. 얼른 꺼내어 세어보았더니 자그마치 두 달 하숙비가 되는 액수였다.

며칠간 쓸 비용인데 왜 이렇게 많이 넣었지? 푼돈이면 될 텐데,

의아해하다가 언뜻 생각이 스쳤다. 만약 현정이 아프면 병원비로 써야 하니까 그랬나보다 하는. 어찌됐든 돈을 잘 간수해야 할 것 같아서 책상 서랍에 넣고 책으로 눌렀다.

잠시 후 편지 부치러 나가려고 아줌마에게 우체국 위치를 물었다. 그녀는 나간 김에 빨래비누 좀 사다달라며 우체국과 시장 위치까지 자세히 알려주었다.

그다지 멀지 않은 우체국에 들렀다가 시장을 찾아갔는데 갑자기 여우비가 쏟아지기 시작했다. 할 수 없이 가까운 채소가게로 들어가서 비를 피하다가 부추와 막불겅이고추가 보이자 문득 현정과 같이 부침개를 지져보면 좋겠다는 생각이 스쳤다. 그 나이 또래의 여자애들은 음식 만드는 걸 놀이처럼 즐겨하지 않는가.

잠깐 세차게 내리던 여우비가 그치자 나는 부추와 막불겅이고추를 한 움큼씩, 빨래비누는 다섯 장 사가지고 돌아왔다. 우선 아줌마에게 가스불 사용하는 방법을 배운 후에 채소를 씻어 밀가루와 섞어 반죽을 해놓았다.

이윽고 점심나절이 돼 현정이 돌아왔다. 나는 조금 요란하게 그 애를 반기며 함께 부추부침개를 지져 보자고 꼬드겨 보았다. 허약한 몸을 위해서 꼭 먹어야 되는 음식이라며. 현정이 별로 달가워하지 않기에 듣기 좋은 말들을 늘어놓고 억지로 이끌자 마지못해 하기는 했다. 그런데 양념장에 부침개 한 조각을 찍어서 맛보더니 이상하지는 않다며 조금 더 먹었다.

오후엔 함께 수업계획표도 짰다. 내 짐작으론 성적이 하위수준쯤 아닐까 싶어서 무리하지 말고 수업시간을 조금씩 늘려야만 할 것 같았다. 내가 자신 있는 과목인 국어부터 가르치기 시작했다. 시간은 50분 정도로 끝낸 후 시원한 과일을 같이 먹으며 현정의 식욕을 자극시킬 이런저런 음식 얘기를 다시금 들려주고, 수학을 가르치고, 현정이 보고 싶어 하는 텔레비전 프로를 같이 본 후 영어 가르치고, 저녁 먹고 나가서 정원을 거닐다가 하늘에 개밥바라기가 돋아나면 들어와서 가르친 것 되짚으며 복습시키고……

밤이 되자 우선 돈의 지출내역부터 적었다. 현정 엄마가 돌아오면 보여준 후 잔액은 넘겨줘야 할 것이었다. 그러자 이런 소소한 일들을 재미있게 편지로 써서 홍성현에게 보내야겠다는 생각이 들었다. 먼저 현정 엄마 출장간 내용부터 적기 시작해서 죽 이어 갔다.

현정에게 출출할 테니까 부추부침개 같이 만들자고 했더니 출출하다는 뜻을 모르더군요. 무엇이든 먹고 싶은 욕구라고 말해주니까 맛이 이상할 것 같다고 시뜻해하면서도 다가왔어요. 나는 얼른 프라이팬에 기름을 두른 후 부침거리를 한 국자 떠서 얹었어요. 달궈진 프라이팬과 부침거리의 마찰음은 언제 들어도 정겨운 소리예요. 그래서 현정에게 물어 보았지요. 이 치리릭 소리는 마치 여우비가 나뭇잎들을 때리며 쏟아지는 첫소리 같지 않니? 하고요. 현정이 여우비가 뭐냐고 묻더군요. 쨍쨍한 여름 햇살 아래서 잠깐 쏟아지는 비라고 풀이해주었더니 고개를 갸웃거렸어요. 아무런 느낌도 유추되지 않는가 봐요. 나는 또 슬쩍 떠봤지요. 다음에는 키를 쑥쑥 자라게 하고 살결도 곱고 포동포동해지게 하는 잔멸치강정과 황석어젓갈 무침을 만들어주겠다고요.

현정이 눈을 반짝이더군요. 제 또래보다 키가 자그마한 소녀라서 고운 피부라는 말이 감성을 자극했나 봐요. 실핏줄이 비치는 연약한 체질이라 음식 맛을 알게 해서 살찌우게 하고 싶어요. 그러려면 우선 소화력을 좋게 하는 젓갈에 입맛이 길들여지도록 구슬려야겠지요? 설익은 밥도 너끈히 소화시켜주는 황석어젓갈로요.

여기까지만 썼다. 앞으로의 일상을 더 보태고 싶어서였다.

다음날 현정이 미술학원으로 간 사이 나는 잔멸치강정 재료와 황석어젓갈을 사러 또 시장에 다녀왔다. 잔멸치강정은 나중에 같이 만들려고 보관해두었고, 황석어젓갈은 곱게 다져서 양념과 식초에 버무렸다. 현정이 오후에 돌아왔는데 다시 큰 키와 고운 살결이라는 말로 꼬드겨서 황석어젓갈을 겨우 두 번 먹었다.

그날 밤에도 현정이 잠든 것을 보고 나는 홍성현에게 보낼 편지 내용을 늘려나갔다. 그런 후 끝말을 보탰다.

모든 것이 내가 살아온 환경과 너무 달라요. 마치 미개한 곳에서 살다가 진화된 곳으로 급작스럽게 뛰어든 것 같다고 할까요. 그래도 촌뜨기 티를 안 내기 위해 잘 적응하고 아니, 향유할 수 있도록 노력할 거예요. 선배 아니었으면 무척이나 고생했을 텐데 정말 고마워요. 편지 자주 보낼게요.

편지지를 접어 봉투 안에 넣어두었다가 다음날 현정이 잠깐 낮 잠 자는 사이에 우체국으로 가서 부쳤다.

나흘 더 지난 오후에 현정 엄마가 돌아왔다. 일이 잘 마무리돼서 빨리 오게 됐다며 옆의 남자를 현정 아빠라고 소개해주었다. 나이가 지긋해 보였다. 내가 깍듯이 허리 숙여 인사를 하자 그는 우리 딸내미 좀 잘 가르쳐줘요, 짤막하게 한 마디만 했다. 내 얘기를 들은 것 같았다.

책상에서 초저녁에 가르칠 국어를 훑어보고 있을 때 현정 엄마가 들어섰다. 그녀는 얼른 일어서는 나에게 조그만 상자를 내밀며 머플러예요, 했다.

나는 선뜻 손을 내밀지 못하고 머뭇거렸다. 너무 황송하달까. 이 집에 들어온 지 며칠이나 됐다고 선물까지 받나 싶어서였다. 그러자 현정 엄마가 상자를 책상 위에 올려놓으며 강 선생한테 잘 어울릴 거예요, 하더니 그대로 돌아서려고 했다.

"저기, 사모님. 잔금 드릴 게요."

나는 얼른 책상 서랍을 열며 말했다.

현정 엄마가 내 말을 금방 알아들었는지 손사래를 쳤다.

"강 선생 써요. 책이랑 이것저것 필요한 소품들도 살 게 있을 텐데."

"……"

"그리고 나랑 내일 명동에 있는 양장점에 가서 강 선생 옷 좀 맞춥시다. 우리 딸 선생인데 옷차림은 말쑥해야잖아요."

내 얼굴이 대뜸 달아오르는 걸 느낄 수 있었다.

"우리가 수입해온 원단을 대주는 곳이라 옷값은 그다지 비싸지 않아요. 그러니까 큰 부담 갖지 말아요."

이런 때 내가 뭐라고 해야 좋을지, 마음으로는 정말 거절하고 싶었다. 하지만 입이 열어지지 않아서 그냥 입술만 오물거릴 수밖에 없었다.

그렇게 내 생활은 변해버렸다. 여름방학도 끝나 개강이 되자 학업에 열중하면서 현정에겐 더욱 살뜰히 공을 들였다. 과외수업 끝나면 같이 먹을거리 만들어 주전부리하는 즐거움을 알게 해주고, 황석어젓갈 맛에 익숙해지도록 끈질기게 부추겨서 먹는 양을 깨나 늘렸다. 추석이 다가왔지만 집에 내려가지도 않고 풋콩 넣은 송편을 만들어서 한가위의 정취를 느끼도록 해주었다.

그런 일상을 적어서 홍성현에게 편지를 띄우고, 그의 답장을 읽으며 그가 내 앞의 어둠을 밝혀주는 존재로 느껴지는 나날이 흘러가자 나는 고향집 가족들을 거의 잊다시피 하고 지냈다. 더욱이 홍성현이 초겨울의 메마른 흙먼지회오리가 일기 전에 한번 만나자는 편지를 보내오자 나는 현정 엄마가 맞춰준 바바리코트를 입어보고 거울 앞에서 한껏 설레기까지 했다.

현정네 집에 들어온 지 석 달이 넘어갔을 때 쯤, 나는 유주의 편지를 받고 사뭇 놀랐다. 새삼스럽게 가족들의 존재가 느껴진 것이다. 반가움으로 의자에 앉지도 않은 채 겉봉을 찢어서 편지지를 펼쳤다. 그런데 편지의 기본 순서인 인사말조차 없이 대뜸 이상한 내용이 눈에 들어오는 게 아닌가.

언니, 내가 그냥 본대로만 쓸게. 그끄저께 아버지가 엉엉 우는 엄니를 업고 들어왔어. 엄니가 내려놔유! 나 경주 찾으러 서울루 갈 꺼구먼유! 하고 소리 질렀어. 아버지는 엄니를 대청에 내려놓았는데 엄니가 눈을 허옇게 뜨고 고함을 질렀어. 성님! 안방에 숨어 있지 말구 나와봐유! 그려두 양심은 찔리남유! 경주를 대학 공부까지 시켜준다 해서 남의 집에 양딸루 줬다구유?

여기까지 읽었을 때 나는 경악하지 않을 수 없었다. 대번에 뜨거운 덩어리가 목까지 차올라서 헉헉거리며 의자에 털썩 주저앉고 말았다. 눈앞도 캄캄해졌다.

얼마나 그러고 있었는지 모르겠다. 가까스로 정신을 모으며 이를 앙 물고 편지를 다시 읽어야만 했다.

성님, 부잣집에 부엌데기루 팔아먹은 거 다 알어유! 인두껍을 쓰구 얼매나 받아챙겼슈? 이러는 거야. 큰엄니가 문을 열고 앉아서 얼굴만 내밀더니 소리쳤어. 뭐 팔어먹었다구? 다 우리 식구들 살어남을려구 한 짓이라는 거 조상님들 이름 걸구 맹세하네. 아 집안이 거덜충이가 됐는디 지집애들 뭘루 공부시킬겨? 문주 갸두 시방 더부살이하잖여! 이러면서 삿대질까지 했어. 엄니가 또 소리쳤어. 내가 학교 보낼 수 있구먼유! 서울 가서 식모살이라두 하믄 되잖유! 이러니까 큰엄니가 뭐라고 말한 줄 알아? 그럼 저 양반 바라지는 어쩌구? 이러면서 아버지를 손가락질하는 거야.

엄니가 손바닥으로 마룻장을 치며 막 대들었어. 생살을 갈기갈기 찢어 심장을 꺼낸들 자식 잃은 아픔보다 더하겠느냐며 통곡하다가 기절했어. 큰엄니가 또 말했어. 날 원망하믄 자네가 어리석은겨. 두고

봐. 경주가 후담에 때깔 좋은 대학생이 돼서 찾아올꺼여. 그때 가서야 나 고마운 줄 알껴, 이러는 거야.

아버지가 고함을 질렀어. 입 다물지 못하겠소! 당신이 번드레한 말을 늘어놓지만 문주 앞날을 위해서도 이러면 안 되는 거요! 부모 죄를 자식이 갚는다는 말이 있잖소!

언니, 난 정말 놀랐어. 아버지가 큰엄니에게 호통 치는 모습을 처음 보았거든. 그리고 또 놀라운 건 아버지가 엄니 어깨를 부둥켜안고 등을 토닥거리며 달래주는 모습이었어. 내가 경주 찾으러 서울로 갈 거요. 반드시 경주를 데려오겠소, 하는 거야. 나도 가슴이 저려서 엉엉 울었어.

언니, 밤에 자리끼를 들고 사랑방에 들어서자 아버지가 내 손을 잡아 앉히더니 나 내일 꼭두새벽에 서울로 올라간다, 이러셨어. 가서 경주를 찾아보겠지만 서울이란 데가 오죽 넓어야지. 오랫동안 내려오지 못할 수도 있으니까 니가 두 어머니 수발 좀 잘 들어줘야겠다, 이러시는 거야. 나는 기뻤어. 언니. 경주를 정말 다시 만날 수 있겠지? 영영 못 보는 건 아니겠지?

편지는 그렇게 희망을 내비치는 것으로 끝나면서 날짜도 적혀 있지 않았다.

나는 벌벌 떨렸다. 어머니를 용서할 수 없었고, 그 비정함에 진저리가 쳐지기도 했다. 그래서 편지지를 얼른 서랍에 넣으려다 멈칫했다. 만일 이 집 가족 중 누구라도 보게 된다면 나를 쫓아낼지도 모른다는 공포심이 몰아쳤다. 할 수 없이 잘게 찢어서 쓰레기

통 밑바닥에 숨겨버렸다.

그날부터 도저히 잠을 쉬 이룰 수가 없었다. 잠깐 괭이잠을 자다가 한순간 소스라치게 놀라며 일어나곤 했다. 심한 불면증에 시달리면서도 홍성현에게는 알리기 싫었다. 어머니에게 내재돼 있는 잔인성이 너무 수치스러워서였다.

그런 나날이 보름쯤 지났을 때 아버지의 편지를 받고 뛸 듯이 기뻤다. 하지만 발송지가 적혀 있지 않아서 온몸의 수분이 일시에 증발하는 것 같았다. 더욱이 내가 경주 사건을 알고 있으리라는 믿음 때문인지 편지 내용은 너무나도 간략했다.

문주야. 네가 아버지를 간절히 만나고 싶어 할 심정 잘 안다. 그런데 경주를 찾는다는 게 가능할 것 같니? 그래도 나는 그 애를 찾아봐야 하고, 끝내 찾지 못하면 도저히 집으로 내려갈 수 없을 것 같다. 네 어머니들에게도 소식을 알리지 않는 건 그들을 위해서다. 그러니까 나를 만나려고 수소문하지 마라. 이건 지엄한 명령이다. 너는 네 앞길이나 착실히 닦는 게 우리 가족을 위한 의무라는 걸 명심해라. 앞으로도 내가 알아서 편지를 보내마. 만일 네가 그 집에서 옮겨 주소가 바뀌면 학교로 부치마. 지금 그 집의 전화번호와 홍 군 전화번호는 수첩에 적어두었다. 그럼 잘 있거라.

가슴이 쥐어짜지는 듯한 고통으로 나는 끙끙 앓았다. 그런 속에서도 부꾸미를 지져 팥소를 듬뿍 넣어서 현정의 입맛을 돋우어 주고, 호박이나 가지, 무, 도토리묵을 잘라 말려서 고지를 만드는 잔

재미를 현정에게 주는 것으로 내 고통의 농도가 묽어지도록 애를 썼다.

노루꼬리만큼 남은 늦가을의 하굣길을 늘쩡거리며 걷고 있는데 강문주, 쓰러질 것 같다, 하며 누가 옆으로 다가왔다. 나는 화들짝 놀랐다. 홍성현의 목소리라는 걸 단박에 알 수 있어서였다. 그래서 도망치듯 옆걸음질을 쳤다.

홍성현이 내 손목을 와락 잡아 현정네 대문 앞 돌계단까지 끌고 가서 힘으로 내리눌러 앉히더니 자기도 앉았다. 나는 고개를 숙인 채 입술만 깨물었다.

"니 편지가 왜 끊겼나 걱정했는데, 선생님 편지를 받고서야 이유를 알았다."

아버지가 홍성현에게까지 우리 집의 밑바닥을 알리다니. 나는 수치스러움으로 귀가 뜨거워지는 걸 느꼈다.

"선생님이 간절하게 부탁하시는 편지를 보내셨어."

"무슨 부탁을요?"

나는 더욱 놀라서 고개를 들고 묻지 않을 수 없었다.

"경주 사건으로 니가 오랫동안 괴로움에서 벗어나기 힘들 거라고. 그러니까 내가 많이 도와주라고."

"가슴을… 뾰족한 무엇이 찌르는 것 같이 아파요. 늘."

"그래, 우리 함께 견뎌내자. 앞일은 선생님께 맡겨보고. 응?"

나는 또다시 고개를 숙이며 홍성현의 눈길을 피했다.

"어느새 겨울이 저만큼 왔지? 이번 크리스마스 땐 너랑 같이 즐겁게 놀며 우리의 아름다운 시절을 싹틔워보고 싶었는데, 니 마음이 지옥일 테니까 내년으로 미뤄야겠다. 아, 내년 크리스마스 때 내가 휴가 나올 수 있을지 모르겠네."

"휴가라니요?"

고개를 번쩍 들며 흘러나온 내 물음엔 불안이 배어 있었다.

"나 내년 삼월에 군대 간다."

나는 그만 자신도 모르게 몸을 틀어서 홍성현의 가슴에 얼굴을 묻었다. 그 가슴은 아버지 품 같이 따뜻할 곳이고, 강산이 두 번 변할 만큼 한 울타리 안에서 더불어 살아온 사람과의 이별이 슬퍼져 저절로 기대어진 그런 곳이었다.

홍성현이 내 어깨를 감싸 안고 부드럽게 토닥였다.

"대학 재학 중에 입대하니까 1년 6개월만 복무하면 돼. 대신 제대하면 6개월 안으로 복학해야 하고."

아, 얼마나 다행인가. 나는 홍성현이 1년 6개월만 복무하면 된다는 말에 적이 안도하며 긴 숨을 내뿜었다.

"돌계단이 차갑겠다. 그만 들어가라."

홍성현이 나를 일으켜 세웠다.

그때 택시가 우리 앞에 스르륵 머물더니 군복차림의 웬 남자가 내려섰다. 그는 우리를 흘끔거리며 대문의 초인종을 누르고 나서 퉁명스럽게 물었다.

"난 이 집 아들인데. 누구들이십니까?"

"사모님! 귀에 뻘건 양념이 잔뜩 묻었어요!"

아줌마가 허리를 숙여 자기 손바닥으로 내 귓바퀴를 훔치며 알려주었다. 나는 비로소 퍼뜩 정신을 모을 수 있었다.

"놔두세요. 제가 할게요."

수돗물을 쏴 틀고 아줌마가 손을 씻으면서 말했다. 그러고 보니 내 양손엔 시뻘건 소가 쥐어져 있었고, 소를 넣지 않은 가지도 꽤 남아 있었다. 내가 기억의 늪에만 빠져 있어서 할 일을 잊었다는 게 그제야 일깨워졌다.

나는 끙, 하며 일어나서 수돗물에 손을 씻고, 귀밑머리도 여러 번 쓸어내듯 닦아내었다. 아직도 심장의 박동은 제 속도로 돌아가지 않고 있었다. 다시 탱자차를 끓일까 하다가 차라리 탱자술을 한 잔 마시는 게 좋을 것 같아서 싱크대 아래 칸을 열어 술병을 꺼내 들고 서재로 향했다.

책상 앞에 앉아서 찻잔에 술이 가득 차도록 따랐다. 노르스름한 빛깔의 술은 향이 그윽했다. 잔을 들어 한 모금 들이켰다. 자주 경련을 일으키는 위장을 달래기 위해 두어 잔씩 마시곤 했지만 오늘처럼 여러 가지로 뒤섞이는 감정과 심장의 불온한 박동을 가라앉히려고 마시는 건 처음이었다.

두 모금 더 들이켜서 심장의 박동을 달래고, 머릿속을 비우기 위해 천천히 세 모금 더 마셨다. 그러자 눈꺼풀이 바르르 떨리더니 술에 서린 탱자꽃 향기가 홀연히 내 소녀시절의 어느 기억을 향해 퍼져나갔다. 빠르게, 아주 빠르게 퍼져나가서 머물더니 그 기억을 몽환적인 영상처럼 눈앞에 펼쳐주었다.

엉킨 가시 사이사이로 앙증맞은 별처럼 흐드러지게 핀 탱자꽃.

그 진한 향기가 날리는 생울타리 근처에서 열 살짜리 유주가 홍성현에게 매달리며 바람개비놀이를 하자고 조른다. 딱 한번만이다. 그가 다짐하자 유주는 고개를 끄덕인다. 그가 엉거주춤 무릎을 구부려 등을 내민다. 그의 허리에 유주가 제 몸통을 옆으로 뉘어서 양손으로 그의 바지 앞 허리춤을 움켜잡고 찰거머리처럼 달라붙는다. 그는 오른손으로 유주의 양 어깻죽지를 휘감듯 껴안고, 왼손으로는 양쪽 장딴지를 앞으로 힘껏 조여서 일어서더니 빙그르르 돈다. 유주가 까르르 웃음을 터뜨린다. 양팔을 고개 위로 날개처럼 쭉 뻗고 오빠! 싸게싸게 돌아! 소리도 지른다. 그가 속도를 올린다. 우아! 우아! 유주의 함성이 울안을 맴돈다. 그의 다리도 제 흥이 실려서 한층 빠르게 돌아간다. 빙글빙글 휘도는 바람개비 같은 형상. 순간 각도가 기우뚱하더니 한쪽 날개가 꺾이면서 탱자나무께로 쓰러진다. 가시들에 어느 곳을 찔린 것일까. 유주 울음소리가 울안을 가른다. 그는 재빨리 유주를 품에 안고 그 애 손가락을 번갈아 입에 넣어서 피를 핥아주며 어쩔 줄 몰라 한다. 서너 걸음 떨어져 있던 나는 그의 뺨에 설핏 비치는 피가 더 안타깝다. 그의 덩치가 훨씬 크니까 탱자 가시에 더 많이 할퀴었을 것이므로. 유주 울음소리가 울타리를 타고 넘는다. 업자. 그는 또 등을 내밀며 양팔을 쫙 벌린다. 울음을 그친 유주가 그의 등으로 폴짝 뛰어오른다. 나는 눈에 쌍심지를 돋우어 유주 뒤통수를 노려본다.

'으음. 그 풍경은, 그들의 먼 훗날의 예시였어.'
입안에 가득 고인 쓴맛과 함께 기억을 삼키느라고 입귀를 허물

어뜨리면서 나는 다시 잔에 탱자술을 따랐다. 그걸 단번에 들이켜
자 속이 불에 덴 듯 확 뜨거워졌다가 쓰라려왔다. 그러면서 몸이
까부라졌고, 눈꺼풀은 부쩍 무거워졌다.

기억의 날개

아! 민들레꽃… 운전을 하며 까맣게 잊고 있었던 꽃인데도 이제
껏 생각했던 것처럼 나는 중얼거렸다. 그건 붉은 신호등에 대기하
고 있을 때 도로변을 장식한 커다란 화분들에서 피어난 노란 팬지
꽃을 보자 불현듯 민들레꽃이 떠올랐기 때문이다.

아침에 거실의 환기를 위해 유리문을 잠깐 열어놓을 때였다. 발
코니 밖의 에어컨박스에 앙증스럽게 피어난 꽃송이 하나가 언뜻
눈에 띄었다. 오래된 아파트라 에어컨 실외기가 위험하다며 안으
로 옮기라는 관리실의 부탁을 따랐지만 박스는 철거하지 않았다.
덩굴식물을 키워보려고 화분을 내놓았었는데 강경포구 되살리기
의 업무가 중간 점검 단계라 바빠서 미처 꽃씨를 심지 못했다. 그
화분에 꽃송이가 피어 있었던 것이다.

나는 고개를 갸웃거리며 발코니로 나가 보았다. 어머! 입에서
저절로 낮은 탄성이 흘러나왔다. 꽃송이는 가녀린 줄기에서 피어
난 노란 민들레꽃이었다. 세상에, 이 높은 10층까지 홀씨가 날아

왔단 말인가? 그럴 함수는 도대체 얼마나 될까? 일순 가슴을 푸르르 휘젓는 감동이 밀려왔다.

신호등에 파란 불이 켜지자 민들레꽃에 대한 생각을 날려버리며 다시 운전을 했다. 한동안 달려서 도착한 우리 회사 건물의 지하에 승용차를 주차시킨 후 사무실로 들어서면 개인적인 일은 금방 잊혀진다.

맨 먼저 당일 자금계획표를 점검하고 나자 회계과의 김 부장이 들어와서 서류를 내밀었다. 각종 물품대금으로 당좌수표와 어음을 결제해 주자 김 부장이 챙겨들더니 잠시 머뭇거렸다.

"저 사장님, 오전 업무 끝내시고 잠깐 뵐 수 있을까요? 꼭 의논드릴 얘기가 있습니다."

"그러세요. 잠깐이라면 복잡한 얘기는 아닌 것 같네요. 혹시 대리점 운영을 원하는 사람의 부탁 같은 건가요?"

"아닙니다. 저… 김태주 씨 아내였던 분에 대해서 좀……."

순간 가슴에서 파동이 일었다. 김태주, 그가 결혼을 했었단 말인가? 휘돌아 치는 의문으로 나는 김 부장을 빤히 바라보았다.

"그, 그 사람이… 결혼을… 했었군요오."

나는 갑자기 혼란스러워져서 말을 더듬었다.

"이따가 자세히 말씀드리겠습니다."

김 부장이 몸을 돌려 걸음을 떼놓으려고 했다. 순간 내 입에서 반사적으로 큰소리가 터져 나왔다.

"아니, 지금 듣고 싶어요. 저리가 앉으세요."

나는 벌떡 일어나서 자리를 옮기며 응접소파를 가리켰다.

김 부장이 잠깐 멈칫거리긴 했지만 내 태도가 워낙 단호해서인지 맞은편 소파에 조심스럽게 앉았다. 그리고 결재서류를 장부 속에 끼워 넣더니 무릎에 올려놓으며 입술을 꽉 맞붙였다.

"제 성격 잘 아시잖아요. 궁금증이 머릿속을 가득 채워서 바글거릴 텐데 일이 손에 잡히겠어요?"

"그래서 퇴근 무렵 말씀드리려다가 사장님이 오후에 고향 출신 기업인들과의 모임이 있으시다는 말을 듣고……."

"잘 하셨어요. 김태주 씨 일인데 만사 제쳐놓고 들어야지요. 뭐, 그 부인하고는 연락이 죽 되셨나보네요?"

김 부장 마음이 불편하지 않도록 내가 먼저 운을 떼었다.

"아닙니다. 김태주 씨 장례식 때 만나고는 소식이 끊겼었는데 며칠 전에 찾아오셨어요. 저도 정말 많이 놀랐습니다. 자기 딸 얘기를 꺼내며 사장님을 만나게 해달라고 사정하는 겁니다. 차암……."

따알? 내 입에서 중얼거림이 더운 숨처럼 내뱉어졌다.

"김태주 씨는 그 딸의 존재를 모른 채 눈을 감았답니다. 부인이 임신 4개월째였지만 한사코 비밀로 했다는 겁니다. 김태주 씨가 자신의 죽음을 예감했는지 임신을 꺼렸기 때문에 그랬대요."

나는 고개를 끄덕였다. 김태주가 월남전쟁 때 고엽제라는 화학물질이 묻은 군복들을 오랫동안 수선했기 때문에 피부가 괴사하는 발병의 원인이 된 것 같다는 얘기를 들었었다.

"그 딸에게 무슨 문제라도 생겼대요?"

어쨌든 궁금해서 나는 묻지 않을 수 없었다.

김 부장이 장부를 만지작거리더니 차암, 하며 뜸을 들였다. 빨리 말하기가 난처하다는 표정이었다.

"혹시 경제적인 도움이라도 원하던가요?"

"아닙니다. 너무 어이없어서 말씀 드리기가… 글쎄 열 살짜리 자기 딸을 사장님에게 3년간만 맡아달라고 간청해보겠답니다."

나는 깜짝 놀라서 눈이 휘둥그레졌다. 아니, 황망해서 웃음까지 나올 뻔했다. 나에게 자기 딸을 맡기려고 하다니, 도대체 어떻게 그런 생각을 하게 됐을까?

"재혼한 남편이 올 겨울부터 외국 지사에서 3년간 근무할 예정이라나요. 그런데 딸이 아주 허약해서 탕약이나 음식이 바뀌면 이상반응을 나타내는 체질이랍니다."

"그래서 하고많은 사람 중에 저를 생각해냈대요?"

나는 비어져 나오는 웃음을 어찌지 못해 입귀를 끌어올렸다.

"자기가 고아라서 맡길 사람이 없다는 겁니다. 그래서 고민고민 끝에 사장님을 찾아뵙기로 용기를 냈대요. 한번 거절했는데도 또 와서 이상한 말을 하며……."

"무슨 이상한 말을요?"

"글쎄 김태주 씨가 사장님을 만나 뵙고 간청해보면 들어주실 거라고 소곤거리더랍니다."

김 부장도 설핏 웃음을 지었다.

"아이 때문에 애면글면하다가 환청을 들은 게 아닐까 싶어요."

웃음기를 지우며 김 부장이 얼른 덧붙였다.

나는 된 콧김을 뿜으며 입술을 오물거렸다. 김태주의 아내였다고 자처하는 여인의 말이 진실일 수도, 거짓일 수도 있다는 의구심이 스치기는 했다. 하지만 그녀의 그런 발상으로 미루어 김태주, 그가 나와의 관계를 겉핥기식으로만 얘기하진 않은 것 같았다.

단지 그런 환청이 이유가 될 수 있을까? 머릿속에 커다란 의문표가 들어차는 바람에 나는 침묵을 지켰다.

김 부장이 한 손으로 머리를 긁적거리며 일어섰다. 자신의 선에서 해결하지 못한 것에 계면쩍어하는 듯했다.

"난감한 일이네요. 그래도 좀 더 알아보기는 해야겠지요?"

나도 일어서며 마지못해 한 마디 던지기는 했다.

"아 참, 그 부인이 이런 말도 했습니다. 김태주 씨가 사랑한 여인은 오직 강유주 사장님뿐이라고요."

말을 해놓고 쑥스러운지 김 부장이 종종 걸음으로 사무실을 나갔다.

나는 회전의자로 돌아와서 털썩 앉았다. 그리고 양손가락을 깍지 껴서 잇바디를 꽉 눌렀다. 사실일까? 피부가 괴사해서 패혈증을 앓다가 숨을 거두었다고 들었었는데, 그런 몸으로 사내의 욕정이 가능했을까?

김태주의 처였다는 여인과 그 딸에 대해 갈마드는 감정은 혼란이 아니었다. 황당하게도 묘한 배신감이었다.

왜 이래? 속물스럽게, 나는 자조하듯 뇌까렸다. 그 옛날 김태주가 나에게 사랑을 갈구할 때마다 얼마나 매몰차게 외면했던가. 오로지 홍성현의 연인으로 발돋움하기만을 꿈꾸고 있었잖은가.

자기 위로의 뒤끝처럼 감정이 편안해지질 않아서 회전의자를 돌려 창밖을 응시했다. 블라인드를 올린 창으로 봄의 농밀한 햇살이 들이치고 있었다.

사무실에서 창으로 뜻 없이 밖을 내다보기는 처음이기 때문일까? 창문을 열어젖히고 고개를 내밀면 오른쪽으로 멀지 않은 을지로 2가에서 명동으로 들어오는 길이 보일 것만 같았다. 그 길은 내가 28년 전에 고향집을 도망쳐서 서울로 올라와 택시 타고 처음 명동으로 들어온 길이다.

그 길, 팔짱을 끼며 긴 숨을 뿜어내자 그 길의 양쪽 건물들을 기웃거리는, 행색이 초라한 앳된 계집애 모습이 우련하게 떠올려졌다. 운동화를 신고, 검정 스커트에 헐렁한 블라우스 차림새로 가슴에 보퉁이를 그러안은 계집애. 잔뜩 겁먹은 눈알을 굴리며 이 양장점 저 양장점의 유리창 안을 기웃거리고 있다. 그렇게 내 의식 속에서 점차 오롯이 등장한 계집애가 타박타박 걸어 다가왔다.

28년 전, 꼭두새벽 달구리쯤 내가 우리 집을 몰래 빠져나와 첫 기차로 서울역에 도착했을 때는 해거름 전이었다. 처음 와보는 곳인데도 택시를 타고 명동에서 내릴 수 있었던 건 대학원 일학년인 언니에게 명동의 위치를 꼬치꼬치 물어서 알아두었기 때문이었다. 서울역에서 버스를 타고 을지로 2가에서 내리면 근처에 있다고 했고, 거리가 멀지 않으니까 택시를 타도 요금이 많이 나오지 않는다고 들었던 것이다. 더욱이 중학교에서 가끔 관람시킨 영화 중에 나왔던 서울역이나 명동거리 풍경도 눈에 꽤 익어 있었다.

내가 '명동의 양장점'을 알게 된 것은 순전히 언니 덕이었다. 언니가 학비를 벌며 공부하기 바빠서 시간을 쪼갤 수 없다는 이유로 명절에는 고향집에 내려오지 않았지만 방학 때는 잠깐이라도 꼭 다녀갔다. 그때마다 옷 만들기 좋아하는 나를 위해 문양과 색이 다른 천들과 자투리를 가져오곤 했었다. 모두 명동에 있는 양장점에서 사기도 하고 얻기도 한 천들이라고 했다. 그런 천과 자투리로 옷을 만들며 명동의 양장점에 대한 동경이 떡잎처럼 자라난 것일지도 몰랐다.

명동에 있는 양장점은 내가 예상했던 것보다 문턱이 너무도 높은 곳이었다. 첫 번째 들어간 곳에서 주인인 듯한 여자에게 혹시 재봉사 구하지 않느냐고 조심스럽게 묻자 여자가 내 아래위를 싸늘한 눈초리로 훑어보았다.

"너 사투리가 심한 걸 보니 촌에서 올라왔구나. 몇 살이니?"

여자가 대뜸 반말로 물었지만 나는 개의치 않았다.

"열일곱요. 저 재봉질을 잘 해유. 블라우스랑 스커트두 썩 잘 맨들어유."

"그래도 신출내기는 일단 시다부터 해야 하는데. 시다가 뭔지 모르지? 밑단 감치고 실밥 뜯고 단추 달고 청소도 하고. 하여튼 휘뚜루마뚜루 일하는 허드레꾼이야. 그것도 한 일 년쯤……."

나는 기겁하며 눈을 홉떴다. 도무지 경우가 안 되는 말을 들은 것 같았다.

"그래도 하고 싶으면 일주일 후에 다시 와봐. 선생님 출장 중이니까."

여자가 앙칼진 목소리로 내쏘더니 안쪽으로 들어가버렸다.

나는 내빼듯 밖으로 나왔다. 선생님도 아니면서 거드름을 피우는 여자가 꼴사나워 부아마저 치밀었다.

다시 두리번거리며 걸어야만 했다. 얼마 가지 않아서 창으로 마네킹이 둘이나 서 있는 게 보이는 양장점이 있었다. 이번에는 쭈뼛거리지 않고 출입문을 밀어 안으로 들어섰다. 푹신한 의자에 앉아서 잡지를 뒤적이던 젊은 여자가 고개를 들더니 역시 나를 사납게 훑어보았다.

"저기, 여기 선생님 좀 뵐 수 있을까요?"

이번에는 애써서 표준발음을 내기 위해 또박또박 책 읽듯이 말을 했다.

그곳 여자도 즉각 반말 투로 선생님? 왜 찾는데? 되물었다. 나를 촌뜨기로 금방 알아본 모양이었다.

"제가 재봉질루 옷을 잘 만드는데요. 여기서 일 좀 할 수 있나 해서요."

"그래? 학교는 어디까지 나왔니?"

"고등학교 일학년인데 얼마 전에 그만뒀어요."

"집안이 쪽박이라도 찬 모양이네. 서울엔 누구 아는 사람이라도 살아?"

"언니가 서울대대학원에 다니고 있어요."

"저런. 훌륭한 언니 학비 대려고 그러는구나. 기특한 동생이네. 그럼 잠자리는 해결되겠다. 언니랑 같이 살 테니까."

이게 무슨 말인가? 나는 화들짝 놀랐다. 큰어머니의 횡포에 더 이상 굴복하기 싫어서 어머니가 봉창해둔 모갯돈을 훔쳐가지고 집을 뛰쳐나왔기 때문에 성공하기 전엔 결코 언니를 만나지 않을 작정이었다.

"아녀요. 언니는 입주가정교사라서 나랑 같이 못 살아요."

나는 고개까지 절레절레 흔들었다.

"너 서울을 모르는구나. 어지간히 벌어서 먹고 자는 거 꿈도 못 꾼다. 재봉틀 굴리려면 서너 해는 시다로 일해야 하는데 몇 푼이나 받을 거라구. 어림도 없다."

여자가 입매를 비틀며 고개를 돌리더니 다시 잡지 페이지만 홀홀 넘겼다.

다리에서 힘이 쭉 빠졌다. 그래도 워쪄, 워쪄… 속에서 마구 구르는 외침이 터져나올까봐 한 손으로 입을 틀어막으며 밖으로 나오고 말았다. 해가 설핏 기울었는데도 눈이 부시며 어지러웠다. 할 수 없이 양장점 건물 옆 구석에 등을 기대고 서서 축 처진 몸을 의지했다.

내가 어릴 때부터 바느질감에 자연스레 손이 간 것은 아니었다. 오히려 바느질하곤 거리가 먼, 어떤 짓을 은밀히 하다가 어머니의 일감으로 연결되었다고 할까.

우리 집의 두 어머니에 대한 이상한 호칭에 내가 의문을 품은 건 여섯 살 무렵이었다. 언니가 '엄니'라고 부르는 여인을 나와 동생인 경주는 왜 '큰엄니'라고 해야 하나? 또 언니가 '작은엄니'라고 부르는 여인을 나와 경주는 왜 '엄니'라고 해야 하나? 굉장히 혼란스러웠었다. 그렇지만 특별한 환경에서 싹트는 눈치는 정서를 밟고 웃자라는 것인가 보았다. 큰어머니는 아버지도 어려워하는 존재라는 것을 눈치껏 터득할 수 있었기 때문이었다.

하지만 정서가 눈치를 밀어내면서 내 깜냥으로 큰어머니에게 분풀이하기 시작한 것은 열한 살 때쯤이었다. 큰어머니가 걸핏하면 나와 경주에게 '신물나는 저녀르 지집애들', '이녀르 징그러운 것들'이라며 퍼붓는 욕설. 그 불뚝성에 대항하는 짓은 큰어머니 옷을 가위로 몰래 조금 잘라서 흠집을 내는 것이었다. 처음엔 내 정서가 순응하질 못해서 그랬지만 점차 즐기는 어떤 짓으로 변해갔다. 큰어머니의 나들잇벌인 벨벳이나 뉴똥 한복을 자를 때 들리는 사르륵 소리가 묘한 쾌감까지 몰고 왔다.

그런데 옷을 함부로 다뤄 찢어졌다는 누명을 쓰기 일쑤였던 어머니가 서너 달 만에 내 분풀이를 알아챈 것 같았다. 늦가을의 어느 날 저녁 부엌바닥에다 실파를 한 다발 풀어놓고 같이 다듬자고 하며 나를 마주 앉게 했다. 어머니는 칼로 뿌리를 자른 파를 내 앞에 놓아주며 입을 열었다.

"유주야, 내가 니 아버지랑 혼인허게 된 이러저러헌 사정을 말해준적 있지?"

나는 고개만 끄덕거렸다.

"니 아버지한티서 이 고장에 있었던 포구 얘기두 소상히 들었을 것이구."

파 껍질을 벗기던 내 손놀림이 무디어졌다. 아버지가 나를 데리고 강둑에 올라가서 아주 슬퍼하는 표정으로 벌써 여러 번 들려주었었다.

"그러니 큰엄니 가슴인들 오죽이나 무너졌겠냐. 응? 아이구, 토
종 파라 요렇게 매운가, 눈이 따겁네."

어머니가 손등으로 눈을 비비며 코를 훌쩍였다.

그제야 나는 속으로 뜨끔했다. 어머니가 큰어머니의 비단 옷들
을 내가 가위로 여기저기 흠집 낸 걸 알지만 차마 꾸짖지 못하고
심정은 복잡해져서 눈물을 그렁거린다고 여겨져서였다.

그럼에도 나는 잘못했다는 말을 나긋하게 뱉어내지 않고 실파
만 다듬는 오기를 부렸다. 내 안에는 어머니를 향한 무조건적인
애정 대신 원망스런 감정이 이미 싹터 있었다. 이웃들이나 동무들
의 흘깃거리는 눈초리에서 얄봄이 넘친다는 자각, 일꾼처럼 사는
어머니는 아주 많이 부족한 존재라는 것, 그래서 나와 경주 처지
도 언니와는 사뭇 다르다는 거리감에 슬펐고 또 부아가 치밀곤 했
었다.

하지만 큰어머니에게 대항하는 나의 은밀한 분풀이는 그날로
끝을 냈다. 어머니에게 들통난 이상 더 이상 할 수는 없었다. 대신
어머니가 늘 정성을 들이는 일감인 바느질을 도와주는 것으로 조
금 바뀐 마음을 보여주고 싶었다. 구김살이 잘 펴지도록 밤이슬로
적시기 위해 다림질감을 채마밭에 펼쳐놓는 것, 홑청을 뜯고 꿰매
고, 화롯불에 달궈진 인두를 입술 가까이 대어 열기를 가늠해서
도련과 섶을 다리는 건 재미도 있어서 곧잘 하곤 했다.

그렇지만 아버지가 국회의원 선거에서 낙선하는 바람에 집안이
거덜났다는 핑계로 큰어머니가 가족들 몰래 경주를 남의 집에 양

녀로 줘버리자 내 가슴에선 큰어머니를 향한 맹렬한 증오심이 타오르기 시작했다. 게다가 경주를 찾으러 서울 간 아버지마저 아무런 소식이 없었다. 어머니가 큰어머니와 진종일 얼굴 보는 걸 피하기도 할 겸 돈벌이하겠다며 시장에 하나 남아 있던 점방을 세놓지 않고 직접 생선 장사를 시작하자 내 증오심은 더욱 팽팽하게 부풀어만 갔다.

내가 중학생이 돼서 가사시간에 밥상보를 만들 때였다. 나는 언니가 보내준 자투리 천으로 만들어보려고 어머니에게 재봉질을 배웠다. 실톳에 실을 감아서 북에 집어넣어 밑실로 쓰고, 재봉틀 위의 꽂이에 실패를 꽂아서 실을 바늘구멍에 끼워 윗실로 쓰는 것, 노루목을 들어서 천을 끼워 넣고 다시 노루목 내려 발판을 밟으면 달달달, 소리 내며 박음질이 되는 게 여간 재미있지 않았다. 어쩌다 아차 하는 순간 바늘에 서너 번 손가락을 찔렀는데 어머니가 달걀껍질 안쪽의 얇고 흰 막을 떼어내 붙여주면 상처가 아물곤 했었다.

그렇게 하면서 새로운 발상에 눈을 떴다고 할까. 밥상보를 만들 때 네 가지 천으로 각기 다른 것의 세모가 만나 네모로 이루어지게 하면서 두 칸마다 연결시켜 색과 무늬의 일체감을 살리고, 테두리는 빨간색으로만 완성시켰다. 어머니는 놀라면서 나한테 그런 재주가 있다는 게 무척 대견스럽다고 했다. 큰어머니도 요리조리 훑어보더니 쓸만하게 맨들었구먼, 중얼거렸다.

'흥! 선생님두 감탄하셨는디. 창의성이 뛰어나다구.'

나는 속으로 큰어머니를 향해 혀를 쑥 빼서 날름거렸다.

다음 가사시간에는 자기가 원하는 것을 자유롭게 택하라고 했다. 나는 저녁 끼니를 마련하느라고 늘 지저분한 앞자락이 싫어서 서양식 에이프런을 만들어보고 싶었다. 포목점에서 분홍색 포플린을 떠다가 영어책에서 본 그림으로 옷본을 뜨고 마름질해 재봉틀로 박았더니 제법 세련돼 보였다.

포플린을 넉넉하게 떠와서인지 꽤 남았다. 또 무얼 만들어볼까 궁리하다가 문득 사각팬티를 떠올렸다. 허벅지까지 덮는 길이가 마음에 들지 않았기에 곧바로 본을 떴다. 허릿단에 고무줄 넣는 건 같지만 가랑이는 살 방향으로 짧고 어슷하게 잘라내서 올이 풀리지 않게 박음질을 했다. 어쩐지 밋밋한 것 같아서 밑 솔기에 파란실로 수를 놓듯 성글게 두 번씩 상침을 뜨자 제법 근사해 보였다. 그런데 팬티를 빨아 널어놓은 걸 본 큰어머니가 다짜고짜 획 걷어내서 땅바닥에 패대기치더니 바지랑대로 마구 찍어대며 소리를 지르는 게 아닌가.

"지집애가 요따위 잡상스런 끼를 품구 있었으니께 끝내 사내동생을 못 본겨!"

큰어머니의 치졸한 시비가 살갗을 파고드는 바늘 같았지만 그 정도의 아픔을 견디는 참을성엔 이골이 나 있었다. 아예 반응하기조차 싫은 감정 조절이 쉬웠다. 그렇기에 큰어머니가 멋대로 짜내어서 내게 씌운 그 '잡상스런 끼'가 다름 아닌 창의성이란 것을 보여주고 말겠다며 속으로 이를 갈곤 했었다.

우리 학교엔 2, 3개월에 한 번씩 학생들에게 영화를 관람시키는 규칙이 있었다. 작품성이나 재미가 있는 외국 영화들이 대부분이었는데 나는 내용보다 여자배우들이 입은 블라우스나 원피스에 정신을 팔곤 했다. 아주 예쁜 옷들이 내 감성을 세차게 자극했다고 할까. 한번 만들어보고 싶은 욕구가 샘솟는 것이었다. 그래서 스타일을 잊어버리지 않기 위해 도화지에 그림으로 그려놓곤 했었다.

중학교 2학년으로 올라가자 가사시간에 블라우스를 만들게 되었다. 이 기회에 나는 큰어머니에게 보란 듯이 아주 세련된 잡상스런 끼를 부리고 싶었다. 그래서 언니가 동대문 시장까지 가서 사 보냈다는 '리넨'이란 파르스름한 천으로 온 정성을 다 들였다. 가사선생님에게 도움을 청해서 여러 번 설명을 듣고 난 후 어깨에 셔링을 넣어 봉긋하게 부풀리고, 소맷부리와 앞섶엔 프릴을 달았다. 드디어 내가 보기에도 아주 고급스런 블라우스가 만들어졌다.

스스로도 흡족해하며 단추를 달고 있는데 큰어머니가 관심을 보였다.

"문주가 보내준 옷감으루 맨든 거냐?"

나는 퉁명스럽게 예, 했다. 발재봉틀이 대청에 있으니까 자연 눈에 띄게 할 수밖에 없었다. 그러자 큰어머니가 블라우스를 언니에게 주자고 넌지시 나를 구슬리는 게 아닌가. 더부살이하며 공부하느라고 옷인들 변변히 사 입겠느냐는 것이다.

나는 흔쾌히 응낙했다. 큰어머니가 나의 잡상스런 끼에 홀딱 반한 것 같아서 통쾌하기까지 했다.

내 솜씨는 날로달로 좋아졌다. 원피스와 개더스커트도 너끈히 완성시켜 언니에게 소포로 보낼 정도였다. 그런 능력을 믿고 서울의 명동에 있는 양장점을 찾아서 용감하게 기차를 타고 올라온 것이다. 그런데 두 군데나 들른 양장점에서 주인은 만나지도 못하고 아랫사람들에게 쫓겨나다시피 했잖은가.

정신을 차리고 이를 악문 채 또다시 발걸음을 내딛었다. 만약 나를 써 주겠다는 양장점이 한 군데도 없으면, 정말 그런 처지가 돼서 어쩔 수 없이 집으로 되돌아가면 큰어머니는 내 다리몽둥이를 작신 분질러놓을 것이고, 나는 아마 미쳐버릴 것이다. 그래서 스스로를 매섭게 다잡으며 양장점을 더 찾아봐야만 했다.

양쪽으로 늘어선 가게들이 불을 밝혀서 거리는 밝았다. 나는 지푸라기라도 잡아야 하는 절박한 심정으로 양장점을 찾아 헤맸다. 그러다가 각기 다른 멋진 옷을 입은 마네킹이 오른쪽 창으로 두 개, 왼쪽 창으로 두 개 보이는 곳 앞에서 걸음을 멈췄다. 훤히 보이는 안의 풍경이 환상적이어서 손등으로 눈을 비볐다. 한쪽 벽의 선반 칸칸에 옷감들이 들어 있고, 또 한쪽으로는 긴 막대에 죽 걸려 있는 옷들과 탁자를 사이에 두고 앉아 무언가를 먹으며 도란도란 얘기를 나누는 남자와 여자 둘.

'아, 저런 데서 일하면 얼마나 좋을까!' 나는 속으로 외쳤다. 좀 전의 두 곳처럼 문을 열고 들어설 용기가 도저히 나지 않았다. 저 세 사람에게도 멸시만 당하고 쫓겨나면? 그만 돌아서서 건물 기둥 옆 구석에 쪼그려 앉아 보퉁이를 무릎에 올려놓고 어금니를 꽉 물었다. 터져 나오려는 울음을 막기 위해서였다.

일주일 전이었다. 고등학생이 된 나는 언니가 입던 낡은 여름교복을 물려받는 게 싫어서 새로 맞춰달라며 어머니에게 간청을 했었다. 흰 블라우스는 누르스름해진데다 소맷부리에 실오라기가 나슬나슬했고, 스커트는 검은색이 바래저서 몹시 거슬렸기 때문이다. 내 솜씨로 만들 수도 있었지만 지정된 천을 우리 읍내에서는 파는 데가 없었다. '대전'까지 나가야지만 구할 수 있었는데 그런 번거로움이 싫었고, 무엇보다 나도 친구들처럼 교복 새로 맞춰 입는 즐거움을 누리고 싶었던 것이다. 그런데 웬일인지 큰어머니가 선뜻 나서서 응낙하는 것이 아닌가. 단 큰어머니가 내 몸 치수를 아니까 당신 혼자 양장점에 가서 맞춘다는 조건이었다.

어제 학교에서 돌아오자 큰어머니가 나를 안방으로 불러들였다. 방바닥에 놓인 눈부시게 흰 블라우스와 윤기 도는 검은색의 스커트를 입어보라는 것이었다. 나는 신이 나서 먼저 블라우스를 팔에 꿰어보았는데 그만 아연실색하고 말았다.

"얼래? 이딴 것두 교복이래유?"

솟구치는 반발심으로 나는 냅다 소리를 질렀다. 블라우스 소맷부리는 팔꿈치를 덮을 정도였고, 허리 아래 길이는 엉치등뼈에 다다라 있었던 것이다.

"이녀르 지지배야, 삼 년을 줄창 입을려믄 살품이랑 길이가 그만은 돼야잖여. 니 처지가 한 푼이라두 허투루 쓰믄서 맵씨나 따질 때여 시방이?"

큰어머니는 외려 도끼눈으로 호통을 치더니 휭 나가버렸다.

나의 다음 행동은 큰어머니의 권위를 단박에 무너뜨리는 맹렬한 공격이었다. 대청에다 블라우스를 활짝 펼쳐놓고 가위로 소매와 허리 아래 길이를 싹둑싹둑 잘라내었다. 그런 다음 첫 단은 올이 풀리지 않도록 재봉틀로 박음질했고, 두 번째 단은 손바느질로 한 땀, 한 땀 떠서 감쳤다. 스커트도 발회목까지 닿는 길이를 잘라내고 마무리했다. 하복용으로는 장딴지에 닿아야 시원해 보이니까 그랬지만 아예 짧게 해놓아야 내년에도 새로 맞춰 입을 수 있다는 속셈이 들어서였다.

그런 행동은 똬리를 튼 반항심의 폭발이었을 것이다. 큰어머니가 그 어떤 불벼락을 쳐도 용감하게 막아낼 자신이 있었다.

아니나 다를까, 해거름에 돌아온 큰어머니는 대번에 서슬이 퍼래져서 다듬이방망이를 들더니 교복을 다시 붙여놓으라고 명령했다.

"요 우라질 지집애, 도로 말짱히 맨들어놓지 않으믄 손목때기를 분질러 놓을껴!"

"싫구먼유. 그딴 교복 입구 남부끄러워서 어떻게 다녀유!"

이번만은 절대로 질 수가 없어서 나는 고개를 빳빳이 쳐들고 거절했다.

"뭐여! 남부끄러워! 이 지집애가 수양그늘 고마운 줄두 모르는구먼. 너 뉘 덕에 고등학교 문 들락거리는디 주둥아리를 그 따위루 놀리는겨! 응?"

큰어머니는 이참에 언니가 보태주는 돈으로 유세를 부리고 싶은 모양이었다. 언니는 방학 때 내려와서 두 어머니에게 얼마간의 돈을 건네고, 나에게도 책 사서 보라며 몇 푼 쥐어주곤 했다. 하지만 어머니가 힘들게 생선 장사해서 버는 돈에 비하면 그깟 병아리

오줌만큼도 안 되는 도움이잖은가.

"치사해유. 그럼 나두 학교 그만두고 나가서 돈 벌까유?"

나는 아니꼬워서 힝, 코웃음을 치고 말았다. 이젠 어머니의 생선 장사 수완이 좋아서 살림의 궁색도 꽤 덜었는데 나를 어쩌랴하는, 이를테면 어머니의 희생과 능력을 믿고 부린 오기였다. 하지만 그런 어머니가 후광은커녕 단 한 푼어치의 가치도 없다는 걸 단박 확인하는 지경에 이르고 말았다.

"그려? 그럼 후딱 나가서 돈 벌어, 이 썩을 지집애야. 안 그러믄 치도곤을 멕여서 다리몽댕이를 분질러버릴꺼니께!"

역시 큰어머니는 잔인했다. 가차 없이 집어든 방망이가 내겐 도저히 참을 수 없는 치욕이었고 또다시 증오심을 타오르게 하는 불쏘시개였다. 그래서인지 온갖 핍박을 하는 큰어머니 밑에서 더 이상 가련하게 살지 않겠다는 용기마저 솟아올랐다.

나는 망설임 없이 집을 나와 내달렸고, 강가의 너럭바위에 다다랐다. 잠깐 식식거리다가 양 손을 깍지 껴서 배꼽에다 대고 몸부림치듯 고함을 지르기 시작했다. 아악! 아악! 목청껏 질러댔지만 이상하게도 눈물은 나오지 않았다. 그건 큰어머니를 향한 극렬한 증오심이 내 몸 세포 하나하나를 가로막아 절대로 눈물이 빠져나오지 못하도록 하기 때문일 것이었다.

몇 번이나 고함을 질렀는지 모르겠다. 목구멍이 아파서 바위에 털썩 주저앉아 검푸르게 흐르는 강을 노려보며 아버지, 하고 불러보았다. 아버지가 서울로 올라간 지 3년 반이 훌쩍 넘도록 아무런 소식조차 전하지 않는 걸 보면 숨어사는 게 분명하다고 여겨졌다.

경주를 찾지 못하면 절대로 내려오지 않겠다고 맹세했지만, 그렇게 사는 것이 정말 옳은 방법일까? 퍼뜩 그런 원망도 뾰족하게 날선 유리조각처럼 내 안 어딘가를 아프게 찔러왔다.

'아버진 언니하고만 내통하면서 살고 있을 꺼여. 그리구 만약에 경주가 대학생이 돼서두 우릴 부끄럽게 여기구 찾아오지 않으믄? 그럼 아버지두 끝내……'

그 만약이라는 두려움이 몰아치면서 또다시 큰어머니를 향한, 걷잡을 수 없는 증오심이 활활 타올랐다.

'뭐? 그딴 교복 안 입을려믄 집을 나가라구? 흥, 죽어두 안 입을꺼구먼. 차라리 이참에 집을 나가버릴껴.'

용틀임하는 증오심이 사그라지지 못하도록 나는 스스로를 맹렬히 풀무질했다. 그러자 불길이 머리 위로 상승하더니 정수리를 뚫고 폭발하면서 뭔가 훤하게 트이는 생각이 떠올랐다. 강 건너 저쪽, 산 너머 저쪽 길로 나가면 살 곳이 있을 것이라는, 바로 서울이었다.

'다시는, 다시는 시방처럼 살지 않을껴. 참말루 서울루 갈껴. 가서 성공하기 전엔 절대루, 절대루 내려오지 않을껴.'

나는 강물을 향해 꾸벅 절을 했다. 그리고 집으로 돌아와 부랴부랴 저녁을 짓고, 밥상을 차려 안방에 들여놓았다. 쪼그려 앉아서 수틀을 잡고 천에 수를 놓던 큰어머니가 내 얼굴을 훑어보더니, 내일은 맨드라미꽃 수뿐 좀 떠줘라, 라며 슬쩍 말을 걸어왔다. 나는 대꾸 없이 방문을 쾅 닫고 나와버렸다.

곧장 별채 큰방으로 들어와서 어머니가 장롱 서랍에 봉창해 놓은 돈 중에 한 묶음을 훔쳐내 가지고 작은방으로 건너와 전등을 끄고 누워버렸다.

얼마 후, 방문 밖에서 어머니의 기척이 들렸지만 나는 자는 체했다. 어머니는 남은 생선 몇 마리가 상할까봐 자배기에 담아 와서 초벌구이까지 해놓고 지친 몸을 뉠 것이다. 나는 속으로 많은 갈등을 했다. 어머니에게 나의 서울행을 알릴 것인가 하고. 분명 기함할 것이었다. 그럼 내 결심은 무너질지도 모른다. 그런 어리석은 짓은 결코 하고 싶지 않았다.

밤이 깊어지자 다시 불을 켜고 우선 옷가지를 챙겼다. 갈아입을 여벌옷과 월경할 때 찰 개짐, 양말, 수건과 빗 정도만 넣어서 보퉁이를 꾸렸다. 그리고 어머니에게 남길 편지를 쓰기 시작했다. 쓰고 지우고, 다시 쓰고 지우고 하면서 교복 사건을 자세히 적었다. 그래야 어머니도 내 처지와 용기를 이해하고 덜 애통해 할 것이었다. 또 꼭 성공해서 돌아올 것이니까 걱정하지 말라는 글과, 어머니가 봉창해둔 돈을 훔쳐가지고 떠나지만 서울 가서 버는 대로 곧 부쳐주겠다는 글도 써 넣었다. 그런 후 밤새 고갯방아를 찧으며 졸다 깨다 하다가 오늘 꼭두새벽에 집을 빠져나와 첫 기차를 타고 서울로 올라와서 명동을 찾아온 것이다.

"애, 애. 너 누구니?"

누가 내 앞에 앉아서 팔을 건드리며 말을 건네는 이가 있었다. 나는 퍼뜩 놀라며 고개를 들었다. 젊은 남자였다. 서울에서 처음으로 나에게 말을 건네주는 사람. 그래서 너무 반가워 또박또박 대답했다.

"강, 유, 주인데유."

남자가 피식 웃었다.

"강유주? 나는 김태주야. 끝 이름이 같네. 그런데 이름을 물은 게 아니고, 너 아까부터 여기서 왜 이러구 있느냐구?"

"저… 재봉질 일자리 찾으려구요오."

내 입에서 애처로운 소리가 흘러나왔다. 이제 온갖 허드렛일을 한다는 시다라도 좋으니까 어느 양장점에서든 일만 시켜주면 살 것 같은 절박함 때문이었다.

"으응. 그러면 들어와서 말해야지 여기 이렇게 쭈그리고 있으면 되나."

"또 안 된다구 할까봐서요오. 그러믄 죽을 것 같아서요오."

"저런, 재봉사는 일자리가 많은데 괜한 걱정을 하고 있네. 이리 들어와 봐라."

김태주라는 그가 일어서서 출입문을 열고 나 먼저 들어가라는 듯 기다려 주었다.

나는 너무도 황송해서 보퉁이 안은 가슴을 수굿하게 움츠리며 양장점 안으로 들어섰다. 소파에 앉아 있던 여자 둘이 동시에 의아한 눈빛으로 나를 훑어보았다.

"시골서 올라온 모양예요. 재봉사 자리 구하려고. 이리와 앉아."

김태주가 여자들 맞은편 의자에 앉으며 자기 옆자리를 손바닥으로 가볍게 쳤다.

나는 다소곳하게 앉으며 앞자리 여자들의 눈치를 살폈다. 탁자엔 빵과 과자, 컵들이 놓여 있었다. 목구멍으로 도리깨침이 꿀꺽 넘어갔다.

"너, 보아하니 부모 몰래 도망 나왔구나?"

두 여자 중 나이가 들어 보이는 여자가 나를 쏘아보며 물었다. 머리와 옷차림이 아주 멋진 여자였다.

나는 망설임 없이 아니라고 거짓말을 했다. 사실대로 말했다가는 분명 쫓겨날 것 같아서였다. 그렇기에 더욱 그럴 듯한 말까지 보태서 늘어놓았다. 고등학교 일학년인데 아버지가 갑자기 돌아가셨고 어머니는 병이 들어서 내가 돈을 벌어야한다고.

"그럼 서울은 처음일 텐데 어떻게 알고 찾아왔니?"

이번엔 젊은 여자가 물었다.

나는 당황했다. 얼른 꾸며서 대답을 해야 되는데 머릿속이 재빨리 돌아가지 않는 것이었다. 그러자 김태주가 서울에 친척이라도 사느냐고 부드럽게 물었다.

아, 그래. 언니를 사촌이라고 하자. 나는 침을 꿀꺽 삼킨 후 입을 열었다. 사촌언니가 서울대학 대학원에 다니는데 내가 재봉질을 잘하니까 방학 때마다 옷감을 사가지고 내려왔고, 나는 예쁜 옷들을 만들어 그 언니에게 선물했는데 명동 양장점에서 만든 옷 못지 않다며 아주 좋아했다고 했다. 나도 명동에 꼭 와보려고 위치를 꼬치꼬치 물어두었기 때문에 오늘 서울로 올라와서 택시 타고 어렵지 않게 찾아왔다는 것까지 말했다.

세 사람은 다 놀랍다는 반응을 보였다. 좋게 보는 건지 아닌지 잘 모르겠지만 이럴 때 매달려야 한다는 것쯤은 내 머리로도 가능했다. 그래서 얼른 고개를 숙이며 간청했다. 뭐든 잘할 테니까 여기서 꼭 일하게 해달라고.

"그럼 있으려면 잘 데가 문젠데."

뜻밖에 나이 든 여자가 망설이는 투로 나왔다. 나는 너무 기뻐서 숨을 죽이며 그녀의 표정을 살폈다.

"우선 선생님이 데리고 있어 보시죠."

김태주가 선뜻 나섰다.

아, 저 여자가 주인인가 보다. 나는 그녀에게 간절한 눈빛을 보냈다.

"글쎄, 아줌마하고 한방 쓰게 하면 되긴 되는데."

김태주가 선생님이라고 호칭했으므로 나는 양장점 주인이라는 걸 알아채고 벌떡 일어나서 꾸벅 절을 했다. 그리고 얼른 그녀의 환심을 사려고 애원까지 했다. 선생님, 저 무슨 일이든 잘해유. 집 안 일두 힘껏 거들께유, 라고. 그녀가 배시시 웃음을 머금으며 일어나더니 안쪽으로 들어갔다.

그 웃음은 절박한 내 형편을 도와준다는 허락일 것이었다. 그러자 간신히 지탱해온 긴장감이 일시에 풀려서인지 뱃속에서 꼬르락 소리가 흘러나왔다. 민망해서 잽싸게 헛기침으로 위장했는데 김태주가 내 팔목을 잡아끌었다.

"앉아. 박 선생님 집에 가려면 한참 더 있어야 하니까. 우선 이 빵 좀 먹구 재봉실로 들어가서 언니들한테 인사하자."

나는 김태주가 건네는 빵을 받지 않을 수 없었다. 내 뱃속의 꼬르륵 소리를 듣고 가련해서 먹을 것을 주는 게 뻔한데 사양하면 오히려 비웃음을 살지도 모르잖은가. 그래서 고맙다고 말한 후 빵을 한 입 베어 물었다.

김태주가 일어나서 어딘가로 가더니 컵에 물을 담아와 내 앞에 놓아주었다.

"흐흠, 곱상한 이웃사촌이라도 만난 것 같네요."

맞은편의 젊은 여자가 웃음을 흘리며 한 마디 던졌다.

"뭐 내가 알지 못했던 친척뻘일지도 모르죠. 이름이 유주라네요. 나는 태주고."

김태주가 그렇게 풀이하자 나도 어쩐지 정겨워져서 씩 웃었다.

"참, 저 분은 매니저 언니라고 부르면 돼. 장차 디자이너가 돼서 이런 양장점 차리는 꿈을 가지고 있으니까 배울 점이 많은 언니야."

김태주가 젊은 여자를 손으로 가리키며 말해주었다. 나는 그 여자에게도 고개를 깊숙이 숙여 예를 갖췄다.

"꿈요? 가망 없어요. 오빠 학비 대느라고 내 가방 끈이 너무 짧아져서."

"전쟁 통에 고아가 된 사람들도 수두룩한데, 뭘 그런 푸념을 해요."

"미안해요. 실장님 꿈도 같은 건데."

김태주와 매니저 사이에 침묵이 흘렀다. 아, 이 사람 지위도 높은가 보다. 나는 속으로 짐작하며 빵을 빨리빨리 씹어 삼키고 물도 마셨다. 그러자 김태주가 내 팔을 건드리며 이리 와 볼래, 하더니 일어서서 앞장을 섰다.

양 옆 벽면 칸칸에 색색의 옷감들이 채워진 좁은 통로 끝으로 다가가자 안에서 드르륵 드르륵, 재봉틀 박음질 소리가 흘러나오는 방이 있었다. 김태주가 그 안으로 들어서자 나도 뒤따랐다. 알전구가 여러 개 매달려 있어서 아주 환했는데 옷감 먼지 때문인지 콧속이 알싸했다.

"새 식구 들어왔다."

김태주가 큰소리로 알렸다. 재봉틀 앞에서 일하던 여자들 셋이 손을 멈추고 동시에 눈을 치떠 나를 바라보았다. 무덤덤한 표정들인데다 눈의 흰자위도 붉어져 있었다. 나는 그들에게도 허리를 깊숙이 숙여 절을 했다.

"이름은 강유주. 내일부터 일하러 올 거야. 모르는 게 많을 거니까 미자, 니가 특히 잘 가르치면서 일 시켜야 한다."

맨 오른쪽의 여자가 굉장히 반기는 기색으로 그래야지요! 소리치듯 대꾸했다. 그녀는 어깨를 으쓱하며 한 마디 더 보탰다. 이제 졸업이네, 라고.

나는 눈치껏 실내를 휘둘러보았다. 왼쪽으로 두껍고 큰 널빤지에 다리가 달린 작업대가 있었는데 그 위의 선반엔 마분지 더미가, 벽면 쪽으로는 도르르 말린 줄자와 이런저런 재단 도구들이 죽 놓여 있었다. 오른쪽 구석에는 목 없는 여자마네킹이 벌거벗은 채 둘 서 있고, 그 옆의 작업대에는 다리미와 마름질 된 옷감이 놓여 있었다. 그걸 한번 들여다보고 싶어서 작업대 쪽으로 몸을 돌리려고 할 때 박 선생이 들어서며 오늘은 좀 일찍 들어가야겠다고 말했다.

"그럼 쟤는… 이따가 제가 데려다 줄까요?"

김태주가 턱짓으로 나를 가리키며 물었다.

박 선생이 같이 갈 거라고 하더니 나를 바라보며 가자, 했다.

나는 얼른 박 선생 뒤에 따라붙었다. 그러자 김태주가 우리 앞을 성큼 질러 나가더니 내 보퉁이를 가져다 건네주며 당부했다.

"서울은 넓고도 무서운 곳이다. 박 선생님을 놓치면 큰일 나는 거야."

나는 김태주 말이 정말 고마워서 예, 예, 힘 있게 대답했다.

양장점 밖으로 나오자 박 선생이 뒤를 힐끗 보며 차암 다정도 병이야, 조금 언짢아하는 투로 중얼거렸다. 그렇지만 큰길에 이르자 박 선생은 택시를 세워 나를 먼저 태웠고, 그다지 오래 달리지 않아 어느 집 앞에서 내렸을 때도 여긴 신당동이란 데야, 하며 비교적 상냥했다. 또 철대문에 달린 초인종을 가리키며 이렇게 눌러야 아줌마가 나와서 문을 열어준다는 말도 해주었다.

잠시 후, 대문이 열렸다. 박 선생이 먼저 들어서고 내가 뒤를 따랐는데 문을 열어준 아줌마는 오른손에 붕대를 친친 감고 있었다.

"으응! 어떻게 쉽게 구했네요!"

아줌마가 아주 반가운 음색으로 말했다. 나는 그게 무슨 뜻인지 몰랐지만 박 선생이 아줌마 옆구리를 손가락으로 쿡 찌르는 건 눈치 챌 수 있었다.

박 선생이 들어가자며 앞장섰다. 나무들이 꽤 많은 마당을 지나 현관을 거쳐 안으로 들어서자 환한 불빛 아래의 넓고 화려한 실내에 나는 공연히 움츠러들었다. 소파와 텔레비전과 전화기, 무엇보다 이층으로 올라가는 계단이 무슨 서양영화 장면을 보는 듯 눈이 부셨다.

박 선생을 따라 들어선 곳은 현관에서 가까운 방이었다. 옷장과 자그마한 경대가 놓여 있었다. 잠깐 얘기 좀 하자며 박 선생이 먼저 앉기에 나도 앉으며 보퉁이를 구석으로 살짝 밀었다.

"저기, 내가 너한테 특별히 부탁할 말이 있는데 말야."

박 선생이 손가락을 만지작거렸다.

"음… 양장점에서 일하기 전에 먼저 우리 아줌마 좀 도와주면 좋겠다. 아줌마 손이 화상을 입었거든. 그래서 일하기가 힘드니까 당분간만 도와주면 틀림없이 양장점에서 일하게 해줄게."

어얼래? 부엌데기루! 단박 솟구치는 반발심 때문에 나는 입귀를 씰룩거렸다. 동시에 반사적으로 떠오르는 얼굴은 김태주였다. 그는 내일부터 내가 양장점에서 일할 것으로 알고 있잖은가.

하지만 내가 침묵을 지킨 건 잠깐이었다. 내 안의 반발심이 어느새 꼬리를 사리며 여러 갈래로 흩어지고 있었다. 만일 내가 거절하고 이 집을 나가면 어디로 간단 말인가. 생전 처음 와본 서울인데, 더구나 나를 도와줄 김태주에게 연락할 방법도 없는데, 이어지는 생각들이 어쩔 수 없는 두려움으로 압박해왔기 때문이다.

"그럼 꼭 약속해 주세유. 아줌마 손이 어지간해질 때까지만 하기로유. 저 양장점에 나가두 새벽이루 밤이루 집안 일 바지런히 거들게유."

다급해지면 애바른 게 생기는 것일까. 나는 생각지도 못했던 말까지 술술 꿰어가며 박 선생 눈치를 살폈다.

박 선생도 머뭇거리지 않았다. 그렇게 하자고 고개까지 끄덕인 후 밥 먹으러 가자며 일어나서 앞장을 섰다.

주방도 내가 서양영화에서 본 것 같은 곳이었다. 커다란 식탁과 냉장고, 서서 음식을 만들 수 있고 설거지도 할 수 있는 시설이었다. 나는 아줌마가 시키는 대로 밥을 푸고 국도 떠서 날랐다. 숟가락까지 놓자 박 선생이 의자에 먼저 앉았고, 나는 아줌마 옆에 앉았다. 하루 종일 긴장했었고, 제대로 먹지도 못해 배가 몹시 고팠지만 음식을 천천히 먹었다.

박 선생이 나가자 아줌마는 의자에 앉은 채로 나에게 이것저것 알려주었다. 반찬은 냉장고에 넣고 그릇과 숟가락은 씻어서 엎어 놓고 꽂으라며. 또 박 선생 남편은 회사일이 바빠서 열 시나 돼야 퇴근하고, 고등학교 2학년인 딸은 과외공부 마치고 아홉 시쯤 오니까 내가 밥상을 다 차려줘야 한다는 것까지 말해주었다.

그날 밤, 박 선생 딸과 남편에게 차려준 밥상까지 설거지를 끝낸 후 나는 아줌마 옆에다 이부자리를 펴고 누웠지만 좀처럼 잠을 이룰 수 없었다. 내가 상상했던 서울 생활이 느닷없이 시작된 게 실감나지 않으면서도 서울 어딘가에 있을 경주와 만나게 될지도 모른다는 기대로 가슴은 설레는 것이었다. 그래서 속으로 경주야, 불러보며 자꾸만 뒤척거렸는데 어느 순간 한 가지 생각이 불쑥 솟아났다.

'만일… 내가 폐렴에 걸리지 않았었더라믄… 큰엄니는 경주를 남의 집에 주지 않았을까? 엄니가 아들을 낳을 수 없게 내가 훼방 놓았다구 생각해서 큰엄니한티 눈엣가시가 된 거였을까? 그려서 나에게 앙갚음을 한 것일까?

나는 입술을 아프게 깨물었다.

큰어머니는 아버지가 선거에서 패배한 쓰라림으로 음식을 입에
대려하지 않았다. 그러자 어머니는 경주와 내가 하교하면 메뚜기
랑 개구리를 잡아오라며 밖으로 내몰곤 했다. 메뚜기는 목의 마디
껍데기 속에 강아지풀 줄기를 꿰어 한 가닥으로 엮고, 개구리는
맨손으로 잡아 땅바닥에 패대기쳐 다래끼에 가득 담아왔다. 메뚜
기와 개구리 몸통은 닭에게 먹이로 주었고, 다리는 삶아서 살을
발라 큰어머니의 몸보신용으로 상에 올라갔다.

저녁에 닭들이 전부 홰에 올라가면 나는 닭장 안으로 들어가 둥
우리의 달걀을 거두어서 부엌의 소금단지에 넣어야만 했다. 달걀
을 꺼내려고 둥우리에 앉아 있는 암탉의 꽁지깃을 들어 올리면 자
주 날카로운 부리로 내 손등을 아프게 쪼아대는 놈들이 있었다.
하도 여러 번 쪼이니까 내 손등은 늘 생채기가 가시질 않았는데
그렇다고 그 일을 그만둘 수는 없었다. 어머니가 계란을 생선으로
바꿔오기도 하지만 아버지와 큰어머니에게 매일 수란을 만들어
상에 올리기 때문이었다.

어머니의 그런 지극한 정성으로 큰어머니가 빠르게 기운을 차
린 것 같았다. 찔레꽃이 이울고 열매가 붉게 익어갈 즈음, 큰어머
니는 종종 어딘가로 외출했다가 밤에 돌아오는 일이 잦아졌다.

그즈음 늦은 저녁, 내가 뒷간으로 향할 때 불이 켜진 부엌에서
아주 역겨운 냄새가 풍겨 나왔다. 뭐가 타구 있나? 궁금해서 부엌

으로 들어섰는데 풍로 위의 석쇠에서 검붉고 꼬불꼬불한 무엇이 지글거리며 고약한 냄새를 피워 올리고 있었고, 그 옆 소래기엔 시뻘겋고 번질번질한 덩어리 같은 게 담겨 있었다. 부뚜막엔 젓가락과 가위와 무슨 양념장 같은 것이 담긴 종지도 놓여 있었다.

징그러라. 나는 미간을 찡그리며 돌아섰는데 문턱 밖에서 누군가를 꾸짖는 큰어머니의 탁한 소리가 들려왔다.

"시퉁머리 터지긴. 자네 이렇게 뻗대쌓을껴!"

나는 얼떨결에 구석의 마들가리더미 뒤로 몸을 숨겼다. 땔감으로 엉성하게 부려놓아서 몸을 가릴 만한 어두운 틈새는 있었다.

큰어머니가 먼저 부엌으로 들어섰고, 어머니도 뒤따르는 것 같았다. 큰어머니는 주춤거리는 어머니 팔을 확 잡아당겨 풍로 옆에 억지로 앉히고 자기도 앉더니 부뚜막 위의 가위를 집어 드는 게 보였다.

"아들 못 낳는 여인네들이 다 먹는 사내놈 탯줄여. 잘디잘게 잘라줄 테니께 양념장 찍어서 먹어. 그리구 태반은 불에 말려서 가루루 맨들어 물에 타 마시믄 영약이랴. 그러믄 틀림없이 아들을 낳는댜."

이게 무슨 말인가? 어떤 무시무시한 소리를 들었을 때처럼 내 머리끝이 쭈뼛 서며 온몸이 얼어붙었다.

"성님, 이런 것 아무리 많이 먹어두 소용없슈. 하늘을 봐야 별을 따쥬."

"그 양반이 원청 상심이 커서 그려. 가산을 다 날리다시피 했는디두 선거에 졌으니께. 그러니 분단장 곱게 하구서 요분질이라두 쳐봐. 아, 우리한티 아들만 있었어두 선거에서 졌겄어? 난 원통혀서 당최 못 살겄어. 자, 후딱 먹어."

큰어머니가 손수 젓가락으로 집어서 어머니 입에 넣어주는 무언가를 나는 보았다. 순간 목구멍에서 구역질이 올라오며 헉, 벌어지는 입을 얼른 틀어막았다. 그런데 어머니도 입엣 것을 토악질하듯 뱉어내는 게 아닌가.

"이런 몹쓸! 있는 돈 없는 돈 박박 긁어서 어렵게 얻은 귀하디귀한 보약인디! 나 미치게 하는 짓거릴 할껴, 증말!"

큰어머니가 단박에 쇳소리로 호통을 쳤다.

"성님, 아무리 그려두 어찌 애기 탯줄을 먹는대유."

어머니가 급기야 두 손을 모아 빌면서 가련하게 울먹거렸다.

애기 탯줄? 나는 내 귀를 의심했다. 심장도 마구 뛰기 시작했다.

"왜 못 먹어? 난 내 몸뚱어리루 아들만 낳을 수 있으믄 애기 탯줄 열 번이라두 먹겄다. 자네 끝내 우리 집 귀신이 안 될껴여? 얼른 입 벌려!"

큰어머니가 젓가락으로 애기 탯줄을 집어서 어머니 입에 넣어주는 게 또 보였다. 그러자 이번엔 눈앞이 어질어질 흔들거리는 것 같아 쪼그려 앉아야만 했다. 그랬는데도 이상하게 아랫도리가 뜨뜻한 물에 적셔지며 몸이 빙글빙글 돌아 공중에 뜨는 것 같다가 추락하는 무게감으로 의식이 그만 가뭇해지고 말았다.

유주야, 유주야, 귓가에서 연거푸 퍼지는 소리를 어렴풋하게 인식할 수는 있었다. 그래서 눈꺼풀을 힘들게 올렸다. 부옇게 출렁이며 앞을 가리는 어머니 얼굴. 그 얼굴이 몸을 돌려 등을 내밀고, 누군가 나를 부축해서 그 등에 업혀주고, 그렇게 업힌 채 옮겨져서 방의 요 위에 눕혀진다는 것도 가늠이 되긴 했다.

"언니, 혼절한겨?"

경주가 울먹이며 하는 말은 또렷이 들렸다. 그러자 조금 전 부엌에서 본 끔찍한 광경이 악몽처럼 스쳤다. 너무 섬뜩해서 내 몸이 부르르 떨렸다.

"유주야, 정신 차려봐."

어머니가 거슬거슬한 두 손바닥으로 내 양 볼을 쓰다듬었다. 나는 그 손길을 뿌리치며 속에서 웩, 올라오는 메스꺼움을 게워냈다.

"아이구, 얼른 꿀물 좀 타 와야겠구먼."

방문을 열고 나가는 어머니의 뒷모습. 거기엔 아버지까지 싫은 대상으로 뭉뚱그려져 있었다. 내가 부엌에서 보았던 광경을 아버지에게 고자질해도 아무 소용없을 것이라는 생각으로.

잠시 후, 어머니가 목반에 대접을 받쳐 들고 돌아왔다.

"어여 일어나 꿀물 마셔봐. 그럼 속이 가라앉을 거니께."

어머니가 나를 안아 일으켰다. 나는 여전히 속이 메스꺼워서 꿀물을 거절할 수 없었다. 사발을 두 손으로 잡고 꿀꺽꿀꺽 다 들이켰다.

"옷 갈아입혀 줄 테니께 자라. 그러믄 나쁜 꿈을 꾼 것처럼 생각될 거니께."

어머니가 나를 다시 뉘었다. 그리고 옷장 서랍에서 옷을 꺼내더니 내 팬티와 바지를 벗기고 갈아입혔다. 아랫도리가 조금 보송한 느낌이 들었다. 그제야 나는 어머니 얼굴을 빤히 올려다보았다. 나쁜 꿈을 꾼 것처럼? 그럼 엄니는 아들을 낳으려고 기어이 애기 탯줄을 먹겠다는 건가?

그때 방문이 열리고 큰어머니가 눈알을 부라리며 고개를 쑥 디밀었다.

"아니, 동티를 낸 요망한 지집애한티 꿀물까지 바치고 있는 거여, 시방?"

"성님, 야가 못 볼 걸 봐서 오줌까지 싸며 기함을 했잖어유."

어머니가 궁지에 몰린 것처럼 애처로운 소리로 대꾸했다.

"그러니께 왜 도둑괭이처럼 부엌에 숨어 있남. 뭘 훔쳐 먹을려구 그랬을껴. 암튼 경을 칠 지집애여!"

핏대를 올리며 욕설을 퍼붓는 큰어머니. 그런 구박에 이골이 났던 내 참을성이 무너지며 속이 심하게 울렁거렸다. 정말 뭘 훔쳐 먹다가 들통 난 것 같은 수치심까지 느껴지는 것이었다. 그러자 걷잡을 수 없는 메스꺼움이 속에서 부글거렸다. 나는 오만상을 찡그리며 목 줄기를 두 손으로 부여잡고 캑캑거렸다.

"왜, 왜 그려? 토악질할 것 같여?"

어머니가 놀라며 물었다. 그러자 내 속이 울컥울컥하더니 무엇이 맹렬하게 목구멍으로 치올랐다. 나는 엉겁결에 상체를 일으키며 두 손바닥으로 입을 틀어막았지만 왈칵 게워져 입안을 채운 시큼쌉쓸한 물이 손가락 사이로 흘러나오고 말았다.

"아이구, 야가 이 아까운 꿀물 다 쏟네."

게워진 꿀물이 아까워서 어쩔 줄 모르는 어머니. 방문 앞에 여전히 버티고 서 있는 큰어머니. 내가 딱해서 눈물을 글썽이는 경주. 그런 것들을 다 인지하며 나는 자꾸만 목구멍을 넘나드는 시큼씁쓸한 것을 손바닥에 퉤퉤 뱉어냈다.

"경주야, 얼른 가서 수건 좀 적셔 와라."

어머니가 다급하게 외쳤다.

"저녀르 지집애, 하여간에 화근덩어리여."

경주가 쪼르르 방을 나가자 큰어머니는 한 마디 더 내뱉고 가버렸다.

다아 내 죄여, 어머니가 중얼거렸다.

나는 천장만 바라보았다. 여전히 속이 메스꺼웠고 뻐근해서 그랬지만 어머니의 자책에 안쓰러움이 느껴지지도 않아서 그랬다. 그건 내 안 저 밑바닥에 잔뿌리를 내리고 있던 결핍의 줄기들이 정서를 울울하게 점령하고 있기 때문일 것이었다.

경주가 세숫대야를 들고 나타났다. 어머니가 그걸 받더니 경주에게 가서 아궁이에 군불 좀 지피라며 짐짓 들어오지 못하게 하는 듯싶었다.

"경주, 쟈한텐 입 다물어야 한다."

물수건으로 내 입가와 목, 손을 닦아주며 어머니가 말했다.

나는 고개를 끄덕이면서 어머니의 다음 말을 절실하게 기다렸다. 어머니는 요까지 적신 토사물을 닦아내면서 끝내 아무런 말도 하지 않았다. 아들을 낳기 위해 기어이 애기 탯줄을 다 먹을 것인가 보았다.

그날 밤 내가 자주 헛소리를 내질렀던 것일까? 경주가 흔들어 깨우는 바람에 서너 번 눈을 떴고, 새벽녘에 내 이마를 짚어주는 어머니 손은 아주 시원했다.

"아이구, 야 몸이 펄펄 끓네. 이 눈 벌건 것 좀 봐."

어머니가 내 이마와 목을 손등으로 대보더니 쯧쯧, 혀를 찼다.

나는 학교 갈 일이 아득해졌다. 스스로도 느껴지는 열기와 입안의 단내와 가슴의 통증 때문이었다. 그때 방문 열리는 소리가 들렸다.

"성님, 야 몸이 불덩어리유. 안되겠슈. 의원을 모셔와야지."

"그깟 사달에 의원은! 아, 지렁이 서너 마리에 댓잎 한 움큼 넣구 끓인 물 멕이믄 열이 쑥 내릴 텐디 뭔 소란여!"

어머니 말을 가로막는 큰어머니의 우렁찬 쇳소리. 나는 기겁을 했다. 비가 내린 후 두엄터에서 꿈틀거리는 시뻘건 지렁이를 볼 때마다 얼마나 징그러워했던가. 그걸 끓여 먹다니, 몸서리가 쳐졌다. 나는 도리머리하면서 싫어! 싫어! 외쳤다.

"멀쩡하구먼. 내버려둬. 지집애가 워낙 별쭝맞어서 제 풀에 털구 일어날 꺼여."

큰어머니는 코웃음까지 치며 돌아섰다.

나는 있는 힘을 다해 자리에서 일어났다. 머리가 깨질 것같이 아프고 가슴도 뻐근했지만 학교에 가겠다고 또박또박 말했다. 그런데 앞에서 점 같은 것들이 얼룽덜룽 떠다니다가 흐릿하게 풀어지며 몸은 오슬오슬 떨렸다. 그래서 깊은 늪으로 가라앉듯 눈을 감으며 쪼그려 앉고 말았다.

경주가 놀라서 사랑채로 달려가 아버지를 이끌고 왔나 보았다. 툇마루에서 어머니와 뭐라고 두런거리는 아버지 음성이 들렸다. 잠시 후 방에 들어선 아버지는 나를 뉘어주더니 딱한 것, 하며 입을 열었다.

"얘기 다 들었다. 니가 못 볼 걸 보고 많이 놀라서 그래."

'칫, 아버지두 엄니가 아들을 낳으려믄 애기 탯줄을 먹어야 한다구 얘기해주려나 보네.'

나는 입술을 비죽거리면서 이불을 목 위로 끌어당겼다.

"걱정하지 마라. 너 아버지랑 약속했잖아. 이다음 니가 우리 집을 지키겠다고. 그러니까 아버지는 아들을 안 낳아도 돼."

아 참, 그런 약속을 했었지. 나는 새삼스럽게 떠오르는 기억으로 비로소 마음이 놓였다. 아버지가 나를 그렇게 믿고 있다는 게 아주 흐뭇하기도 했다.

아버지가 수건을 들고 나가더니 찬물에 빨았는지 차가운 수건을 내 이마에 얹어주었다. 그리고 수시로 턱밑에 손등도 대보곤 했다.

시간이 조금 지나자 어머니가 흰옷 입고 가방을 든 의사와 함께 방으로 들어섰다. 의사는 체온계를 내 겨드랑이에 꽂아서 열을 재보고 가슴에는 청진기도 대보고 나서 말을 했다.

"어머님 설명대로라면 토사물이 폐 속으로 들어가서 급성폐렴을 일으킨 것 같습니다. 위험하니까 병원에 입원시켜야겠는데요."

"어쩌냐. 하필이믄 집안 형편이 이리 곤할 때……."

어머니가 대뜸 울상을 지었다. 그러자 아버지가 그런 걱정하지 말라며 망설임 없이 나를 안아 일으키더니 당신 등에 업었다.

그날 나는 병원에 입원해서 팔뚝에 주사를 맞고 약도 먹었다. 아버지가 줄곧 내 곁을 지키며 보살폈기 때문일까. 두 밤을 지내자 퇴원할 수 있었다. 그런데 나를 노려보는 큰어머니의 눈초리는 훨씬 더 사나워졌다.

며칠 후, 큰어머니가 서울에 볼일이 있어서 한동안 머물다 오겠다며 집을 떠났다. 나는 모처럼 경주와 풀각시놀이랑 깨금발싸움도 하며 깔깔, 웃어볼 수 있었다.

큰어머니는 엿새 지난 후 돌아왔다. 콩알 같은 우박이 기와지붕을 요란스럽게 때리며 쏟아질 때였다. 그러자 이상하게도 내 마음에 살얼음이 어는 것 같은 불길함이 감돌았고, 그런 느낌은 다음 날 맞아떨어졌다. 경주가 감쪽같이 큰어머니 손에 서울까지 이끌려가서 남의 집으로 넘겨진 것이었다.

서울에서의 첫 밤은 깊어져갔다. 그렇지만 사무치게 그리운 경주 때문에 나는 쉽게 잠을 이룰 수가 없었다.

'큰엄니는 죗값을 치를 거여. 그리구 나는 성공해서 경주를 꼭 찾을 거여.'

이런 독기로 웅얼거리며 뒤척일 수밖에 없었다.

다음날 이른 아침에 아줌마는 나를 지하실로 데리고 가서 난로 속 연탄불을 집게로 들어내고 새로 갈아 넣는 방법을 알려주었다. 처음 보는 연탄불의 무섭고 독한 냄새에 숨쉬기 힘들었지만 그런

내색을 할 수는 없었다. 아줌마 눈에라도 거슬리면 안 되잖은가.
다음엔 주방에서 가스불로 음식을 마련하는 것도 배웠다.

박 선생 가족들이 나가자 아줌마가 나에게 스커트를 벗고 갈아
입으라며 바지를 내주었다. 허리에 고무줄을 넣은 헐렁한 바지였
다. 그걸 입고 청소하기 위해 이층으로 올라가서 박 선생 딸 방에
들어서자 피아노가 눈에 띄었다. 호기심으로 건반을 한 번 두드려
보고 싶은 욕구가 일었지만 꾹 참았는데 책꽂이에 꽂혀 있는 고등
학교 2학년용 책들은 그냥 지나칠 수가 없었다. 멀거니 쳐다보자
슬픔이 밀려와서 얼른 청소를 시작했다. 아래층 곳곳도 쓸고 닦은
후 빨래를 했는데 내 또래 여자의 속옷까지 삶고 헹굴 때 울컥 올
라오는 무엇이 있었지만 어금니를 지그시 사려 물었다.

오후에 아줌마가 병원 가서 치료 받고 시장에 들러 반찬거리를
사가지고 돌아왔다. 풋마늘 잎 넣은 조기매운탕 끓이고 쑥갓나물
무치는 요리법을 알려주려는 아줌마에게 나도 다 할 줄 안다고 뽐
내듯 말했다. 아줌마는 의자에 앉아서 미덥지 않다는 듯 내 손놀
림을 바라보았다.

"너 손이 싼 걸 보니 생짜가 아니구나. 누구한테 배운 솜씨냐?"

아줌마가 놀랐다는 듯이 물었다. 나는 어머니에게서 배웠다고
말하려다가 얼른 입을 다물었다. 혹시 아줌마가 이것저것 물을까
봐서였다.

그런 생활이 사흘째 되던 날 거실 청소를 하고 있을 때였다. 전
화가 울려서 받았는데 너 유주구나? 하는 목소리가 뜻밖에도 김
태주임을 알게 되자 나는 말을 잇지 못했다. 그만 목이 멘 것이다.

"고생하는구나. 그래서 모레 일요일은 말야. 널 평화시장이랑 동대문시장에 데리고 가서 구경시켜줄게. 거기서 멀지 않거든."

"여기 일은 어떻게 하구유?"

나는 너무 좋아서 대뜸 물어보았다.

"오후에 만날 거니까 괜찮아. 내가 박 선생한테 다 말해놓았다."

"실장님 힘이 그렇게 좋으세유?"

기껍기도 했지만 김태주에게 그런 세력이 있다는 게 놀라워서 한 마디 던지지 않을 수 없었다.

"널 도와줄 만큼은 있어. 모레 1시 반쯤 내가 그 집으로 갈게. 그때 만나자."

이게 정말인가? 전화를 끊고 나서도 미덥지가 않았다. 전혀 생각지도 못했던 김태주가 나를 도와주겠다고 하다니……

이틀 후의 일요일, 나는 박 선생 가족들이 점심 먹은 그릇들까지 말끔하게 설거지 한 후 옷을 갈아입고 초조하게 김태주를 기다렸다. 그가 약속한 시간이 되자 정말 벨소리가 들렸다. 나는 잰걸음으로 나가서 대문을 열었고, 웃는 얼굴로 서 있는 그를 보자 밀려오는 반가움에 뺨이 달아오르는 걸 어쩌지 못했다.

"고생했지?"

나는 고갯짓으로만 살짝 도리질했다. 고생했다고 말하기가 창피해서 그랬다.

'박 선생이 갈가위인 줄 알긴 했지만……'

김태주가 중얼거리더니 가자, 하며 앞장을 섰다. 그와 나란히 골목을 빠져나오는 동안 나는 쑥스러워서 땅만 바라보며 걸었다.

"고개 쳐들고 사방을 잘 살펴봐. 그래야 빨리 서울내기 된다."

김태주가 내 팔뚝을 툭 쳤다.

네에. 나는 대답을 길게 뽑았다.

골목을 벗어나서 큰길을 건너자마자 김태주가 손가락을 치켜들었다.

"여기서부터 주욱 시장이야. '평화시장'이라고 들어본 적 있니?"

"들어본 거 같기두 하구 못 들어본 거 같기두 해요."

"기성복 시장으론 제일 크다고 할 수 있지. 옷들이 많으니까 구경해봐."

봇짐을 어깨에 잔뜩 짊어진 지게꾼들이 들락거리고, 양편으로 천장이 맞닿은 가게가 늘어선 시장 안으로 김태주가 내 등을 가볍게 밀었다.

시장길 안으로 들어서자 눈이 휘둥그레졌다. 정말 가게마다 여러 가지 옷들이 진열대에 쌓여 있고, 벽에도 죽 걸려 있었다. 명동의 양장점처럼 예쁜 여자마네킹은 없었지만 대신 남자 옷들도 많았고, 온갖 모양의 단추가게와 실감개가 무슨 장식품처럼 쌓여 있는 가게들도 있었다.

서울은 옷 시장도 이렇게 어마어마하게 크구나. 나는 속으로 감탄하면서 구경하다가 여자 옷 가게 앞을 지날 때 잠시 주춤했다. 파란색 바탕에 연하면서 자잘한 둥근 무늬의 반팔 원피스가 눈에 띄었는데 언뜻 물방울을 연상시키는 게 아닌가.

"왜? 맘에 드는 원피스 있니?"

김태주도 걸음을 멈추면서 물었다. 나는 놀라며 아니라고 했다.

"가만있자, 이거 하나 사줄까?"

김태주가 가게 앞으로 다가가더니 물방울무늬 원피스를 만지작거렸다.

나는 대번에 얼굴이 화끈거려서 괜찮다고, 안 사줘도 된다고 하며 말렸다. 전혀 예상치 못한 일이 닥쳤기 때문이기도 하지만 변변한 여름옷 한 벌 없는 것으로 보인 부끄러움이 더욱 커서 그랬다.

김태주가 내 감정을 읽은 것일까. 아무런 대꾸 없이 그냥 쌓여 있는 원피스만 뒤적이더니 한 개를 뽑아들고 돌아서서 내 몸에 대보는 것이었다.

"야아, 내 눈이 바로 자다. 이 치수가 잘 맞네. 이걸로 사자."

김태주가 셈을 치르고 나서 원피스를 싸달라고 하자 가게주인은 누런 종이에 둘둘 말아 빨간 비닐 끈으로 묶어서 나에게 내밀었다.

나는 목 줄기가 달아오르는 느낌 때문에 고개를 숙이며 받았다.

김태주가 다시 걸음을 옮기며 입을 열었다.

"나한테 여동생이 있었는데 말야. 전쟁 때 피난 가다가 잃어버렸거든. 죽었는지 살았는지도 몰라."

순간, 내 목구멍을 막는 뜨거운 무엇이 있었다.

"난 살아 있을 거라고 믿어. 그래야 슬퍼지지 않거든."

"살아 있으면 언젠가는 만나게 되겠죠오? 반드시이?"

"뭐, 그런 희망을 품고 살아야겠지."

"고렇게 어정쩡한 희망은 품지 마셔요오. 반드시 만날 거여요."

"어디, 니 장담을 믿어볼까? 그럼 너랑 헤어지면 안 되는데."

헤어진다는 말. 그게 대뜸 내 마음을 찬비처럼 시리게 적셔왔다.

"다음다음 주엔 버스 타고 명동으로 다니는 길이랑 남대문시장으로 가는 길도 알려줄게. 그래야 4주 후부턴 양장점에 나올 수 있지."

그럼 4주 후엔 내가 부엌데기를 벗어나 재봉질을 할 수 있단 말인가? 나는 기뻐서 눈을 흡뜨며 김태주를 바라보았다.

"박 선생이 나한테 약속했다, 그렇게 하기로."

하마터면 내 입에서 정말이지유? 하고 고함이 터져 나올 뻔했다. 그 기쁨을 지그시 누르며 고마워요오, 말을 늘였는데 그만 목이 메고 말았다.

"너 말이다. 똑똑한 서울내기가 되려면 눈물을 아껴야 해. 알았니?"

내 감정을 김태주가 또 눈치 챈 모양이었다.

김태주는 원단시장까지 두루 구경시켜준 후 박 선생 집 앞에 나를 데려다 주었고, 다음에는 11시쯤 데리러 오겠다고 했다. 나는 그의 친절에 어떻게 고마움을 표현해야 할지 몰라서 저 거시기… 하며 쑥스럽게 얼버무렸다. 그러자 그가 내 어깨를 다독이며 다음에 보자, 하고는 돌아섰다. 나는 그의 뒷모습이 골목을 빠져나가고 나서도 한동안 눈길을 돌릴 수가 없었다.

또 두 주일이 가고 김태주가 약속한 날 11시쯤 다시 나타났다.

두 번째 만남이어서 그럴까. 처음보다 친근감이 훨씬 더했다.

서울운동장 건너편에서 버스를 탈 때 김태주는 앞창에 붙어 있는 행선지를 꼭 확인한 후 타야 한다고 말해 주었고, 내렸을 때도 정류장 이름과 큰길을 건너서 명동으로 들어가는 곳을 일일이 알려주었다. 또 앞으로 남대문시장도 다녀야 하니까 가는 길을 익혀야 한다며 나를 이끌었다.

명동에서 남대문시장은 그다지 멀지 않은 거리였다. 김태주는 의상의 부속품을 파는 가게들 찾아가는 골목들을 일일이 알려주고는 점심으로 냉면까지 사주었다. 그리고 다시 명동을 거쳐서 버스 타고 돌아올 때는 길과 연결되는 큰 건물의 외양도 눈여겨 보게 했다.

이윽고 박 선생네 대문 앞에 다다르자 김태주는 지난번처럼 내 어깨를 다독이며 2주일 후엔 만날 거니까 일 잘하고 있으라고 했다. 나는 밀려오는 아쉬움에 고개만 끄덕였고, 멀어져가는 그의 등이 보이지 않을 때까지 우두커니 서 있었다.

김태주가 알려준 날이 하루 남은 일요일 밤, 부엌일을 다 끝낸 후 젖은 손을 수건에 닦고 있을 때 박 선생이 들어오더니 무엇을 내밀었다. 나는 얼른 두 손으로 공손히 받았다.

"양장점 문 열쇠야. 내일부터 도시락 싸 가지고 나가서 일 시작해봐. 가면 청소부터 말끔히 해놓아야 된다."

박 선생 음성이 부드럽진 않았다. 뭐랄까, 마지못해서 약속을 지키려는 못마땅함이 실려 있다고 할까. 그래도 나는 황송해서 꾸벅 절까지 했다.

다음날 아침 '로즈양장점' 문을 열쇠로 열고 들어가서 부지런히 청소를 끝냈을 때 먼저 들어선 재봉사들이 왔네, 하며 어정쩡하게 아는 체했다. 매니저도 묘한 눈초리로 내 아래 위를 훑어보는 걸 느낄 수 있었다. 하지만 김태주는 반갑게 대해주며 재봉실 입구의 오른쪽에 있는 작업대를 가리켰다.

"저기 재단해 놓은 원피스 시침해봐. 옆의 스타일화 보면서."

나는 즉각 스타일화를 들여다보았다. 얼굴 없는 긴 목에 둥근 칼라와 좁은 커프스 위로 셔링을 잡아 소맷자락이 살짝 늘어져 있었다. 허리선은 벨트로 장식하고 프린세스라인의 스커트 폭엔 주름이 알맞게 잡혀 있는, 지극히 평범한 원피스였다.

바늘꽂이에서 중바늘을 뽑아 실을 꿰었다. 그리고 재단이 된 분홍 바탕색에 조금 더 짙고 자잘한 꽃무늬가 있는 원피스 앞판과 뒤판의 폭을 맞대어서 시침질하기 시작했다. 재봉틀 돌아가는 소리를 들으며 아, 내가 드디어 서울 명동의 양장점에서 일을 하는구나, 그런 흐뭇함에 빠졌고, 원피스 양팔도 붙여서 모양이 갖춰진 것을 보니까 굉장히 뿌듯하기도 했다.

일을 끝내고 뒤를 돌아보자 김태주는 작업대 앞에서 등을 수굿이 기울인 채 긴 대자와 연필을 들고 모조지에 이리저리 금을 긋고 있었다. 치수를 대자의 눈금에 맞춰 모조지에 점을 찍고, 점과 점을 선으로 이어서 패턴을 뜨는 것이리라.

나는 조심스럽게 말을 건넸다.

"저기… 실장님. 다 끝냈는데요."

김태주가 돌아서서 어디 보자, 하며 내 작업대 쪽으로 다가왔다. 그는 원피스를 뒤집어서 솔기를 위아래로 잡아당겨 보더니 다음부턴 실밥을 조금 더 느슨하게 뜨라고, 그래야 가봉하기 편하다고 알려주었다.

그 다음부터는 막내 재봉사가 시키는 일을 해야 했다. 그녀는 마네킹에게 옷을 입히는 방법, 완성된 옷에 단추 달기, 밑단 공그르기, 전기다리미로 다림질하는 것 등을 가르쳐주었고, 나는 착실하게 실행했다.

그렇게 첫날 일을 끝내고 8시가 넘어서야 돌아왔지만 박 선생네 집안 일을 나 몰라라 하지 않았다. 며칠 후부터는 남대문이나 동대문시장에 나가서 부속품이랑 맞춤옷 천을 사오는 일까지 도맡아 했지만 전혀 고달프지도 않았다. 이따금 김태주가 남아 있는 천으로 나와 재봉사들이 제각각 원하는 디자인의 패턴을 떠서 재단해주면 내 옷을 직접 재봉질하는 재미도 아주 좋았다. 나중에 박 선생이 천을 헐값으로 쳐주었다는 걸 알았는데 나는 그게 걱정이었다. 벌써 석 달이 지났지만 아직 월급을 한 푼도 받지 못했기에 혹시 옷 세 벌 값으로 벌충하려는 게 아닌가 하는 불안으로. 고향집에서 도망쳐 올 때 가지고 온 돈은 이제 거의 바닥이 나고 있었다.

'언제까지 공짜루 부려먹으려는 거여?'

나는 속으로 끙끙 앓았다. 그렇다고 용기를 내서 박 선생에게 물어볼 수도 없었다. 그런 근심이 얼굴에 배어 있었던 것일까? 오후에 복도 진열장 칸에서 안감을 뽑아내는 나에게 김태주가 다가오더니 귀엣말로 박 선생이 아직도니? 하고 묻는 게 아닌가. 나는 무슨 뜻인지 몰라서 어리둥절하지 않았다. 안감을 들고 고개만 숙이며 재봉실로 향했다.

그날 밤, 집에 돌아와 대문의 벨을 누르자 문을 열어준 이는 뜻밖에도 박 선생이었다. 나는 까닭 모르게 숨을 죽이며 안으로 들어서서 주춤거렸다.

"너랑 할 얘기가 있어서 기다렸다."

박 선생 목소리는 내 귓전을 차갑게 때렸다.

"니가 서울 물정을 몰라서 그랬나본데. 양장점이란 데가 원래 서너 달은 기술 가르쳐주고 간식 주면 그만야. 그런데 넌 우리 집에서 먹고 자잖아."

네에. 나는 기어들어가는 한 마디로 대꾸할 수밖에 없었다. 그럼 교통비는 어떡하지? 그런 걱정이 태산 같았으므로.

"그래도 사정이 딱하면 나한테 직접 얘기해야지 왜 김 실장을 통하니?"

나는 화들짝 놀라지 않을 수 없었다.

박 선생이 작은 봉투를 내밀었다.

"우선 써. 앞으로는 월급을 줄 테니까 뭐든 나한테 말해. 알았니?"

나는 박 선생이 내미는 걸 엉겁결에 받았지만 참 고약한 느낌이 들었다. 마치 그녀가 내던져 준 돈 몇 푼을 허겁지겁 집어든 것 같다고 할까. 그래도 입술을 사려 물며 방으로 들어와서 돈을 세어보니까 겨우 한 달 간 교통비를 웃도는 액수였다. 쓰디쓴 침이 저절로 삼켜졌다.

다행히 한 달 후 박 선생이 월급을 주긴 했는데 그만 맥이 풀리는 액수였다. 삼복더위에 지치도록 일한 대가로는 너무도 초라한 금액이었다. 한 달 교통비의 세 배쯤 될까 말까 했으므로. 어머니에게 돈을 부쳐주려면 까마득할 것 같았다.

그렇게 여름이 가고 한가위가 일주일 남은 밤, 식탁을 훔치고 있을 때 박 선생이 들어와 맞은편 의자에 앉더니 봉투를 내밀었다. 추석 보너스를 넣었다고 하면서. 나는 너무도 고마워 엉거주춤한 채 받았다.

"저기… 아줌마가 추석 쇠러 글피 자기 집으로 가는데 말이다."

박 선생이 머뭇거리지도 않고 얘기를 꺼냈는데 나는 대뜸 그 뒷말이 짐작돼 입매를 일그러뜨렸다. 그깟 돈 몇 푼으로 생색내면서 아줌마 돌아올 때까지 또 집안일이나 하라는 뜻을 꿰뚫어 볼 수 있었으므로.

"뭐, 길어야 일주일이니까 좀 수고해야지 어떡하니. 그리고 양장점도 글피부터 한동안 문 열지 않을 거니까."

부탁인지 아닌지 애매한 말을 남기고 박 선생은 자리를 떴다.

나는 불만스런 표정을 보인 내 용기가 미안하지 않았다. 이젠 내가 죽어지낼 만큼의 처지는 아닌 것 같은 존재감이랄까. 그래서 얼른 방으로 들어와 봉투를 열고 돈을 꺼내 세어보았다.

얼래? 고작 요거 줬네. 부아가 나서 투덜거렸다. 그동안 받아온 돈의 배였다. 잔뜩 부풀은 기대에 턱없이 못 미치는 액수라서 맥이 풀렸다.

추석날 아침, 박 선생 가족들이 추석빔 떨쳐입고 큰집으로 차례 지내러 가는데 나는 뽀로통해서 배웅해주지도 않고 밥상만 차렸다. 모두 내가 만들어놓은 전과 나물, 토란국까지 데워서 다 먹었을 때였다. 불현듯 언니 생각이 스쳤다. 만약 언니도 고향집에 내려가지 않았다면 전화로 이야기를 나눌 수 있을 것이었다. 언니가 가정교사로 있는 집 주소와 전화번호를 달달 외우고 있기 때문일까. 돌연 전화해보고 싶은 충동이 일었다. 어머니가 언니에게 내 가출을 편지나 전화로 분명 알렸을 것이었다.

그런 충동에 떠밀려 곧장 전화기를 집어 들었다. 외우고 있는 번호를 착착 돌리는 손이 떨리지도 않았다. 저쪽의 발신음이 들려오기 시작했다. 한 번, 두 번, 세 번째에서 여보세요? 하고 앳된 여자 음성이 흘러나왔다. 아, 언니가 가르치는 여학생인가 보다, 추측하며 조심스럽게 혹시 강문주 씨 있나요? 물었다. 여학생은 누구냐고 묻지도 않고 잠깐 기다리라고만 했는데 곧이어 전화 바꿨습니다, 하는 언니 목소리가 귓전을 울렸다.

내 입에서 어눌하게 어 언니, 하고 흘러나왔다.

"너, 너? 유주구나!"

언니는 단박에 내 목소리를 알아들었다.

나는 응답하지 않고 입술만 깨물었다. 뭐라고 해야 할지… 여러 가지 감정이 마구 뒤엉키는 것이었다.

"너 지금 어디 있어? 내가 갈게."

언니의 고함이 귓속으로 파고들었다.

"잘 있으니까 이렇게 전화했는데 뭐얼 만나아."

목소리를 애써 부드럽게 뽑았다. 그러자 언니가 무조건 만나자고 했다. 나는 성공하기 전엔 만나지 않겠다고 쌀쌀맞게 대꾸한 후 아버지 소식이라도 있나 궁금해서 전화했다며 말을 돌렸다.

"없어. 아버진 경주 찾지 못하면 절대로 연락 안 하실 거야. 작은엄니를 위해서 말야. 하지만 넌 다르잖아. 어쨌든 학교는 다녀야지, 이것아. 어머니 성격 하루 이틀 겪었니? 나랑 같이 내려가자."

"싫어. 지금 내려가면 큰엄니가 두 팔 흔들며 좋아할 줄 알아? 되레 악에 받쳐서 부지깽이 휘두르며 호통을 칠걸. 이 지집애 구정물통의 호박씨 놀 듯 지랄하다 왔냐 이러면서."

유주야… 언니가 내 이름을 부르며 울먹이는 걸 감지할 수 있었다. 나는 당황스러워서 이를 악물며 전화를 끊고 말았다.

아무런 생각도 하기 싫었다. 그런데 따르릉, 울리는 전화소리에 화들짝 놀랐다. 설마 언니가 어느 새 박 선생네 전화번호를 알아내서 하는 건 아니겠지, 그런 세찬 불안이 몰아쳤으므로. 전화는 내가 있는 것을 아는 것처럼 줄기차게 울려댔다. 어쩔 수 없이 받아야만 했다.

수화기에서 흘러나오는 목소리는 뜻밖에도 김태주였다. 나는 예에, 저예요, 했는데 그가 무슨 낌새를 알아차린 듯 너 울었니? 하고 묻는 게 아닌가. 나는 얼른 아니라고 말한 후 추석 쇠러 내려가지 못한 언니하고 통화했는데 고향 생각이 나서 목이 잠긴 것 같다고 얼버무렸다.

"언니? 대학원에 다닌다는 그 사촌언니?"

김태주가 재우쳐 물었다. 내 속이 뜨끔했다.

"사촌언니는 친언니나 다름없이 든든하지."

김태주가 위로하듯 얼른 말을 이어주었다. 나는 그렇지요, 하며 또 얼버무렸다.

김태주가 자신은 하숙집 아주머니가 한 상 잘 차려줘서 먹었는데 내가 걸려서 전화했다고 했다. 그러자 나는 마치 그의 전화를 기다렸던 것처럼 당분간 또 부엌데기로 지내야 하는 속상함을 털어놓고 말았다.

"저기… 추석 전후엔 양장점을 찾는 여자들이 거의 없어. 그러니까 꾹 참고 해내라. 가을 보내고 겨울 지나면 봄이 오잖니. 내 말 뜻 알아듣지?"

김태주가 타이르듯이 하는 말에 나는 뭐라 대꾸하질 못했다.

"쓰고 매운 인심을 겪는 것도 수업이거든. 그래야 나아갈 수 있고. 응?"

응답을 원하는 것 같은 김태주 말에 나는 네에, 했다. 그는 다음에 보자, 하더니 전화를 끊었다.

그렇게 가을이 지나고 겨울이 오자 박 선생은 일요일마다 나에게 아줌마와 같이 지레김치부터 이것저것 김장을 담그도록 하더니 내 월급을 또 한 달치 교통비만큼 올려줬다. 다행히 단골 원단 가게에서 재고로 남아 있는 천을 가끔 거저 주다시피 할 때가 있어서 그걸로 여벌옷을 만들어 입었기 때문에 쥐꼬리만큼이나마 저축할 수 있었다. 내가 디자인한 스타일로 김태주에게 패턴 뜨는 기본을 꼼꼼히 배우고, 천에다 초크로 그려서 마름질하고, 시침으로 가봉하고, 시접 올이 풀리지 않게 오버로크치고, 재봉질로 완성해서 입었을 때의 뿌듯함은 정말 대단했다.

그러면서 설날이 다가오고 있을 때 양장점이 설날 전후로 보름가량 쉰다는 걸 알았다. 아줌마는 추석 때처럼 자기 집으로 설을 쇠러 또 내려갈 것이었다.

나도 어디 갈 곳이 없을까? 날마다 그 생각에 골몰하던 나는 감기 걸린 박 선생을 위해 유자차를 끓이다가 비슷한 어떤 향기를 홀연히 기억해냈다. 그건 고향집에서 겨우내 마시던 탱자차 향기였다. 그러자 입에서 저절로 터져 나오는 이름이 있었다. 아, 성현오빠!

내가 홍성현을 새까맣게 잊고 있었다는 게 이상했다. 그가 자기 어머니랑 서울에서 살고 있잖은가. 새삼스럽게 그의 이름이 강렬한 그리움으로 살아나며 심장을 쿵쾅거리게 했다. 그래, 그 오빠가 있었어. 그 오빠가.

다행히 홍성현의 전화번호를 알아내는 건 어렵지 않을 것이었다. 언니에게 전화해서 물어보면 될 것이므로. 그들은 분명히 서로의 소식을 알리고 있을 것 같았다.

더 망설이지 않았다. 언니 전화번호를 돌리자 발신음이 울리고, 수화기에서 추석 때 들었던 여학생의 음성이 흘러나왔는데 나는 스스럼없이 언니 좀 바꿔달라고 청했다. 잠시 후 언니 목소리가 흘러나왔다.

언니는 예전처럼 놀라지 않았다. 어쩌면 놀라지 않는 척하는지도 몰랐다.

"언니, 나 성현오빠 전화번호 좀 알고 싶어. 그 오빠 졸업했지?"

나야말로 자연스럽게 굴려고 애를 썼다.

"작년에 했지. 증권회사 다녀. 너 언제까지 집에 소식 전하지 않을 거니?"

"말했잖아. 성공하기 전까지라고. 언니, 성현오빠 전화번호나 좀 알려줘."

"그래. 그 사람 통해서라도 집에 연락 좀 해라, 제발."

언니는 홍성현의 집과 회사 전화번호까지 알려주었다. 나는 메모지에 적으면서 마음이 들떠갔다. 전혀 생각지도 못했던 든든한 후원자를 얻은 것 같았다고 할까.

"어떻게… 아버지 소식은?"

더 할 말이 없어서 전화를 끊어야했지만 나는 슬쩍 물었다.

"없지. 그러니까 이번 설엔 집에 가보자, 우리."

"언니나 가. 내 소식 전해주면 우리 엄니 가슴 쓸어내릴 테니까. 그럼 끊을게."

나는 또다시 냉정하게 굴었다. 통화를 더 하다 보면 언니가 내 처지를 눈치 챌지도 모르잖은가.

홍성현 집의 전화번호를 알자 즉시 걸어보고 싶은 욕구가 솟았지만 눌러 참기로 했다. 지금 걸면 그의 어머니하고도 이런저런 얘기를 나눠야 할 것이었다. 아무래도 내일 회사로 연락하는 게 좋을 것 같았다.

다음날, 점심때를 눈이 빠지게 기다렸다가 양장점을 나왔다. 근처 공중전화부스로 들어가 홍성현 회사의 전화번호를 돌렸더니 낭랑한 여자 목소리가 들렸다. 'XX증권 소공동지점입니다' 하고. 나는 깜짝 놀랐다. 소공동이면 명동의 이웃이 아닌가. 그래서 얼른 정신을 가다듬으며 홍성현 씨 좀 바꿔달라고 했다. 여자는 홍 과장님 식사하러 가셨는데요, 누구라고 전해드릴까요? 하며 친절하게도 굴었다. 나는 엉겹결에 전화를 끊었다. 와락 밀려오는 부끄러움에 움츠러들었다고 할까. 결국 다시 전화를 하지 못하고 양장점으로 돌아오고 말았다.

나는 고민에 빠져들었다. 홍성현을 만나야 할 것인가 말 것인가에 대해서. 만나서 양장점이 쉴 동안만 그의 집에 머물 것을 부탁하면 기꺼이 들어줄 것이지만 대신 내가 있는 곳이 그에게 알려질 건 뻔하잖은가.

어떻게 할 것인지 결정을 내리지 못한 채 퇴근시간이 되었다. 여느 때처럼 모두 빠져나가고 맨 나중에 내가 전등을 끈 후 밖에서 양장점 문을 잠그려고 하는데 잠깐만 보자! 외치는 김태주 목소리가 들려왔다. 근처에서 그가 재게 다가오더니 양장점 안으로 성큼 들어갔다. 나는 어리둥절한 채 그의 뒤를 따랐다. 그가 다시 전등을 밝힌 후 소파에 앉으며 나보고도 앉으라는 손짓을 했다.

나도 소파에 앉자 손바닥을 슬슬 비비던 김태주가 입을 열었다.

"너하고 현실적인 얘기를 해보려고 기다리고 있었어."

나는 얼른 알아들을 수 없어서 눈만 껌벅거렸다.

"내가 이 바닥 실정을 훤히 꿰뚫고 있잖니. 박 선생이 너한테 유독 야박하게 대우할 게 뻔해. 그런데 설도 다가오고 집 생각도 간절해서 속이 부글거리지?"

으응? 나는 속으로 찌푸리며 김태주를 바라보았다. 그가 나를 눈여겨보면서 그런 짐작을 했다는 것이 딱히 고맙지는 않아서 그랬다.

"뭐 꼭 그것만은 아니구요. 사실은… 친척 오빠가 서울에서 사는데, 이번 설에 양장점이 쉬는 동안 가 있을까 말까 좀 고민을 했어요."

나는 사실을 조금만 돌려서 꾸몄다.

김태주가 무척 놀라는 소리로 친척 오빠가 있다구? 되물었다.

"뭐, 뭐하는 분인데?"

왜 묻지? 나는 좀 뜸을 들이다가 서울대학 나와서 증권회사에 다닌다고 했다.

"결혼한 분이니?"

나는 고개를 흔들며 김태주를 말끄러미 바라보았다.

"그렇다면, 내가 하고 싶은 현실적인 얘기랑 잘 연결될 것 같은데……."

상체를 앞으로 조금 더 내밀면서 김태주는 뭔가 할 말을 정리하려는 듯 양 손가락을 깍지 낀 채 탁자 위에 올려놓았다.

"오늘 점심때 박 선생에게 먼저 알린 일인데. 실은 내가 월남에 진출해서 군수물자 납품하는 회사에 취직이 됐어. 그래서 설 쇠고 삼 일 후 오후에 떠나. 여의도에서 비행기 타고."

네에! 내 입에서 놀란 외침이 터져 나왔다. 월남은 한창 전쟁 중인 국가라 우리나라 군인들도 참전하고 있잖은가. 군인들이 부상하거나 전사하는 위험한 곳인데 김태주가 가다니. 그럼 나하고도 헤어지는 거잖아? 그런 두 가지 불안감이 순식간에 엄습한 것이다.

"위험한 일을 하는 건 아니고 군복 수선하는 걸 맡았어. 치수를 우리나라에서 일일이 맞춰 보내줄 수는 없으니까 대, 중, 소, 정도로 보내거든. 그럼 나 같은 기술자들이 군인 치수에 적당히 맞게 수선해주는 일이야."

"뭐 별루 멋진 일 하는 것두 아닌데 왜 갈려구 하세요?"

나는 불만스러운 속내를 불쑥 드러내고 말았다.

"여기보다 월급을 훨씬 많이 받지만, 그것보다는 여성의류 쪽으로 돈벌이 좀 할 수 있을까 조사해보려고. 언젠가 전쟁이 끝나면 여성의류 수요가 늘어날 게 당연하니까 우선 보따리 장사부터 시작해서 수출 길을 찾아보려는 거야. 월남에서 우리나라 음식점을 경영하는 교포도 있다. 놀라운 개척정신 아니니?"

김태주 목소리는 확신에 찬 힘이 실려 있었다.

나는 김태주의 포부에 놀라면서도 속상해서 눈길을 내리 깔았다. 그가 없는 양장점에서 일하려면 견뎌내기 힘들 것 같은 불안이 밀려들었으므로. 그제야 내가 그를 아주 많이 의지하고 있다는 걸 느낄 수 있었다.

"그래서 말인데, 니가 내 방으로 옮겨 와서 살면 어떨까?"

이게 무슨 뜻인가? 나는 깜짝 놀라며 김태주를 바라보았다. 그가 이번엔 웃음 띤 얼굴로 말을 이었다. 자신이 하숙하는 곳이 실은 자기 집이라는 것, 어린 남매를 둔 은행원 가족에게 안방과 건넌방을 전세 놓고 자신은 문간방에서 하숙으로 살고 있다는 것,

그러므로 자신이 2년 후쯤 돌아올 때까지 나에게 방세를 받지 않고 빌려줄 테니까 자취를 하면 어떻겠느냐는 것이었다.

나는 어리둥절해서 눈이 절로 껌벅여졌다. 김태주의 지나친 친절에 의혹이 든다고 할까. 그렇기에 용기를 내 묻지 않을 수 없었다. 2년 동안이나 방세를 받지 않으면 손해가 클 텐데 왜 선심을 베푸는가 하고.

"그건 월남에 가면 편지라도 주고받는 누군가가 있어야 즐거울 것이고, 또 내 월급은 서울 본사에서 받기로 했어. 우리 집 전세 사는 이가 마침 회사 거래 은행원이라 통장 입금 처리를 부탁할 수 있거든. 그렇지만 도장과 통장을 보관해줄 누군가도 있어야 하는데 너한테 맡기려고."

이번에는 당혹스러웠다. 나를 믿고 통장과 도장을 맡기려고 방을 공짜로 빌려주겠다니.

"절… 뭘 보구 그렇게 믿으세요?"

어이없게도 내 입에서 엉뚱한 물음이 튀어나왔다.

"너만 믿는 건 아니지. 내가 취직한 회사의 경리과, 우리 집에 사는 은행원, 이렇게 장치가 잘 짜여 있잖아. 그러니까 내 말대로 하자. 으응?"

김태주는 끝말을 부드럽게 뽑았다. 내가 부담스럽게 생각하지 않도록 이해시키려는 정성이 배어 있다고 할까. 그렇게 느끼면서도 고개가 선뜻 끄덕여지지는 않았다. 그의 말을 따르면 박 선생이 나를 괘씸하게 여겨서 내쫓을지도 모르잖은가.

김태주가 내 속내를 읽은 것일까. 어깨를 쫙 펴더니 목청을 높였다.

"뒷일은 걱정하지 마. 여차하면 너 옮길 양장점은 얼마든지 있어. 박 선생이 너를 만만하게 보고 아금받게 구는 거 내가 알고 있거든."

비로소 나는 안심할 수 있었다. 이제부턴 내 형편이 제법 녹녹해질 것이라는 기대감도 슬며시 일었다. 그렇지만 뒤따르는 무엇이 있었다. 그건 김태주와 이별해야하는, 아주 짙은 서운함이었다.

"사장님! 사장님!"

누가 크게 부르는 소리에 나는 흠칫 놀라서 회전의자를 돌렸다. 비서가 좀 의아해하는 표정으로 서 있었다. 아마 몇 번 불렀지만 내가 얼른 알아듣지 못했기에 그러는지도 몰랐다. 내 의식은 아득한 기억의 저편으로 날아가 있었으니까.

나는 비서를 멀거니 바라보았다.

"이동현 씨라는 분이 오셨습니다. 11시에 약속하셨답니다."

이동현? 무심코 되뇌어보다가 깜짝 놀랐다. 그는 고향의 젓갈 창고에서 14-15도를 유지시키며 숙성시키고 있는 젓갈류를 관리하고, 또 올가을에 문을 열 매장의 공사도 감독하는 총지배인이다. 당고모의 작은손자인 그가 며칠 전 매장 저장고의 내벽 마감재인 단열재 샘플을 가지고 오겠다는 전화를 해서 약속했었는데 깜박 잊고 있었던 것이다. 그렇지만 일주일에 한번쯤 전화로 진전 상황을 알리는 사람의 이름이 순간 가물가물한 건 내가 아득한 기억의 뒤안길을 돌아보는 상념에 너무 깊숙이 빠져 있었기 때문이었을 것이다.

"이런, 들어오라고 해요."

나는 얼른 응대를 했다. 비서가 나가고 내가 응접소파로 자리를 옮기는데 양손에 그다지 크지 않은 상자와 좀 무거워 보이는 가방을 든 이동현이 들어섰다. 나는 반가워서 어서 와요, 맞이하며 소파에 앉기를 권했다.

"그렇게 많이 가져왔어요?"

이동현이 탁자 옆에 내려놓는 짐들을 바라보며 내가 물었다.

"내장재 샘플하고 우리 창고에서 발효시킨 젓갈, 토굴에서 발효시킨 젓갈을 같은 종류로만 몇 개씩 가져왔어요. 사장님이 맛을 보셔야잖아요."

"아하. 가지나 오이, 호박으로 치면 첫 열매인 꽃다지에 해당되나요?"

"엄연하게 따지면 꽃다지는 아닙니다. 예비 상인들이 전국 유명 시장에서 사온 젓갈과 맛을 비교하려고 먼저 골고루 먹어보고 가져왔으니까요."

그렇지. 나는 고개를 끄덕이며 인터폰을 눌러 비서에게 민들레차와 냉수 한 잔을 가져오게 했다.

"냉수까지 드시면서 지금 맛보시려고요?"

이동현이 놀란 눈으로 묻는 바람에 나는 모처럼 소리내어 웃으며 응답했다. 조금 전 암울했던 소녀시절을 되새김질했더니 속이 뜨거워져서 그런다고.

이동현이 탁자 위에 작은 상자를 올려놓았다. 그는 샘플 색상이 마음에 드실지… 중얼거리며 테이프를 뜯어내고 뚜껑을 벗겨냈다. 두툼한 덩어리의 희고 반짝거리는 색감이 언뜻 쌓인 눈이 성기게 얼어붙은 것 같은 청량감을 느끼게 했다.

"공기 조절 기능이 있어서 곰팡이나 세균의 서식을 방지하는 신화학제품의 단열재예요. 기술자가 겉면에 유리가루를 섞었답니다."

"음. 좋은 발상이네요. 색감도 뭐 이만하면 무난한 것 같구."

"또 물리적 힘을 가하지 않으면 박리현상도 없다고 해서 제가 주먹으로 여러 번 쳐봤습니다."

"뭐 현재로서는 이보다 더 좋은 단열재는 없다니까 설치해야죠."

내 말은 이동현을 믿고 내린 결정이었다. 그가 소재와 실물을 충분히 조사했을 것이다. 그는 나의 까다로운 조건에 맞춰 면접을 거친 후 선택된 인물이다. 반드시 내 고향 출신이어야 하고, 결혼해서 일가를 이뤘지만 일을 시키기 편하게 나보다 나이가 어려야 하고, 식품 쪽으로 공부를 해서 업무 경험도 있는 남자를 원했는데 정하고 보니 바로 당고모의 작은손자였다.

비서가 들어와서 탁자에 민들레차와 냉수를 놓고 나갔다. 내가 먼저 컵을 들어서 두어 모금 벌컥벌컥 들이켰다. 그리고 민들레향이 우러나길 기다리는 이동현을 바라보았다.

"이 지배인은 그 차를 싫어할지도 모르는데 무심코 가져오게 했네요."

"이 차는 사장님한테만 얻어 마시는 아주 귀한 건데요."

"맞아요. 특별한 손님들에겐 꼭 그 차를 대접해요. 꽃잎이 낱낱으로 피어나면 밀어내면서 천천히 마시라고 거름망도 넣지 않아요."

"어디 생산지에서 주문하세요?"

"아니. 우리 엄니가 해마다 울안 텃밭에다 민들레를 키워요. 갓 핀 꽃을 따서 찐 후 그늘에 말려 가지고 보내주지요. 내 가슴의 화기를 식혀주려고 그렇게 당신 진을 다 빼며 사세요, 우리 엄닌."

이동현이 차를 천천히 마셨다. 그는 나의 가족사를 훤히 알고 있으므로 내가 말하는 화기를 알아듣고는 뭐라고 한 마디 건넬 말을 궁리하고 있는 것 같았다.

"사장님이 그런 고난을 겪으셨기에 지금의 위치에 올라서셨을 겁니다."

"나도 가끔 만약이라는 낱말을 떠올리는데, 그때마다 혼란스러워져요. 만약에 우리 큰엄니가 나를 보듬어주는 성품이었다면 어떻게 됐을까? 그런 의문과 만약에 큰엄니가 내 동생을 남의 집에 줘버리지 않았더라면 아버지는 하숙방에서 심장마비로 돌아가시지 않았을 것이다, 라는 증오심이 대립하거든요."

"그 증오심은 사장님 아버님에 대한 애정보다는 훨씬 약했을 겁니다. 때문에 그 애정이 우리 고향의 가능성을 열게 된 밑거름이 되지 않았을까요?"

그런가? 나는 고개를 갸웃거렸다.

"벌써 점심시간이 다 돼 가는데 제가 맛있는 거 사드리면 안될까요?"

이동현이 엉거주춤 일어서고 있었다.

"아, 고향 출신 기업인 몇 분하고 점심약속 있어요. 젓갈시장이 활성화되려면 예비 상인들이 임차한 인근 광산의 토굴만으로는 한계가 있잖아요. 그래서 다른 방안을 찾아보는 의논 좀 하려고요."

이동현 얼굴에 아쉬움이 스치는 걸 읽을 수 있었다. 그러자 도리어 내가 미안해져서 다음엔 우리 직원들에게 젓갈을 나누어 주고 싶으니까 많이 가져오고, 그땐 맛있는 것 꼭 사달라는 말을 덧붙인 후 그를 보냈다.

지인들과의 점심약속 시간은 열두 시 반이고 장소도 사무실에서 비교적 가까운 곳이라 아직 여유가 있었다. 남은 업무를 보려고 서류를 들췄지만 머릿속이 복잡하고 가슴도 답답했다. 순간 울컥 올라오는 그 무엇 때문에 벌떡 일어났다. 무조건 밖으로 나가서 좀 걷고 싶었다.

사무실을 나오자 햇살이 따갑고 밝은 옷차림의 젊은이들이 많이 오가고 있었다. 나는 어디로 방향을 잡을지 망설이다가 약속장소를 향해 가기로 마음먹고 걸음을 떼기 시작했다. 사옥 아랫길로 내려오다 오른쪽으로 방향을 트니까 '중앙우체국' 건물이 눈에 들어왔다. 걸음이 저절로 느려지면서 눈길은 우체국 건물에만 머물러졌다. 그 옛날 월남에 있는 김태주에게 편지를 부치러 자주 드나들었던 건물이라 감회가 새삼스러웠기 때문이다.

내가 김태주 집으로 이사를 간 것은 설을 쇠고 사흘 후 그가 월남으로 떠나던 날이었다. 그는 오후에 나를 데리러 왔는데 그의 집은 멀지 않은 '을지로 4가'에 있었다. 큰길가의 건물 바로 뒤에 있는 양옥이었다. 그는 먼저 안채 아주머니에게 나를 인사시키고 자기 방으로 데려가더니 옷장 서랍에서 지갑을 꺼내들었다.

"통장하고 도장, 메모지도 들어 있다. 안채 아저씨가 다니는 은행지점은 큰길가에 있으니까 매달 말일 전에 월급이 입금됐는지 통장 정리 좀 꼭 해줘. 도장은, 혹시 그 누가 무슨 이유를 붙여서 잠깐 써야 한다고 해도 절대로 넘겨주면 안 되는 거다. 그리고 만약 로즈양장점에서 일하기 정 힘들면 거기 메모지에 적어놓은 데 전부 전화해봐. 너 일자리는 얼마든지 있고 대우도 더 나을 테니까. 그리고 지갑 옆 주머니엔 열쇠 들어 있어. 문단속 잘하고 살아야 된다. 알았지?"

나는 네, 네, 씩씩하게 대답하며 김태주가 내미는 지갑을 받아들었다. 그는 어디 들렀다가 공항으로 가겠다며 큰 가방을 들고 방을 나섰다.

나는 김태주를 배웅하러 뒤를 따랐는데 안채 아주머니도 대문까지 나왔다. 김태주는 아주머니에게 나를 잘 부탁한다고 한 후 내 어깨를 가볍게 두어 번 토닥이며 편지할게, 라는 말을 남기고 성큼성큼 걸어갔다. 그러자 알 수 없는 슬픔이 밀려들어서 나는 콧등을 찡긋거렸다.

"참 알짜배기 총각예요, 미스터 김은. 밤에도 여러 군데 양장점을 돌며 재단사로 가욋돈을 벌어서 집 장만 떡하니 해놓고 이젠 월남까지 돈 벌러 가네."

아주머니가 내 표정을 읽었는지 말을 늘어놓았다.

'전쟁 중이라 위험한 나란데……'

나는 혼잣말로 중얼거렸다.

"걱정돼요? 하긴 저 총각도 아가씨를 깨나 생각하던데요. 신방 차리듯이 도배도 새로 하고, 간이부엌도 손보고, 또 꼭 필요한 부엌세간이 뭔지 나한테 물어서 다 사다놨어요. 이부자리 홑청도 빨아서 새로 씌웠구요. 내가 해줬지요. 홋……."

아주머니가 나오려는 웃음을 참는 것 같았다. 나는 쑥스러워서 얼른 몸을 돌렸다.

방으로 들어와서 옷가지를 정리하기 시작했다. 제법 큰 옷장 한쪽을 열어보니까 김태주 옷들이 가지런히 걸려 있었다. 가운데는 이불장이었고 또 한쪽은 말끔히 비어 있는데다 문 안쪽으로 긴 거울까지 붙어 있었다. 책상 위에는 라디오가, 책꽂이에는 책들이 꽂혀 있었는데 뽑아보니까 패턴 뜨는 기초부터 온통 복장에 대한 것들이었다. 나는 마치 한 학년 올라간 새 교과서를 본 것처럼 무척 기뻤다.

자취생활은 그렇게 시작되었다. 더욱이 을지로 4가에서 명동의 양장점까지는 거리가 가까웠으므로 다니기도 좋았고, 또 밤 시간을 이용해 김태주가 남긴 책들로 복장기본에 대한 공부를 했다. 박 선생은 내가 자기 집에서 살지 않으니까 밥값과 방값을 월급에다 얹어주겠다며 생색을 냈다.

20여 일 지나서 김태주의 첫 엽서를 받았다. 뒷면에 싱싱한 야자수가 몇 그루 서 있는 엽서였다. 그의 월남 도착 소식을 내가 많이 기다리고 있었던 것일까. 그 반가움이란 이루 말할 수 없었다.

하긴 밤마다 라디오 뉴스로 흘러나오는 월남 소식을 들으며 은근히 걱정을 했었다.

김태주가 근무하는 곳은 '퀴논 사단본부'에서 멀지 않고, 베트콩 습격을 대비해 회사건물 주변에 철조망과 지뢰지대가 구축돼 있어서 안전하다고 씌어 있었다. 나도 김태주가 부탁한 대로 통장 정리 한번 한 것과 새로 들어온 패턴사의 실력을 박 선생이 못마땅해 한다는 것까지 적어서 답장을 띄웠다.

그로부터 두 달 간격으로 김태주는 엽서가 아닌 편지를 보냈다. 여전히 일 열심히 하고 있다는 것, 취사병이 한국음식을 잘해서 먹는 것은 괜찮지만 군복에서 화약 냄새가 나면 마음이 아프고 또 친근했던 군인이 전투에서 목숨을 잃었다는 소식을 들으면 너무 괴롭고, 그래도 틈을 내 시내로 나가서 여자들의 옷차림을 살펴본다고 했다.

그렇게 여름도 지나고 나는 얼마씩 저축하는 재미를 붙이면서 어머니에게 내가 훔친 돈 액수만큼만 보내주기가 싫어졌다. 아주 많이, 그야말로 어머니 눈이 휘둥그레질 만큼의 돈뭉치를 싸들고 명절날 의기양양하게 고향집으로 향하고 싶어진 것이다. 그래야만 큰어머니의 그 잘난 기세가 된서리 맞은 푸성귀처럼 추레하게 늘어질 것 같았다.

산들바람이 날릴 쯤 나는 처음으로 어머니에게 편지를 썼다. 그 동안 고생한 구질구질한 얘기는 쏙 빼고 명동에 있는 유명한 양장점에서 재봉사로 일한다고 조금 꾸며서 적었다. 그리고 반드시 성공해서 이런 양장점 주인이 돼 돈을 많이 벌 것이고, 신문에 경주 찾는 광고를 내서 만났을 때 만약 그 애가 잘못돼 있으면 큰어머니를 저주하는 것으로 끝내지 않고 꼭 복수하고야 말겠다는 내용으로 끝마쳤다.

그런데 발송지를 쓰는 게 걱정이었다. 김태주 집의 주소를 썼다가 행여 어머니가 나를 찾아오기라도 하면 큰일이므로. 하루를 꼬박 고민하다 머릿속에 외우고 있는 언니네 주소를 써서 부쳤다. 그건 큰어머니가 겉봉의 내 이름을 확인했으면서도 혹시 언니 편지인 줄 알고 뜯어보기를 바라는 요행수를 노린 것이다.

추석이 다가오면서 나에게 행운의 기미가 보이기 시작했다. 나이 많은 재봉사가 추석 쇠고 결혼하니까 양장점을 그만 두겠다고 했는데 나는 그 빈자리를 간절히 탐냈다. 그런 간절함이 박 선생에게 소통됐는지, 아니면 내 솜씨를 알아보고 그랬는지 그녀가 놀라운 말을 꺼냈다. 추석이 지나면 나에게 재봉사로 일하도록 해주겠다는 것이었다.

그날, 여느 때처럼 제일 늦게까지 남아서 부속품을 정리하고 양장점을 나오려다가 전화기를 보는 순간 반사적으로 퍼뜩 스치는 얼굴이 있었다. 바로 홍성현이었다. 지금쯤이면 그도 퇴근해서 집에 있을 것 같았다. 이번 추석엔 그의 집에 가서 지내면 어떨까? 아주머니와 추석빔도 마련하고, 이젠 나도 떳떳하잖아.

생각만으로도 솟아나는 기쁨에 날갯죽지가 깃털처럼 가벼워졌다. 망설이지 않았다. 냉큼 전화기 앞으로 달려가서 달달 외워두었던 번호를 하나하나 돌렸다. 발신음이 들려오기 시작했고, 세 번째에서 네에, 하는 응답. 그 정겨운 목소리에 내 입은 절로 벌어졌다.

"성현 오빠아?"

밝은 음성으로 부르기는 했지만 다음 말은 쉽게 이어지지 않았다.

"너… 너… 유주구나!"

놀라운 일이었다. 홍성현이 단박에 내 목소리를 알아듣고 이름을 부르다니. 나는 메어오는 목을 가다듬으려고 마른침을 삼켰다.

"이 녀석, 언니한테서 얘기 들었다. 지금 어디 있어? 내가 찾아갈게."

언니랑 그렇게 친한가? 나는 대뜸 불만스러워서 아직은 만나기 싫다고 퉁명스럽게 뱉어내고 말았다. 그러자 홍성현이 말을 이었다. 어머니를 생각해서라도 이러면 안 된다, 고등학교 졸업하고 서울 올라와도 늦지 않은데 왜 그렇게 경솔하게 굴었냐는 것이다. 내가 아무런 대꾸를 하지 않자 그는 조심스럽게 무슨 일을 하며 지내냐고 물었다. 나는 유명한 양장점에서 재봉사로 일하고, 방하나 얻어 자취하지만 고생스럽지는 않다며 눙쳐버렸다.

"유명한 양장점? 혹시 신촌에 있는 곳이니?"

신촌? 거기가 어딘데? 나는 생각하느라고 응답을 못했는데 홍성현의 중얼거리는 말이 들려왔다. 문주 추측이 맞네, 하고. 그러자 내 안에서 매캐한 무엇이 울컥 올라왔다. 나는 짜증 부리듯 목소리를 높이고 말았다.

"추측이 맞긴 뭐가 맞아요!"

"아니야? 그럼 명동이니?"

재우쳐 묻는 홍성현의 물음에 순간 나는 당황했다. 만약 그렇다고 대답하면 그가 곧장 찾아올 것만 같았다. 그의 직장은 바로 이웃인 소공동에 있잖은가. 그래서 얼른 다음에 알려줄게요, 끊을게요, 말한 후 그만 전화기를 내려놓아버렸다.

뭐야. 성현오빠랑 오랜만에 이런저런 묵은 정담을 나누고 싶었는데, 이번 추석엔 정말 만나고 싶었는데, 왜 이렇게 감정에 휘둘려질까.

치받쳐 오르는 진한 아쉬움과 홍성현 입에서 스스럼없이 흘러나온 언니 이름에 대한 거부감으로 심정은 착잡해졌다.

그래도 김태주에게는 내가 재봉사로 일하게 될 기쁜 소식을 알려야 할 것 같아서 밤에 편지를 썼다. 내가 서울에 올라와 우연히 그를 만난 게 얼마나 큰 행운인지 알았다는 글로 시작해서 만약 그를 만나지 못했더라면 내가 어떻게 되었을지 생각만 해도 아찔하다고 적었다.

추석을 사흘 앞두고 김태주에게서 답장이 왔다. 내 소식이 정말 기쁘다거나, 능력을 충분히 갖춘 나를 다른 양장점에 빼앗기기 전에 박 선생이 다 알아서 한 일이라는 그런 예사로운 글은 편하게 읽혔다. 하지만 그 아래로 씌어 있는 글은 얼른 이해가 되지 않아서 다시 읽어보았다.

우연이란 옷깃이라도 스쳐서 알고 지내는 정도가 아닐까. 그렇지만 우리에겐 처음 만나게 된 장소와 그 시간이라는 속도가 있었고, 지금 이렇게 편지를 주고받는 사이로 이어진 것까지 보면 만날 수밖에 없었던 인연이라고 나는 생각한다. 그래서 아름다운 인연이지. 이곳은 위험한 곳이 아닌데도 이따금 대포소리가 들린다. 그럼 무사히 돌아가서 너를 만나야 할 텐데, 하고 문득 불안에 휩싸이기도 해. 또 우리나라의 명절과 사계절, 정든 사람들이 다 그리워지고.

세 번이나 읽었는데도 뭐랄까. 김태주가 하고 싶은 말을 다 쓰지 못하고 얼버무린 것 같다고 할까. 그 인연이란 글이 자꾸만 머릿속을 채우는 무게감으로 맴도는 것이었다.

그 후로도 우린 두 달에 한 번씩은 소식을 알렸다. 김태주의 편지는 예전처럼 간결한 내용으로 돌아갔고, 월남 여인들의 옷차림이나 기후를 적어보내기도 했다. 그 인연에 대한 뒷글은 더 이상 없었다.

그런 점은 나도 마찬가지였다. 양장점이 쉬는 날 길을 익히려고 광화문 쪽으로 나갔다가 갖가지 악기를 울리는 군악대 뒤로 월남 파병 복무를 끝내고 귀국해서 시가행진하는 군인들을 본 적이 있었다. 그런데 그들 속에 마치 김태주가 있는 것 같은 정감이 드는 것이었다. 그런 느낌을 편지에 써 넣으려다가 그만두었다. 김태주의 인연이란 글이 문득 떠오르면서 알 수 없는 무거움이 뒤따랐기 때문이다.

또다시 눈이 날리며 크리스마스가 다가오고 있을 즈음 김태주는 편지에 이런저런 부탁을 써서 보냈다. 원단시장의 모 가게에 가서 내 마음에 드는 두 가지 색상의 폴리에스테르저지로 롱스커트 두 벌 만들 감을 떠다가 자신이 알려주는 디자인으로 만들어보라는 것이었다. 그런데 반드시 양장점 사람들 모르게 만들어야 하고, 집안에서만 입고 밖으로는 절대로 나가지 말라고 당부했다. 디자인은 발목까지 오는 길이, 두 쪽의 A라인과 네 쪽의 A라인에 안감은 넣지 말고 만들어서 입고 집안일 하는데 어떤 점이 불편한지, 또 보온성은 괜찮은지 그 체험을 자세히 알려달라는 것이었다.

고개가 갸웃거려졌다. 크리스마스 선물 같으면서도 어떤 목적이 들어 있다는 느낌이 들어서였다. 어쨌든 새로운 디자인의 스커트를 두 개나 만들어 입을 수 있다니. 즐겁지 않을 수 없었다.

곧 날을 잡아 퇴근하면서 원단가게에 들렀다. 저마다 다른 색상과 무늬가 있는 천을 구경하고 나서 붉은 바탕에 다른 색 꽃무늬가 있는 것과 적갈색만의 천으로 결정했다. 패턴은 집에서 뜨고 마름과 박음질은 늦은 밤 양장점에서 하느라고 이틀 걸렸지만, 그깟 롱스커트 두 벌 완성하는 데 고작 두어 시간이면 충분했다.

롱스커트를 입고 집안에서 일을 하며 김태주가 부탁한 것들을 세밀히 관찰하기 시작했다. 앉아서 밥 먹을 때, 옷자락을 옴츠려 쪼그리고 앉아서 빨래나 청소를 할 때, 서서 일하거나 걸을 때의 불편한 게 무엇인지를. 그러다가 스커트는 두 쪽이든 네 쪽이든 모양은 비슷하지만 네 쪽이 조금 덜 펑퍼짐해 보인다, 쪼그려 앉아서 일할 때는 자락을 허벅지로 살짝 추어올리는데 신축성 있는 천이라 그다지 불편하지 않다, 우리나라 아낙네들도 치맛자락의 허리춤을 추슬러서 띠를 두르고 너끈히 일하잖은가, 그리고 H라인으로 만들면 좀 더 날씬해 보여서 가벼운 외출복으로도 좋을 것 같다, 등등을 썼고, 다음날 편지를 부치러 우체국으로 향했다.

김태주의 답장은 빠르게 왔다. 내 실습과 자세한 관찰이 고맙고, 이제부터는 그 스커트를 절대로 입지 말고 깊숙이 감춰두라고 씌어 있었다.

다시 설을 맞아 내가 나이 한 살 더 먹은 걸 축하한다는 김태주의 편지를 받고, 나는 그에게 통장 정리만 보고하듯 간략하게 답장해주고, 우리나라 여름과일인 참외와 수박이 무척 먹고 싶다는 편지가 오고, 추석이 다가오니까 고향집이 너무 그리워지는 향수병에 걸려서 한번 다녀올까 고민하고 있다는 답장을 보냈더니 편지가 곧바로 왔다. 이번 추석은 제발 참아달라는 것이었다. 내가 반드시 해줘야 할 중대한 일이 있다고 했다.

추석 지나고 원단시장이 문을 여는 즉시 폴리에스테르저지를 100필 가량 사야하는데 계약금 치러주는 일을 네가 해줘야겠다. 작년에 필당 13,000원 정도였는데 올해는 좀 올랐을 거야. 요령껏 여러 가게에서 흥정하고 영수증 받고 내역 란에는 꼭 수량을 적어야 한다. 그러려면 안채 은행원이 근무하는 지점에서 자기앞수표를 끊어가지고 지불해야 하는데 아무래도 너 혼자로는 벅차고 위험해. 그러니까 대학원에 다닌다는 사촌언니나 증권회사에 다닌다는 친척오빠에게 도움을 청해서 같이 해주면 고맙겠다. 그 은혜는 꼭 갚을게. 그리고 원단가게 주인들이나 양장점 사람들 그 누구한테도 소문나지 않도록 철저히 비밀스럽게 해야 한다. 나는 10월 중순경 서울로 돌아갈 예정이야.

나는 화들짝 놀라서 편지를 다시 읽었다. 증권회사에 다닌다고 말해버린 사람은 다름 아닌 홍성현이 아닌가. 그의 도움을 받아서 김태주가 시키는 일을 해야 하다니. 마음이 너무 무거워서 우울할 정도였다.

그런 중에 퇴근하는 나를 안채 아주머니가 대문께서 기다리고 있다가 말을 건넸다. 김태주가 귀국하면 나랑 살림을 차리느냐는 것이었다. 내가 단박 아니라고 강하게 부인하자 그럼 왜 자기 남편에게 예금도 찾을 것이고 집도 비워달라는 편지를 보냈느냐며 오히려 의아해하는 것이었다.

비로소 김태주가 어떤 돈벌이를 하기 위해 차근차근 준비하고 있음을 가늠할 수 있었고, 그래서 내 임무를 깨달았다. 그를 위해서라면 그깟 원단 구매 계약보다 더한 것도 해야만 할 것이었다. 나는 스스로를 일깨우며 부추겼다. 그래, 하자, 해주자. 언니를 만나는 건 죽어도 싫으니까 홍성현에게 손을 내밀자. 그에겐 내 청이 덤불만큼의 짐도 되지 않을 것이고, 더욱이 내 소식을 애타게 기다리고 있을 테니까.

드디어 추석 이틀 전 오후 여섯 시쯤, 홍성현이 근무하는 사무실로 전화를 했다. 여직원이 받기에 먼저 위치를 물어본 후 홍성현을 바꿔달라고 했다. 곧이어 여보세요, 하고 귓전을 울리는 목소리. 나는 침착하게 나를 밝혔다. 그러자 홍성현의 흔연한 응답이 들려왔다.

"야아 반갑다. 어떻게 잘 지내니?"

"그럼요. 나 지금 그 근처에 있어요. 오빠 만나러 갈 건데 괜찮나요?"

"뭐? 오겠다고 지금? 그럼 언니한테 연락할까?"

"오빠. 내가 그렇게 무서워요?"

홍성현이 가벼운 웃음소리 끝으로, 그래 무섭다 무서워, 빨리 와라, 했다. 행여 내가 또 예민하게 굴며 전화를 끊을까봐 살살 달래는 말투였다.

홍성현의 회사까지 빠른 걸음이 아니라도 이십여 분이면 충분할 것이었다. 명동을 빠져나와 '한국은행' 쪽으로 길을 건너서 오른쪽 방향으로 걸어가자 저만큼 거리의 건물 앞에 서 있는 남자. 그가 밖에 나와서 나를 기다리고 있는 홍성현이라는 걸 이내 알아볼 수 있었다. 밤 속껍질 같은 색의 슈트에 흰 와이셔츠칼라, 사선이 진 푸른 넥타이를 맨 그의 모습은 이미 옛날의 그가 아니었다. 하지만 내 안에서 뭉클 올라오는 반가움에 선걸음이 저절로 재우쳐졌다. 그도 나를 알아본 것일까. 빠르게 다가오고 있었다.

우리는 거리에서 누가 먼저랄 것 없이 서로 두 손을 맞잡았다. 눈을 맞추고, 조금 어색한 웃음을 짓다가 홍성현 눈길이 내 머리에서부터 천천히 발까지 훑었지만 나는 전혀 부끄럽지 않았다.

"야아, 정말 유주네. 응!"

"우리 몇 년 만에 만나는 거죠? 오빠 대학 들어간 다음해가 끝이었는데. 참 많이 변했는데도 서로를 금방 알아보네요."

"임마, 수십 년이 지났어도 서로를 못 알아보겠니? 우리가?"

"아줌니는 안녕하시죠?"

"그럼. 건강은 타고나셨잖니. 가자. 우선 밥부터 먹고 얘기하게."

홍성현이 내 한손을 잡은 채 앞으로 끌어당겼다. 마치 오라버니가 배고픈 어린 여동생에게 빨리 뭐라도 사 먹이려고 하는 것처럼. 나는 힘껏 손을 빼며 아니라고, 배고프지 않으니까 차나 마시며 얘기할 게 있다고 했다. 홍성현이 그럼 자기 회사의 지하 다방으로 가자며 앞장을 섰다.

우리는 탁자를 마주하고 앉아서 커피를 시켰다. 홍성현이 내 모습을 찬찬히 바라보다가 빙긋 웃으며 물었다.

"너, 이제 열아홉이지?"

나는 고개만 끄덕인 후 얼른 말을 돌렸다.

"아버지가, 그래도 언니한테는 어떻게든 기별을 보냈겠죠?"

"편지로만. 두 어머니를 위해서 절대로 선생님을 찾지 말라고 하셨대. 선생님만의 깊은 뜻이 있으신 거겠지."

나는 울적해져서 입술을 깨물었다.

커피 잔이 각자 앞에 놓여지고, 레지가 액체크림을 커피 위에 찔끔 부어주고 갔다. 나는 스푼으로 설탕을 두 번 떠 넣어서 휘저은 후 한 모금 마셨다.

홍성현도 커피를 한 모금 마시더니 먼저 입을 떼었다.

"어떻게… 내가 보고 싶어서 찾아온 거니?"

나는 머릿속에 정리해둔 이야기를 시작했다. 양장점 주인집에 살면서 일한 것은 대충 추려서 들려주었고, 김태주 집에서 살게 된 것과 그가 나를 도와준 일들이나 홍성현을 찾아오게 된 이유는 자세하게 털어놓았다.

홍성현이 굳은 표정으로 커피를 마셨다.

"야무지게는 살고 있구나. 누군가에게 그런 신임을 얻고."

"왜요? 개골창에라도 빠진 줄 알았어요?"

홍성현이 내 부탁을 썩 달가워하지 않는다는 느낌을 다잡지 못해서 나는 불만을 드러내고 말았다. 그가 미간을 설핏 찌푸렸다.

"임마, 서울 물정이라곤 쥐꼬리만큼도 모르는 시골뜨기 여자애가 빈손으로 나왔잖아. 가족들 근심이 이만저만 아니라는 거 모르니?"

가족? 듣고 보니 나도, 홍성현도 우린 서로를 가족에 버금가는 친밀감으로 두루뭉술하게 엮어서 고까운 감정을 쉽게 드러내고 있는 것 같았다.

내가 토라졌다고 생각했는지 홍성현이 부드럽게 나왔다.

"그 사람 몇 살이니?"

"서른셋인 것 같아요."

"가족은?"

"고아래요. 전쟁 때 다 잃었대요."

그래서… 홍성현이 혼잣말을 흐리며 고개를 끄덕였다.

나는 용기를 냈다.

"오빠가 날 도와줘야 돼요. 안 그러면 나 정말 큰일 나요."

"그럼 시간을 맞춰야 하니까 니 전화번호 알려줘."

아차, 나는 흠칫 놀라고 말았다. 이렇게 되면 언니와 시골 어머니에게도 로즈양장점 전화번호가 알려질 게 아닌가. 그래서 행여 어머니가 전화라도 걸어오면? 그런 생각에 아찔해지며 된 콧김이 뿜어져 나왔다. 무거운 침묵이 지켜졌는데 홍성현이 빙긋 웃었다.

"걱정 마. 니가 원하지 않는 거 지켜줄 테니까. 그 대신 앞으로 내가 부탁하는 건 너도 들어줘야 한다."

"내가 싫어할 부탁은 하지 않을 거죠?"

"그렇게 막무가내로 너를 꽁꽁 숨기는 건 오히려… 아니, 그만두자. 어쨌든 내가 널 도와줄 수 있어서 기쁘니까. 전화번호 불러봐."

나는 홍성현의 말뜻을 알아들을 수 있었다. 그가 안주머니에서 수첩과 볼펜을 꺼내들었다. 내가 양장점 전화번호를 불러주자 받아 적은 그는 고개를 갸웃거렸다.

"가만있자, 이 국번이면… 혹시 명동에 있니? 양장점이?"

홍성현이 나를 빤히 바라보았다. 순간 당황해서 얼굴이 달아올랐다. 명동과 소공동의 국번이 같다는 걸 전혀 몰랐잖은가. 어쩔 수 없었다. 담담함을 가장하며 고개를 끄덕일 수밖에.

"우리가 바로 이웃에 살았단 말야? 이제부턴 쉽게 만날 수 있겠네."

홍성현이 정말 좋아하는 것 같았다.

"그럼 이번 추석에 아줌니한테 인사하러 갈까요?"

나도 덩달아 좋아서 슬쩍 마음을 드러내보였다.

홍성현 표정이 굳어졌다. 아냐, 그럴 필요 없다, 이러며 손까지 내저었다.

내 호의가 즉각 거절당한 무안함 때문일까. 그만 움츠러드는 자신을 느낄 수 있었다. 홍성현이 그런 기색을 눈치 챘는지 달래듯 말을 바꾸었다.

"다음으로 미루는 게 좋을 것 같아서 그런 거야. 그나저나 어디 가서 저녁이나 먹으면 좋겠다. 옛정을 나누면서 말야."

나는 그러고 싶지 않아서 거절하고 전화 기다리겠다는 말과 함께 일어섰다.

밖으로 나온 우리는 서로 입을 다문 채 걸었다. 홍성현이 자기 사무실 앞을 조금 지나서 다행히 날 안심시키는 말을 해주었다. 그럼 가라. 내가 전화할게, 라고. 그런데도 나는 왠지 뒤통수가 따가워서 걸음을 바삐 옮겼다.

홍성현에게서 전화가 온 건 추석이 일주일 지난 금요일 오후였다. 그는 다음 월요일 오후 3시 30분에 자기 회사 앞에서 만나자고 했다. 같이 은행에 들렀다가 원단시장으로 가자며 통장과 도장을 잘 챙겨가지고 나오라고 일러주기까지 했다. 나는 네네, 들뜬 목소리로 응답했다. 그날 밤, 안채 아저씨에게 이 사실을 알렸다. 그도 김태주의 편지를 받았기 때문인지 잘 알고 있었다.

월요일이 되자 나는 박 선생에게 서울대학 졸업하고 증권회사 다니는 친척오빠를 만나고 오겠다고 으스대듯 당당하게 말한 후 양장점을 나왔다. 홍성현은 또 회사 앞에 나와서 나를 기다리고 있었다. 두 번째 만남이라 그럴까. 옛날 우리 집 대문간에서 만났을 때와 같은 짙은 친밀감으로 나는 그의 옆에 바짝 붙어 섰다.

"미안해서 어떡해요. 오빠 지금 근무 중인데."

"괜찮아. 기업체에 근무하는 선후배들을 만나러 자주 나오니까."

미안해하는 내 마음을 덜어주려고 홍성현이 일부러 꾸며내는 말 같지는 않았다. 그것만이 아니었다. 그는 택시를 잡아서 뒷좌석에 나를 먼저 들어앉게 한 후 자기도 올라탔다. 그리고 지난번에 내가 알려줬던 은행지점 장소까지 운전사에게 말해주는 게 아닌가.

머리 좋은 사람은 다르구나, 나는 흐뭇했다. 앞으로 어려운 일이 생기더라도 홍성현이 있으므로 괜찮을 것이라는 든든한 믿음까지 생기는 것이었다.

택시에서 내려 은행으로 들어섰을 때 먼저 안채 아저씨에게 홍성현을 소개했다. 증권회사에 다니는 친척오빠라고. 두 사람은 악수를 하더니 서로 명함을 주고받았다. 그런 다음 홍성현이 나를 입출금용지가 있는 곳으로 이끌며 은행에서 돈 인출해본 적 있느냐고 물었다. 내가 고개를 흔들자 잘 배우라며 출금용지를 꺼내 내밀었다. 먼저 맨 위 빈칸에 찾을 금액을 한글로 적으라고 했다. 나는 얼마를 써야할지 잠시 망설이다가 '십오만 원'쯤은 있어야 될 것 같아서 그 액수를 썼다. 그러자 홍성현이 반드시 '일십오만 원'으로 적어야 한다고 알려주고는 다음 아래 빈칸에다 아라비아 숫자를 쓰고 콤마도 정확히 찍으라고 했다. 그는 날짜와 이름, 도장 찍은 것까지 다 확인하더니 창구로 가서 '자기앞수표' 일만 원짜리로 열다섯 장을 만들어 달라고 하라는 말까지 해주었다.

대기 의자에 홍성현과 나란히 앉아서 기다리며 나는 무심코 그의 손을 보았다. 내가 어린 시절에 무람없이 만졌던 손인데 이제 손등에 힘줄이 뚜렷하게 불거진 우람한 손으로 변해 있었다. 저 손이 내 손의 감촉을 기억할까? 그런 생각으로 손가락을 꼼지락거리다가 괜히 쑥스러워져서 증권회사에 다니면 돈 많이 번다고 들었는데, 그래요? 물었다.

"돈? 때론 많이 벌지만 아차하면 번 것보다 훨씬 더 잃기도 해. 증권시장이란 곳은 쌀알 정도의 악재만 떠돌아도 풍선처럼 부풀어 터져버리는 위험이 도사리고 있거든. 때문에 기업의 투자전략이나 재무 상태를 파악하기 위해 선후배들도 자주 만나서 정보를 귀동냥한다. 우리나라는 산업을 일으켜서 수출로 먹고 살아야 하거든. 몇 년 동안은 증권시장이 활황 될 거야. 월남에 군수물자 사업으로 진출한 기업들과 파병들이 보내오는 달러가 경제의 원동력이 돼줄 수 있으니까."

"아, 너무 어려워. 하나도 못 알아듣겠어요."

"차차 알면 돼. 내가 하나하나 가르쳐줄게."

뜻밖의 말을 듣자 나는 뛸 듯이 기뻐서 하마터면 소리를 지를 뻔했다. 그때 안채의 은행원이 다가왔다. 그는 수표를 내가 아닌 홍성현에게 내밀어 확인시키고는 돌아섰다. 아마도 내가 미덥지 않은 모양이었다.

은행을 나와서 홍성현은 또 택시를 잡았다. 내가 동대문시장 쪽 지리는 훤하니까 운전사에게 지름길을 알려주었고, 택시는 십여 분 달렸다.

원단시장에 들어서면서 나는 은근히 걱정이 됐다. 온갖 천에서 나오는 화학물질 냄새를 처음 맡는 사람은 고통스러울 것이었다.

"오빠, 눈이랑 코가 엄청 따가울 텐데, 어쩌죠?"

"나 군대 갔다 왔다. 그 정도는 견딜 수 있으니까 걱정하지 마."

나는 홍성현에게 정겨운 눈길을 보내지 않을 수 없었다. 정말 미덥고, 든든했다.

그날, 김태주가 부탁한 원단을 50필 가량 계약했다. 작년보다 값이 10프로쯤 올라 있었지만 요령껏 깎았고, 가게 주인들이 내가 대량으로 계약하는 것을 눈치 채지 못하게 조심했다. 이를테면 가게에 원단이 많이 쌓여 있어도 수량을 조금씩 차이 나게, 가게 간의 거리도 띄엄띄엄 간격을 두었다. 그렇게 계약금을 치를 때마다 홍성현은 영수증에 이상이 없는지 꼭 확인해주곤 했다. 정말 그가 없었다면 나는 겁이 나서 도저히 그런 일을 할 수 없을 것 같았다.

택시를 타고 돌아오는데 시간은 여섯 시가 돼가고 있었다. 홍성현이 양장점 앞까지 바래다주겠다는 걸 나는 군이 마다하며 명동 입구에서 내려 그와 헤어졌다.

삼 일 후, 이번에도 박 선생에게 친척오빠와 중요한 일로 만나야 한다고 당당하게 말한 후 밖으로 나왔다. 그리고 또 지난번과 같은 시각에 홍성현을 만나서 은행에 들러 다시 '일십오만 원'을 찾았고, 원단도매시장으로 가서 먼저 들렀던 곳들이 아닌 다른 가게들을 찾아다니며 나머지 수량의 원단을 계약했다. 그런 다음 택시를 타고 돌아오는 중에 내가 먼저 조심스럽게 입을 열었다.

"저기 오빠. 나 도와준 거 고마워서 밥이라도 사야 하는데요. 오늘은 양장점 주인 눈치가 보여서 빨리 들어가야 하거든요. 다시 연락해도 되죠?"

"그럼. 너 좋은 시간으로 잡아. 대신 언니랑 같이 만나자."

"언니는 싫다고 했잖아요!"

나는 얼떨결에 쏘아붙이고 말았다.

"그런 날카로운 감정을 자꾸 내비치는 건 못난 짓이다. 그건 자신을 스스로 초라하게 여기는 마음이 깊은 걸 알리는 거야."

나는 입을 삐죽거렸다. 나도 알고 있는 내 열등감을 홍성현이 굳이 들춰내서 응짜를 놓다니.

"그리고 이건 내 바람인데, 니가 나중에라도 어떤 공부든 했으면 좋겠다. 학자금은 내가 대줄 테니까."

"언니보다 너무 뒤떨어지는 게 초라해 보여요?"

"또 앵돌아진 소리를 한다."

홍성현이 화를 내듯 목소리를 높였다.

아무런 대꾸 없이 창밖만 바라보던 나는 택시가 을지로 2가로 들어서자 여기서 세워주세요, 하고 까탈을 부리고 말았다. 그리고 택시에서 내릴 때 홍성현에게 인사말은커녕 눈길도 건네지 않았다. 그가 뒤에서 또 연락하자, 한 마디 던졌지만 그냥 택시 문을 닫는 것으로 응답을 대신했다. 하지만 밀려오는 서글픔으로 거리에서 한동안 서성거렸다.

그날 밤 김태주에게 편지를 썼다. 그가 부탁한 대로 친척오빠의 도움을 받아서 원단 계약을 마쳤다는 글을 써 나갔는데 불쑥 밀려드는 걱정거리 때문에 잠시 멈춰야만 했다. 그가 돌아오고, 은행원 가족이 이사를 가면 이 집에서 그와 내가 둘만 살게 되는 것인가 하는. 그러자 이내 홍성현이 떠올랐다. 만약 사정이 여의치 않으면 홍성현의 집에서 살 수도 있을 것이었다. 그런데 오늘 헤어질 때 그렇게 볼썽사나운 모습을 보였으니, 이래저래 심란해졌다.

김태주가 즉시 답장을 보내주었다. 먼저 일을 잘 처리해줘서 고맙다는 글의 끝에 마치 내 걱정거리를 헤아린 것 같은 글도 씌어 있었다. 자신이 돌아오면 여기 집을 양장점으로 사용할 예정이라고 했다. 재봉사와 집안 살림해줄 아주머니와 보조원도 구해서 한솥 밥을 먹겠다는 것이었다. 그러자 근심이 가시면서도 진한 아쉬움이 뒤따랐다. 홍성현의 집에서 내가 살 수도 있는데 그럴 수 없게 된 것 같은 서운함이랄까.

드디어 김태주가 돌아왔다. 10월 중순을 넘긴 날 퇴근하여 골목으로 들어섰을 때 유주니? 하는, 귀에 익은 목소리가 가까이서 들려왔다. 어둑한 곳이라 얼굴은 잘 보이지 않았지만 나는 김태주 목소리임을 금방 알아차릴 수 있었다. 그러자 참 묘한 감정이 얽혔다. 와락 밀려오는 반가움만이 아닌, 그 어떤 거리감으로 나는 조심스럽게 물었다. 실장님이세요? 하고.

"그래. 어서 와라."

대문께서 더욱 명확하게 들려오는 김태주 목소리. 나는 잰걸음을 쳤지만 마음은 굳어지고 있었다. 안채 은행원 가족이 아직 이사를 가지 않았으므로 대번에 잠자리 문제가 걱정되는 것이었다. 그래도 대문 앞에 다다르자 잘 다녀오셨네요? 깍듯하게 허리 굽혀서 인사말을 건넸다.

"야! 다시 만난 반가움을 뭐라고 표현해야 할지 모르겠네."

희미한 불빛 속에서 김태주가 내 얼굴을 확인하려는 듯 잠깐 동안 눈길을 떼지 않았다.

"저도 그래요. 저녁은 어떻게 하셨어요?"

나는 어색해서 먼저 대문 안으로 들어서며 물었다.

"안채 아저씨랑 같이 먹었다. 미안하지만 방에 잠시 들어가야겠는데."

김태주의 조심스러워 하는 말투가 오히려 자연스럽지 않게 들렸다.

이번엔 내가 스스럼없이 굴려고 청소를 깨끗이 안했는데… 중얼거리며 열쇠로 방문을 열었고, 앞장서 들어와 전등을 켰다. 그리고 뒤따라와서 엉거주춤 서 있는 김태주에게 과일이라도 가져올까요? 물었다.

"아니 괜찮아. 잠깐 앉아서 얘기하고 나가야 하니까."

우리는 조금 거리를 두고 앉았다.

"고생 많이 하셨죠?"

나는 어색함을 감추려고 짐짓 밝은 음성으로 물었다.

"고생은 뭘. 너, 많이 좋아졌다."

"저도 이제 서울내기가 됐잖아요."

"그건 그렇지. 저기 내 짐들은 우선 안채 마루 한쪽에다 놨고, 은행원 가족은 사흘 후에 이사 갈 거야. 난 그때까지 밖에서 지낼 거다. 그리고 또."

또 뭐요? 하는 궁금증으로 김태주를 바라보자 그는 얼른 말을 이었다. 자기 집의 구조를 바꿔서 양장점이라고 하지 않고 '의상실'이란 상호로 문을 열고 내가 만들어 입어본 롱스커트를 다량으로 생산해서 도매업도 하겠다는 것이었다.

"내 직관으론 그 '월남치마'가 큰 돈벌이 될 것 같거든. 주부들 일복으로도 무난하고 가벼운 외출복으로도 맵시가 돋보일 것 같아. 그래서 도전해 볼 거다."

나는 많이 놀랐다. 그런 발상으로 그 월남치마를 다르게 만들어서 입어보고 장단점을 알아보게 했구나. 그럼 나는 어디서? 속으로 재빨리 내가 일할 곳을 가름하고 있는데 김태주가 눈치를 챈 모양이었다.

"너도 날 도와줘야지. 대신 월급은 후하게 줄게. 그리고 니 친척오빠 한번 같이 만나서 식사 대접할 거야. 그게 내 도리니까. 저기, 서류 좀 다 줄래?"

할 말을 다 했는지 김태주가 벌떡 일어났다.

나도 엉겁결에 일어나서 장롱을 열고 이불갈피에 끼워둔 통장과 도장, 원단 계약한 영수증과 얼마간의 잔금까지 넣어 있는 봉투를 꺼내 내밀었다.

다시 김태주를 따라 나왔다. 그가 대문 밖으로 나가서 저만큼 사라지는 뒷모습을 바라보며 나는 갈등하지 않을 수 없었다. 이제 고급양장점의 재봉사로 자리를 잡았는데 가정집을 개조한 의상실에서, 그것도 확실한 미래가 보장되지 않는 일을 하다가 만일 결과가 좋지 않으면 어쩌지? 그런 불안감이 몰아친 것이다. 더욱이 김태주와 같이 홍성현을 만나서 밥까지 먹어야 한다는 게 마음을 무겁게 했다.

중앙우체국을 등지고 서서 나는 푸른 신호등을 초조하게 바라보았다. 큰길을 건너가면 한국은행 건물과 마주 선다. 그 건물의 왼쪽은 남대문시장으로 가는 방향이고 오른쪽은 소공동으로 들어서는 길목이다. 어쩌면 나는 그 두 길을 이제껏 애써 외면해왔는지도 몰랐다. 그런데 지금은 아주 잠깐만이라도 그 두 길을 거닐고 싶은 마음의 동요가 세차게 일었다. 하지만 어느 곳으로 기억의 날개를 먼저 틀어야 할지 망설여져서 발걸음이 선뜻 떼어지지 않는 것이다.

물속 거울

정월대보름날, 그 한옥의 첫째 딸은 돋을볕이 비칠 즈음 여동생들과 뒷동산 등마루로 올라왔다. 그 무렵에 부럼을 깨야 그해에 부스럼이 생기지 않고, 또 제 이름들을 적은 한지에 불을 붙여서 태우며 소원을 비는 제의도 치러야 하기 때문이다.

호두알과 밤톨을 나누어 먹은 후 첫째 딸이 제 이름을 적은 한지에 성냥불을 붙였다. 그리고 화르르 타오르는 불꽃을 보며 나직이 빌었다.

'제발 오늘 밤 호박꽃 색깔의 달님을 떠오르게 해주십시오.'

그렇게 거푸 읊조리며 불꽃이 사위고 남긴 재를 허공으로 높이 날려 보냈다.

스무 살이 된 첫째 딸은 마을 처녀들로부터 귀동냥한 정월대보름날의 놀이를 큰맘 먹고 실행해보려는 것이다. 달이 휘영청 떠오른 오밤중에 뒷간 앞에서 머리를 풀어헤친 채 입에 칼을 물고 우물물이 담긴 놋대야 속에 둥근 거울을 넣고 들여다보면 자신의 운명이 보인다고 들어왔다. 달빛은 반드시 호박꽃 색깔이어야지 붉으면 흉년이 들고, 희면 장마가 들 징조이므로 운명의 예시가 확실하지 않다고도 했다.

열세 살짜리 둘째 딸도 제 이름을 적은 한지에 불을 붙여서 첫째 딸과는 다르게 큰소리로 소원을 빌었다.

'나두 이다음 언니처럼 서울서 대학 다니게 해주세유!'

둘째 딸은 타버린 한지 재를 날릴 때도 춤을 추듯 팔을 휘저었다. 그리고 열한 살짜리 셋째 딸 이름이 적힌 한지에 불을 붙여서 그 애의 손에 쥐어주기까지 했다.

'나두 언니들처럼 서울서 살게 해주세유.'

셋째 딸도 큰소리로 소원을 빌자 첫째 딸은 마음이 언짢아졌다. 이제 대학생이 돼 서울로 올라가게 된 첫째 딸은 자신보다 여동생들의 운명이 훨씬 더 궁금한 것이다. 셋 중에 누군가 오래된 고향집을 지키며 살아야 하는데 아무래도 자신은 돌아오지 못할 것 같은 예감이 들어서 동생들의 운명을 슬쩍 엿보고 싶었기 때문이다. 그래서 어른들이 다 잠든 오밤중에 자기의 훗날 운명을 보여준다는 늦대야 물속 거울놀이를 하자고 동생들에게 미리 귀띔을 해놓았었다.

어둠살이 드리우자 딸들은 오곡밥이랑 고지 나물을 울안 뒤꼍에다 까마귀 먹이로 뿌려주었다. 이윽고 정말 호박꽃 색깔의 달이 휘영청 떠오른 자시에 첫째 딸은 둥그런 손거울과 부엌칼을 들고 동생들이랑 우물가로 향했다.

"언니, 이런 재미난 놀이를 왜 어른들 잠잘 때 몰래 하는겨?"

셋째 딸이 고개를 갸웃거리며 물었다.

"어른들은 말여. 딸들이 거울에 비친 자기 모습을 보구 속 썩이는 짓을 할까봐 싫어한다. 이쁜 모습이 보이는 딸은 애기각시가 돼서 후딱 시집가버린다는 거여."

첫째 딸은 마을 처녀들에게서 들은 대로 말해주었다. 그리고 우물물을 길어 올려 놋대야에 찰랑하게 붓고 손거울을 집어넣은 후 뒷간 앞으로 살금살금 옮겼다.

먼저 첫째 딸이 갈래로 땋은 머리를 풀고 칼등을 입에 문 채 쪼그려 앉아서 조심스럽게 놋대야 속을 들여다보았다. 그런데 아무리 눈을 부릅뜨고 봐도 딱히 어떤 형상이 아닌, 그냥 어리숭한 물체가 거무스레하게 비쳐서 고개를 흔들어보았다. 물속의 모습도 설핏 흔들리는 것 같았다.

'이제야 보이려나?'

첫째 딸은 자기도 모르게 중얼거리다가 그만 입에 문 칼을 놓치고 말았다. 놋대야의 한끝과 물을 동시에 때리는 쇠붙이가 지잉… 둔탁한 소리를 날렸다.

"언니는 참. 동티나게 칼을 놓치구 그려. 다 봤으믄 저리 비켜봐."

둘째 딸도 훗날의 제 운명이 무척이나 궁금해서 핀을 뺀 가르마 머리를 헝클어놓은 채 기다리고 있었다. 그래서 꾸물대는 첫째 딸을 밀어내듯 아예 놋대야 속으로 손을 쑥 집어넣고 칼을 꺼내 들어서 칼등을 이로 물었다. 어찌나 힘을 들이는지 이와 쇠붙이가 부딪치는 음파가 날카롭게 퍼졌다.

첫째 딸은 앉은걸음으로 물러나서 둘째 딸을 유심히 살폈다. 놋대야 속을 찬찬히 들여다보다가 고개를 갸웃거리기도 하고, 제 손까지 얼굴 앞으로 가져가서 흔들어보는 쟤 눈에는 무엇이 보일까 하고.

드디어 무엇이 보인 것일까. 둘째 딸은 입에 문 칼을 손으로 잡아 빼더니 놋대야의 물에 집어넣고 마구 휘저었다.

"왜 그러는 거여?"

첫째 딸이 깜짝 놀라서 물었다.

"뭐여, 암만 봐두 난디. 잔뜩 치장한 것 같은 내 얼굴이 어른거린단 말여."

둘째 딸은 투덜거리며 셋째 딸에게 칼을 넘겨주었다.

단발머리를 미리 헝클어뜨려놓는 걸 깜빡 잊은 셋째 딸은 칼등을 조심스럽게 입에 물고 놋대야 속을 가만히 들여다보았다.

첫째 딸은 이번엔 셋째 딸을 유심히 살폈다. 너무 온순한 게 외려 걱정이지만 그래서 고향집을 맡겨도 좋을 성싶게 한편으로는 믿음이 가는 셋째 딸이기에.

'쟈한티 맞춤한 운명의 암시가 보이믄 좋을 텐디……'

첫째 딸은 제 바람이 이루어지길 원했다.

셋째 딸이 놋대야 속을 들여다본 지 기껏해야 숨 예닐곱 번 쉴 가량이나 됐을까. 그만 털썩 주저앉더니 입에 문 칼을 빼어 내려놓았다. 그리고 돌아앉아서 둘째 딸에게 기대며 으앙, 울음을 터뜨렸다.

둘째 딸은 화들짝 놀라서 얼른 셋째 딸을 품에 안았다.

"넌 뭐가 보여서 우는 거여? 뭐 도깨비라두 보인 거여?"

둘째 딸은 셋째 딸의 뒷머리를 쓰다듬으며 얼러주었다.

"아녀, 허엇것이 보여. 이쁘자앙헌 지집애가 말여. 나 이일찍 시지입가기 싫으은디."

셋째 딸은 마구 떨면서 띄엄띄엄 말을 늘어놓았다.

너울, 굽이치다

쑥색 치마를 입고 회장을 댄 앵두색 저고리를 양팔에 끼운 나는 거울 앞에 섰다. 겉고름의 매무시를 살린 후 도련을 여미면서 끝동과 깃에 놓인 꽃 자수를 노려보았다. 강경포구를 위한 이색 전시회에 참여하는 작가들과의 두 번째 모임에 가기 위해서 정성을 들인 올림머리와 화장한 얼굴에 어울리지 않게 윗니로 아랫입술을 꽉 깨물고 있다. 비장한 결의가 감돌고 있다고 할까. 내가 굳건히 잠가 놓았던 비밀의 문에 이제는 바람구멍을 뚫어야 할 때라는 결심이 다져진 표정이다.

대문밖에는 운전사가 남편이 탄 승용차를 대기시켜놓고 있었다. 내가 차 안으로 몸을 들이밀자 차는 움직이기 시작했고, 큰길로 나와서 달리다가 좌회전을 해 강변도로로 들어섰다.

"거, 명절 때만 내놓던 탱자나무병풍까지 벌써 식당에 날라다 놨다며? 당신 시골집 안 울타리도 탱자나무라 작가들에게 눈요기 시키려고 그래?"

남편이 흥얼거리듯 물었다. 나는 응답하지 않고 차창 밖의 한강에만 눈길을 던졌다. 남편에겐 비밀로 하고 싶었는데 그가 이번 모임을 알아낸 것이 영 언짢아서였다. 전통한식점의 주인인 시누이에게 달포 전 사실대로 말하고 특별한 음식들과 술을 부탁해 놓았었는데 남편이 친구들과 식사하러 들렀다가 알았나보았다. 그는 맏사위인 자신이 빠지면 작가들이나 내 고향 유지들에게 예의가 아니라고 부득부득 우겼다. 내가 싫어해도 기어이 참석하고야 말겠다며 떼를 쓰는 바람에 어쩔 수 없었다.

차가 한강다리를 건너 강변북로로 들어섰다. 이제 얼마 후면 유주를 만날 것이고, 그녀도 경주가 수놓은 탱자나무병풍을 보게 될 것이다. 그때 유주의 숨골을 비집고 흘러들 그 어떤 정령을 나는 엿보고 싶다. 자매간은 수십 년 떨어져 있었어도 그 시간과 공간을 뛰어넘는 경이로운 감응이 얽힐 것이라고 굳게 믿기 때문이다. 그래서 먼저 유주에게 두 번째 모임을 내가 준비하겠다는 생각을 알렸다. 작가들에게도 일일이 전화를 해서 첫 모임에 빠진 결례를 정중하게 사과하는 뜻으로 음식을 대접하겠다며 굳이 자리를 마련한 것이다.

내가 경주를 찾아보기 시작한 건 결혼한 다음해의 봄이었다. 아버지의 유품을 다시 정리하다가 수첩을 보자 일순 불현듯 떠오르는 기억이 있었다. 그건 수첩에 죽 적혀 있었던 전화번호였다. 이상하게 다시 보고 싶어서 펼쳐보았다. 첫 장의 맨 위 칸엔 홍성현의 집과 회사 전화번호, 다음 칸엔 내 이름과 전화번호, 그 아래로는 이런저런 명칭과 사찰의 전화번호 아래로 한 줄을 비워놓고

'별님수예점'이란 상호와 전화번호가 적혀 있는 게 끝이었다.

그런데 처음 보았을 때와는 달리 그 '수예점'이란 글이 새삼스럽게 내 안의 더듬이를 건드려 포르르 움츠리게 하는 것이었다. 경주가 태어난 이후부터 아버지는 주로 서울에 머물렀고, 그런 시름을 달래기 위해 수틀을 붙잡고 수를 놓다가 한숨짓던 어머니. 분명 매끄러운 아퀴는 아니지만 구불구불하게나마 이어지는 고리였다. 그래서 소용돌이치는 가슴을 누르며 그 수예점에 전화를 해서 위치를 물어보았는데 인사동 언저리에 있는 곳이었다.

나는 두려움과 기대감이 얽히는 심정으로 그 별님수예점을 찾아갔다. 가게 안을 염탐하듯 기웃거리다가 그만 온몸의 피가 얼어붙는 것 같은 충격으로 오들오들 떨면서 비겁하게 옆 골목으로 숨어버리고 말았다. 길가 한옥을 조금 개조해 내달아 지은 가게에서 다소곳이 고개를 숙인 채 수틀을 붙잡고 천에 수를 놓는 여자, 강산이 한번 변할 만큼의 세월이 흘러서 경주도 파마를 한 여인네로 바뀌었지만 한눈에 알아볼 수 있었던 것이다.

급기야 나는 헛소리를 지르며 열병을 앓았다. 그러면서도 돋아나는 의구심에 더욱 고통스러웠다. 아버지도 경주를 찾아냈을지 모른다는, 그런데 비참하게 살고 있음을 알고는 그 충격으로 아버지의 심장이 멈춰버린 것인지도 모른다는 추측이었다.

그렇지만 내 심장은 아버지보다 몇 배나 강해야만 했다. 내가 하도 비실거리니까 시어머니가 강제로 병원에 데려가서 진찰을 받게 했는데 임신이었던 것이다. 나는 태아와 함께 병들어 쓰러지지 않기 위해 아니, 유주에게 복수당할 어머니의 비극만은 막고 싶은 절박함으로 우선 믿을 만한 후배에게 부탁해서 경주의 실상을 요모조모 알아보기 시작했다. 그 후배에게 경주와 나 사이에 말 못할 깊은 사연이 있다는 것만 밝히고 돈을 대주어 수예품을 고가로 자주 사게 하면서 경주와 친해지게 했고, 때론 주전부리를 싸들고 가서 얘기를 나누다가 요령껏 가족관계와 어떻게 해서 자수를 놓게 됐는지 알아내 달라고 했다.

고작 그 정도의 탐지였는데 자그마치 반 년도 더 걸렸다. 후배가 들려준 이야기는 경주가 자수학원을 졸업했고, 남편은 수예점 근처에서 표구점을 운영한다고 했다. 그러자 아주 궁핍한 생활은 아닐 것이라는 가늠으로 조금 위안이 되긴 했다. 하지만 달포 후쯤 후배가 또 들려준 이야기에 나는 그만 까무러치고 말았다. 이제 겨우 스무 살인 경주가 벌써 8살짜리 아들과 2살짜리 딸을 두었다는 것, 이름은 '박영애'인데 어린 시절의 기억을 잊어버렸다고 했다는 것이었다. 그건 아마도 자신이 고아였기 때문이었을 거라며 흘려버리더라는 것이다.

그 충격이었는지 나는 달수를 한 달 남짓 채우지 못한 딸을 낳았다. 마음 편하게 산후 조리도 할 수 없어 기신기신 지내며 불법으로라도 요령을 부려서 경주의 주민등본을 떼어볼까, 갈등을 했다. 하지만 그렇게까지 해서 절대로 알아서는 안 될 그 무엇이 또 있다면? 걷잡을 수 없는 극도의 두려움 때문에 포기하고 말았다. 아마도 그 아들은 경주의 친자식이 아닐 것이다, 그렇게 추측만 했다.

나는 피가 마르는 가슴앓이를 하면서 우선 경주를 남몰래 도와주기 시작했다. 경주의 수예품을 꽤 고가로 구입해서 남편 사업과 연관되는 국내외 거래처의 부인들에게 선물로 보내곤 했다. 그러자 '별님수예점'은 조금씩 입소문을 탔고 일거리도 많아지는 걸 눈치 챌 수 있었다.

두 어머니에게 경주의 실상을 알리는 것만이 능사가 아니라는, 그런 고뇌에 괴로워하면서 2년을 보내다가 어머니마저 세상을 뜨자 나는 아버지의 넋이 어머니를 불러들였다고 생각했다. 유주에게 복수당하는 어머니의 가련함을 아버지가 막아주려 한 것 같았다고 할까.

하지만 내 고뇌는 더욱 깊어졌다. 작은어머니에게 경주의 삶을 고백해야 하는데 차마 용기가 나지 않은 것이다. 우선 작은어머니의 충격이 나와는 비교가 되지 않을 만큼의 부피로 치유할 수 없는 상황에 이를 것이라는 두려움에다 이왕 비밀로 했으니 경주의 삶을 한 단계 더 높여놓은 후로 미루는 게 나을 것이라는, 옹색한 얼개에 갇혀서 허우적대기만 했다.

그런 고뇌에 몸과 마음이 갉아 먹히면서도 시누이가 고급 한식당을 시작했을 때 벽걸이 액자소품과 병풍까지 구입하게 했더니 알음알음으로 입소문이 나서 별님수예점은 상당한 유명세를 얻었다. 하지만 그런 비밀을 작은어머니에게 여전히 털어놓지 못하는 죄책감으로 나는 속절없이 시들어갔다.

'그래. 오늘은 모험을 해보자. 어찌할 수 없는 이 천형 같은 비밀을 유주가 눈치 채도록 살짝 흘려보는 거다. 그럼 물꼬가 트여서 도랑으로 이어지게 될지도 모르잖은가.'

나는 입매를 오므리며 다시 비장한 결심을 다졌다.

강변북로를 벗어나 큰길을 달리던 승용차가 자하문터널을 빠져 나왔고, 한동안 더 달려서 고갯마루 길을 올랐다. 이윽고 시누이가 운영하는 한식당인 '자운영'앞에 도착했다. 예약시간보다 20여 분이나 이른 시각이었다. 운전사는 우리를 정문 앞에서 내려주고 주차장 쪽으로 향했다.

오래됐지만 기품 있는 한옥이라 툇마루가 딸려 있고, 운치 있는 노송들이 보이는 예약실의 문갑엔 호랑이와 두꺼비 목각이 올려 있다. 또 교자상엔 은은한 광택의 방짜 수저들과 도자기 술잔들이 받침 위에 나열돼 있고, 들기름을 먹여 노르스름한 장판지 바닥엔 경주에게 주문한 자수꽃방석을 깔아놓아서 한식의 멋이 한결 돋보였다. 내가 그제 미리 보낸 탱자나무병풍은 상석 뒤 벽면에 세워져 있었다.

"언니 부탁대로 벽걸이 자수 액자 소품은 다 치웠어요."

시누이가 식당 중앙의 복도와 연결된 뒷문으로 들어서면서 밝게 인사말을 건넸다. 저고리 겨드랑이에 기역자로 무를 댄 고운 한복차림이다.

"이 병풍에만 시선을 한껏 모이게 하고 싶어서 그래요."

"바탕천이 검정색이라 그런가? 흰 꽃들에서 별들의 정취가 느껴지네요."

나는 고개만 끄덕거려 주었다. 그런데 이미 눈에 익은 자수인데도 은밀한 작전의 쓰임새로 다른 곳에 가져와서 보기 때문일까? 갑자기 숨이 가빠지며 어지러웠다. 마치 뛰어난 예술품을 감상하다가 일순간 마음의 동요가 지나쳐서 정서적 압박감이 몰아치면 가슴에 통증을 느낀다는 것처럼.

나는 왼손으로 가슴을 지그시 누르며 오른쪽 손가락 끝으로는 자수를 살포시 쓸어보았다. 정교하게 수놓아진 도도록한 꽃송이들과 이파리, 탐스러운 열매, 잎맥과 가시의 촉감조차 모두 매끄럽다.

'그래, 유주가 이 탱자나무 자수와 조우하면 한 오라기라도 공감할 거야, 분명히. 우리 고향집 울의 정경을 고스란히 추억할 수 있으니까.'

그 누구와 밀회하듯 비밀스럽게 속삭이다가 어깨에서 느껴지는 강한 압력 때문에 얼른 고개를 돌렸다. 남편이 찌푸린 표정으로 서 있었다.

"정신을 온통 거기다만 쏟아? 이동현이 왔다고 말해도 못 알아듣게?"

이맛살까지 구기며 남편은 퉁명스럽게 말했다.

나는 얼른 밖으로 나왔다. 당고모의 작은 손자인 이동현이 '강경젓갈'의 맛과 품질을 연구하는 데 주요인물이라는 걸 알았을 때 쓰디쓴 침이 삼켜졌었다. 뭐랄까. 나를 철저히 제외시켰다는 사실에 그를 향한 감정이 차갑고 떨떠름했었다. 아직도 그런 껄끄러움이 있지만 자연스럽게 대하려고 웃음을 지으며 맞이했다.

곧이어 고향 출신의 기업인 세 사람이 다가오고 있었다. 나는 그들에게 허리를 굽혀 맞이했고, 옆의 남편에게 차례로 소개했다. 남편은 호기롭게 그들을 반기며 악수를 했고, 예의를 지키듯 내 뒤에 서 있던 이동현이 그들을 따라 방으로 들어서서 자리를 안내했다.

연이어 다섯 명의 남자 작가들과 두 명의 여자 작가들이 앞서거니 뒤서거니 하듯 나타났다. 한 사람 한사람 우리와 정중하게 인사를 나누고 이동현이 자리를 안내하는 동안 나는 초조하게 시계를 들여다보았다. 유주가 아직 모습을 보이지 않는 것이다. 이동현이 다시 나와서 남편 옆으로 다가왔다.

"들어가시죠. 두 분이 가운데 앉으시는 게 좋을 것 같아서 자리 비워뒀습니다."

"잘했어."

남편이 즐거운 표정을 지으며 성큼 안으로 향했다. 할 수 없이 나도 툇마루로 올라서야만 했다.

방안의 손님들은 강경포구 역사에 대한 이야기를 나누고 있었다. 기다랗게 잇댄 교자상을 마주하고 앉은 손님들의 한쪽 줄 가운데에 남편과 나는 나란히 앉았다.

남편이 말을 하기 시작했다.

"참여 작가들 중 몇 분은 시간이 맞지 않아서 참석 못하신다고 들었습니다. 여긴 전통 한식집이라 음식 맛이 기막히고 또 각 지방의 토속주도 많습니다. 천천히 양껏 드시면서 좋은 얘기 많이 나누시기 바랍니다. 어, 처제 왔네."

남편의 끝말에 나는 얼른 고개를 돌려 뒤를 돌아보았다. 정말 유주가 들어서고 있었다. 이동현이 밖에서 유주를 기다리고 있었던 듯 뒤를 따르고 있다.

"조금 늦었습니다. 다들 자리를 잡으셨네요."

유주가 손님들에게 고개를 좌우로 숙여 보이며 먼저 인사말을 건넸다. 손님들도 저마다 한 마디씩 응답을 던졌다.

"이 자리 비워놓았는데, 괜찮으시겠지요?"

이동현이 내 맞은편과 대각선인, 문을 등진 첫 번째 자리를 가리키자 유주는 흔쾌히 응하듯 자리에 앉았다. 그리고 나를 건너다보며 싱긋 웃었다.

"언닌 한복이 참 잘 어울려."

"시간 내느라고 힘들었겠다."

반년을 훌쩍 넘기고 만난 자매의 인사말은 어색하게 오갔다.

"강경은 과거에서 정지된 듯한 시간과 그 추억의 향수를 불러일으키는 아주 특별한 곳이던데요."

유주 옆자리의 남자 작가가 유주를 바라보며 말을 건넸다. 그녀는 수긍하는 듯 천천히 고개를 끄덕였다.

"저도 성실시공이라고 쓴 간판을 보면서 근대사의 역사성이 허물어져가는 아쉬움이 느껴지더라고요. 건축가라서 그런지 오래된 토담에서 풍기는 냄새는 뭐랄까, 어머니의 가슴에서나 맡을 수 있는 향기 같았다고 할까요."

"거, 나그네의 감상적인 시각으로만 보시는 거 우린 달갑지 않습니다."

남자 작가들의 던지는 말에 고향 출신의 기업인이 끼어들었다.

"어쨌든 젓갈이 음식 문화로는 전통 가치가 있지요."

여류작가도 한 마디 보탰다.

"그래서 강경에 과학적이고 전통적인 젓갈시장을 세우려는 겁니다. 젓갈은 각종 김치 맛을 좌우하는 으뜸 양념인데다 발효식품이라 천연 소화제이기도 하니까요."

이동현이 큰소리로 자신 있게 말했다.

남편이 얼른 말을 이었다.

"그건 맞습니다. 이 음식점 주인이 제 여동생인데 개가 어렸을 땐 몸이 허약해서 비리비리했었지요. 그런데 집사람이 온갖 젓갈 맛을 알게 해서 소화력이 좋아지더니 오늘날엔 이런 한식당까지 차렸습니다."

내가 남편의 옆구리를 찌르며 말을 받았다.

"그건 고모가 음식 만드는 걸 워낙 좋아하다 보니까 길이 트인 거죠."

"하긴 우리 동생의 열정은 대단했지요. 간혹 오밤중에 주방에서 웬 귀신 씻나락 까는 소리가 나서 살금살금 가보면 동생이 썰고, 지지고, 볶고 하더라고요."

손님들이 푸진 웃음소리를 냈고, 벽의 스피커에서는 가야금산조가 진양조로 조용히 흘러나오기 시작했다.

열린 뒷문으로 흰 제복차림의 두 여인이 술병들과 안주가 담긴 접시들이 실린 작은 손수레를 밀고 들어섰다. 그들은 먼저 교자상 위에 안주접시를 죽 늘어놓았다. 구운 은행, 속살을 편으로 썬 하얀 생밤, 말려서 다갈색으로 윤기를 낸 숭어알은 종잇장처럼 얇고 갸름하게 저며 둥글게 펴놓고 가운데는 잣을 소담스럽게 얹어 마치 해바라기처럼 보였다. 종업원들이 양쪽으로 나뉘어서 잔에 조심스럽게 술을 따르기 시작했다.

"이건 귀한 탱자술입니다. 우리 처갓집 담 안쪽 생울타리가 탱자나문데 장모님이 해마다 가을걷이해서 보내주시지요. 빛깔이 아주 고혹적이지요?"

남편이 탱자술에 대한 설명을 늘어놓자 손님들도 호기심을 주고받는 말을 이어갔다.

나는 유주만 흘끔거리는 데 정신을 팔았다. 옆의 작가와 뭐라고 속닥거리는 것 같은 유주의 눈길이 무심결에 병풍으로 향해지길 이제나저제나 바라기 때문에 몹시 초조했다.

'고개를 들어라, 유주야. 눈길에 날개를 달아서 저 병풍으로 날아가 봐. 탱자나무꽃들이 흐드러지게 피었고 열매도 주렁주렁 매달렸잖아. 분명 너의 뇌리를 스치는 그 무엇이 있을 거야. 제발 그 무엇의 변곡점을 니가 찍어다오.'

나는 간절한 주문을 염력에 실어서 허공으로 띄워 유주에게 보냈다. 그때 한 종업원이 들어와서 내 옆으로 다가오더니 귀엣말을 해주었다. 누가 급한 일로 나를 찾아와 밖에서 기다리고 있다는 것이었다.

"누가 나를 찾아왔다고요?"

너무도 이상해서 내 물음은 큰 소리로 나오고 말았다.

"저런. 여기까지 찾아온 걸 보면 다급한 일인가 보네. 나가봐 언니."

유주가 얼른 나를 바라보며 선뜻 거들어주는 말을 했다.

나는 몹시 미안해서 손님들에게 눈인사로 양해를 구하고 일어서며 남편을 힐끗 보았다. 그의 미간에 짜증이 잔뜩 실려 있다.

밖으로 나와서 종종 걷는데 감정에 한 줄기 파장이 일었다. 그건 알 수 없는 불길함이었다. 여기까지 나를 찾아오는 이가 도대체 누구란 말인가.

얼마쯤 나오자 웬 낯선 여인이 다가오더니 말을 건넸다. 강문주 씹니까? 하고. 도발적인 음성이었다. 나는 그런데요오, 말 꼬리를 늘였지만 신경이 거슬려서 탐색하듯 여인을 훑어보았다. 화장이 너무 짙은 저 여인은 누구인가?

"댁의 남편에 대해 급히 알려줄 게 있어서 왔는데요. 저기 돌에라도 가서 엉덩이 좀 걸치고 얘기할까요?"

여인이 턱짓으로 근처의 정원석을 가리켰다.

순간 내 신경이 발작처럼 파르르 떨리기는 했지만 소스라치게 놀라지는 않았다. 여인이 분명 어떤 음험한 계획으로 나를 불러냈다는 직감에 입술만 깨물었다. 이를테면 일찌감치 경험을 거친 대응이랄까. 이십여 년 전, 방탕한 남편이 내게 옮겨준 매독으로 5개월이 넘은 아이를 계류유산한 다음부터 남편으로 인한 고통에 또 무너지지 않을 벽을 지레 쌓아놓고 있는 것이다. 비참한 경험을 일찍 겪어버린 탓에 저절로 단단한 옹이가 박힌 마음이랄까.

"남편에 대해 무슨 할 말이 있는지 몰라도 이렇게 하는 건 아니죠."

"난 댁의 남편 정부였어요. 벌써 몇 년이 흘렀네요."

여인은 가차 없이 내뱉었다.

'아, 어느 곳에 숨어 있던 복병이 또다시 내 삶을 기습적으로

공격하는가 보다.'

나는 여인을 빤히 바라보았다.

"그런데 댁의 남편은 말예요. 또 다른 육욕에 눈이 멀어서 나를 벼랑 아래로 추락시키려고, 아니 이런 고상한 말 말고 쉽게 얘기하죠. 새 정부가 생기니까 그럴싸한 각본을 짜서 나를 해치려고 했다고요. 순순히 물러나주지 않으니까."

여인의 무례를 심상히 넘기려는 연출도 가능할 줄 알았는데 아니었다. 일순 범람하는 물살의 한가운데로 휘말려드는 듯한 어지럼이 밀려온 것이다. 그래서 여인이 가리켰던 정원석으로 허청허청 걸어가 허리께를 비슥이 기대야만 했다.

여인도 따라오더니 내 옆의 돌에 엉덩이를 걸쳤다.

"흥, 여기저기에 저 빠질 구렁텅이가 있는 줄도 모르고. 호시탐탐 복수할 기회를 노렸는데 오늘 이런 모임의 정보를 얻었지 뭐야. 아이, 그냥 쳐들어가서 잔치를 파장내고 말까?"

여인이 혼잣말처럼 뇌까렸다.

내 존재를 아랑곳하지 않는 그 뇌까림. 나는 숨을 깊이 들이켠 후 천천히 토해내었다. 여인의 얄팍한 계책이 감지되었다고 할까. 내 놀라움을 한 단계씩 올리기 위해 불륜 이야기를 풀고 당기는 술수를 쓴다는 부호가 읽히는 것이었다.

"정희엄마! 뭐하고 있어?"

그때 저만큼에서 남편이 큰 소리로 물으며 성큼성큼 다가오고 있었다.

나는 눈에 불을 켜고 남편을 노려보았다. 그러자 기겁하듯 얼굴을 일그러뜨리며 무춤하는 남편. 부릅뜬 그의 시선에서 여인에게 던져지는 이글거리는 번뜩임을 보았다. 그건 올가미에 걸린 사내의 움츠러든 태도가 아니었다. 바로 코앞의 먹이를 본 거친 들개의 사나움이 서려 있었다.

남편은 여인과 두어 걸음 떼어놓고 멈춰선 채 침묵했다. 충격을 받았을 때 어찌할 바를 모르는 자세 같지가 않았다. 솟아오르는 분노의 발화점을 드러내듯 불끈 쥔 채 부르르 떨고 있는 두 주먹. 여인을 조준해서 휙 날려버릴 돌멩이 같았다.

"이 미치광이! 감히 여기가 어디라고 나타나서 행패를 부려!"

남편은 험악하기 짝이 없는 표정으로 다짜고짜 쳇소리를 날렸다.

"흥! 당신이 불량배를 이용해서 날 해치려고 했으니까! 사고로 가장해서!"

여인의 앙칼진 조롱은 오히려 남편보다 한 수 더 높았다. 그게 단번의 내리침으로 상대의 급소를 가격하는 무기였을까.

"무슨… 말도 안 되는 소릴… 지껄이는 거야… 지금."

남편의 대꾸가 느릿느릿, 군색하게 나오고 있음을 알 수 있었다. 그건 수세에 몰린 자가 오히려 기회를 노리며 대항하는 자세인지도 몰랐다.

"그래서 진리를 깨달았지. 악랄한 인간에게는 더욱 악랄하게 대결해야만 거꾸러뜨릴 수 있다는 걸. 저, 부인, 아주 멋들어진 얘기 들어보실래요?"

"이런 간교한 것! 무슨 올가미를 씌우려고!"

남편이 여인 앞으로 성큼 달려들며 급박하게 목쉰 소리를 질렀다.

"참 추잡한 인간들이야!"

나는 발끈하고 말았다. 더 이상 자제할 겨를도 없이 적개심이 앞지른 것이다.

그런 서슬에도 남편은 움찔하지 않았다. 오히려 여인의 팔목을 화급하게 낚아채더니 막무가내로 끌어당겼다. 여인은 버둥거리느라고 하체를 뒤로 빼면서도 힘이 달려서인지 끌려갔다.

나는 정수리가 지글거리는 것을 견뎌내려고 눈을 감아버렸다.

그때 가까이서 유주 목소리가 들려왔다.

"언니, 형부가 웬 여자를 저렇게 끌고 나가는 거야? 험악한 모양새로?"

나는 아무런 대답도 할 수 없어서 눈을 떴는데 눈꺼풀이 파르르 떨렸다.

"무슨 사단이 났어? 나 중요한 약속 있어서 손님들에게 양해를 구한 후 먼저 나왔는데. 며칠 전에 언니한테도 전화로 알려주었잖아."

'안돼 유주야! 경주가 수놓은 병풍을 봐야 돼!'

나는 다급해져서 부르짖었다. 아니, 목구멍에서만 컥컥거려지는 외침이었다.

유주가 눈을 가느스름하게 뜨고 나를 살피듯 훑어보았다.

"정말 사단이 난 모양이네. 얼굴에 핏기가 싹 가셨어."

지금 가면 안돼, 나는 유주 팔을 잡으며 중얼거렸는데 아뜩한

현기증이 휘청, 몰려왔다. 주위의 사물들이 빠른 속도로 회전하다가 설핏 역회전하기도 했다. 그러면서 가슴은 단단한 무엇으로 꽉 조이며 오그라지듯 통증이 시작되었다.

"언니 왜 이래? 땀이 질질 배어나고… 식은땀 같은데… 어디 아퍼?"

"위경련이 지독해. 우리 운전사 좀 데려와 줘."

나는 비틀거리며 애원하듯 말했다.

어유 이런. 유주가 중얼거리며 망설임 없이 가방을 열어서 휴대폰을 꺼내들었다. 안테나를 올리고 번호를 누르더니 누군가에게 빨리 정문 앞으로 오라고 말했다. 그런 후 얼른 제 팔을 내 겨드랑이에 끼워 넣었다.

"내 차가 오고 있으니까 병원에 데려다 줄게. 이따 만나는 사람에게 술 대접해야해서 운전사 데리고 왔어."

유주가 내 어깻죽지를 꽉 움켜잡은 채 이끌 듯 발을 떼어놓았다.

아, 얼마나 다행인가. 틈을 봐서 병풍 얘기를 자연스럽게 꺼낼 수 있을지도 모르니. 나는 속으로 생각을 고르며 점점 심해지는 통증을 이겨내려고 어금니를 악물었다. 하지만 잇새로 흘러나오는 신음을 어쩌지 못했다.

"하필 좋은 날 왜 이래."

유주가 혼잣말을 했지만 더 보태지는 않았다. 아마도 제 형부와 이상한 여인의 행태에서 무슨 낌새를 눈치 채고 그 정도로만 내비치는 것 같았다.

걸핏하면 내 위장을 무력하게 만들어서 체증을 일으키는 그 무엇, 눈앞의 것들이 뭉그러지다가 희뜩희뜩 흐트러져 보일 만큼 명치게 통증을 일으키는 오늘의 그 무엇은 정말 무엇일까? 남편에 대한 적개심이 위를 공격해서? 아니, 그것만은 아닐 것이다. 유주가 끝내 병풍을 못 보고 가 버린다는 좌절감마저 겹치니까 온 신경이 일시에 발작하듯 얽혀서 심장까지 오그라들게 했는지도 모른다.

나는 상체를 웅크린 채 양손으로 저고리의 배래기를 움켜잡고 이를 악물었다.

잠시 후, 승용차가 우리 앞에 스르륵 멈췄다. 유주가 내 한쪽 어깻죽지를 부축하며 차 뒷문을 열어서 나를 안으로 밀어 넣고 저도 들어앉았다.

"어느 병원으로 가야해?"

"일요일인데 병원 문 연 데가 있겠니? 그냥 우리 집에 데려다 줘. 탱자술에다 진통제나 먹으면 되니까."

유주는 혀를 가볍게 차고 나서 운전사에게 방향을 말해주었다. 우리 집에 딱 두 번 와봤는데도 위치를 정확히 아는 모양이었다.

가슴 속이 무언가에 찔리듯 극심했던 통증. 그런데 탱자술이 위를 편안하게 해줄 것이라는 암시효과 때문인지 신음을 깨물면서 견딜 만했다. 아니, 남편의 추한 행태를 유주에게 적나라하게 들켜버렸다는 수치스러움에 얼굴이 화끈거리니까 위경련의 통증은 덜 느껴지는지도 몰랐다.

유주가 운전사에게 수시로 방향을 알려주면서 내게는 아무런 질문도 하지 않았다. 그녀는 자신이 한 번도 겪어보지 못한 위경련의 통증을 그다지 대수롭지 않게 여길 것이다. 대신 제 형부에 대해 구질구질한 의구심을 키우느라 곰곰이 생각에 잠겨 있을 것이다.

이윽고 승용차가 우리 동네 골목으로 들어서자 유주가 팔을 뻗어 손가락으로 우리 집의 위치를 가리켰다. 운전사는 대문 바로 앞에 차를 세웠다.

"일껏 여기까지 왔으니까 잠시 들르렴."

나는 애써 희미한 웃음을 만들며 말을 건넸다.

"그러지 뭐. 나도 탱자술 한 잔 마셔보게."

유주는 운전사에게 기다리라는 말을 한 다음 먼저 나가서 손을 내밀어 내 팔을 잡고 조심스럽게 앞으로 당겼다. 그리고 다시 제 팔을 내 겨드랑이에 끼워 넣더니 끌듯이 층계를 올라가서 초인종을 눌렀다. 잠시 후 아줌마가 나오자 빨리 안방에 누울 자리를 준비해놓고 탱자술도 두 잔 가져다 놓으라는 말까지 보탰다.

정원을 지나 안방으로 들어와서 나는 보료 위에, 유주는 방석에 앉아서도 우린 아무런 말을 나누지 않았다. 나는 마른 입술을 이로 깨물기만 했다. 유주도 눈치로 가늠하여 침묵하고 있을 것이었다.

아줌마가 탱자술이 담긴 큰 유리잔 두 개, 잣과 땅콩이 담긴 접시를 얹은 찻상을 가지고 들어와 내려놓은 후 나갔다.

"약 어디에 있어?"

유주가 물었다.

"화장대 서랍 안 흰 통에."

유주는 무릎걸음으로 다가가서 서랍을 열고 약통을 꺼내왔다.

"두 알 줘."

"참네, 진통제가 상비약이야?"

유주는 약을 꺼내 내 손바닥에 얹어주었다. 이어 술잔도 들어서 건네주었다.

유리잔에 담긴 노르스름한 술은 그 어느 때보다 유혹적이었다. 나는 얼른 약을 술로 삼켰다. 달콤하고 쌉싸래한 액체가 목구멍을 채웠다가 식도를 지나 위 속으로 내려앉는 그 친숙한 느낌… 다시 한 모금이 혀를 적신 후 목구멍으로 넘어가는 소리가 방안의 어색한 고요 속으로 퍼졌다. 남은 술을 다 마셔버리고 오그라진 위장의 신경이 빨리 느즈러지도록 가슴을 펴서 깊은 들숨과 날숨을 천천히 반복했다.

유주도 술을 한 모금 마시더니 잔을 내려놓으며 말했다.

"쌉쓰름해. 그래도 꽃내음은 맡아지네."

"……"

"나는 술이 싫어. 마시면 이상하게 경주, 걔를 찾는 일이 시시해져서. 까딱하다가 그 꼬임에 빠지겠더라구."

"……"

"그만 갈게. 언니가 나 때문에 기를 쓰고 울음을 참는 것 같으니까. 눈물은 너무 참으면 그 습기가 오장에 가득 차서 체증을 일으킨다던데. 그래서 울 일이 있을 때는 펑펑 울어야 한대."

유주가 일어섰다.

수고했다. 나는 그 말밖에 할 수 없었다. 기어이 병풍 얘기를 꺼내 유주를 붙잡지 못하고 내 안에서 휘돌아 치는 안타까움만 다잡을 뿐이었다.

방문 쪽으로 몇 걸음 떼어놓던 유주가 멈칫하더니 돌아보며 다시 입을 열었다.

“언니, 예전에 누가 책에서 읽은 거라며 들려준 구절이 있는데 말야. 내 가슴에 웅숭깊게 박혀 있거든. 들어볼래?”

“그래.”

“삶이 나를 버리더라도 나는 삶을 버리지 않겠다. 어때?”

“…….”

“생뚱맞은 말인가? 그렇지만 삶이 언닐 속이긴 했을지 몰라도 설마 버렸겠어?”

유주는 빠르게 내뱉고 나서 문 밖으로 사라졌다.

내 얼굴이 화끈 달아올랐다. 정말 감추고 싶은 것을 그예 들키고 말았다는 수치스러움이 화르르 번진 것이다. 그래서 유주가 남긴 술까지 마시려고 잔을 집어 들었다가 그만 나도 모르게 벽으로 힘껏 던져버리고 말았다. 유리잔이 날카로운 파열음을 내며 술이 튀었고 방바닥으로는 조각이 쏟아졌다.

한복을 벗고 블라우스와 반바지를 꺼내 입은 후 정원으로 나왔다. 햇살이 깨나 따가워서 담장 가까이 늘어서 있는 소나무 그늘 벤치에 앉았다. 바람결은 감지되지 않았는데 멀지 않는 곳에서 밀려오는 강바람 때문인지 솔 이파리들이 내뿜는 향이 미미하게 풍겼다. 천천히 깊은 심호흡을 하자 내 감정에 틈이 벌어지면서 스며드는 그 무엇이 있었다. 차츰 틈을 헤집으며 울울하게 들어차는 그 무엇, 그건 유주가 지칭했던 '예전에 누가'에 대한, 가누기 힘든 그리움이었다.

홍성현이 나에게 유주 소식을 처음 전해준 건 박사과정 4학기 때의 9월 마지막 토요일이었다. 나는 여전히 현정네 입주가정교사였고, 그 애가 휴일엔 한사코 음식 만드는 즐거움을 누리려고 하니까 홍성현과 자주 만날 수는 없었다. 그렇게 늘 모처럼의 만남이라 그리움은 훨씬 애틋했다.

그날 오후 짬을 내서 홍성현과 저녁을 먹고 다방에 들렀을 때 그가 사뭇 굳은 표정으로 의논할 게 있다고 했다. 나는 긴장했다. 그의 어머니가 나를 극도로 싫어한다는 고백일 것 같아서였다.

"저기 언제더라. 유주가 너한테 내 전화번호 물은 적 있다고 했었지?"

아, 유주 얘기구나. 나는 적이 안심하며 고개를 끄덕였다.

"나… 그동안 걔 여러 번 만났다."

탁자에 커피 잔이 놓여졌다. 나는 잔에 설탕을 넣어 휘저으면서 침묵을 지켰다. 아니, 내가 홍성현이나 유주에게 철저히 외면당한 것 같은 당혹스러움에 어이없었다고 할까. 그래서 목구멍까지 차오른 놀란 소리를 커피 한 모금으로 막아버렸다.

"유주가 너한텐 비밀로 해달라고 하두 사정해서 말 안했는데… 이해해줘라. 제 처지를 부끄러워하는 심리가 아니겠니? 제 깐엔 그간 서울살이 한 걸 대충 얘기하더라만 고초가 오죽했겠니. 아직은 털복숭아인 줄 알았는데 참 다부진데다 운도 따랐더라. 의상의 흐름을 꿰뚫을 줄 아는 어연번듯한 남잘 만난 거 보면."

홍성현이 이어가는 말에 나는 귀를 기울여야만 했다. 유주가 김태주라는 남자를 만나 여태까지 서울살이 한 것을 알려주더니 이젠 우리가 유주를 적극적으로 도와줘야만 할 것 같다고 했다.

"뭘… 어떻게… 말예요?"

나는 어눌하게 물었다. 내 힘으로 뭘 도와야 할지 얼른 판단이 서지 않는 데다 여전히 불편한 거리감이 따르는 바람에 그랬다.

"올 추석엔 너랑 같이 집에 다녀오자고 설득해봐. 가서 주민등록증 발급받으라고. 그래야 증권회사에 개 이름으로 계좌를 만들어 고생고생해서 모은 돈도 불려줄 수 있지. 그 김태주 씨를 만났을 때 내가 오빠 자격으로 당당하게 유주 몫을 요구하는 언질을 주었거든. 지금 물건이 없어서 못 팔 정도로 딸리는 월남치마를 생산하게 된 공력이 유주도 반은 되잖니. 그런데 고작 부엉이셈으로 때울까봐 미리 금을 그어 논 거야. 유주한테 이곳을 만들어주려고."

맞는 말이긴 했다. 그렇지만 이상하게도 내 감정의 결이 얽혀들었다. 유주가 아무리 비밀로 해달라고 했더라도 나에게는 알렸어야 하는 게 아닌가.

"선배, 개 잘 알잖아요? 개가 나랑 같이 고향집에 갈 것 같아요?"

내 입에서 볼멘소리가 흘러나오고 말았다.

"니가 마중물이 돼서 이끌어줘 봐. 그럼 끌려서 올라오지 않겠니?"

나는 입매만 꽉 조여 물었다. 오로지 나에게만 쏟았던 홍성현의 애정이 반이나 쩍 잘라져 나간 것 같은 상실감이 들어서였다. 그래도 유주의 응답을 확인해야 내가 홍성현에게 띠앗머리 있는 언니로 여겨질 것이므로 유주의 전화번호를 물어서 수첩에 적기는 했다.

"그 김태주 씨도 주식에 대해서 꽤 많이 알고 있더라. 경제의 틀을 공부한 것 같아. 도와주고 싶다. 나중에 유주와 동업으로 양장점을 운영하면 좋을 것 같거든."

나는 무엇보다 김태주와 유주의 동업이란 말에 마음이 쏠렸다.

"그 남자, 그렇게 믿을 만해요?"

"유주는 한참 모자란데 그 사람은 양장 쪽의 전문가고 성실해. 또 유주를 바라보는 눈빛이 남달라. 사내의 연정이 진하게 담겨 있거든."

홍성현이 웃었다. 아주 흐뭇해하는 웃음이랄까.

내 안의 현 하나가 왠지 알 수 없는 음률로 울렸다.

"유주도 그 남자에 대한 감정이 남다른 것 같아요?"

"뭐, 나이 차가 많아선지 고마운 은인으로만 여기는 것 같더라 아직은."

이번엔 찬바람이 가슴 한 자락을 훑었다. 그래서 얼른 덧붙이지 않을 수 없었다.

"어쨌든 뗄 수 없는 인연이랄 수 있네요."

"그렇지? 너도 언제 한번 만나보는 게 좋을 텐데. 유주가 가족

관계를 확실히 밝히지 않았다고 하더라. 아직까진 제 출생의 무게가 버거워서겠지."

나는 가만히 한숨을 삼켰다.

유주가 제 출생의 무게를 조금이라도 덜어내도록 내가 어떻게 하면 좋을까, 생각만 쌓였다.

내가 유주에게 김태주와 함께 만나자는 전화를 하면 무 자르듯이 거절할 게 뻔하다는, 그런 지레짐작으로 용기를 잃은 채 추석을 그냥 넘겨버렸고 며칠 뒤로, 또 며칠 뒤로 미루면서 가을날은 깊어갔다.

여느 날처럼 아침에 현정을 등교시키고 나도 서두를 때 문밖 탁자 위의 전화벨이 울리기 시작했다. 아침부터 누구지? 혹시 유주일지도 모른다는 기대감으로 송수화기를 들었는데 여보세요? 다급하게 들려오는 소리에 깜짝 놀랐다. 홍성현의 음성이었기 때문이다.

"선배, 무슨 일로?"

신경을 곤두세우며 나는 곧바로 묻지 않을 수 없었다.

"문주야! 선생님이! 강 선생님이!"

거의 울부짖는 듯한 홍성현의 외침, 순간 내 심장이 저 아래로 쿵, 떨어지는 울림이 온몸으로 퍼졌고 입은 얼어붙어버렸다.

"여기 서울대학병원야. 마음 단단히 먹고 중환자실 앞으로 빨리 와!"

전화가 뚝 끊겼다.

이게 무슨 말인가! 눈앞으로 어둠이 확 밀려오면서 머릿속에선 어떤 굉음마저 울렸다. 도무지 정신을 차릴 수가 없었다. 매무새를 살펴볼 여력도 없어서 핸드백만 들고 스웨터를 걸치며 허둥지둥 밖으로 나와 택시를 타고 병원으로 향했다.

택시에서 내려 정신없이 병원 정문 안으로 들어가려고 하는데 문주야! 부르는 소리가 들려왔다. 입구에 홍성현이 서 있었다. 나는 반달음질로 달려들어서 홍성현의 팔뚝을 거머잡으며 아버지 어디 계시느냐고 소리 질렀다.

"저쪽으로 가서 얘기하자."

홍성현이 얼른 내 손을 잡아당기더니 근처 등나무 아래로 이끌었다.

"어디 계신데 이래요?"

"선생님… 돌아가셨다."

아주 짧게 들려온 대답. 순간 내 몸의 수분이 일시에 증발하더니 말라빠진 껍데기가 맹렬한 불길에 휩싸이는 듯한 뜨거움으로 오그라들었다. 그렇게 넋이 나간 채 아냐, 아냐, 중얼거리다가 도저히 믿기지 않아서 다시 소리를 지르고 말았다.

"믿을 수 없어요! 가서 확인해야겠어요!"

내가 몸을 돌리자 홍성현이 내 어깨를 꽉 부여잡더니 벤치에 내리눌러서 앉히고 자신도 앉았다. 그게 아버지의 죽음을 대번에 받아들여지는 것으로 인식한 순서가 된 것일까. 나는 그만 홍성현의 가슴에 얼굴을 묻고 걷잡을 수 없이 북받쳐 오르는 울음을 꺼억, 꺼억 뱉어내기 시작한 것이다. 아버지가 숨을 거두셨다니, 절대로 믿을 수 없는데도 가슴은 찢어지는 것 같았다.

얼마나 그랬을까. 정신 차리라는 홍성현의 말에 귀가 조금 열렸고, 등을 토닥거려주는 것까지 느낄 수 있었다. 그래서 가까스로 호흡을 고르며 자세를 고치자 홍성현이 말을 꺼내기 시작했다.

"며칠 전에 말이다. 선생님이 내 앞으로 조그만 소포를 등기로 보내셨어. 발신주소도 기재돼 있어서 머지않아 뵐 수 있겠다는 반가움으로 소포를 풀어보았더니 놀랍게도 선생님 도장하고 작은 열쇠였어. 메모지에 간단한 글도 써어 있었는데 너에게는 절대로 알리지 말라는 부탁이셨어. 그랬는데 오늘 새벽에 집으로 웬 여인이 전화를 해서 선생님 성함을 대며 아느냐고 묻는 거야. 엉겁결에 친척이라고 했더니 선생님이 자기 집에서 하숙을 하셨는데 아무래도 돌아가신 것 같으니까 빨리 오라고 하지 않겠니. 주소를 다시 확인하는데 심장하고 손이 어찌나 떨리던지……."

"아주머니도 아셨어요?"

나는 다급하게 물었다.

"아니. 우선 비밀로 하는 게 좋을 것 같아서. 그 하숙집은 인사동 변두리에 있더라. 내가 도착했을 때 주인여자가 대문께서 잔뜩 겁난 얼굴로 기다리고 있었어. 선생님이 간밤 늦게 술을 드시고 오셨는데 아침에 끼니때가 한참 지났어도 안 나오시더라는 거야. 방문을 두드려도 조용해서 문을 열고 불러보았는데도 꼼짝 하시지 않더래. 게다가 핏기 없는 얼굴이 이상하게 섬뜩해서 들어가 흔들어 보았더니 차디차고 뻣뻣하더란다. 너무 놀라서 뛰쳐나왔다가 큰일 났다 싶어 다시 들어가 방안을 살폈더니 책상 위에 수첩이 있더래. 그걸 뒤적여보니까 맨 위에 내 이름하고 집, 회사 전화번호까지 적혀 있는 걸 보고. 참, 그 수첩 여기 있다. 혹시 몰라서 내 수첩에도 다 옮겨 적어놓았어."

홍성현이 윗도리 안주머니에서 수첩을 꺼내 내밀었다. 아버지는 만일에 대비해 홍성현을 그토록 의지하고 있었단 말인가.

"병원에서 사인은 뭐라고 해요?

나는 건네받은 수첩을 가방에 넣으며 물었다.

"심장마비래."

나는 그만 가슴을 주먹으로 힘껏 치고 말았다.

홍성현이 얼른 내 손목을 잡아서 자기 무릎 위에 올려놓고 꽉 눌렀다.

"구급차를 불러서 병원 응급실에 도착할 때까지는 도저히 믿기지 않더라. 그래서 의사의 진단이 내려진 다음에야 너한테 전화했는데 차마 입이 안 떨어졌어. 유주는 좀 늦게 생각나기도 했지만 선생님 사망진단서를 받으려면 자녀의 주민증이 있어야 한다기에 솔직하게 알렸다. 니가 주민증을 안 갖고 왔을 수도 있으니까."

"내가… 어떻게 유주를."

나는 울먹거리며 도리질했다.

"니 가슴속의 등불을 켜야 돼. 봐, 저기 유주가 너를 바라보며 오고 있잖아."

홍성현이 일어나며 앞 방향을 손가락으로 가리켰다.

나도 벌떡 일어났다. 저만큼에서 파마머리에 프렌치코트를 입고 경중경중 뛰듯 다가오는, 얼른 알아볼 수 없을 만큼 낯선 모습이지만 분명 유주였다.

한달음으로 달려와 내 앞에 우뚝 멈춰 선 유주. 나는 가슴속의 등불을 먼저 밝힐 수가 없었다. 오면서 얼마나 울었는지 부어오른 눈두덩에 핏발 선 눈으로 나를 쏘아보았기 때문이다. 뭐라 형언하기 어려운 그 검질긴 눈빛에 나는 그만 숨이 턱 막혀 유주야아… 애잔한 소리만 날렸다.

유주가 쏜살같이 내 곁을 스쳐 두어 걸음 떨어져 있는 큰 단풍나무 기둥을 아름 속에 품어 안고 이마를 얹었다. 그녀는 나보다 훨씬 강했다. 나처럼 홍성현의 품에서 통곡하는 대신 나무를 껴안고 펄펄 솟구치는 슬픔을 소리 없는 절규로 쏟아내고 있었다. 어깨를 들썩이며, 손톱은 갈퀴로 세워서 나무껍질을 긁어대며.

"여기서 기다려라. 쟤 좀 보살펴야겠다."

홍성현이 나에게 이르고 유주를 향해 다가갔다.

나는 왠지 바라보면 안 될 것 같아서 몸을 돌렸다. 사람들이 어두운 표정으로 수없이 오고갔다. 누군가에게 찾아온 죽음의 그림자를 따라가듯이. 홍성현은 유주에게도 아버지의 마지막 모습을 전해주고 있을 것이었다. 그 기다림의 막막함에 몸이 부르르 떨렸는데 어깨를 가볍게 조이는 홍성현의 손길이 느껴졌다.

"들어가자. 선생님이 아버지라는 사실을 너희들이 확인해줘야 사망확인서를 발급받는대. 그런 다음 영안실에서 모시고 나와서 장례 준비해야지."

'아버지의 시신을 봐야 한다고? 내가 어떻게… 내가 어떻게.'

나는 몸서리를 치며 고개를 마구 저었다. 일순 목구멍으로 생피가 울컥 게워질 것 같아서 황급히 손바닥을 입에 댄 채 허리를 숙이고 버르적거렸다. 주르르 흘러내리는 눈물이 땅바닥으로 떨어졌다.

"언넌 여기 있어. 내가 오빠랑 할 테니까!"

유주가 성큼 나섰다. 마치 거역하면 안 될 것 같은 명령처럼 단호했다. 역시 유주는 나와 비교가 되지 않을 만큼 강한가 보았다.

"그럴래? 둘 중에 하나만 있어도 될 거야."

홍성현도 유주와 같은 생각일까? 나는 머리를 조아리듯 숙이고 말았다.

내 눈물 속에서 아롱거리는 뒷모습으로 나란히 걸어가는 홍성현과 유주. 마치 어딘가로 아득하게 빨려들어가듯 그들은 병원건물 안으로 사라졌다.

무너져 내리듯 나는 벤치에 주저앉았다. 그런데 목에 뭔가 차올라서 울대가 찢어져라 소리치고 싶었다. 그건 어머니를 향한 원망이었다. 그 원망이 가슴까지 짓눌러서 고개를 숙인 채 눈을 감았다.

얼마나 지났을까. 가까이서 구두소리가 들리는가 싶었는데 멈추더니 내 옆에 앉는 부스럭 소리가 났다. 나는 고개를 들지 못했다.

"선생님… 편안해 보이시더라."

"……."

"선생님 뵐 때 영안실 담당자가 눈치 못 채도록 유주 눈은 슬쩍 가려줬다. 아직 어린데… 유주도 알아차리고 눈물만 적시더라."

"……."

"사망진단서 발급받는데 시간이 좀 걸린단다. 그래서 유주는 병원에 있을 거구, 내가 장의사한테 전화는 해놓았으니까 먼저 그 하숙집에 가보자. 선생님의 중요한 유품이 있을지 모르잖아."

"하숙집 아주머니가 아버진 무슨 일로 생활하신 것 같다고 해요?"

그제야 나는 고개를 힘들게 들며 물어보았다.

"잘은 모르지만, 하숙비를 꼬박꼬박 내시는 걸로 봐서 궁색하시진 않은 것 같았다고 하더라. 가자."

홍성현이 내 어깨를 감싸듯하며 일으켰다.

나는 홍성현의 힘에 끌려 일어섰다. 그만큼 기진해서 몸을 가누기가 힘들었다. 택시를 타고 가는 동안에도 어지러워서 창에 고개를 대고 있어야만 했다. 다행히 택시는 얼마 달리지 않아 허름한 한옥 앞에 도착했다. 마치 우리를 기다리기라도 한 듯 대문은 열려 있었고, 주인여자도 홍성현을 알아보고 아버지가 기거했던 방문을 직접 열어주기까지 했다.

방안엔 이부자리가 그대로 깔려 있었고, 작은 옷장, 앉은뱅이책상엔 벼룻집이 올려져 있었다. 구석의 길쭉한 오지항아리엔 둘둘 말린 한지가 그득 꽂혀 있었는데 나는 그 무엇 하나 감히 손댈 엄두를 못 내고 망연하게 바라보기만 했다.

홍성현이 내 양 어깨를 내리눌러 앉혔다. 그리고 옷장 문을 열어보더니 뭐가 있는 것 같네… 중얼거리며 꺼냈다. 편지봉투였다. 안의 것을 꺼내자 편지지가 나왔다. 그가 눈으로 읽는 것 같았고, 점차 일그러지는 표정으로 변하는 걸 알 수 있었다.

"선생님이… 당신의 죽음을… 예감하신 것 같다."

그토록 꿋꿋하던 홍성현이 울먹이는 소리로 내게 편지지를 내밀었다.

나는 황급히 받아서 들여다보았다.

홍군에게

나는 자네에게 이런 편지를 정말 쓰고 싶지 않았는데 이렇게 쓸 수밖에 없네. 자주 가슴 한가운데가 뻐근하고 저리는 통증이 있어서 수시로 악몽에 시달리기 때문이네.

홍군, 우린 한 울타리 안에서 한솥밥을 이십여 년 같이 먹었으니 참으로 불가분의 인연이 아닌가. 그러니 자네는 내가 오로지 믿고 의지해서 뒷일을 부탁할 사람이네. 만일에 말일세. 나한테 불행한 일이 생기면 문주를 설득해서 절대로 집엔 알리지 말고 사망 신고도 하지 못하도록 좀 도와주게. 내 안사람들이 알게 되면 목숨을 제대로 부지하지 못할 것 같아서 그러네. 내 사진은 문주에게 영정사진으로 간직하라 이르고 유해는 사찰에 당분간 안치해 두었다가 적절한 날을 잡아서 우리 집과 가까운 금강에 뿌려주길 바라네. 문주가 혼자서는 도저히 감당하지 못할 일이라 이렇게 간절히 부탁하네.

얼마 전부터 느낌이 영 좋지 않아 '혜암' 사찰의 주지스님을 여러 번 찾아뵙고 나의 딱한 사정을 간곡히 말씀드렸네. 지장보살을 모신 법당의 영가단으로 들어갈 수 있도록 허락을 받았기에 그곳 전화번호를 수첩에 적어 놓았네. 그리고 내 주변 사람 누구라도 알게 돼 행여 집에 소식이 닿으면 큰일이니 아무런 장례형식도 치르지 말고 위패도 만들지 말고 곧바로 화장해주기 바라네.

비용은 문주 이름으로 들어놓은 저금이 있으니까 충분할 걸세. 통장과 사진은 책상 서랍에 넣어서 잠갔고, 도장과 열쇠는 자네에게 미리 보냈네. 그리고 또……

편지는 또, 라는 말로 끝나 있었다. 언제 썼는지 날짜가 적혀 있지 않은 것으로 보아 아버지는 또 무슨 부탁을 쓰려다가 미룬 것 같았다.

나는 더 참지 못하고 기어이 생피를 토하듯 오열했다. 울음소리가 밖으로 새어나가는 것도 아랑곳하지 않았다. 아버지가 당신의 죽음을 예감하고 이런 것들을 준비할 때 그 심정이 오죽 참담했을까. 더욱이 어머니들은 알지 못하도록 철저히 비밀로 하라는 당부의 글을 남기다니.

홍성현이 나를 끌어안으며 낮은 소리로 말했다.

"마음 단단히 먹고 선생님 뜻 따르자. 우리가 헤아릴 수 없는 아주 깊은 뜻으로 이런 글을 남기셨을 테니까."

나는 고개를 끄덕일 수밖에 없었다. 어떡하면 좋을지 분별이 서지 않았다.

홍성현이 열쇠를 꺼내 책상서랍을 열었다. 그리고 검은 보자기에 싸인 것을 빼내서 끄르더니 사진만 나에게 내밀었다. 검은 사각 틀 속의 아버지 얼굴, 낯설 정도로 많이 늙어 있었다. 나는 떨리는 손끝으로 틀과 유리 안에 들어 있는 사진의 눈썹과 콧날, 볼을 쓰다듬다가 또다시 터져 나오려는 통곡을 참으려고 입술을 질끈 깨물었다. 비릿한 피 맛이 느껴졌다.

홍성현은 나한테 줄 것을 챙겨서 내밀었다. 나는 말없이 받아서 핸드백에 넣었고, 아버지 영정사진은 다시 보자기에 조심스럽게 쌌다.

"저기… 비용은 말이다. 내가 다 맡을게. 회사 후배에게 돈 가지고 병원으로 좀 와달라고 아침에 전화해놨어. 그 통장은 유주도 보여주고 느네들 비상금으로 갖고 있는 게 좋겠다."

홍성현의 말에 내 고개가 쉽게 끄덕여지질 않았다. 그러면 안 되잖은가.

"선생님은 나에게 아버지 같은 분이시다. 화장이라 삼우제는 못 지내드리지만 사십구재는 내가 다 알아서 지내드릴 거다. 알았 니?"

단호하게 못을 박아버리듯 말하고 홍성현은 또 내 어깨를 감싸 일으켜주었다. 아버지 영정사진을 가슴에 품듯이 안고 밖으로 나 오자 기다리고 있던 주인여자가 방의 물건을 빨리 치워달라고 했 다. 홍성현이 모레까지 치워주고 얼마간의 사례비도 지불할 테니 걱정하지 말라며 자기 명함을 내주었다.

우리가 다시 병원에 도착하자 정문 앞에서 기다리고 있던 유주 가 다가와서 사망진단서를 받았다고 말했다. 홍성현이 고개를 끄 덕이더니 양 팔로 나와 유주의 등을 앞으로 밀었다. 우린 다 아침 을 걸렀고, 점심시간도 훌쩍 넘었으니 정신을 차리려면 밥부터 먹 어야 한다는 것이었다.

홍성현이 이끄는 대로 병원건물 지하 식당으로 내려갔다. 생선

구이와 된장국이 있는 밥을 꾸역꾸역 먹으면서도 나는 유주와 눈을 제대로 맞추지 못했다. 무엇보다 아버지의 삶이 끝났는데도 배가 고파서 밥을 먹는 내가 이상하게 여겨졌고, 또 유주에게 영정사진과 유서를 보여줘야 한다는 압박감이 들어서였다. 그러자 홍성현이 입을 열었다.

"유주는 언니랑 일곱 살 터울인데도 참 어른스러워. 슬픔도 잘 추스르고, 고통도 삭일 줄 알고. 언닌 너보다 몇 배나 힘들 거라는 것도 알 거야, 그렇지?"

"……"

"내 생각은 이참에 김태주 씨에게 언닐 소개시키는 게 좋겠는데."

"아직은 싫어요."

"어차피 앞으로 너와 한 길을 걸을 사람인데, 너무 늦지 않는 게 좋을 거 같다. 올라가자. 내 후배 올 시간야."

홍성현이 먼저 일어나 계산대로 가서 음식값을 치르는 동안 나도, 유주도 말없이 뒤를 따랐다. 일층 로비에 이르자 우리에게 기다리라 이르고 홍성현은 건물 밖으로 나갔다.

나는 용기를 내야 했다. 보자기에 싼 아버지 영정사진을 유주에게 내밀었고, 핸드백에서 유서도 꺼내 주었다. 그런 후 황망히 자리를 피해 화장실로 향했다.

화장실 세면대 벽면에 등을 기댄 채 한동안 우두커니 서 있었는데 유주가 들어섰다. 손에 크고 검은 가방을 들고 있었다.

유주도 내 눈을 피한 채 세면대 구석에 가방을 올려놓았다. 그런 후 지퍼를 열더니 검은색 저고리와 치마를 꺼내서 나에게 내밀었다.

나는 말없이 받아들고 화장실 안으로 들어섰다. 치마는 바지 위에 그대로 입고, 저고리는 스웨터만 벗어서 갈아입었다. 고름에 꽂혀 있는 흰색의 작은 리본이 달린 핀을 빼서 머리에 꽂은 후 나오자 유주도 벌써 상복을 입은 채 기다리고 있었다. 내가 스웨터를 접어서 가방에 넣자 유주가 가방을 들더니 선뜻 앞장을 섰다.

우린 그렇게 말없이 해야 할 일만 하고 홍성현을 찾아갔다. 그는 작은 가방을 들고 출입구 근처에 있다가 나와 눈길이 닿자 가볍게 손짓을 했다. 오른쪽 팔뚝에 상주 표시인, 검은 줄이 두 개 쳐 있는 베 완장을 두르고 있었다. 아, 저래서 아버지가 저 사람의 전화번호를 수첩의 맨 윗줄에 적어 놓았고, 뒷일까지 간곡히 부탁하는 유서를 남겼구나, 그런 느낌이 예리하게 스쳤는데 유주가 먼저 홍성현을 향해 잰걸음치고 있었다. 나도 얼른 뒤를 따랐다.

"선생님이 알려주신 그 사찰에 전화로 의논드리고 후배 보냈다. 주지스님 만나 뵙고 선생님 모실 준비 좀 부탁드리라고. 괜찮지?"

홍성현이 나와 유주를 번갈아보며 물었다. 우린 동시에 고개를 끄덕였다.

"그럼 가서 입관식 치르고 화장장으로 출발하자."

입관식! 화장장! 그 두 가지 말이 또다시 내 가슴을 저미는 통증을 일으키며 몸까지 휘우뚱하게 했다. 얼른 중심을 잡으려고 했지만 눈앞도 흐릿해져서 홍성현의 소맷자락을 움켜잡았다.

"무섭고… 떨려서… 기절할 것 같아요."

나는 울먹이며 어눌하게 뱉어냈다.

"그럼 너는 안 보는 게 좋겠다. 저기 의자에 앉아 있어."

"어떻게 그래요?"

"내 말 들어. 유주도 신분증이랑 사망진단서만 제출시키고 이리 보낼게."

유주도 돌려보내겠다는 홍성현의 말이 내 심정을 어루만져 준 것일까. 휘청거리며 의자 쪽으로 걸음을 떼고 말았다. 그랬다. 나는 아버지의 시신을 보는 순간 그만 내 숨도 끊어지고 말 것 같은 공포심에 휩싸인 것이다.

나는 의자에 앉아서 눈을 감았다. 생목이 올라오려고 해서 손바닥으로 가슴을 쓸어내리며 유주를 기다렸다. 애는 왜 이렇게 돌아오지 않지? 시간이 꽤나 지났는데도 유주가 돌아오지 않아 불안했지만 찾아갈 엄두는 나지 않았다. 그저 어찌할 줄 몰라 쩔쩔매면서 식은땀까지 흘리고 있을 때 나타난 이는 홍성현이었다.

"가자. 유주는 차 안에 있어."

홍성현이 내 어깨를 잡아끌 듯 부축했다. 유주가 돌아오지 않은 걸 씁쓸해하면서 나는 홍성현에게 이끌리듯이 따라갔다.

밖으로 나와서 건물 옆길을 돌아가자 영구차 앞에 검은 승용차가 대기하고 있었다. 유주는 아버지의 영정사진을 가슴에 품듯 안고 승용차 뒷자리에 앉아 있었다. 나도 그녀 옆으로 들어가 앉고, 홍성현은 앞의 조수석으로 올라가 앉자 곧바로 승용차가 움직이기 시작했다.

이윽고 화장장에 도착하자 홍성현이 나와 유주는 대기실에 머물라고 했다. 영구가 화로에 들어갈 때나 유해 수습도 자신이 도맡아서 하겠다는 것이다.

유주가 감정을 억제할 수 없는지 대기실 밖으로 나가버렸다. 나도 구슬프게 들리는 울음소리와 음울한 분위기가 싫어서 밖으로 나왔다. 하지만 화장장 굴뚝에서 바람에 흔들리듯 퍼지며 오르는 연기를 본 순간 숨을 잦히며 고개를 돌리고 말았다.

얼마나 지났을까. 흰 보자기에 싼 유해상자를 양손에 받쳐 든 홍성현이 나타났을 때 나는 가슴을 쓸어내렸다. 나에게 닥친 한없이 험난한 일을 홍성현이 무사히 감당해주었다는 안도감이었다. 하지만 그 흰 상자는 차마 바라보지 못했다.

유주와 나는 다시 홍성현의 뒤를 따르듯이 승용차에 올랐다. 한동안 달려서 사찰에 도착하자 스님이 우리를 법당 안으로 안내했다. 불상 옆에서 아래로 꺾인 위치에 위패들이 죽 모셔진 영가단이 있었는데 그 중 한 곳에 아버지의 유해를 모시라고 스님이 알려주었다. 홍성현이 조심스럽게 유해상자를 안치했고, 유주가 건네준 영정사진도 같이 모셨다. 이어 촛불과 공양이 올려 있는 하단 앞에서 홍성현이 먼저 향에 불을 붙여 향로에 꽂았고 나, 유주가 차례로 했다.

스님이 목탁을 치며 불경을 외기 시작하자 우리는 나란히 서서 무릎 꿇고 허리 숙여서 머리를 조아렸다. 그렇게 세 번 하는 동안 나는 아버지, 하고 나직이 읊조리기만 했다. 정신이 아득해서 아무런 생각도 떠오르지 않았고, 그래서 아버지 혼령을 위해 그 무엇도 간절히 빌 수가 없었다. 스님이 계속 불경을 외울 동안 우리는 고개를 숙인 채 두 손 모아 가슴에 대고 서 있었는데 나도 모르게 입술을 힘껏 깨물었는지 혀끝에서 또 비릿한 피 냄새가 감돌았다.

스님의 불경이 끝나자 우린 또 절을 올렸고, 영정사진은 내가 보관하기 위해 다시 보자기에 싸서 가슴에 품었다. 그리고 어둠살을 밟으며 사찰을 나와 승용차에 올랐는데 홍성현은 먼저 유주 집으로 향하도록 했다. 유주도 순순히 제 방향을 알렸다. 꽤 오래 달려서 차가 도착하자 홍성현이 유주에게 전화로 자주 연락하자고 했고, 나도 기어드는 소리로 조만간 연락할게, 했지만 유주는 대꾸 없이 내렸다. 그러자 홍성현이 차에서 내려 뒷자리로 옮기더니 내 손을 꼭 잡아주었다. 그렇게 끝까지 풀지 않고 있다가 현정네 집 앞에서 내릴 때는 밖으로 이끌어주었다.

나는 어둠 속에서 홍성현의 눈을 찾았다.

"선배가 없었으면… 난 이 비극을 도저히 감당할 수 없었을 거예요."

"잘 견뎌냈다. 참 유주가 선생님 유서 나한테 건네주었어. 고이 간직할게."

나는 고개를 끄덕이고 홍성현의 가슴에 잠깐 머리를 기댔다가 떼었다.

그날 밤 내내 열이 펄펄 끓었다. 다음날 아침엔 비틀거리며 현정을 깨워 등교할 준비를 시키고 방으로 돌아와서 또 쓰러졌다. 하루 종일 먹지도 않고 앓다가 저녁나절에 홍성현의 전화를 받고

서야 겨우 기신거릴 수 있었다. 그는 내일 세 시쯤 나를 데리러 오겠다고 했다.

이튿날 큰 가방까지 들고 나타난 홍성현을 만나서 아버지가 하숙했던 집으로 향했다. 나는 아버지의 속옷과 책이랑 서예도구만 챙겨 가방에 넣었다. 홍성현이 남은 물건들을 버려달라며 하숙집 여인에게 얼마간의 사례비를 치렀다.

그렇게 홍성현이 아버지의 유품까지 택시에 실어서 현정네 집 앞에다 내려주는데도 나는 여전히 멍한 채 따라다니는 존재에 불과했다. 만일 그가 없었다면 느닷없이 덮친 삶의 드높은 너울에 휩쓸려서 마냥 표류했을 것이었다.

홍성현이 내 손을 모아 자기 손 안에 꼭 감싸면서 속삭여주었다.

"문주야, 나도 너의 고향집을 사랑하는 거 알고 있지?"

나는 고개만 끄덕였다. 하지만 슬픔을 보듬어주는 말 한 마디라도 더 듣고 싶어서 울먹이는 목소리로 묻고 말았다.

"나 잘 자는지 확인하는 전화 자주 해줄 거죠?"

"그래. 너 계속 노루잠 자면 니 방에다 전화 놓아주고 책도 읽어줄게."

우린 설핏 웃음을 머금은 채 헤어질 수 있었다.

내가 유주에게 조만간 연락하겠다고 했지만 이날저날 미루며 두 달 가까이 지나버렸다. 그리고 마지막 강의를 들은 날, 교재들을 챙겨 가방에 넣을 때였다. 누군가 문주야! 큰 소리로 부르기에 고개를 들었는데 한 여인이 책상 사이로 성큼성큼 다가오고 있었다.

나는 한눈에 홍성현 어머니라는 걸 알아보고 깜짝 놀라며 엉거주춤 일어섰다. 그녀는 서슬 푸른 얼굴로 내 앞에 딱 멈추더니 다짜고짜 책상 위를 주먹으로 힘껏 내리치며 고함을 질렀다.

"야! 니가 여기서 그 잘난 박사 졸업장을 받아두 말여. 우리 아들이랑 연애질하는 거 난 못 본다!"

느닷없이 충격을 받으면 아무런 말도 못하는가보았다. 주위 학생들도 대뜸 호기심어린 눈빛으로 흘끔거려서 나는 벌게진 얼굴로 안절부절못했다.

"우리 아들한테 니 아부지 송장이랑 뼛가루 단지를 수습해서 절간에다 모시는 뒤치다꺼리까지 시켰다며? 자칫하다가 우리 아들 등골 빠질까봐 내 허파가 뒤집어질려구 그런다!"

나는 망신스러워서 입도 뻥긋할 수가 없었다.

홍성현 어머니의 서릿발 같은 고함은 이어지고 있었다.

"딸은 어미를 닮는다구 허드니만, 너두 니 엄니처럼 남자 바지가랑이 붙잡구 연애질하자구 꼬시는겨? 그래갖구 그 알량한 몸뚱어리루 우리 성현이 꿰차서 데릴사위 만들 생각은 애시 당초 버려! 느네는 음기가 원청 드센 집안이라 남자 씨가 말랐잖여! 봐라! 니 엄니가 니 아부지 그여 객사시킨 거! 그래두 니 엄니 처량한 신세 생각해서 가타부타 알리진 않았지만, 여차하면 알지? 그러니께 니 엄니랑 작은엄니 명줄 아낄려면 내 말 허투루 듣지 말어! 알었냐?"

홍성현 어머니는 자신의 협박을 강다짐하듯 내 어깨까지 툭 치고 나서야 몸을 돌렸다. 그리고 몇 걸음 옮기다가 다시 획 돌아서더니 목청을 더욱 높였다.

"시방 성현일 잔뜩 눈독들이구 있는 으리으리한 대갓집 처자들이 쌔고쌨어! 그러니께 너 성현이한테 또 꼬리치면 조리돌림이라두 할 꺼다!"

나는 비틀거렸다. 머릿속에선 뜨거운 전류가 어지러이 뒤엉켰다.

그렇게 얼이 빠진 채 집으로 돌아왔지만 미칠 것 같았다. 내 삶의 궤도에서 이탈해 가시덤불에 빠져 온몸의 피가 솟구치는 것 같은 고통으로 몸부림쳤다. 하지만 이틀 밤 지나자 나는 머뭇거리지 않았다. 고뇌나 방황조차 사치스럽다는 절박감에 떠밀려서 홍성현에게 편지를 쓴 것이다.

먼저 홍성현 어머니가 나에게 퍼부은 말들을 낱낱이, 토씨 하나 빠뜨리지 않고 고대로 적었다. 그런 후 참담한 심정을 두어 줄 덧붙였다. 시퍼런 칼날이 우리 어머니들 목에 닿아 있는 것 같다고. 그런 몸서리쳐지는 공포심에 내 심장이 터질 것처럼 부풀어서 팔딱거린다고. 그래서 어머니들 목숨을 살리기 위해 내 사랑을 포기하겠다고. '당신을 잊지 못할 것이다'라는 말은 독백으로만 주절거리고 말았다.

편지를 띄우고 돌아와서 나는 현정에게 단단히 일러놓았다. 누구든 나를 찾는 전화가 오면 무조건 없다고 하라고 했다. 그러자 사흘 후부터 저녁 무렵이면 줄기차게 울리는 전화를 받을 때마다 현정은 궁색하게 응답하곤 했다. 선생님 안 계시지만 하실 말씀 있으면 하세요. 제가 전해줄게요, 라고.

며칠 지나자 홍성현이 대문께서 서성인다는 걸 알 수 있었다. 현정일 보면 내가 나올 때까지 매일 기다린다는 말을 전해달라고 했다는 것이다. 또 현정 부모도, 심지어 현정 오빠도 이상한 사내가 문간을 기웃거려서 경찰에 알려야겠다며 내 눈치를 살피기도 했다. 나는 제발 모른 척 해달라고 했다.

홍성현은 골목에서 끈질기게 나를 기다렸다. 나는 더 독해져야만 했다. 만일 달려 나가서 그의 품으로 뛰어들면 정말 돌이킬 수 없는 비극이 펼쳐질 게 아닌가.

첫눈인데도 폭설이 내린 날의 초저녁에 현정 엄마가 방문을 두드리며 애기 좀 나누자고 했다. 문을 열고 나오자 탁자에 찻잔이 두 개 올려 있었다.

"강 선생 어머니가 보내주신 탱자차 끓였어요. 마십시다."

먼저 의자에 앉은 현정 엄마가 찻잔을 들어 한 모금 마셨다.

나도 말없이 입술을 적셨다. 그녀가 왜 나를 불러냈는지 알 수 있었지만 이상하게 두렵지는 않았다.

"그 남자 이따가 또 나타날 거예요. 강 선생, 이런 식으론 사랑에 눈먼 남자 떼어내지 못해요."

나는 다시 찻물로 입안을 채우며 고개를 떨구었다. 그토록 마음에 단단하고 높은 둑을 쌓았는데도 물이 넘치며 스르르 무너지려고 했다.

"그래서 내가 나서는 건데요. 사실은 우리 부부랑 현정 오빠 모두 강 선생을 무척이나 탐내고 있었는데. 눈치 못 챘어요?"

나는 너무 놀라서 눈을 홉뜨고 말았다. 현정 오빠의 묘한 눈빛이나 웃음엔 거부감이 들 정도였지만 이 집 부부의 그런 마음은 전혀 감지하지 못했었다.

"저런, 그런가 보네. 강 선생 졸업이나 한 다음으로 기회를 엿보고 있었는데 저렇게 목매는 남자가 있으니까 껄끄럽지만… 외려 현정 오빠는 몸이 바싹 달았어요. 이러다가 강 선생 놓치면 어쩌나 하고."

찻물로 입술을 축였는데도 메말라서 나는 혀끝으로 핥았다.

"물론 강 선생 보기에도 현정 오빠가 탐탁하진 않을 거예요. 부잣집 외아들이라 좀 건들거리긴 해도 현정 아빠가 워낙 찬찬하시잖아요. 사업수완을 가르쳐서 물려줄 거예요. 그리고 뭣보다 우리 현정이랑 가족이 되면 좀 좋아요? 걘 강 선생과 헤어지면 못 살걸요. 남녀 간의 사랑만 아름다운 게 아녜요. 그래서 우리 부부도 강 선생을 욕심내는 거구요."

"우리 집안이 얼마나 복잡한지, 아무도 모르시잖아요."

나도 모르게 튀어나온 말. 하지만 벼랑 끝으로 내몰렸다가 누군가 던져준 동아줄을 허겁지겁 잡은 것 같은 심정이었다.

"집안이 복잡하다, 그럼 혹시 밖에서 낳아 데려온 딸인가요?"

현정 엄마가 느스름한 눈초리로 나를 쏘아보았다.

나는 입술을 깨물었다. 홍성현을 돌려세우기 위해서는 이 집에서 내민 동아줄을 덥석 잡아야 한다는 걸 즉각 깨친 것이다.

'그래, 나를 속속들이 드러내놓자. 그럼에도 좋다고 한다면 이 집 가족들과 어우러지는 삶을 일구어 보자.'

"사모니임! 사장님 전화 받으세요!"

아줌마가 큰 소리로 알려주는 말. 그 소음이 내 귓전을 때렸다. 나는 이맛살을 구기며 천천히 고개를 들어서 현관 앞을 향해 손을 내저었다.

"그럼 무선 전화기 내올까요?"

이번엔 그냥 끊으라는 신호로 주먹을 들어서 힘차게 아래로 꺾었다. 그리고 냉소를 날렸다. 이젠 남편에 대한 환멸조차 느껴지지 않으므로. 그건 15년 전 내 자궁에서 5개월이나 자란 태아가 꿈틀거리다 남편이 옮겨준 매독으로 계류유산 된 이후로 감정도착에 빠져버렸기 때문일 것이다.

그 시절, 처음 미열을 느꼈을 때 나는 그냥 몸살이려니 여겼었다. 초가을로 접어들면서 낮밤의 기온차가 심했으므로. 그래도 임신 중이라 약은 먹지 않으면서 몸을 추스르려고 애를 썼는데 열이 39도를 오르내리더니 극심한 두통까지 몰고 왔다. 게다가 입안도 헐어 음식조차 먹기 힘들어서 의사의 진찰을 받고 싶었지만 하필 일요일이라 다음날로 미뤄야만 했다. 몹시 기진해서 다음날 아침 일어나기가 힘들었는데 어느 순간 요 며칠 사이 태동을 못 느꼈다는 자각에 반사적으로 아랫배에 손바닥을 얹고 지그시 눌러보았다. 아무런 미동이 없을 뿐더러 생리통과는 다른 괴이쩍은 복통만 밀려들었다.

그 아뜩함이라니. 나는 기어나가서 시누이에게 전화를 했다. 몸도 목소리도 벌벌 떨며 아무래도 태아가 이상하니까 나 좀 병원에 데려다 달라고 했다.

시누이가 득달같이 차를 몰고 달려왔지만 삼십 분은 걸렸을 것이고, 나를 싣고 딸을 낳았던 병원에 도착하는 데도 삼십여 분이 넘었을 것이다. 시누이 부축을 받으며 진찰실 침상에 누운 내 배에 약을 바르고 초음파 검사를 해보던 의사가 고개를 갸웃거리며 이런, 심상찮은 소리를 하더니 다시 진찰기로 배를 여러 번 훑어 댔다. 그러다가 아니, 이렇게도 몰랐어요? 하며 벌컥 화까지 내는 게 아닌가.

"태아가 벌써 죽어 있어요. 빨리 수술하지 않으면 산모가 위험 해요."

의사가 다급하게 외치며 돌아섰다.

나는 주먹을 움켜쥐며 비명을 질렀지만 그 뒤는 아스라한 의식 의 저편에서 희미한 환영처럼 흘렀다. 발버둥치는 내가 간호사들 에게 끌리듯 약품 냄새 강한 수술실로 옮겨지고, 옷이 갈아입혀진 후 늘어진 사지가 수술대에 올려지고, 내가 잠의 세계로 곤두박질 치도록 팔에 마취 주사바늘이 꽂혔다. 사타구니 사이로 미지근한 양수가 쏟아지며 살덩어리가 왈칵왈칵 빠져나올 감촉을 느끼지 못하게 할 그런 잠으로 나는 기절하듯 까무룩 빠져 들어갔다.

의식이 몽롱하게 돌아왔을 때 나는 병상에 누워 있었고, 링거 설치대에 매달린 유리병의 액체가 호스를 통해 손등에 꽂힌 바늘 로 흘러들고 있었다.

나는 눈을 부릅뜨려다가 어질어질해서 감아버렸다. 그러자 놀 랍게도 어머니의 환영이 떠올랐다. 아, 어머니와 내 운명의 끈이 이다지도 같은 색깔이라니, 나는 어머니를 불렀다. 숨을 꺽꺽 몰아쉬며 마구 불러댔다. 그러자 시누이가 달려와서 언니! 하며 목멘 소리로 내 어깨를 감싸 안았다.

"언니, 이러면 지쳐서 탈진해요. 아주 고약한 병을 치료해야 한다는데."

이게 무슨 말인가? 내가 죽을병이라도 걸렸단 말인가? 그런 의구심이 들었지만 놀라지는 않았다. 마치 선별적으로 너무도 강한 놀라움을 겪어서 항체가 생긴 것처럼 대수롭잖게 들리는 것이었다. 그때 의사가 병실로 들어섰는데 시누이는 눈가를 훔치며 도망치듯 나가버렸다.

나는 의사로부터 날벼락 같은 얘기들을 들을 수 있었다. 내가 매독에 걸린 것 같아서 정밀검사를 받아야 한다는 것이었다. 태아는 16주쯤부터 탯줄로 감염되는데 임신초기에 혈청검사를 해서 매독 감염을 알았다면 항생제로 치료했을 텐데 왜 그렇게 하지 않았느냐고 나무라는 투로 물었다.

"혹시 남편이 알려주지 않았습니까?"

남편이 뭘 알려주지 않았단 말인가? 그럼…….

순간, 나는 입술을 감쳐물며 몸을 부르르 떨었다.

"아무래도 남편 분에게서 옮지 않았을까 싶습니다만, 뭐 두 분다 검사를 받아 보시면 알겠지요."

의사는 저녁 식사 후 꼭 약 먹으라는 말을 남기고 자리를 떴다.

나는 숨을 쉬지 않으려고 혀를 올려 목구멍을 막았다. 남편이 매독에 걸린 사실을 나에게 알리지 않았다는 분노보다 내 아둔함에 치가 떨려서 그야말로 피를 토할 것 같았다. 딸을 낳은 후 굳이 피임을 하지 않았는데도 임신이 되지 않았었다. 생리 기일이 불규칙해졌고, 때론 두 달 만에 치르기도 했었기에 처음 얼마 동안은 정말 임신이란 걸 생각지 못했었다. 그러다 석 달이 넘어가자 긴가민가하며 더 기다려보다 퇴근할 때 동네의 산부인과에서 진찰을 받고서야 알 수 있었다. 나는 입덧도 심하게 하지 않았기 때문에 정기진찰 받는 걸 차일피일 미루고 있었다. 그건 마침내 알아낸 경주의 삶을 작은어머니에게 어느 시점에서, 어떻게 알려야 하나, 그 고뇌가 늘 내 피를 마르게 하고 있었으므로. 그래서 자주 극심하게 밀려오는 피로감도 그런 죄책감의 여파려니 생각했었다.

조금 지나자 시누이가 시어머니를 앞세우고 병실로 들어섰다. 그들은 의자에 앉아서 한숨을 쉬었고, 시어머니가 입을 열었다.

"몹쓸 인간, 그런 더러운 병을 옮기구… 현정이 지 오라비한테 전화로 다 말해줬단다. 어쨌든 아이 뒤처리는 우리가 살뜰히 치러주마."

시어머니의 위로는 아무런 도움도 되지 못했다. 더욱이 매독균이 탯줄을 타고 태아를 먼저 공격해서 죽게 한 다음에야 내 몸에 증세를 보였다는 의사의 말을 들은 후엔 남편에 대한 환멸감보다 내 아둔함의 부피가 훨씬 뛰어넘는 바람에 정신이 돌아버릴 지경이었다.

나는 나날을 자학하며 지냈다. 끼니를 거르고, 약을 변기에 버리고, 주사를 거부하고, 난동을 피우듯 울부짖고, 그렇게 피폐해져서 웅크리고 있는데 누군가 들려준 위급한 얘기에 본능적인 방어태세로 바닥을 차면서 일어설 수 있었다고 할까. 그건 후배가 병문안을 와서 들려준 경주의 개구리 수예품 얘기였다.

후배는 내가 과로해서 유산한 줄 알고 위로의 말을 해주다가 뜻밖의 얘기를 꺼냈다. 경주가 개구리 한 쌍을 수놓았는데 그 구도가 참 재미있다는 것이었다. 풀숲에 엎드린 개구리 등에 작은 개구리가 올라타서 겨드랑이를 껴안고 있는데 두 놈 다 입을 헤벌린 표정이라 교미하는 한 쌍 같다고 했더니 언니가 동생을 업고 즐거워하는 모습이라고 하더라는 것이다. 그리고 윗면에서 떠다니는 듯한 흰 형상들은 '둠벙'의 물방울이라고 했다는 것이었다.

그런 얘기를 듣자 뜨거운 전류가 몸을 관통하는 걸 느꼈다. 어쩌면 경주가 어린 시절의 기억을 잊은 게 아니라 떨쳐내려고 안간힘을 쓰면서 살고 있는 게 아닐까? 아니면 비록 잊었지만 우연히 보게 된 개구리가 기시감으로 둠벙의 추억을 일깨워줘서 민화처럼 표현하는 수를 놓은 것일까? 내 고향에선 큰 웅덩이나 작은 보를 '둠벙'이라고 부르는데 그렇게 그리움이 짙은 추억은 퍼뜩 살아날 수도 있을 것이다. 그러자 대번에 내가 어머니로 환치되는 두려움에 사로잡혔다. 어머니가 세상을 떠난 지 벌써 6년여 흘렀지만 유주가 휘두를 복수의 칼날에 내가 만신창이 되면 그건 바로 어머니의 모습일 것이었다.

나는 다급해져서 후배에게 애원했다. 경주가 부르는 값보다 훨씬 후하게 치러준다든지, 고향이 시골인 친척언니가 죽을병이 들었는데 그 개구리 수예품을 선물하면 살아날 것 같다든지 그렇게 거짓말이라도 해서 반드시 구입해 달라고 매달렸다. 그런 다음 매독과 싸우기 시작했다.

며칠 후 후배는 전화로 알려주었다. 경주가 그 개구리 수예품은 절대로 팔지 않겠다고 고집을 부린다는 것이다. 내 의구심은 더욱 강렬하게 밀려들었다. 경주가 자신이 버려진, 그 끔찍한 고통을 견뎌내지 못하는 심리적인 방어기제로 기억력은 상실했지만 서정적 감성이 물씬한 추억의 조각들은 언뜻언뜻 살아날 수 있을 것이라는, 그래서 한 꼭지를 떼어다가 되새기듯 수를 놓았는지도 모른다…….

이젠 어쩔 수 없이 경주 앞에 나타나서 내 실체를 밝혀야 할 것인가, 그렇게 나날을 뼛골 저리는 고뇌에 빠져 허우적거리다가 내린 결론은 위험하기 짝이 없는 모험으로 경주의 실상을 좀 더 파악해 보는 것이었다.

내 모험심은 대담해졌다. 고향집의 안방 문갑 옆에 명절 때만 부적으로 세웠던 두 폭짜리 병풍 소재인 맨드라미꽃 자수를 또 주문하면서 아예 병풍으로 만들어 달라고 해보았다. 어머니가 당신 손으로 모조리 뽑아서 패대기쳤던 맨드라미꽃. 하지만 가슴에 깃들어 있는 아들에 대한 비밀스런 염원은 버릴 수 없었던 것이었을까. 편평한 줄기에 다섯 꽃잎 조각의 깊은 주름이 윗부분으로 갈수록 넓어지며 수탉의 붉은 볏처럼 기품 있어 보였던 한 폭, 그리고 또 한 폭엔 꽃잎 한 가닥만 비스듬히 휘어지게 해서 마치 날개를 활짝 편 붉은 새가 날아오르는 것처럼 아름답기 그지없었던 형상으로 수를 놓아 병풍으로 만들었었다. 그 독창적인 조형미에 우리 자매들은 얼마나 감탄했던가.

경주의 맨드라미꽃 자수 병풍은 여섯 달쯤 지나서야 받아 보았는데 구성이 전혀 다르게 수놓아져 있었다. 한 폭엔 이파리가 많고 가느다란 줄기에 분홍색의 가녀린 꽃들만 볼품없이 매달려 있었다. 또 한 폭엔 수탉의 볏 꼴로 몇 송이 수를 놓긴 했지만 뜻밖에도 노란색이었다. 그런데 경주가 후배에게 부적을 믿느냐고 물으면서 고개를 갸웃거렸다고 했다.

"부적? 그래서 뭐라고 대답했어?"

나는 초조함을 내비쳤다.

"안 믿는다고 했더니 재미있는 말을 해주더라고요. 어느 노부인이 별로 예쁘지 않은 새의 사진을 가지고 와서 두 폭짜리 병풍을 두 개나 주문했대요. 부적으로 쓸 병풍이니까 반드시 박영애 씨가 초벌부터 끝까지 자수를 놓아야 한다는 까다로운 요구를 했는데도 들어주었대요. 그 부적 효능이란 게 뭐냐면 말예요. 바로 사랑했던 남녀 간의 간음이래요."

후배가 배시시 웃었다.

왠지 나는 따라 웃을 수가 없었다.

"뭔가 애련한 사연이 있겠지."

"있대요. 예전에 그 노부인이 자기 아들의 연인을 강제로 떼어냈대요. 그래서 아들하고 옛 연인에게 이름을 밝히지 않고 병풍을 선물하겠다고 했대요. 보름달 뜨는 밤에 발치께에 펼쳐놓고 자면 육체적 쾌감을 느끼도록 마법을 부려주는 부적이래요. 비극적으로 헤어진 연인들에게 그런 간음으로라도 사랑을 이루게 하려는 노부인의 정성을 어떻게 생각하세요?"

"글쎄, 이제 와서 자책감에 빠진 게 아닐까."

삽시간에 입안을 채우는 씁쓸함을 삼키며 나는 말끝을 흐렸다.

그쯤에서도 나는 작은어머니에게 경주 얘기를 차마 털어놓을 수 없었다. 이상하게 내가 어머니로 환치되면서 유주한테 복수당하게 할 수 없다는 심리가 더욱 검질겨졌다. 또 작은어머니마저 충격으로 쓰러지면? 그런 공포심도 수시로 엄습하는 것이었다. 그러면서 경주의 입지를 두어 단계 더 올려준 후로 미루자는 스스로의 다독임으로 10여 년을 훌쩍 넘기고 말았다.

그러다가 마음을 다잡게 된 건 경주가 4계절의 탱자나무꽃만 수놓은 병풍을 보고 나서였다. 만일 경주가 어린 시절의 기억을 모조리 잊었더라도 너무나 선연한 그 나무와 꽃을 한 땀 한 땀 수놓다 보면 추억과 얽힌 한 매듭이나마 떠올리게 되지 않을까? 그리하여 잊힌 것들이 가물가물 일깨워지면 주문자에게 왜 그 소재만의 자수를 원하는지 의문을 품게 돼서 행여 나를 찾아올지도 모르잖은가. 그러면 어떤 대가를 치르더라도 뼛골을 저리게 하는 나의 고뇌를 끝내리라는 결의로 그 탱자나무꽃 병풍을 주문했었다.

하지만 그런 간절한 기대감은 무위로 끝났다. 병풍은 자그마치 일 년을 훌쩍 넘기고 내 손에 들어왔지만 후배가 전한 말은 너무도 간략했다. 경주가 제 딸이 꽃나무도감에서 찾아내 찍은 사진으로 본을 떠서 수를 놓았는데 한 가지 소재라 공력이 수월했다고만 하더라는 것이었다.

여덟 폭짜리 그 병풍을 펼쳤을 때 검은 실크에 영롱하게 매달린 꽃들과 열매의 낭만적인 풍경은 마치 강렬한 채색화를 보는 것 같았다. 1미터 50센티미터쯤 되는 길이의 반 아래로 배접은 짙은 갈색 천이고, 한 폭의 넓이는 45센티미터쯤 되었다. 오른쪽의 두 폭은 자잘한 이파리나 가시보다 튼실하게 얼기설기한 굵은 줄기와 피어날 듯 잎을 여는 봉오리들이 많았고, 다음 네 폭은 날카로운 가시 사이사이의 잎겨드랑이에서 다섯 잎으로 싱그럽게 피어난 새하얀 꽃송이들이었다. 노란 꽃술과 씨방도 섬세하게 수놓아져 있었다. 다음 두 폭엔 말라가는 잎사귀들과 조랑조랑 영근 노르스름한 탱자들의 농담이 부드럽게 배색돼 있었다.

나는 경주의 재능에 감탄하지 않을 수 없었다. 도대체 그녀의 이런 재능은 천부적인 것일까? 아니면 외로움이나 시름을 달래려고 수를 놓던 내 어머니의 어깨 너머로 익힌 감각에 의해 발현된 솜씨가 삶의 방편으로 쓰이다가 점차 무르익어 이런 경지까지 이른 것일까?

날마다 그 병풍을 들여다보던 어느 순간 세찬 무엇이 번개처럼 뇌리를 스쳤다. 어쩌면 경주가 어린 시절의 기억을 잊은 게 아닐지도 모른다는, 간신히 잠재운 비참한 기억을 흔들어 깨우기 싫으니까 자신을 그냥 놓아두라는 신호를 나에게 보내는 것일지도 모른다는 아니, 절절한 간청이라는 느낌이었다. 그리고 또 잇따라서 낚아채지는 무엇도 있었다. 아버지도 경주의 실상을 알았지만 그 삶을 건드리지 않는 게 낫다는 판단을 했을 것 같다는 느낌이었다.

그 후부터 문득문득 그래, 틀림없는 간청이야, 하고 되새김하는 자신을 깨달을 때마다 내 고뇌가 덜어지는 듯한 막연한 안도감이 들곤 했었다. 그건 어쩌면 고뇌에 길들여졌기 때문인지도 몰랐다. 한량없는 고뇌를 품고 있지만 오랜 기간 동안 버티다보니까 고뇌도 무디어지고 견뎌내는 내성도 강해졌을 것이다.

　"정희 엄마."

　남편이 언제 들어와서 다가왔던가. 내 왼쪽 어깨를 손아귀로 누르는 그의 체온이 아득한 기억의 회로에 머물러 있던 의식을 일시에 흩뜨렸다.

　순간 나는 흠칫하며 오른쪽 손가락을 갈고리처럼 치켜세워들었다. 그런 후 손톱으로 남편의 손등을 힘껏 찍어서 깊이, 살점을 파내듯 아주 깊숙이 긁어내렸다.

사랑의 덩굴손

찻집 안으로 들어서며 실내를 휘둘러보았다. 대각선으로 가까운 자리에서 일어나 다소곳하게 허리를 숙이는 여인이 눈에 띄었다. 나를 알아보는 듯한 자세였다. 내가 다가가자 그녀는 다시 고개를 수굿했다.

"저 오미연이에요."

그녀는 분명 나를 알아보았다. 김 부장에게서 전해 들은 말로는 김태주의 장례식 때 먼발치로 나를 보았다고 했다. 그 후로 10여 년이 흘렀는데도 내 얼굴을 기억하는 것이다. 나도 고개를 조금 숙여 보인 후 먼저 맞은편 의자에 앉자 그녀도 자리를 잡았다.

"정말 감사합니다. 저를 이렇게 만나 주셔서. 강 사장님의 전화를 받고 꿈이 아닐까, 믿어지지 않았더랬어요."

"많이 당혹스러웠지만, 어쨌든 만나 봬야 할 것 같았습니다."

그 정도의 인사말만 나누고 내가 탁자의 벨을 눌렀다. 종업원이 오자 과일주스를 시킨 후 오미연에게 뭐… 하면서 바라보았다. 그녀도 같은 거요, 했다.

잠시 어색한 침묵이 흘렀다. 나는 눈길을 내린 그녀를 슬쩍 살펴보았는데 내 나이 또래 정도로 보였다.

종업원이 과일주스를 탁자에 올려놓고 갔다. 오미연이 가만히 있어서 내가 먼저 잔을 들며 드시죠, 하고 권했다.

"혹시 김태주 씨가 무슨 언질을 남기셨나요? 어려운 일이 생기면 저와 의논하라고요?"

나는 오미연의 목적을 알고 싶어서 에두르지 않고 곧장 물었다.

"아니, 절대로 아녜요. 저도 이런 상황이 오리라곤 꿈도 꾸지 않았었구요."

나는 오미연을 말끄러미 바라보며 다음 말을 재촉하는 눈빛을 보냈다.

"남편이랑 외국에서 3년 동안 살려면 딸도 데려가야 하는데 아이 건강에 무리가 올 것 같아서요. 몸이 유독 약한데다 낯도 많이 가려요. 아마 친구들과 헤어지는 걸 알면 시름시름 앓을 거예요. 부끄럽지만 전 고아라서 아일 맡길 가족도 없고, 게다가 임신 중이라… 그래서 고민 끝에 김 부장님을 찾아가서 사장님 좀 만나 뵙게 해달라고 부탁드렸어요."

나는 과일주스를 다시 한 모금 마셨다.

오미연도 과일주스를 또 마시고 나서 말을 이었다.

"그렇지만 나중에 많이 후회했는데 이미 엎질러진 물이더라고요. 그래서 김 부장님께 사장님을 만나 뵙지 않겠다고 말씀드리려고 했었어요. 그런데 그건 더 큰 실례가 될 것 같아서 오늘 이렇게 나왔어요."

"혹시… 경제적인 도움이 필요하세요?"

저 여자가 돈 얘기를 꺼내 보려고 저토록 뜬금없는 생각으로 나를 만나려고 한 것일까? 그런 느낌이 스쳐서 한번 떠보았다.

"돈이요? 아이랑 먹고 살 만큼의 형편은 돼요. 아이 아빠가 마련해주고 떠났으니까요. 그래서 누구에게 맡기게 되더라도 보육비는 충분히 드릴 겁니다. 단지 믿을 수 있는 분을 찾다가 강 사장님을 떠올렸던 거예요. 그렇게 사장님을 생각해내자마자 가슴이 쓸어내려지더라고요."

나는 더 물어볼 말이 없었다. 그냥 먹먹함만 가슴에 들어찼다고 할까.

"그렇지만 기대하지 않고 있었는데 늦게라도 사장님이 연락을 주시니까 황송해서 나오긴 했어요. 이제라도 염치없이 실례한 걸 사과드리고 싶어서요."

오미연의 낯빛이 붉어진 것을 알 수 있었다.

"사장님께 크나큰 결례를 했어요. 저랑 아무런 인연도 없는 분인데……."

말은 그렇게 하면서도 오미연의 표정은 어두웠다.

여전히 이어줄 말이 없어서 나는 입을 열지 않았다. 그런 침묵을 냉정한 거절로 여겼는지 오미연이 일어섰다.

나도 몸을 일으켰다. 우리 사이에 인연이 있든 없든 더 이상 이야기 나눌 상대는 아니었다. 오미연이 잰걸음으로 카운터로 가서 계산을 하기에 그냥 놔두었다.

밖으로 나와서 오미연이 나보다 허리를 더욱 숙여 절을 하고 돌아서 가는 뒷모습을 물끄러미 바라보았다. 삶의 갈래 길에서 어찌어찌하다가 나를 찾아온 그 여인을. 그녀도 내 눈길을 감지한 것일까. 힐끗 뒤를 돌아보았다.

여름날 오후의 강렬한 햇살 때문일까. 눈앞이 어룽거리며 피로감이 밀려들었다. 김태주 아내였던 여자가 자기 딸을 나에게 3년간이나 맡길 궁리를 했었다는 말에 당혹스러움을 넘어서는, 알 수 없는 압박감으로 가슴이 조여들기도 했다. 이제부터 근처의 백화점으로 가서 다른 브랜드의 여성의류들을 둘러볼 예정이었다. 타인들의 다채로운 디자인을 엿보다가 때론 솟구치는 독창적인 작품으로, 때론 베끼기와 창의력을 접목해 담금질하기 위해서였다. 하지만 의욕이 사라지며 그만 쉬고 싶어서 승용차를 아파트 방향으로 돌려버렸다.

아파트에 들어서자 더워서 에어컨을 켰다. 이내 찬바람이 감돌아 나는 옷도 벗지 않고 소파에 비스듬히 앉았다. 어깨가 전에 없던 무거움으로 축 처졌다. 그건 오미연을 대수롭잖은 존재로 여기려고 했어도 지워지지 않기 때문일 것이었다. 그녀가 현실에서 이런저런 고충이 있다고 해도 자기 딸을 나한테 3년 동안이나 맡겨놓고 외국에 나가서 살려고 하다니. 그만큼 내가 김태주와 끊을 수 없는 인연이었단 말인가?

김태주… 김태주… 그 이름이 거푸 읊조려지고 있었다. 내 심장이 분명 그리움으로 기억하는 존재이긴 했다.

김태주가 나와의 미래에 대해서 은근히 말을 꺼낸 건 아버지의 장례식을 치르고 보름쯤 지난날이었다. 내가 감추려 해도 많이 운 티가 드러났던 부운 눈에다 잘 먹지도 못하니까 몹시 신경이 쓰였는지, 아마도 그래서 나 몰래 홍성현을 만나 사정을 알아낸 것 같았다. 그날 저녁, 김태주가 밖에서 전화를 했다. 홍성현을 만났는데 그가 아버지 영전에 인사드리러 다 같이 가자고 했다는 것이었다.

"내가 낄 자격이 있다는 거야. 홍 과장이."

나는 기분이 상해서 자기 마음대로요? 거친 말을 뱉고 말았다. 김태주가 난데없이 늘어놓은 말들. 가뜩이나 몸과 마음을 추스르지 못한 채 지내고 있는데 무슨 얼토당토않은 말로 나를 흔든단 말인가. 그렇지만 곰곰이 생각해볼 것도 없이 단박에 가닥이 잡혔다. 홍성현, 그가 나와 의논도 없이 자기 맘대로 내 실체를 김태주에게 속속들이 알려주었다는 것을.

내 반응에 머쓱했는지 김태주가 나중에 다시 얘기하자며 전화를 끊었지만 나는 창피함과 부아가 치밀었다. 그렇잖아도 아버지를 비참한 죽음으로 몰아넣은 큰어머니에 대한 증오심으로 머리가 터져버릴 것 같았는데 홍성현까지 한 수 더 보태다니. 마치 그에게 배신당한 것처럼 화가 솟아올랐다. 그래서 며칠간 얼음덩이 같은 침묵으로 김태주를 대하면서 한편으로는 홍성현을 만나서 따지려고 단단히 별렀다.

그런데 거울을 들여다보자 몰골이 엉망이었다. 얼굴은 초췌하고 피부는 거칠고 입술도 말라서 갈라져 있었다. 그러자 이상하게 마음이 흔들렸다. 지금까지 나를 짓눌렀던 창피함이나 부아는 뒤로 밀리면서 우선 나를 곱게 가꾸고 싶은 욕구가 피돌기를 하는 것이었다.

그런 욕구를 채우는 데 일주일이나 걸렸다. 정성껏 가꾸어진 거울 속의 나는 스무 살의 문턱을 넘어선 젊음의 생기를 깨나 머금고 있었다. 홍성현에게 전화를 하지도 않았다. 점심시간에 앞서 그의 사무실로 당차게 들어섰다.

증권회사 객장에는 투자자들이 의자에 앉아서 시세판에 눈들을 꽂고 있었다. 검은 시세판엔 파란색과 빨간색 분필로 각 상장업체들의 오르내린 주식값이 적혀 있고, 화살표의 방향이 위아래로 표시돼 있기도 했다. 나는 세로로 나뉘어진 분리대 너머의 사무실을 휘둘러 보았는데 홍성현은 먼발치의 책상 앞에서 옆모습으로 업무에 열중하고 있었다. 그래서 객장의 맨 뒤 의자에 앉아 점심시간이 되기를 기다렸다.

잠시 후, 열두 시가 넘어가자 사람들이 슬슬 일어나 객장을 빠져나가기 시작했다. 나는 분리대 안쪽의 여직원에게 홍성현을 좀 불러 달라고 부탁했다. 여직원이 홍성현 곁으로 다가가 말을 전하자 그가 고개를 돌렸다. 그런데 내 쪽으로 오는 그의 눈이 퀭해서 눈길 맞추기가 거북했다.

홍성현은 아무 소리도 하지 않으며 객장의 의자에 먼저 앉았다. 나는 그의 눈치를 보며 따라 앉을 수밖에 없었고, 어색해서 먼저 말을 건네야만 했다.

"볼이 홀쭉해요. 어디 많이 아파요?"

"그래. 심장이 산산이 부서져버릴 것 같다."

몇 초 간 흐른 뒤 홍성현 입에서 흘러나온 응답은 쌀쌀맞았다.

나는 머쓱해서 잠자코 있었다.

"너 따지러 온 거지? 김태주 씨한테 너네 가족 얘기 털어놓았다고."

"그 사람한테 그렇게 미주알고주알 다 알릴 필요는 없잖아요."

나도 뾰로통해서 쏘아붙였다.

"너 이걸 알아야 해. 어차피 넌 앞으로 그 사람하고 한 길을 갈 수밖에 없다는 거. 언제까지 너의 실체를 숨길 거니? 언젠간 밝혀질 수밖에 없는데. 그래서 두려움이란 한낱 구실에 지나지 않는 거야. 알아?"

왜 이러지? 김태주에게 내 실체가 밝혀지는 걸 두려워하는 것처럼 보였나? 아니면 내가 따지러 왔다고만 생각하고 지레 기를 죽이려고 일부러 성을 내는 건가?

"그만 가라. 난 요즘 위가 나빠져서 음식도 잘 못 먹어."

홍성현이 벌떡 일어나더니 무표정한 얼굴로 돌아섰다.

난 꼼짝하지 않았다. 뭔지 모를 혼란스러움에 내가 휘발된 느낌이었다. 그렇다고 자리를 뜨지 않을 수도 없어서 천천히 객장을 빠져나와야만 했다.

거리를 휩쓰는 겨울의 알싸한 찬바람이 뼛속으로 파고드는 것 같았다. 가슴에 동통도 느껴졌다. 혹시 꿈인가? 나는 머리를 세차게 흔들어보았다.

그날 밤부터 행여 놓칠세라 단단히 부여잡고 있던 줄이 툭 끊겨버린 단절감으로 여원잠에 시달리곤 했다. 그러다가 언니의 등기

소포를 받은 건 사흘 후였다. 궁금증으로 얼른 포장을 풀자 작은 상자가 나왔다. 뚜껑을 열어보니 편지봉투와 은행통장과 도장이 있었다. 나는 고개를 갸웃거리며 막혀 있지도 않은 봉투에서 편지지를 꺼내 읽기 시작했다.

　　유주야. 아버지가 남겨놓은 저금통장에 대해 의논하려고 너를 만나고 싶었는데 사정이 생겼다. 또 그것 외에 꼭 할 이야기가 있어서 이제라도 만나야 하지만 자칫하다 서로의 감정에 휩쓸려 얼굴 붉히는 일이 생길까봐 이렇게 편지로 대신한다.
　　나, 다음 주 수요일에 현정 오빠와 결혼한다.

순간 내 머릿속은 하얗게 비어졌다. 정말 상상도 못했던 일이 아닌가. 때문에 얼른 다음을 읽어야만 했다.

　　물론 너도 많이 놀라겠지. 그끄저께 현정 오빠와 난 아버지 영전에 인사드리고 왔다. 부부 인연은 따로 있었나 보더라. 어머니들에게도 편지로 소식을 알렸다. 다음 주 월요일에 두 분 서울로 올라오신다.
　　유주야. 아버지가 내 이름으로 남긴 저금을 네 통장으로 바꿨다. 난 한 푼도 손대지 않았어. 아버지가 서예 쪽으로 일을 하신 것 같은데 그동안 얼마나 고생하셨고 얼마나 성실하셨으면 이만큼의 돈을 모았을지 짐작돼 가슴이 한없이 저리다. 이 통장과 도장까지 만들어 보내는 건 두 어머니가 올라오시면 숙박비로 쓰고, 나머지는 작은어머니에게 가용으로 쓰시라고 드리는 게 가장 바람직할 것 같아서다.

그리고 유주야. 내가 너에게 간절히 원하는 거 하나 있어. 어머니가 경주를 남의 집에 양녀로 보낸 건 눈먼 욕심 때문만은 아니었을 것이라는 생각으로 기울었으면 하는 바람이다. 어쨌든 아버지가 어머니의 죄를 보속하듯 홀로 숨어 사셨기에 어머니도 애달픈 대가는 치르신 셈이잖니.

끝으로 한 가지 조심스런 계획을 알리고 싶다. 아버지의 사십구재를 올릴 때는 네 형부된 사람에게 상주노릇을 맡길 거야. 아버지 유해도 집으로 모시고 가서 울안 한 바퀴 돌고 밤에 나룻배도 삯 내서 금강에 뿌려드릴 거야. 아버지의 유언을 받들어야 하잖니. 어머니들이 눈치 못 채시도록 각별히 주의하면 되니까.

아무쪼록 전화 자주 하자.

나는 멍하니 벽만 바라보았다. 다음 주 수요일이면 불과 엿새 후이고, 크리스마스를 닷새 앞둔 날인데 왜 이다지도 결혼을 서두른단 말인가. 이렇게 결혼할 사이였다면 진즉 우리 가족 사연을 밝히고 아버지 장례식에 예비 사윗감으로 참석시켰어야 옳은 것 아닌가. 무슨 흉한 사고라도 생긴 걸까?

골똘하게 생각에 잠기던 나는 퍼뜩 홍성현을 떠올렸다. 그러자 알 수 없는 놀라움에 무릎의 편지지가 방바닥으로 미끄러져 내렸다. 홍성현의 퀭했던 눈과 야윈 볼, 전에 없이 나한테 매몰차게 대했던 행동이나 말투. 그럼 그가 언니를? 때문에 그가 아버지의 사십구재에도 참석하지 않을 것이라는 암시를 언니가 넌지시 편지로 알리는 것인가? 여기까지 생각을 굴리다 다음 순간 더욱 화들짝 놀라 나도 모르게 주먹이 쥐어졌다. 바로 어머니와 큰어머니가 서울로 올라온다는 사실이었다.

나는 덴겁해서 열이 화르르 올라 마당으로 나왔다. 의상실로 개조하면서 건물 평수를 넓히느라 좁혀진 공간으로 찬 겨울바람이 훑고 지나갔다. 팔짱을 낀 채 우중충한 하늘을 올려다보았다. 홍성현이 언니를 가슴에 깊이 품고 있었던 것 같다고, 그렇게 헤아려지자 등줄기로 뜨거운 전류가 흘렀다.

그때 쪽문이 열리면서 김태주가 나왔다. 그는 담배를 꺼내며 나에게 다가왔다.

"추운데… 머리 식히려고 그러니?"

뭐야? 나는 김태주를 흘겨보았다. 그가 또 나 몰래 홍성현과 만나서 언니 결혼 문제까지 알아버린 것 같은 불쾌감이 들었으므로.

"저 말예요. 저 내년 봄엔 복장학원에 입학할 거예요. 좀 더 전문적인 지식과 기술을 갈고닦고 싶어서요."

나는 김태주 심기를 건드리고 싶어서 부러 올차게 말을 꺼냈다. 장차 양장점을 운영하려면 그의 어깨 너머로 배운 지식이나 기술로는 부족하니까 전문학원의 졸업장을 쥐고 싶은 갈망이 진즉부터 생겼었다.

"좋은 계획이다. 나도 아직은 명동에 양장점 자리를 물색해보는 게 이르다고 생각하거든. 후년까지는 월남치마나 만들어서 소매상들에게 넘기면 여기도 명동 못지않게 수익을 낼 수 있으니까. 참 홍 과장이 귀띔해 주더라. 기업들이 자금을 조달하려고 앞 다퉈 신주를 발행할 것이니까 나도 청약하라고. 경제 활황에 대한 기대감으로 주식값이 폭등할 것이래. 그 사람, 나이는 나보다 댓 살 아래지만 경제 안목은 내가 감히 따라갈 수 없잖니."

"성현오빠가 다음 주 수요일에 언니 결혼한다는 얘기도 하던가요? 가정교사로 있는 집의 아들하고요."

나는 몹시 궁금해서 직선적으로 묻고 말았다.

으응? 김태주가 깜짝 놀라며 담뱃불을 붙이려고 뚜껑을 열었던 라이터를 도로 닫아버렸다. 그러더니 왜 그렇게 됐지? 중얼거리며 아주 심각한 표정을 지었다.

왜 저렇게 놀라지? 오히려 내가 의아해서 김태주를 흘끔거렸다. 그는 뭔가 생각에 빠진 표정으로 담배에 다시 불을 붙여 물더니 연기를 깊이 빨아들였다.

"그래서 어머니들이 올라오실 거래요. 이것저것 골치가 지끈거려요."

김태주가 더욱 놀란 표정을 지으며 어머니들이! 하더니 피우던 담배를 땅에 버리고 구둣발로 짓이겼다. 그의 입에서 곧바로 나온 어머니들이란 말. 내 귀에 자연스럽게 받아들여지지가 않았다.

"올라오시면 호텔에 모시는 게 좋겠다. 비용은 내가 댈게."

김태주가 선뜻 나섰다. 이번엔 내 눈이 휘둥그레졌다. 그가 우리 가족이 머물 호텔비용을 낼 이유는 없잖은가.

"아니, 그러지 마세요. 아버지가 남긴 저금이 있는데 금액이 아주 커요."

여기까지만 이야기를 하고 나는 피하듯 방으로 들어와버렸다. 어쩐지 김태주와 더 말을 주고받으면 굳이 필요 없는 얘기까지 나올 것 같아서였다.

이제부터 나에게 닥친 일들을 헤쳐 나가려면 정신을 바짝 차려야 했다. 우선 기운을 내기 위해서 옷을 챙겨 입고 밖으로 나왔다.

무작정 걸었다. 걷다 보면 복잡한 머릿속이 정리가 될 것이었다. 그런데 소공동이 보이는 길목에 이르러서야 홍성현이 간절하게 보고 싶어서 그를 찾아왔다는 걸 알 수 있었다. 지금쯤이면 그도 퇴근할 수 있을 것이다. 하지만 그의 회사 문을 열고 안으로 들어설 용기는 차마 낼 수 없었다.

회사 출입문 앞에서 그를 기다려보기로 했다. 직원들 한 사람, 한 사람이 퇴근하는 옆모습에 눈길을 주며 초조하게 서 있었다. 얼마나 그랬을까. 드디어 문 밖으로 나서는 홍성현이 눈에 띄었는데 순간 나는 흠칫하며 고개를 떨궜다. 아, 그냥 가는구나. 나는 홍성현의 등에 애처로운 눈길을 꽂았는데 그가 걸음을 멈추는 듯 싶더니 천천히 돌아섰다. 그리고 놀랐는지 잠시 서 있다가 내게 다가왔다.

"어쩐지 뒤통수가 따갑더라니. 이런, 볼이랑 코가 발개진 걸 보니 꽁꽁 얼었구나. 한참 기다린 거야?"

어이없다는 듯 홍성현이 건듯 웃음까지 지었다.

나는 고개를 주억거리며 그만 눈시울이 뜨거워지는 걸 어쩌지 못했다.

홍성현이 잠깐 머뭇거리다가 무슨 결정이라도 내리듯 가자, 하고 앞장을 섰다.

어깨를 엇비슷듬히 하거나 내가 한 발짝 뒤떨어져서 걷는 동안 홍성현은 한 마디도 하지 않았다. 나도 그랬다. 이윽고 소공동을 벗어난 곳에서 위쪽으로 꺾어 돌더니 허름한 음식점 안으로 들어섰다. 아직 이른 편이라 그런지 빈자리가 많았는데 홍성현이 구석진 곳으로 가서 먼저 의자에 털썩 앉았다.

나도 맞은편 의자에 걸터앉았다. 주인여자가 가까이 오자 홍성현은 내게 묻지도 않고 제육볶음에 소주 한 병 달라고 했다. 그리고 담배를 꺼내서 피워 물었다.

담뱃불이 빨갛게 타들어갈 정도로 깊이 빨아들인 후 진한 연기를 내뿜고, 재떨이에 재를 툭툭 털고, 계속 그렇게만 하는 홍성현에게 나는 화가 치밀었다. 늠름했던 그는 간 데 없었다. 언니가 다른 남자에게 시집가는 것에 좌절해서 면도도 하지 않았는지 코 밑과 턱이 거뭇해 초췌하고, 이를 악무는지 관자놀이가 꿈틀거리기도 하는 모습이라니. 더욱이 그의 침묵이 너무 싫었다. 그대로 술잔이나 비울 것 같은 느낌에 나는 벌떡 일어나고 말았다.

"나 그냥 갈래요."

"그래라."

홍성현의 대답은 내가 몸을 돌리기도 전에 질러가는 바람처럼 빨랐다.

밖으로 나오자 어둠이 깔린 거리를 휩쓰는 매서운 바람에 이가 덜덜 떨렸다. 나는 잔뜩 웅크린 채 무거운 걸음을 뗐다. 걸으면서 참따랗게 홍성현만 생각하자 가슴에서 꿈틀거리는 게 있었다. 그건 내가 그의 마음을 사로잡는 연인으로 발돋움하겠다는, 파릇하게 움트는 싹이었다. 아니, 맹렬하게 영글어가는 꿈이었다.

의상실에 도착했을 때는 어둠이 깊어져 있었다. 내 기척을 들었는지 김태주가 자기 방에서 고개를 내밀더니 언니가 전화를 두 번이나 했다는 말을 전했다. 나는 마음이 영 편치 않아서 다음날 점심나절에야 언니와 통화를 했다.

"내 편지 받아 보았지?"

나는 건성으로 응, 할 수만은 없었다. 사실 얼마나 놀랐는가.

"그럼. 정말 많이 놀랐어. 느닷없이 시집간다고 하니까."

"그렇게 됐어. 어머니들이 다음 월요일 10시 기차로 출발하시겠다고 한다. 오후 5시쯤에 도착하실 거야. 그래서 현정 오빠가 두 분 머무실 숙소를 예약했어. 우리 결혼식 치를 호텔 방이야. 월요일에 우린 역으로 마중 나갈 건데 너도 같이 가는 게 어떨까 하고."

언니는 차분한 말투로 할 말을 늘어놓았다.

나는 응대를 하지 못한 채 뜸을 들이다가 불쑥 엉뚱한 말을 뱉어냈다.

"엄니가 올라오실 것 같아?"

"왜 안 올라오셔? 작은어머닌 강한 분이다."

마치 나보다 내 어머니 마음을 더 꿰뚫고 있다는 듯 언니가 응수했다.

엄니가 강하다고? 나는 입술을 비죽거렸다. 작년에 주민등록증 만들려고 주소지를 퇴거시켜 달라는 부탁을 하기 위해서 내가 처음으로 편지를 보낼 때 전화번호까지 적어 보냈는데도 어머니는 끝내 아무런 연락을 하지 않았다. 그리움이라도 구구절절이 적어서 답장조차 보내지 않은 어머니가 나는 야속했었다. 어머니가 그처럼 강인해서 감정을 잘 억누른 것일까?

나는 어깃장을 놓듯 가시를 돋워 퉁명스럽게 쏘아붙였다.

"엄니가 올라오면 뭐해. 언니 결혼식장에도 참석하지 못할 텐데."

"왜 참석 못해서. 현정 오빠랑 어른들께 모두 말씀드렸는데. 화요일 점심때 그 호텔식당에서 상견례 하기로 했어. 현정이도 참석할 거니까 너도 꼭 와야 해."

나도? 들을수록 감정이 까칠하게 일어났다. 그쪽 집 사람들이 어머니나 나를 호기심 어린 눈초리로 흘끔거릴 게 아닌가.

"난 싫어. 안 갈래. 결혼식장에서 인사나 할래."

언니가 잠깐 숨소리만 보내다가 말을 이었다.

"어떻게 그럼 역에라도 같이 마중 나갈래? 이참에 현정 오빠랑 먼저 얼굴이라도 볼 겸."

나는 이맛살을 구기며 머리까지 긁적거렸다. 내가 가출한 지 삼년 넘기고서야 만나는 어머니. 우린 분명 얼싸안으며 닭의똥 같은 눈물을 펑펑 흘릴 게 뻔한데 큰어머니랑 형부 될 사람 앞에서 그런 꼴은 정말 보이기가 싫었다.

"내키지 않아. 나는 저녁에 따로 만나보고 싶어. 그 호텔 이름하고 전화번호나 알려주면 좋겠어."

언니는 나를 더 구슬려보기 싫었는지, 아니면 에멜무지로 떠본 것인지 순순히 알려주었다. 충무로에 있는 호텔이었는데 예약한 객실 번호까지 불러주었다.

마음이 착잡하고 무거웠다. 삼 일 후면 어머니를 만난다는 기쁨과 큰어머니에겐 가장 나답게 보여줘야겠다는 오기가 뒤섞였기 때문이다.

밤에 불이 꺼진 의상실로 나왔다. 어찌됐든 언니 결혼식에 입고 갈 깔끔한 옷을 만들어야 할 것 같았고, 또 어머니에게도 이참에 근사한 모직코트를 만들어 주고 싶어서였다.

전등을 켜고 소파에 앉아서 패션잡지를 뒤적거리는데 김태주가 기척을 내며 들어섰다. 나는 엉거주춤 다리를 세우며 그를 바라보았다. 그가 어색하게 웃는 듯했다.

"저기, 내가 너한테 원피스 만들어주고 싶은데. 언니 결혼식에 입고 가라고."

"아니, 아니 그러지 마세요."

나는 얼른 손사래까지 치며 다시 자리에 앉았다.

"너 사람 성의를 그렇게 거절하는 거 아냐. 내가 원단시장까지 가서 벨벳을 끊어왔다. 붉은 포도주 색깔이라 아주 매혹적이야."

김태주는 내 거절을 아랑곳하지 않고 선반의 종이꾸러미를 들고 와서 맞은편에 앉았다. 그리고 끈을 풀어 천을 꺼내더니 탁자 위에 좍 펼쳤다.

"봐라. 라운드 칼라에 웨스트는 벨트로 장식하고 프린세스라인으로 절개선을 넣으면 우아하겠지?"

자신의 디자인이 흡족한지 김태주 목소리엔 즐거움마저 실려 있었다.

나는 어찌할 바를 몰라서 눈만 깜박거렸다. 이럴 때 뭐라고 해야 하나. 딱히 싫지는 않았지만 그렇다고 고맙지도 않았다. 그냥 살갑게 신경 써주는 게 시뜻하게 여겨졌다고 할까.

"그 디자인이 내키지 않으면 개더스커트에 재킷으로 할까? 같은 색상의 새틴블라우스를 받쳐 입고."

도저히 거절할 수가 없어서 나는 내키지 않는 억지웃음을 지으며 원피스가 좋겠다고 말해버렸다. 김태주는 내 사이즈를 종이에 적어놓으라고 이른 후 나가주었다.

이상하게 버거운 마음을 어쩌지 못해서 나는 피식 헛웃음을 흘려야만 했다. 어쨌거나 언니 결혼식에 입고 갈 옷은 마련됐으므로 어머니 코트 디자인이나 고르려고 다시 잡지를 뒤적였다. 한참 고르며 생각하자 저고리 깃이 잘 보이도록 하고 섶이 덜 구겨지게 하려면 플랫칼라에 목선에서 겨드랑이 아래쪽으로 느슨하게 절개선을 넣어 가슴 품이 넉넉해지는 러글랑 어깨 형태가 좋을 듯싶었다.

다음엔 샘플 묶음을 뒤적이며 색상을 골랐다. 겨울코트니까 따뜻한 느낌의 붉은 색이 많이 배색된 모직으로 하고 싶었다. 그래서 샘플을 여러 번 꼼꼼히 들여다보다가 동백꽃처럼 붉은색 바탕에 자잘한 검은색 나뭇잎 문양이 듬성듬성한 천에 마음이 끌렸다. 내친김에 스타일화도 그려놓았는데 뒤따라 켕기는 무엇이 있었다. 바로 큰어머니였다. 어머니에게만 코트를 만들어주면 분명 큰어머니가 더욱 심술을 부릴 것이었다.

억지로 선심 한번 써봐? 나는 입을 댓발 내밀며 어쩔 수 없이 큰어머니에게 줄 코트 디자인도 궁리하지 않을 수 없었다. 한동안 생각을 굴리다가 같은 천에 칼라만 테일러드 형태로 저고리 동정선처럼 갸름하게 처리하는 게 좋을 것 같아서 그 스타일화도 그려놓고 의상실을 나왔다.

다음날 일찌감치 원단시장에 가서 옷감을 끊어왔다. 어머니를 만날 때 건네줘서 언니 결혼식에 입고 참석하게 해주려면 서둘러 만들어야만 했다. 곧바로 의상실에 들어섰는데 김태주가 기다렸다는 듯이 나를 반겼다. 원피스 가봉을 하자는 것이었다. 벌써 해놓았나? 선뜻 내키지 않아서 무덤덤하게 참 재네요, 한 마디만 던져주었다. 어쨌거나 그가 내미는 원피스를 받아서 가리개 안으로 들어가 갈아입고 나올 수밖에 없었고, 큰 거울 앞에 서서 그가 내 몸 치수에 맞게 절개선마다 줄이고 늘일 만큼 가봉용 핀을 꽂도록 팔을 벌리고 서 있어야만 했다.

"벨벳 촉감이 어떠니? 최고급품이라 아기 피부처럼 부드러울 거야."

김태주가 묻고 스스로 대답해주었다. 나는 덤덤하게 네, 했다.

이튿날은 의상실이 문을 닫는 세 번째 일요일이라 김태주와 나는 재봉실에서 둘이만 일해야 했다. 몇 시간 후 김태주가 완성된 원피스를 나에게 입혀보며 아주 흡족해했고, 나는 어색함을 드러내지 않으려고 썩 마음에 든다며 그를 빨리 안으로 들어가게 했다. 아니, 실제로 멋스러웠다. 목깃을 세워서 칼라 끝을 둥글게 처리했고, 어깨선엔 주름을 넣어 부풀렸고, 조붓한 커프스를 댄 소맷부리와 허리 벨트 위아래의 자연스런 주름이 귀여우면서도 세련미가 돋보인다고 할까. 김태주의 실력을 알아볼 수 있는 옷이었다.

그래도 나의 더 큰 관심은 두 어머니의 코트였다. 치수는 기억 속의 눈대중으로 패턴을 떴지만 혹시 잘 안 맞으면 늘려 입기 좋도록 시접과 단을 넉넉히 잡아서 박음질하고, 단춧구멍을 만든 후 단추를 달고, 다림질까지 해서 걸어놓으니까 밤이 이슥해져 있었다.

드디어 어머니를 만날 날이 다가왔다. 목욕도 다녀오고 미장원에서 머리도 다듬었다. 큰어머니에게 아주 잘 가꾸어진 내 모습을 보이기 위해서였다.

오후 다섯 시를 훌쩍 넘겼을 때쯤 언니가 알려준 호텔 전화번호를 돌렸다. 교환원에게 예약된 호실을 불러주고 손님이 입실했는지 물었다. 그녀가 알아본 후 상냥하게 네, 입실하셨습니다, 알려주었을 때 내 가슴은 마구 방망이질치기 시작했다. 그래서 사뭇 떨리는 목소리로 어머니 이름을 대며 꼭 그분을 대달라고, 다른 분이면 안 받을 거니까 알려달라고 당부했다. 잠시 후 전화선으로 들려오는 어머니의 음성. 예에, 누구셔유? 묻는 그 소리에 나는 단박 목이 메었다.

나는 울먹이며 어 엄니, 하고는 더 잇지를 못했다. 그러자 대뜸 얼래, 유주냐아? 하는 목소리는 침착하면서도 열기를 품고 있었다. 나는 울컥 올라오는 울음을 삼키면서 맞어유! 고함쳤다.

어머니는 잠깐 거친 숨소리만 색색 보내다가 차분하게 말을 이었다.

"어떻게… 니 얼굴 좀… 볼 수 없는겨?"

"없기는요. 지금 후딱 거기로 갈 거예요. 여기서 멀지 않거든요. 엄니, 한 십여 분 있다가 일층 출입문 앞으로 나와 있어요."

"유주야, 그러믄 안 돼야. 여기 방으로 와서 큰엄니 먼저 만나야지. 안 그러냐? 낼 모레면 언니 결혼식인디. 제발 내 말 들어야 한다. 응?"

어머니가 나를 타이르는 게 아니라 애원한다는 걸 알 수 있었다.

나는 입술을 감쳐물었다. 감정의 소용돌이가 심해져서 그랬다.

"그러지 뭐. 언젠가는 봐야 하는데 이참에 만나서 으스대야지."

나는 뜸을 들이다가 씹어뱉듯 대답하고 말았다. 큰어머니 앞에 당당하게 나서야만 할 것이었다. 왜 꺼린단 말인가.

두 어머니 코트를 개켜 보자기에 싸 들고 집을 나와서 택시를 잡았다. 호텔까지는 이십여 분도 걸리지 않았다.

먼저 로비 프런트의 직원에게 호실을 말하고 내 신분을 밝히자 그는 인터폰으로 확인한 후 들여보내줬다. 3층이라 계단으로 올라갔는데 어느 결에 내 안에서 한 단, 한 단 쌓여지는 그 무엇이 있었다. 바로 아버지를 비참한 죽음에 이르도록 만든 장본인인 큰어머니에 대한 새삼스런 증오심이었다.

'내 가슴이 멍든 것보다 큰엄니 가슴이 훨씬 더 피멍들게 할 거야, 기필코.'

그런 다짐을 하며 호실 앞에 이르렀다. 때문에 일말의 망설임도 없이 벨을 누를 수 있었다. 곧바로 문을 열고 나타난 어머니. 벌어진 입이 얼어붙은 듯 아무 말도 꺼내지 못하며 나를 그저 멀거니 바라만 보았다.

나 역시 그랬다. 뜨겁게 올라오는 격정을 억누르려 침을 꼴깍 삼켜야만 했다. 그래도 어머니가 먼저 웃음을 활짝 머금으며 내 손목을 잡아끌었다.

"유주야아, 어여 들어와."

그렇게 이끌리듯 안으로 들어서자 소파에 앉아서 나를 바라보는 큰어머니 눈길과 내 눈길이 한순간에 뒤엉켰다.

"왔냐!"

아, 그 카랑카랑한 음색. 마치 철판을 날카로운 것으로 긁었을 때 오소소 소름이 돋게 되는 그런 소리와 같았다. 나는 일부러 고개조차 까딱하지 않고 네, 했다.

"앵두장수라 서울루 튀더니만… 차림새가 촌 무지렁이 티는 싹 벗겨냈구먼."

순간, 내 안에 쌓인 증오심이 활활 타올랐다. 큰어머니가 자주 쓰는 앵두장수라는 말은 잘못을 저지르고 도망간 사람이란 뜻이라고 아버지가 풀이해 줘서 진즉부터 알고 있었으므로.

"내가 왜 서울에 왔는데요! 돈 잔뜩 벌어서 경주 찾아내려고 온 거죠!"

증오심은 그렇게 폭발했다. 그러자 뜻밖에도 어머니가 큰어머니 앞으로 썩 나서며 차갑게 다그치는 게 아닌가.

"성님, 문주가 아까 그렇게 신신당부했는디두 그여 야 성미를 건드려야 직성이 풀리겠슈? 예?"

나는 더 의기양양해졌다.

"큰엄닌 경주를 가족 몰래 남의 집에 줘버린 천벌을 받은 거예요. 그래서 아버지 발그림자도 영영 볼 수 없게 됐잖아요!"

큰어머니에 대한 증오심을 불살라버리고 싶은 강렬한 욕구로 치달은 나머지 아차, 어딘가를 불에 덴 듯 나는 화들짝 놀랐다. 그렇기에 그만 나도 모르게 몸을 돌려 밖으로 나오고 말았다.

"어이구, 이리 될 줄 알구 문주가 고렇게 걱정했나부다."

어느새 어머니도 따라 나왔는지 내 곁에 서서 걸음을 같이하고 있었다. 우린 입을 다문 채 일층 로비로 내려왔고, 구석에 놓인 의자로 가서 앉았다. 그리고 한동안 침묵을 지켰는데 어머니가 내 손을 잡더니 손등을 쓸면서 먼저 입을 뗐다.

"내 새끼, 요렇게 이쁘장하게 풀려서 얼마나 좋은지 모르겄다. 그동안 문주가 편지루 니 소식을 자주 알려줘서 졸아들었던 간덩이두 펴졌구."

"내 주소랑 전화번호까지 다 알면서도 답장은커녕 연락 한번 안 해줘요?"

나는 볼멘소리로 대꾸했다.

"그건 나를 아주 독하게 다잡느라구 그랬다. 너한티 연락을 했다가 행여 나두 니 곁으루 득달같이 달려가게 될까봐서 말여. 오매불망 니가 그리워서 환장했었으니께. 그러믄 안 되는 거잖여, 암. 안 되는 이치여."

어머니는 당신 뜻에 신념이 있다는 듯 고개까지 흔들었다.

그제야 나는 어머니를 안타까운 눈빛으로 바라보았다. 얼굴은 분칠을 했는지 덜 추레해 보였지만 뒷머리는 성글게 땋아서 위로 올려 큰 핀으로 꽂았고, 진분홍색 치마저고리에 고동색 스웨터를 입고 있었다. 나는 얼른 옆에 놓아둔 꾸러미를 집어 들어 어머니 무릎에 올려놓은 후 말해주었다. 언니 결혼식 때 입을 겨울코트를 만들어왔다고. 큰어머니 것도 같이 만들었으니까 입든지 말든지 전해주기만 하라고.

어머니가 웃음을 함빡 지으며 다시 내 손을 잡고는 힘을 꽉 주었다.

"우리 딸내미, 어릴 적부터 천 쪼가리루 조물락거리는 솜씨가 빼어나드니만, 어미 코트까지 맨들어 바치구… 그런디 말여. 문주가 요번 편지에 이상한 글을 썼더라. 우리 집안에서 젤루 불쌍한 이가 지 엄니라구. 그러니게 나보구 잘 좀 보살펴달라구 신신당부했어. 아마 그래서 시집두 부랴부랴 가는 것 같어. 떵떵거리는 부잣집이라니게 지 엄니 좀 도와 줄려구 말여."

"……."

"유주야, 언제구 짬을 봐서 문주한티 사정해봐. 아부지 수소문해서 그만 돌아오시도록 힘쓰자구. 분명 갸한티는 아부지가 연락을 하구 있을껴."

순간, 하마터면 나는 고함처럼 통곡할 뻔했다. 그래서 가까스로 숨을 고르다가 대꾸해야만 했다.

"엄니는 아부질 그렇게 몰라요? 경주 찾지 못하면 절대로 집에 나타나지 않겠다고 맹세한 분이잖아요."

"얼래, 경주가 좋은 집안에서 잘 풀려 있을지두 모르잖여. 그러니게 아부지두 인제 그만 포기하시는 게 차라리 나을 것 같단 말여.”

“난 못해요. 정 그러면 엄니가 언니한테 그렇게 말해 봐요.”

가슴이 찢어질 듯 아파서 나는 그만 일어나야만 했다. 그리고 아버지가 남긴 저금을 어머니 명의로 바꿔주고 싶어서 내일 오후 3시 반에 이 자리에서 다시 만나자고 말한 후 약속이 있다는 핑계를 대며 헤어지고 말았다.

돌아오면서 나는 고민을 했다. 어머니에게 아버지가 남긴 돈만 건네야 하는지, 내 돈도 보태야 하는지. 정말 내 돈도 듬뿍 얹어주고 싶었다. 하지만 우선 아버지의 땀이 스며 있을 돈만 고스란히 건네주고 싶었다.

다음날 일찍 의상실을 나왔다. 먼저 고향에도 지점이 있는 은행의 위치를 알아둔 후 도장가게를 찾아가서 어머니의 막도장을 새겨가지고 호텔 로비로 향했다.

어머니는 내가 만들어준 코트를 입고 밖에까지 나와서 기다리고 있다가 나를 보자마자 한달음에 달려와 목을 끌어안았다. 그리고 볼까지 비비며 울먹울먹했다.

“시상에. 선녀가 따루 없구먼. 니가 영락없는 선녀여.”

나도 어머니 볼을 손으로 쓰다듬으며 코트가 조금 큰 듯싶다고 말했다.

“풍성하니 좋다. 니 큰엄니두 입이 헤벌쭉 벌어지더라. 너한티 고급 코트 얻어 입을 줄은 꿈두 꾸지 못했을껴. 하긴 문주두 나한티 한복감 일습을 보내줬구먼.”

나는 어머니 팔짱을 끼고 걸음을 떼며 점심은 뭘 잡수셨느냐고 눈치껏 물었다. 언니가 오늘 낮에 호텔 식당에서 양가 어른들 상견례 치를 거라고 말했는데 혹시 어머니는 참석시키지 않았을 수도 있잖은가.

"문주네 시댁 될 분들한티 호텔 음식 대접 아주 잘 받았다. 너는 오기 싫다구 고집 피웠다믄서? 어른들두 다 점잖아 보이구, 시누 될 아가씨두 참 곰살스럽구, 신랑감두 허우대가 미끈하더구먼. 나는 성현이 갸하구 문주가 연분이길 은근히 바랐었는디… 성현이 갸가 참 옹골차구 듬쑥한디."

"큰엄니가 아직두 엄니 구박해요?"

나는 얼른 말머리를 돌렸다. 언니와 홍성현이 부부로 맺어지지 못한 것을 어머니가 애틋하게 여기자 내 신경이 예민해지는 것이었다.

"뭐얼. 씀바귀두 첨 맛만 쓰디쓰지 자꾸 씹어대면 들큼한 맛이 나니께."

선문답 같은 어머니의 응답에 나는 피, 하며 입술을 삐죽 내밀었다. 그러다가 자랑스레 말을 늘어놓았다. 증권회사에 다니는 홍성현의 도움으로 내가 돈을 엄청 벌었기 때문에 어머니에게 통장을 만들어 줄 거라고. 돈 다 쓰면 또 제깍 보내줄 테니까 앞으로는 고생스런 생선장사 절대로 하지 말라고도 했다.

놀람과 기쁨이 뒤섞여 감탄을 되뇌는 어머니를 이끌어 은행 안으로 들어섰다. 그리고 돈을 인출하고 입금하는 방법까지 세세하게 알려준 후 드디어 어머니 명의로 된 통장을 보여주었다. 어머니는 통장에 적혀 있는 액수가 얼른 감이 오지 않는지 숫자를 멀거니 바라보기만 했다. 내가 귀엣말로 알려주자 어머니 얼굴이 단박에 파래졌다.

"야야, 이 돈이믄 시장에 목 좋은 점방 한두 개는 너끈히 사겄다."

손을 부들부들 떨면서도 어머니는 믿기지 않는다는 표정이었다.

내 가슴속에선 통곡이 터지고 있었다. 그 돈이야말로 아버지의 유산이 아닌가. 언니 손을 거쳐 내 손으로, 이제 어머니 손으로 넘어간 아버지의 목숨 값인 것이다. 그래서일까. 속이 뭉쳐서 정겨운 얘기를 도란도란 나누기가 힘들 것 같았다. 할 수 없이 어머니를 호텔에 바래다 준 후 또다시 중요한 약속이 있다는 핑계를 만들어서 헤어지고 말았다. 대신 내일 언니 결혼식장에서 일찍 만나자고 했다.

그런 아픈 마음이 가시지 않아서인지 밤새 또 선잠으로 시달렸다. 그래도 다음날은 여느 때보다 매무새를 가다듬었다. 언니 결혼선물로 무얼 준비할까 궁리했었지만 아무래도 현금이 무난할 것 같아서 준비해둔 축의금 봉투를 핸드백에 넣어가지고 밖으로 나섰다. 김태주가 의상실 앞에서 기다리고 있었는지 성큼 다가왔다.

"어머니 언제 시골로 내려가시니?"

왜 그런 걸 묻느냐는 식으로 나는 의아한 눈빛을 보냈다.

"오신 김에 인사 좀 드리면 안 될까?"

"나중에요. 제가 번듯한 양장점을 차리고 난 후에요."

내 입에서 다급한 응답이 날카롭게 튀어나왔다. 김태주가 어머니를 꼭 만나보겠다고 우길지 모르므로 아예 단호하게 입막음시켜야만 했다.

그렇게 대응했는데도 신경에 몹시 거슬렸다. 김태주가 오늘 저녁에라도 어머니를 만나게 해달라고 한사코 요구하면 어떻게 거절하나. 내 심장에는 이미 홍성현만 오롯이 들어와 있는데. 머릿골이 지끈거릴 정도였다. 그렇기에 호텔 입구에서 두리번거리며 나를 기다리던 어머니 손에 이끌려 형부와 그 가족들과의 첫인사를 나눌 때도, 드레스 입고 신부대기실에 있던 언니와 몇 마디 주고받을 때도, 언니가 나이 지긋한 남자어른 손을 잡고 결혼행진곡에 맞춰 주례 앞으로 걸어갈 때도, 내 생각은 온통 김태주에게 머물러 있었다. 그가 어쩌면 결혼식장 밖에서 나를 기다리고 있을지도 모른다는 불길한 생각으로 주례사에 귀 기울여지지도 않았다.

어느 결에 식이 끝나 있었다. 나는 여전히 긴장한 채 가족사진을 찍으면서도, 하객석에서 양식을 먹으면서도 불안한 눈빛으로 사방을 훔쳐보았다. 자꾸만 그랬다. 다행이 김태주의 모습은 보이지 않았지만 불안감은 가시지 않았다. 그러다가 생각해낸 건 차라리 빨리 돌아가버리자는 것이었다. 만약 김태주가 나타나더라도 내가 없으면 어머니를 만날 수는 없을 것 아닌가.

어쩔 수 없이 나는 어머니에게 연기를 해야만 했다. 이맛살을 찌푸리며 먹은 게 급체했는지 속이 막 뒤틀린다고 중얼거렸다.

"워쪄. 그럼 나가서 약을 좀 사 먹어라."

어머니가 놀랐는지 얼른 내 등을 가볍게 두들겨주었다.

나는 더욱 당차게 굴었다. 다시 돌아오지 않으면 언니에게 내 상태를 알려주고 어머니도 나중에 전화로 얘기하자고 했다.

무슨 큰 잘못을 저지른 것처럼 식은땀까지 흘리며 돌아왔다. 의상실 안을 슬쩍 기웃거려보자 일에 몰두해 있는 김태주의 뒷모습이 보였다. 비로소 안도의 숨이 절로 뿜어져 나왔다. 하지만 방에 들어와서 코트를 벗어 어깨에 두르고 벽에 기댄 채 나는 우두커니 앉아 있기만 했다. 얼마 동안 그렇게 있다가 풋잠이 들었는지 모르겠다. 밖에서 전화소리가 들리는 바람에 눈을 비볐지만 꼼짝하지 않았다. 그러자 노크소리에 이어 김태주의 큰소리가 들려왔다.

"안에 있니? 빨리 전화 받아봐라. 어머니라고 하시는데."

나는 화들짝 놀라서 튕기듯 일어나 마루로 나왔다. 그리고 전화기를 들기가 무섭게 엄니! 불렀다.

어머니는 괜찮은겨? 그렇게만 물었다. 내가 으응, 하자 어머니 말이 이어졌다. 큰어머니와 언니에게 내 상태를 전했으니까 걱정하지 말라는 것, 언니가 떠앗머리 떨어지지 않도록 꼭 내가 먼저 전화하라는 것, 두 어머니는 내일 새벽기차 타고 시골집으로 내려갈 건데 굳이 역에 마중 나오려고 하지 말라는 것과 이번 설엔 내 얼굴 좀 다시 봤으면 좋겠다는 등등의 얘기를 조곤조곤히 들려주었다. 그렇지만 끝말에서는 복잡한 심경을 내비쳤다.

"아무럼 내 속이 이리두 쓰린디 니 속인들 어찌 오그라들지 않겄냐. 끊으마."

어머니는 모든 걸 헤아리고 있다는 듯 전화를 찰칵 끊어버렸다. 내가 뭐라고 말할 짬도 주지 않은 것이다.

다음날부터 김태주와 눈길이 닿지 않도록, 단둘이 남는 일은 없도록 조심을 했다. 김태주도 눈치를 챈 것 같았다. 그래서인지 그의 표정은 굳어 있었고 말수도 무척 줄어들었다.

아버지의 사십구재가 십여 일 남았을 쯤 홍성현을 만나보고 싶은 열망은 주체할 수 없을 정도로 커져가기 시작했다. 언니가 결혼했으니까 홍성현은 형부와 같이 참배할 수는 없을 것이었다. 그렇지만 재를 지내는 그날 홍성현도 퇴근하고 잠깐이나마 사찰에 꼭 들를 것 같은 예감이 들었다. 그래서 나만이라도 그와 함께 아버지의 혼령을 위해 불상 앞에 절을 올리고 싶었다. 아니, 그렇게 해서라도 그를 보고 싶은 마음이 너무도 간절했다.

언니에게서 다시 연락이 온 건 그해 마지막 날이었다. 언니는 몇 마디 안부 묻는 말을 건네더니 닷새 후 아버지의 사십구재를 지내기 위해 아침 일찍 나를 데리러 형부와 함께 오겠다고 했다.

"그럼 그날 정말 아버지 유해 모시고 집으로 가는 거야?"

나는 먼저 그렇게 묻지 않을 수 없었다.

"그래. 니 형부가 며칠 전 운전사를 '강경'까지 보내서 나룻배도 빌려놨어. 혹한이 안 와서 강물도 얼지 않은 게 얼마나 다행이니. 그런데 넌 집에 안 가는 게 좋을 것 같다. 아무래도 어머니들이 이상하게 생각하실 거잖니. 니 형부가 처갓집에 인사드리러 가는 것처럼 자연스럽게 해야 눈치 못 채시지. 그래서 난 밝은 옷도 챙겨갈 거야. 휴게소에서 갈아입으면 되니까. 그렇게 해줄래?"

언니가 애잔한 목소리로 나를 설득시키고 있다는 걸 알 수 있었다.

나는 입술을 깨물었다. 나야말로 언니를 설득시켜야 할 그 무엇이 있어서 마음이 무거웠으므로. 때문에 그 무거움을 다잡으며 용기를 내야만 했다.

"저기, 그날 언니랑 형부 둘이서만 재 지내드리면 안 될까? 난 해거름 무렵이나 잠깐 사찰에 들러서 예를 갖추고 싶은데."

언니가 놀랬는지, 아니면 무슨 낌새를 챘는지 침묵을 지켰다.

"아버지 혼령도 화내시지는 않을 거야."

다시 용기를 내서 언니의 반응을 기다렸다.

"뭐… 꼭 그럴 사정이 있으면 그렇게 해야지 어쩌겠니."

언니가 마지못한 듯 얼버무렸다.

닷새가 지난 아침나절에 나는 무심코 눈길을 하늘로 던졌는데 흐렸던 하늘 한 자락이 비켜 앉으며 맑은 햇살을 품기 시작하고 있었다. 오후가 되도록 긴장을 풀지 못한 채 지내다가 네 시 쯤에 검은색 옷으로 갖춰 입고 의상실을 나와서 택시를 탔다. 사찰까지는 한 시간도 걸리지 않았다.

먼저 법당 안을 기웃거렸지만 홍성현의 모습은 보이지 않았다. 나는 경내의 빈 뜰을 초조하게 서성이며 아버지, 하고 나직이 불렀다. 추위도 참으며 홍성현의 발짝 소리를 들으려고 귀를 한껏 열어놓은 나. 그렇게 정신 나간 딸이 아버지의 혼령을 얼마나 노엽게 할까.

다리가 아파서 잠시 요사채의 툇마루에 앉았다가 불탑 주위를 어슬렁거리고 있을 때, 저만큼서 어둠살을 비집으며 성큼성큼 걸어오는 남자의 모습이 있었다. 나는 부리나케 불탑 뒤로 숨어버리고 말았다. 홍성현을 만나서 같이 불상 앞에 절을 올리겠다는 지금까지의 용기는 사라져버리고 모습조차 드러낼 수가 없었다. 팔딱거리는 가슴을 한손으로 지그시 누르고 숨까지 죽이며 가만히 서 있기만 했다.

구두 발자국 소리가 가까이서 들리는 듯하자 나는 더욱 몸을 움츠리며 목의 각도까지 틀었다. 홍성현의 옆모습이라도 훔쳐보고 싶어서였다. 눈을 치떠서 살펴보자 정말 그가 법당의 계단을 밟아 올라가고 있었다. 내 눈길은 탐조등처럼 그를 쫓아가다 법당 안으로 들어가서 보이지 않는데도 여전히 얼어붙어 있는 용기가 풀어지지 않았다.

어쩌지? 이대로 도망칠 수는 없잖아. 그런 결의를 다졌지만 발은 나아가지질 않았다. 어쩔 수 없이 불빛이 흘러나오는 법당 문께로 눈길이나 던지며 그냥 초조하게 서 있어야만 했다.

얼마나 그랬을까. 홍성현이 법당 안에서 나오며 두리번거리는 게 가늠되었다. 내 몸은 또다시 움츠러들며 뒤로 한 발짝 물러나지기까지 했다. 그런데 뜻밖의 소리가 들려와서 나는 내 귀를 의심했다.

"유주야!"

아, 홍성현. 그가 나를 부르고 있었다.

순간 나는 밀려오는 부끄러움에 갇혀버렸다.

"이리 나와!"

홍성현이 다시 나를 불렀다. 그러자 재빨리 귓전으로 흘러드는 스스로의 속삭임에 나는 매달렸다. 유주야, 부끄러움은 날려버려야 해. 그를 향해 돛을 올린 거니까. 그런 속삭임의 끈이 내 손목을 감아서 앞으로 끌어당긴 것이다.

나는 주춤거리지 않고 자박자박 걸어 나가서 홍성현 옆으로 다가들었다. 그는 아무 소리도 하지 않고 나보다 조금 앞서서 먼저 걸음을 떼기 시작했다.

사찰 입구를 나와서 어둠이 깔린 호젓한 길을 걷는 동안 홍성현은 여전히 입을 열지 않았다. 나도 그랬다.

이윽고 큰길에 다다랐다. 홍성현은 택시를 잡았을 때 뒷문을 열더니 타라, 했다. 그리고 내 옆에 앉아서 의상실 앞까지 먼저 데려다 주면서도 끝내 말이 없다가 내가 내릴 때 겨우 또 한 마디 던졌다. 수고했다, 라고. 그제야 나는 매서운 겨울바람이 구르는 거리에 서서 멀어져가는 택시를 바라보며 안타까움을 삭이는 자신을 깨달을 수 있었다.

다음날 초저녁에 언니가 전화로 소식을 알려주었다. 아버지의 유언을 실행하는 의식을 잘 치른 후 조금 전 올라왔다고 했다. 나는 고생했겠네… 이렇게 얼버무릴 수밖에 없었다. 더 이상 무슨 말이 필요하겠는가. 언니도 알아들었는지 다음에 또 연락하자는 말을 끝으로 전화를 끊었다.

그렇게 겨울을 보내면서 나는 어머니에게 이번 설엔 집에 내려가지 않고 내년에나 가겠다는 편지를 보냈고, 3월부턴 복장학원에 입학해서 일주일에 두 번 수업을 받으러 다녔다. 양장점에서 쌓은 경력을 인정받아 고급반으로 다닐 수 있었다.

한 해가 바뀌어 잎샘추위가 풀잎들을 두어 차례 훑고 지나간 즈음의 어느 월요일, 드디어 홍성현의 전화를 받았다. 유주니? 여전히 궁글게 울리는 그의 목소리에 나는 대뜸 들뜨고 말았다. 얼마나 듣고 싶었던 목소리인가. 그래서 다급하게 대꾸할 수 있었다.

"이제 우리 만나도 되는 거예요?"

"너 한번 쯤 올 줄 알았다."

"그럼 날 기다렸어요?"

"넌 우리 회사 고객이잖아."

말을 주고받으면서 홍성현의 감정이 퍽 부드러워졌다는 걸 느낄 수 있었다. 그는 이번 주 안으로 김태주와 같이 사무실로 나오라고 했는데 나는 거절했다. 둘이만 만나고 싶지 김태주와 엮이는 건 싫다며. 그러자 그의 침묵이 이어지다가 응답이 느릿하게 들려왔다.

"이미… 질기게 엮여 있잖니?"

이번엔 내가 입을 다물었다. 그런 침묵이 불편했는지 홍성현이 말을 이었다.

"남자는 남자가 알아볼 수 있거든. 김태주 씨는 널 키워줄 수 있는 남자야."

"그럼 오빠는요?"

나는 대번 뜨겁게 치달은 감정을 드러내고 말았다.

홍성현이 당황한 것일까. 다시 침묵을 지키다가 입을 열었다.

"나는 내가 해줄 수 있는 일을 해줬을 뿐인데. 그럼 뭐… 토요일 오후 2시쯤 오든지. 그때 보자."

홍성현이 어색한지 서둘러 전화를 끊었다.

내 마음은 걷잡을 수 없이 들떠졌다. 얼마나 고대했던 만남인가.

목이 빠지게 기다리던 토요일이 오자 나는 한껏 단장하고 홍성현을 만났다. 그는 나를 상담실로 데리고 가서 마주 앉았지만 조금 거북해하는 표정으로 담배를 피워 물었다. 그래서 내가 먼저 말을 건넸다.

"오빠 예전으로 돌아간 것 같네요. 혈색도 돌고요."

홍성현이 피식 웃으며 서너 번 담배연기를 내뿜은 후 불을 재떨이에 짓눌러 껐다.

"너 신문의 경제면 열심히 읽고 있겠지?"

"아주 샅샅이요. 그래야 오빠가 질문하면 으스대면서 답을 말할 수 있잖아요."

"그럼 경제원리를 어느 정도 깨우쳤겠구나? 이제 니 계좌는 니가 알아서 관리하는 게 좋겠다."

나는 홍성현을 노려보았다. 정말 오랜만에 만나자고 하더니 고작 한다는 소리가 나를 떼어놓겠다는 으름장 같았기 때문이다. 하지만 그런 야속함을 애써 감추면서 애처로운 목소리를 뽑았다.

"난 걸음마 수준도 못되잖아요. 오빠가 한참 더 길잡이 해줘야죠."

"그럼 양장점은 언제 개업하고?"

"나 지난달부터 아주 유명한 복장학원에 다녀요. 이론과 다양한 실습을 거쳐서 졸업한 다음에나 생각해볼래요."

그래? 홍성현이 혼잣말로 중얼거리더니 잠깐 생각에 잠기는 듯

싶었다.

"그럼, 이렇게 해보자. 주식을 일부 처분해서 니 명의로 여의도에 있는 아파트 한 채 사가지고 전세 놓는 게 좋을 것 같다. 시에서 지은 아파트고 앞으로는 국회의사당도 건립될 예정이라 전망 있어 보이니까."

나는 단번에 감격해서 하마터면 환호성을 내지를 뻔했다. 내가 서울에 있는 아파트의 주인이 되다니. 꿈을 꾸는 것 같았다.

"내 명의로요? 오빠, 한번 해보는 말이 아니죠?"

나는 두 주먹을 불끈 쥐고 양쪽 허벅지를 마구 두드리며 그만 새된 소리를 날리고 말았다.

"임마, 해보는 말은? 어떻게… 시골 어머니들… 건강하시지?"

홍성현이 얼른 말을 돌리듯 조금 어색해하는 눈빛으로 물었다. 아마도 어머니들이 언니 결혼식에 참석했는지의 여부를 궁금해하는 게 아닐까 싶었다.

"그럼요. 다들 정정하세요. 그런데 큰어머니가 나보고 앵두장수라며 야단을 쳤어요. 참나."

나는 일러바치듯 말했다. 앞으로 돈 많이 벌면 반드시 경주를 찾아내고야 말겠다며 굳은 의지까지 보였다.

"그렇게 되면 좋지. 나온 김에 아파트 보러 가자."

홍성현이 벌떡 일어났지만 표정엔 분명 그늘이 깔려 있었다.

나는 뛸 듯이 기뻤다. 내가 홍성현과 아파트를 사러 나가다니. 믿기지 않아서 정말요? 확인하듯 또 소리치고 말았다. 홍성현이 웃음을 띠며 앞장섰고 나는 그 뒤를 바짝 따랐다.

밖으로 나와서 택시를 타고 가는 동안 나는 흥감에 겨워 계속 이야기를 종알거렸다. 옷 맞추러 온 여자들이 내가 학원에 가고 없으면 그냥 되돌아갔다 다시 올 정도로 내 인기가 좋다는 것, 재봉사 보조원이 집안 일 도와주는 아줌마 딸이라 같이 사는데 동생 같아서 참 좋다는 등등을.

홍성현은 끝까지 아무런 대꾸도 하지 않고 듣기만 했다. 하지만 택시에서 내려 부동산중개소를 찾아가 30평대 아파트를 사려고 왔다는 말을 하는 그의 목소리엔 사뭇 생기가 돌았다. 또 중개인을 따라 높다랗게 서 있는 아파트 정문으로 들어설 때, 엘리베이터를 타고 올라와서 매물로 내놓은 아파트에 들어와 내부를 꼼꼼히 살펴볼 때 그는 정말 즐거워했다.

나도 처음 보는 아파트 구조가 무척 신기했다. 홍성현의 뒤를 졸졸 따라다니며 살폈는데 세 번째로 들어온 곳은 10층이라 그런지 멀찌가니 흐르는 한강이 주방의 창으로 보였다.

"어머, 강이 보여요."

나는 홍성현에게 바짝 서서 속삭였다. 어느 결에 덩굴손이 된 내 손가락은 그의 팔을 슬쩍 휘감았다. 그도 고개를 끄덕이더니 눈을 가느스름하게 뜨고 내다보았다.

"금강보다는 맑고 푸르지 않지요?"

홍성현의 팔을 휘감은 내 다섯 손가락에 힘을 주며 흥얼거리듯 물었다.

"니가 금강을 무척 그리워하는구나."

홍성현도 소곤거렸다. 하지만 얼른 자기 팔을 빼내듯 몸을 돌렸다.

그날 이후 아파트 매수에 필요한 서류 작성이나 중도금과 잔금을 지불할 때, 법무사에게 등기서류 넘기고 세입자가 될 사람까지 만나서 또 서류 작성하고, 전세금은 여유자금으로 쓸 수 있게 내 통장에 입금시킬 때, 그럴 때마다 홍성현은 나를 데리고 다니며 아파트의 주인으로 만들어줬다.

나는 의상실 일을 열심히 하면서 학원 수업도 빠지지 않았다. 그건 내 입지를 한 계단 올려놓으려는 열망 때문이었다. 훗날 홍성현 옆에 내가 연인으로 섰을 때 그가 부끄럽게 여기지 않을 만큼의 인물로 훌쩍 자라 있어야 할 것이었다.

그런 각오로 홍성현에 대한 그리움을 눌렀고, 보고 싶은 갈망을 다독이며 내가 먼저 전화하지 않았다. 그에게서 다시 연락이 오기만을 기다리며 가을 문턱을 넘어선 무렵 어머니의 전화를 받았다. 언니가 어제 딸을 출산했다는 소식이었다.

나는 알 수 없는 허전함을 느꼈다. 혹시 언니라도 아들 낳기를 은근히 기대했던 것일까? 어쨌든 꼭 가봐야 할 것 같아서 아기가 서너 개월 후에 입을 수 있는 옷가지를 사가지고 이튿날 병원으로 향했다. 특실에 입원해 있는 언니 얼굴이 그다지 붓지는 않았지만 표정은 침울해 보였다.

"왔니?"

언니와 내 눈길이 마주쳤을 때 언니가 어색하게 웃음 지으며 먼저 입을 열었다.

"애기가 예쁘게 생겼겠네."

"아직은 몰라."

나는 할 말이 없어서 머뭇거렸는데 형부가 들어왔다. 그는 내 등을 토닥이기까지 하며 와줘서 고맙다고 하더니 다음엔 꼭 아들 낳을 자신이 있다고 큰소리쳤다.

또다시 해가 바뀌어 나는 복장학원 특급 반으로 올라갔지만 홍성현에게 전화를 하지 않았다. 그때까지 나한테 아무런 연락조차 하지 않는 그에게 나도 그렇게 참아내는 시간을 둔 것이다.

그러면서 가을이 왔다. 재봉사가 퇴근하고 보조원도 집안으로 들어갔을 때 나는 언니 딸의 생일 선물로 앙증맞은 원피스를 만들어주려고 김태주에게 어떤 디자인이 좋겠느냐며 무심결에 물어보았다. 그러자 그가 아주 심각한 표정을 짓더니 소파에 잠깐 앉자며 나를 이끌었다.

나는 떨떠름한 기분으로 김태주 맞은편에 앉아야만 했다.

"저기 말이다. 우리 사이… 더 이상 나아갈 수는 없는 거니? 이렇게 어중간하게 머물러 있어야만 하니?"

내 얼굴이 대뜸 벌겋게 달아오르는 걸 느낄 수 있었다. 김태주의 말뜻에 대한 당혹스러움이었다. 우리 사이가 어중간하다니. 나는 절대로 그렇게 생각하지 않았기 때문이다. 그래서 도발적으로 묻고 말았다.

"그러니까, 남녀의 감정으로 말인가요?"

"……."

"제가 실장님을 고민하게 만드나요?"

재차 나온 내 물음에도 김태주는 아무런 대꾸를 하지 않았다.

탁자 위의 주전자를 들어 컵에 물을 따르더니 한 모금 마실 뿐이었다.

"물론 제가 실장님의 은혜를 모르는 건 아녜요. 하지만……."

"그만! 듣고 싶지 않다!"

내 입을 허겁지겁 틀어막듯 김태주가 머리를 세차게 흔들며 외쳤다.

나도 마음이 편치 않았다. 김태주의 남다른 감정을 일찍감치 눈치는 채고 있었지만 그냥저냥 지내면서 덤덤해지기만을 바랐었다.

김태주가 양손을 깍지 껴서 무릎에 올려놓으며 눈을 질끈 감았다. 관자놀이까지 불거지는 것으로 미루어 어금니를 꽉 무는 것 같았다. 그러나 이내 눈을 뜨더니 음울한 눈빛으로 물었다.

"너 혹시… 홍성현 씨를 가슴에 품고 있니?"

나는 양팔을 엇갈려 가슴을 보듬었다. 김태주의 물음에 솔직하게 응답해야 한다는 괴로움이 중압감으로 가슴골을 내리누르는 것이었다. 그런데 그가 기다려주질 않았다. 벌떡 일어나서 밖으로 나가버리는 게 아닌가.

그날 밖으로 나간 김태주는 사흘이 지나도록 돌아오지 않았다. 이제 나도 그와의 이별을 서둘러야겠다는 생각에 착잡했지만 책상 앞에 앉아서 스케치북을 펼쳤다. 패션협회에서 주최하는 '올해의 의상디자인상' 콘테스트에 내 작품을 출품해 재능을 겨뤄보려고 그동안 수없이 스타일화를 그려왔었다. 마감 기일이 11월 중순까지라 정말 끔찍할 만큼 그리고 지우며 전체적으로 물결의 이미지를 살리기 위해 애를 썼다. 그렇기에 내 신경은 무척이나 날카로워져 있었다. 그렇게 뭔가를 이루고 난 후에 홍성현을 만나고 싶었다. 그래서 자그마치 두 해나 훌쩍 넘겼지만 그에게 내 아파트 전세 계약을 갱신한 얘기조차도 알리지 않았다.

그날 밤, 잠결이지만 요란스럽게 울리는 전화소리를 감지하며 어떤 불길함에 눈이 번쩍 떠졌다. 끈질기게 들려오는 전화소리. 나는 잠을 털어내려고 눈을 마구 비비며 마루로 나왔고, 송수화기를 들며 언뜻 건너본 밖은 희붐한 새벽녘 같았다.

"유주야, 유주야."

놀랍게도 언니였다. 그런데 울먹이는 목소리 같기도 하고 아닌 것도 같아서 나는 대뜸 긴장하며 왜? 왜? 되풀이했다.

"엄니가… 우리 엄니가 돌아가셨대."

뭐! 나는 하마터면 주저앉을 뻔했다. 머리카락도 온통 쭈뼛 곤두서는 것 같아서 간신히 숨을 고르며 큰어머니가? 입만 달싹거렸다.

"어제 오후에 등마루에서 넘어지셨단다. 병원으로 모셨지만 뇌출혈로 조금 전 숨을 거두셨대. 작은엄니가 너한테도 알리고 빨리 내려오래."

나는 몸이 떨리고 도통 믿어지지가 않아서 숨만 색색거렸다.

"나 아버지 영정사진 모시고 갈 거다. 엄니 옆에 잠깐 모시고 싶어. 형부랑 곧 출발할게."

언니가 정신을 가다듬은 것일까. 목소리는 좀 차분해져 있었다.

"우리 엄니 보게 되면 어떡하려구?"

비로소 내 입이 벌어졌다.

"니가 작은엄니 꼭 붙잡고 있어. 영정사진 안방에 잠깐만 모셨다가 다시 차 안으로 옮겨드려야지. 운전사에게 절대로 자리 뜨지 말라고 하면 돼."

나는 언니 결정을 따라야 했다. 하지만 전화를 끊었을 때 오금에서 힘이 쫙 빠져버려 무릎을 꿇고 말았다. 내 어머니와 나, 동생의 삶을 마음대로 휘둘렀던 큰어머니. 그래서 당신의 생명줄도 뜻대로 길게 늘였어야 할 것이었다. 내 머릿속은 그런 사념과 놀람이 얽혀서 들끓었다.

심장이 계속 떨렸지만 채비하기 시작했다. 우선 김태주에게 남길 말을 쪽지에 적었다. 큰어머니가 뇌출혈로 갑자기 돌아가셨다는 연락을 받고 고향집으로 향하니까 복장학원에 내 사정을 전화해주면 고맙겠다고 써서 전화기 옆에 놓아두었다. 다음엔 대충 씻은 후 큰 가방에 옷가지와 돈을 챙겨 넣고, 검은색 코트를 입으며 방문을 나섰다.

의상실에서 창밖을 내다보며 초조하게 언니를 기다렸는데 조금 지나자 저만큼에서 달려오는 낯익은 승용차가 보여 밖으로 나왔다. 검은 양복을 입은 형부가 앞문을 열고 먼저 나와서 내게 다가오더니 귀엣말을 했다.

"처제, 지금 언니 정신이 빠져나갔으니까 잘 좀 보살펴줘."

내가 고개를 끄덕이자 형부는 뒷문을 열어주었다.

차 안으로 몸을 들이밀어 앉자 검은 코트를 입은 언니가 나를 멀거니 바라보았다. 눈두덩이 부어오른 걸 알 수 있었다. 운전사가 곧바로 차를 몰자 언니는 고개를 등받이에 대고 눈을 감아버렸다. 나도 그렇게 했다.

얼마나 달렸을까. 언뜻 본 언니의 뒤통수와 어깨가 미세하게 들썩거리고 있음을 알 수 있었다. 차는 고속도로를 달리고 달렸다. 두 시간여 훌쩍 지나 휴게소에 들러서 번갈아 화장실에 다녀왔지만 여전히 서로 침묵했다.

차가 한동안 더 달렸을 때 형부가 뒤를 돌아보며 언니에게 말을 건넸다.

"여보, 여기 논산 지나면 나 잘 몰라. 딱 한번밖에 다녀오지 않았잖아."

언니는 한결 침착해져 있었다. 떨리지 않는 목소리로 방향을 말했고, 조금 더 가서는 운전사에게 길을 알려주기까지 했다.

차창으로 벼 그루터기가 듬성듬성 남은 널따란 논과 배추포기와 무청으로 뒤덮인 밭이랑이 이어지며 멀어져갔고, 이윽고 휘도는 샛강의 물결이 스쳤다. 그 샛강의 다리를 건너자 내가 다녔던 중, 고등학교 건물이 보였다. 형언할 수 없는 감정이 휘돌았다.

길가의 법원 건물을 지나자 형부가 여기서부터는 자신이 기억한다며 손가락으로 방향을 가리켰다. 승용차는 천천히 우회전하며 고샅길로, 고샅길로 나아갔다. 아, 눈에 익은 양편의 가옥들. 나는 가슴을 펴며 숨을 골랐다.

마침내 우리 집의 대문 앞에 차가 멈추자 나는 뛰쳐나오듯 내렸다. 열려 있는 대문 안 텃밭 사이 길을 내달고, 행랑채로 이어진 중문을 지나서 마당을 가르며 부엌 쪽을 향해 엄니! 엄니! 목청이 터져라 외치다가 아차, 했다. 어머니가 부엌에서 음식을 만들고 있을 것이라는 생각은 착각임이 일깨워졌으므로. 그래서 또 재우쳐 별채로 향하며 엄니! 불러댔다.

내 고함에 눈을 크게 뜨며 방문을 열고 나온 이는 당고모였다.

"얼래, 야가 누구여? 가만 있어봐. 너 유주 맞냐? 문주는?"

당고모는 툇마루에 선 채 내 아래위를 마구 훑어보면서 물었다.

나는 형부와 언니랑 같이 왔다고 알리며 허둥지둥 올라섰는데 당고모가 내 팔꿈치께 옷자락을 확 잡아당겼다.

"너 정신 바짝 차려라. 시방 니 엄니 슬픔이 뻗쳐서 혼이 쏙 빠졌으니께. 절대루 혼자 놔두믄 안돼야. 까딱하다 줄초상 날 성싶다."

이를 어쩌지? 나는 다시 엄니! 외치며 내처 달려들어서 방문을 열고 안으로 들어섰다. 아랫목에 누워 있는 어머니의 모습. 북데기처럼 헝클어진 머리, 핏기 없는 얼굴에 불그스름하게 부어오른 눈두덩이, 허옇게 바짝 마른 입술은 흉하게 갈라져 있었다.

"엄니, 나 왔어요! 나!"

나는 고꾸라지듯 엎드려서 어머니 팔을 잡고 흔들었다.

어머니가 눈꺼풀을 올리려고 했지만 퉁퉁 부어서인지 실눈으로만 떠졌다.

"왔구나. 문주랑 갸 신랑은?"

어머니 입에서 목쉰 소리가 간신이 흘러나왔다.

"엄니가 송장처럼 왜 이래요? 당고모 말처럼 이러다 정말 줄초상 나겠네!"

나는 대답 대신 울분을 토하고 말았다.

"언니 내외랑 같이 안 온겨?"

어머니는 눈길을 문께로 던지면서 다시 물었다.

그때 언니와 형부가 들어섰다. 언니 손엔 내 가방이 들려 있었다. 그제야 내가 가방까지 잊어버리고 내달렸음을 알았다. 언니가 그 가방을 먼저 윗목에 내려놓고서 어머니 옆으로 다가와 앉으며 작은엄니, 조심스럽게 불렀다.

어머니가 벌떡 일어나더니 문주야, 부르며 얼싸안고 꺽꺽, 울음을 토하기 시작했다. 숨이 넘어갈 듯한 그 쉰 소리라니. 언니도 간신히 참아냈을 통곡을 같이 쏟아내기 시작했다.

나는 툇마루로 나와버렸다. 곧이어 따라 나온 형부가 중얼거렸다.

"둘이 막 몸부림치네. 하긴 전화로 얘기할 땐 꼭 친 모녀 같았으니까."

내가 아무런 대꾸도 하지 않자 형부는 안채 쪽으로 사라져갔다.

방에서 흘러나오는 통곡은 좀처럼 사그라지지 않았다. 얼마나 지났을까. 소리가 잦아드는 듯싶더니 언니가 방문을 열고 나를 불러들였다.

벽에 상체를 기대고 앉아 있는 어머니 몰골은 더욱 말이 아니었다. 언니 눈도 붉게 충혈돼 있었다. 내가 그들 옆에 쪼그려 앉자 언니가 말을 꺼냈다

"작은엄니, 장례식 좀 의논 해야겠어요."

"성님이 생전에 가끔 이러셨다. 꽃상여 타구 싶으시다구. 앞에

서 상여꾼들이 요령 소리 구성지게 울려주고, 뒤로는 정든 이들이 따라와 줬으믄 좋겠다구 말여."

어머니가 언니만 바라보며 목쉰 소리로 이엄이엄 늘어놓았다.

"그럼 선산에 모셔야 하는데 거긴 터가 좋지 않아요. 인가가 너무 가까워서 사람들 발걸음이 스칠 수도 있잖아요. 그렇잖겠니?"

언니가 동의를 구하듯 내게 물었다.

나는 맞아, 이러며 고개까지 힘 있게 끄덕여주었다.

"엄니가 얼마 전에 저한테 전화로 이상한 말을 남기셨어요. 곡소리는 청승맞아서 싫어지셨고 땅속도 갑갑하실 것 같다고요. 그러니까 화장해서 금강에 뿌려주면 옛 뱃길 따라 오르락내리락하시겠다고요. 그래서 장례도 삼일장으로 치르고 대전에 있는 화장장까지 모셔갔다가 돌아와서 나룻배 타고 강 가운데로 나갈 작정이에요. 괜찮지요, 작은어머니?"

언니가 다시 동의를 구하듯 내 옆구리를 쿡 찔러왔다.

"언니에게 하신 부탁이 진심일 거예요. 엄니한테 한 말은 그렇게 떠나고 싶으시다는 거겠지만 그게 쉽지 않다는 걸 아신 거지 뭐. 형부가 다 하셔야 할 일인데 그런 경험은 한번도 없을 테니까."

나도 적극적으로 언니 편을 거들었다. 언니 말에 무슨 뜻이 내포돼 있는지 훤히 알고 있으므로 오히려 내가 더 어기차게 나가야 할 것이었다.

"형부랑 언니 뜻이 더 중요하잖아요. 응?"

내가 어머니 손을 잡고 나뭇등걸 같은 손등을 쓸어주었다. 어머니 눈에서 또 눈물이 주르륵 흘러내렸다.

"작은엄니, 물 한모금도 마시지 않았다면서요? 미음 쒀서 보낼 테니 꼭 드세요. 저는 조문객들 맞이해야 하니까 여기 들락거리기 힘들어요."

언니가 내 팔꿈치를 슬쩍 건드린 후 일어섰다.

나는 어머니를 반강제로 눕게 하고 흘겨보았다. 당신을 가혹하게 구박한 큰어머니였는데 왜 형벌을 치러주듯 이토록 몸과 정신을 가누지 못하는지 영 언짢았다.

"유주야, 너 한눈팔지 말고 작은엄니 지켜. 내 말 알지?"

언니가 다짐하듯 허리까지 수긋해서 내 한쪽 어깨를 꾹 누르며 신호를 보냈다. 당연히 그 말뜻을 알아들을 수 있었다. 행여 어머니가 아버지의 영정사진을 보게 되면, 어깻죽지가 옹송그려졌다.

"그래도 우리 상복은 입어야지. 준비되면 당고모 편에 보내줘."

나는 어머니 들으라고 짐짓 큰소리로 응답했다.

그때부터 나는 어머니를 지키는, 그야말로 냉정한 감시자여야만 했다. 오줌도 윗목에 있는 요강을 사용토록 하면서 자리를 지켰다. 어머니는 자주 어깻숨을 쉬며 울음을 게워내다가 죽을힘을 다해 참는 듯 보였다.

얼마 지나자 당고모가 미음과 간장, 나박김치를 올린 소반을 들고 들어와서 몇 마디 전했다. 언니가 두름손 좋은 맏딸이라 든든하고, 형부도 장례식을 치러주는 사람들에게 전화로 척척 연락하며 횟손 좋은 상주노릇을 아주 잘하고 있다고 했다.

당고모가 나가자 나는 어머니를 부축해 일으킨 후 소반을 바짝

당겨주었다. 그리고 수저를 들어 미음을 떠서 입에 넣어주려 하자 어머니는 도리질을 했다.

"엄니가 이렇게 애통해하면 큰엄니가 살아나기라도 할까?"

내 입에서 기어이 험한 소리가 쏟아져 나왔다.

"입안이 소태겉이 쓰디써. 너나 먹어라."

"그냥 꿀컥 삼키면 돼요."

나는 더 대차게 어깃장을 부렸다.

어머니가 나를 물끄러미 바라보더니 주먹으로 당신 가슴팍을 퍽퍽 치기 시작했다.

"이 속에, 이 속에 성님이 꽉 들어차서 아무 것두 삼킬 수 없단 말여."

"그럼 나랑 경주는 그 속에 아예 없겠네?"

한껏 뜨거워진 내 감정이 부글거리며 끓어오르고 말았다.

어머니가 그만 주먹을 내려놓고 모르겠다, 중얼거리며 도로 누워버렸다.

나도 더 애원하지 않았다. 대신 소반을 밀어놓고 기 싸움이라도 하듯 벽에 등을 기댄 채 숨만 색색거렸다.

그런 상태는 하루 종일 계속되었다. 당고모가 상복을 건네주러 왔다가 식어빠진 미음을 보고 혀를 차며 소반을 내어갔다. 나는 어머니를 일으켜 겉옷을 벗기고 상복으로 갈아입힌 뒤 나도 갈아 입었고, 당고모가 다시 미음이랑 내가 먹을 음식까지 겸상으로 차려왔어도 어머니가 끝내 수저를 들지 않아서 나도 쫄쫄 굶었다. 그러자 밤에 언니가 나타나서 어머니 등 뒤에 쪼그리고 앉아 애원하기 시작했다.

"작은엄니, 왜 이러세요? 저 말라 죽으라고요."

"오장육부가… 다 떨려서… 뭘 삼키믄… 그대루 토할 것 같단 말여… 쟈나 좀… 달래서 멕여라."

어머니는 여전히 돌아누운 채 쇠잔한 소리로 띄엄띄엄 말했다.

언니가 나를 돌아다보았고, 나는 고개를 흔들었다. 나도 먹지 않아야 어머니가 수저를 들 것이라는 표시였다.

그날 밤, 나는 정말 어머니를 지키기 위해 아니, 어머니를 살리기 위해 눕지도 않았다. 무릎을 세워 양팔로 껴안고 고주박잠에 들었다가 놀라며 깨어나곤 했다. 그럴 때마다 어둠 속을 더듬거려 손끝으로 어머니를 확인했다.

다음날에도 어머니는 여전히 미음 앞에서 도리질했고 눈은 더욱 퀭해졌다. 나 또한 어머니 보란 듯이 그대로 상을 물렸다. 허기져서 눈이 핑핑 돌았지만 그렇다고 혼자 먹을 수는 없었다.

그렇게 배고픔을 참으며 어머니를 지켜내려고 했지만 허사가 되고 말았다. 내가 기절하듯 등걸잠에 빠졌었던가. 밖에서 시끌시끌한 소리가 어렴풋이 들린다는 몽롱한 자각으로 뒤척이다 깨어났다. 아, 어머니가 보이지 않았다. 반사적으로 밖으로 뛰쳐나와졌고 허겁지겁 내달았다. 아니나 다를까, 중문께서 남자들이 둘러싼 관을 붙들고 어머니가 몸부림치며 통곡하고 있었다.

나는 기력이 없어서 어머니에게 달려들지도 못하고 우두커니 바라만 봐야 했다. 눈앞에서 펼쳐지는 모든 광경이 꿈결처럼 흘렀다. 형부와 한 남자가 어머니의 양 죽지를 꿰어 차고 등허리를 감싸듯 하여 일으켜 세웠고, 언니는 어머니 앞에서 연신 뭐라고 달래는지 입을 달싹거렸다. 곧이어 언니가 앞장서고 어머니는 형부와 남자의 힘에 이끌려 질질 끌리다시피 내 쪽으로 걸음을 옮기기 시작했다.

"그것 봐. 너라도 뭘 좀 먹었어야 작은엄니 건사할 힘이 있지."

내 옆까지 온 언니는 내 행동이 거슬렸다는 뜻인지, 딱하다는 뜻인지 모를 말을 던졌다. 이어 형부와 남자에게 어머니를 조심해서 방으로 모시라고 이른 후 자신이 미음을 챙겨 올 때까지 기다리라고 하더니 휙 돌아섰다.

나는 여전히 멍한 상태에서 느릿느릿 방으로 들어섰다. 어머니도 기진했는지 벽에 머리를 대고 눈을 감은 채 두 다리까지 쭉 뻗고 앉아 있었다. 모두 침묵하며 언니를 기다렸다. 이제 나도 언니에게 기댈 수밖에 없었다.

이윽고 언니가 소반에 죽 두 그릇과 물김치를 올려가지고 들어서자 형부와 남자는 돌아갔다.

언니는 소반을 어머니 앞에 바짝 놓으며 말했다.

"이 미음 안 드시면 저 안 나가요. 유주도 먹지 않을 거구요. 그럼 영구차 그냥 세워둘 수밖에 없어요. 그러니까 제가 떠서 입에 넣어드릴게요."

언니가 단호하게 나왔다. 그래서일까. 어머니는 언니가 수저로 떠서 주는 미음을 받아먹기 시작했다. 나는 쓴웃음을 깨물었다.

"속이 너무 비었으니까 우선 쌀미음으로 달래고, 이따가 시금치죽 쒀 올 거예요. 그것 잡숫고 나서 곡기를 드셔야 돼요. 아셨죠?"

언니가 어머니에게 말했지만 나 들으라는 소리란 걸 알 수 있었
다. 어머니는 순순히 고개를 끄덕거렸다.

언니가 조금 큰 소리로 말을 이었다.

"우린 밤에 돌아올 거예요. 손님이 끊어진 시간에 나룻배를 빌
려야 하니까요."

어머니가 다시 고개를 끄덕였다.

그날 하루는 정말 길고도 긴 하루였다. 더운 물을 떠다가 수건
을 적셔 어머니를 닦아준 후 모처럼 나도 씻고, 시간차를 두어 죽
을 먹고, 사과와 배는 수저로 긁어서 어머니 입에 넣어주고 나도
먹으면서 보내는 하루가 며칠처럼 길었다.

해가 지고 하늘의 어둠별도 희미해진 후에야 언니와 형부가 돌
아왔다. 언니는 어머니에게 장례식이 무사히 치러졌음을 알렸다.
형부는 자신이 내일 출장가야 하기 때문에 동트기 전 인사하지 못
하고 떠나는 거 섭섭해 하지 말라며 사근사근히 말해주었다. 나는
그 말에 담긴 뜻을 알아차릴 수 있었다.

"난 당분간 엄니 옆에 있을 거야."

언니가 내 의견을 물어보기도 전 내가 얼른 생각을 내비쳤다.

"뭐더러 그려. 함께 올라가."

어머니가 반갑지 않다는 투로 대꾸하자 언니가 얼른 내 편을 들
고 나섰다.

"유주 고집 못 꺾어요. 작은엄니가 이렇게 몸져누우셨으니 유주
라도 있어야죠. 제가 자주 전화 할게요."

어머닌 그냥 받아들이듯 말없이 어깻숨만 들썩거렸다.

형부가 먼저 나가고 언니가 일어나자 나도 따라서 툇마루로 나왔다. 언니가 자주 전화하겠다고 말한 후 잠깐 머뭇거리더니 안방 화초장 위에 돈 봉투를 올려놓았다고 했다. 나는 고개만 끄덕거렸고 어머니에게 돈 얘기를 알렸다.

　다음날 일어나서 안채 건넌방 섬돌을 기웃거렸는데 정말 언니와 형부 구두가 눈에 띄지 않았다. 나는 밀려오는 허전함에 몸을 돌려 사랑방 분합문을 물끄러미 바라보았다. 돌계단을 밟고 올라가서 그 분합문을 조금만 열면 아버지의 옆모습이나마 보일 것 같은, 걷잡을 수 없는 진한 그리움이 솟구쳤다. 그래서 왔다 갔다 하며 아버지, 자꾸만 불러보았다. 마치 초혼제를 치르듯이. 그러다가 언뜻 보게 된 옆 뜰이 이상해서 멈춰 섰다. 분명 서 있어야 할 대추나무가 보이지 않았다. 가무스름하게 변한 그루터기만 있었다.

　왜 대추나무를 베었지? 뭔가 꺼림칙해 얼른 피하듯 텃밭으로 나가서 부추를 끊어다가 죽거리를 준비하기 시작했다. 마른 새우를 부숴 넣고 된장도 풀어서 죽을 되직하게 쑤었다. 다행히 어머니는 죽 그릇을 거의 비웠다.

　나는 넌지시 말을 건넸다.

　"엄니, 대추나무를 베어버린 것 같던데?"

　"그거 올 초여름에 벼락을 맞았지 뭐냐."

　"벼락을 맞아요? 대추나무가!"

　내 입에서 고함이 터져 나왔다. 수저를 이로 콱 깨물 뻔했다.

　"그려. 가지가 앙상해지구 몸통두 비틀어지니께 성님이 톱으루 잘라버렸다."

"그래서 큰엄니가 흉사를 당했나 보네."

나는 자신도 모르게 가시 돋친 한 마디를 뱉어내고 말았다.

"아녀야. 집안의 대추나무가 벼락을 맞으믄 자손에게 경사스러운 일이 생긴다구 하더라. 그려서 성님이 베어버린 거여. 그 동강이를 여름내 그늘에 말려가지구 문주한티 보냈는디. 소포루 고이 싸서 말여."

나는 어이가 없어서 아무 말도 하지 못했다. 그냥 상을 들고 나와 음식들이나 갈무리했다. 6년을 훌쩍 넘긴 뒤 손길을 뻗는 부엌살림이지만 조금도 설지 않았다.

그날부터 어머니가 마음을 다잡고 기운을 차릴 줄 알았는데 아니었다. 어머니는 다시 열에 들떠서 앓다가 큰어머니의 목소리가 들린다며 일어나서 간혹 밖을 서성이기도 했다.

내 신경은 극도로 예민해졌다. 아무래도 이번 의상디자인상 콘테스트엔 출품하지 못할 것 같은 초조감으로 가슴이 졸아들었다. 그렇지만 어머니를 이대로 두고 떠날 수는 없잖은가.

어쩔 수 없이 어머니에게 옭매듯 나는 집안일에 매달렸다. 텃밭의 무를 뽑아 깍두기 담고, 쪽파김치 담고, 도도록하게 부풀다 터져서 한가득 품은 붉은 씨가 총총히 드러나기 시작한 석류를 몽땅 따서 뒤꼍 처마 밑 평상에 늘어놓았다.

며칠 후 저녁 밥상머리에서 어머니 귀가 솔깃해질 얘기를 슬쩍 꺼냈다.

"엄니, 나 서울에서 돈 엄청 벌었어요. 이런 시골의 한옥 수십

채를 사고도 남아. 나랑 같이 서울에 가서 살자, 응?"

어머니가 희미하게 웃음을 띠며 수저를 들더니 국물을 떠서 입에 넣었다.

"아파트 알지? 가스로 음식 하니까 일일이 불 피우지 않아도 돼. 뜨거운 물도 펑펑 나오니까 집에서 목욕도 하고. 나 몸이 근질근질해 죽겠는데 여기 목욕탕엔 가기 싫단 말야. 아는 사람들이 흘끔거릴 거잖아."

"그러믄 양쪽 가마솥에 물 설설 끓여가믄서 하믄 돼야. 뜨건 김이 자욱하니 온기가 도니께 할 만하다."

"가마솥 안에 들어갔다가 익어 죽으라고?"

"얼래. 광에 널찍한 플라스틱 통이 두 개나 있잖여. 한 통에다 찬물을 담아서 섞어 쓰면 돼야. 성님이랑 나두 가끔 고렇게 목욕했다. 그나저나 니가 뭔 수완으루 돈을 왕창 벌었단 말여?"

어머니는 아파트 얘기를 귀에 담아 두고 있었나 보았다. 궁상맞은 목욕 얘기를 하다말고 얼른 돈에 관심을 보이고 있잖은가.

나는 신이 나서 얘기 보따리를 풀기 시작했다. 김태주와의 관계는 뺄 건 빼서 들려줬고, 홍성현이 나를 도와준 건 아주 자세하게 늘어놓았다.

어머니가 믿어지지 않는지 눈을 껌벅거리기도, 벌린 입을 다물지 못하기도 했다.

"성현이 갸를… 니 아부지가 정 깊게 돌봐주시기두 했지만 탐두 많이 내시는 걸 내 알았었지. 아무런들 너한티 은혜갚음했구나. 시상에."

"성현오빠가 앞으로도 돈 더 많이 벌게 해줄 거야. 그러니까 엄니 혼자 왜 이 집을 지켜요? 믿을 만한 사람한테 맡기고 나랑 같이 서울로 가요."

"그건 안돼야."

"그럼 어쩌려구?"

나는 짜증 부리다가 아차, 했다. 어머니를 한두 번 꾀어서는 서울로 같이 올라갈 수 없을 것이다. 수없이 설득하고, 때론 닦달하고, 부릴 수 있는 수단은 다 부려봐야 할 것이었다.

다음날 오후, 흐무러질 듯 색깔이 바래져가는 탱자나 따려고 소쿠리와 가위를 든 채 앞 울타리께로 향하고 있을 때였다. 대문 안쪽에 매달아놓은 설렁이가 흔들리는 소리를 냈다.

누가 왔나? 나는 대수롭잖게 생각하며 대문 쪽으로 향했다. 그런데 문짝 틈 사이로 나를 들여다본 것일까. 유주야, 부르는 소리. 순간 내 심장은 마구 뛰기 시작했다. 굵으면서도 부드럽게 울려나오는 궁군 목소리였기에. 반사적으로 소쿠리와 가위를 팽개친 나는 선걸음으로 내달려서 빗장을 열고 고리를 당겼다. 정말 홍성현이 서 있었다. 한 손엔 보자기에 싼 무언가를 들고 입가엔 웃음을 머금은 채.

나는 앞뒤 가리지 않았다. 성현오빠! 외치며 그의 품을 향해 개구리처럼 팔짝 뛰어 달라붙었다. 이어 두 팔로 그의 목을 꽉 조여 안고 말았다.

"내가 꿈꾸는 거 아니죠?"

"내가 꿈꾸는 거 같다. 이 집을 다시 들르는 게."

홍성현이 내 등을 가볍게 두드려주었다.

나는 팔을 더욱 조이며 얼굴까지 그의 목에 묻다가 퍼뜩 놀라며 뒤로 물러섰다.

"내 몸에서 구정물 냄새가 풍기죠? 목욕한 지 한참 됐거든요."

그만 불쑥 말해놓고 나선 얼굴이 붉어지는 걸 느낄 수 있었다.

"아니. 탱자 향내가 솔솔 난다."

홍성현이 대문 안으로 들어서더니 울타리를 죽 훑어보았다.

"차암 좋다. 온통 무르익은 이 탱자 향기, 이 고즈넉함이."

홍성현이 감회어린 눈빛으로 중얼거렸다. 그런 그를 조금 더 기다려주지 못하고 나는 성급하게 물어야만 했다. 큰어머니 돌아가신 거 알고 내려온 것이냐고.

"그래. 일주일 전에 김태주 씨가 와서 말해줬다. 자긴 여행 떠났다가 그날 돌아와서 니가 남긴 쪽지를 읽고 알았대. 그리고 이거 꼭 전해주라고 하더라."

홍성현이 내미는 물건을 받아 옆구리에 끼면서 나는 별채를 향해 겅정겅정 뛰었다. 어머니가 누운 채 멍한 눈빛이나 굴리는 추레한 모습일 게 분명하므로.

"엄니! 서울서 성현오빠가 왔어!"

나는 툇마루로 올라서며 호들갑스럽게 외쳤다. 그리고 옆구리에 낀 물건을 작은방에다 던져놓고 나서야 들이닥치듯 큰방 문을 열어젖혔다. 다행히 어머니는 웅크린 채 앉아 있었다. 나는 또다시 홍성현이 왔음을 다급하게 알렸다.

어머니도 믿기지 않은 것일까. 나를 멀뚱히 바라보며 누가 왔다구? 느릿하게 물었다. 그러나 이내 홍성현의 존재가 일깨워졌나 보았다. 워쩌, 중얼거리며 당황하더니 갈퀴 같은 열 손가락으로 머릿결을 가다듬으면서 엉거주춤 몸을 일켰다.

홍성현이 토방으로 올라서더니 작은사모님, 저 왔습니다! 하고 목청을 뽑았다.

얼른 툇마루로 나선 어머니는 어쩔 줄을 몰라 하며 아이구 황송해라, 중얼거리기만 했다.

"들어가셔서 절 받으세요."

홍성현은 예의를 갖췄다.

어머니는 다시 갈퀴손으로 머리카락을 쓰다듬으며 방으로 들어섰고 홍성현과 내가 뒤를 따랐다.

"엄니, 앉아야 오빠가 절하지요."

내가 한 마디 거들었다.

홍성현이 코트를 벗어서 나에게 건넨 후 불편한 자세로 앉은 어머니에게 큰절을 하고서 자리를 잡았다. 나도 그 옆에 앉았다.

"많이 힘드셨죠?"

깊은 뜻이 담겨 있는 말로 홍성현이 말을 건넸다.

"그, 그럼. 성님이 이렇게 허망하게 가실 줄 어찌 알았겠어."

"큰사모님 소식 듣고도 바로 내려올 수가 없었습니다. 사정이 있어서……."

홍성현이 뒷말을 잇지 못하자 어머니가 기어드는 소리로 말을 늘어놓았다. 짬을 내기가 쉽지 않을 텐데도 이렇게 찾아와줘서 고맙기 짝이 없고, 큰어머니 유해는 언니가 원하는 대로 강에 뿌렸다는 것, 형부가 맏사위 노릇을 톡톡히 해줘서 얼마나 다행인지 모르고, 무엇보다도 홍성현이 내 돈을 엄청나게 불려 줘서 그 고마움을 어떻게 갚아야 할지 모르겠다고 했다.

잠깐 침묵이 흘렀다. 어머니가 나에게 과일이라도 내오라고 하자 홍성현이 일어서며 내 무릎에 올려져 있는 자기 코트를 가져가더니 하직인사말을 건넸다.

"강가로 나가서 큰사모님께 인사드리고 또 유주랑 중요한 얘기도 할 게 있습니다. 그리고 돌아갈 때 다시 들러서 인사드리지 못하더라도 섭섭해 하지 마세요, 작은사모님."

어머니는 거의 울 듯한 표정으로 뒤따라 나섰다. 밥이라도 한 끼 대접해야 하는데 그냥 훌쩍 가버리면 서운해서 어떡하느냐는 것이었다. 분명 치렛말이 아닐 것이다.

대문까지 따라 나온 어머니에게 홍성현은 공손하게 허리 굽혀 하직인사를 했다. 아무쪼록 건강하시길 바란다며. 어머니는 허리를 더 깊이 숙였다.

우린 좁다란 고샅길 끝에서 둑으로 향했고, 둑을 넘어 너럭바위에 다다르는 동안 아무런 말도 나누지 않았다. 강줄기가 드넓어지며 부여쪽으로 세차게 흐르는 물살의 한 줄기가 옛 뱃길로 휘도는 곳이라 강바람은 차가웠다. 머리카락이 풀풀 일어섰다. 우린 흐르는 강에 한동안 눈길만 던졌다.

"강물에 뽀얀 햇살이 뒤채는구나."

홍성현이 두 손을 앞으로 모아 잡으며 먼저 입을 열었다.

"아버지 유해도 이 강에 모셨어요."

나도 조심스럽게 응답했다.

홍성현은 고개만 두어 번 끄덕였다. 다 알아들은 반응일 것이었다.

"아버지 혼령이 이 강물 어디쯤에서 우리를 보고 계시겠죠?"

"그렇게 믿자꾸나."

"나는 큰엄니가 정말 오래 사시길 원했는데… 기필코 경주를 찾아내서 데리고 내려와 큰엄니 앞에 떡하니 나서며 큰소리치고 싶었거든요."

"뭐라고 소리치고 싶었는데? 보세요. 이렇게 불행하게 살잖아요, 하고?"

홍성현이 차가운 목소리로 물었다.

나는 속으로 뜨끔했다. 거기까진 미처 생각하지 못했었기 때문이다.

"만일 경주가 의외로 곱게 살고 있으면… 그럼 되레 큰어머니가 기세등등해하지 않으셨을까? 그렇게 경주의 삶은 힘듦에서 벗어났을 확률도 50퍼센트는 가능해. 불행과 행운은 사이좋게 손을 꼭 잡고 있다니까."

나는 마른침을 삼켰다. 경주의 삶이 어떻게 변했을지 가늠해보지 않았다는 게 새삼스럽게 일깨워졌으므로. 그런데도 내 안에 똬리를 틀고 있던 증오심의 틈이 벌어질까봐 가슴팍을 움츠렸다.

"니 증오심이 아직도 그렇게 꼿꼿하지만 삶처럼 사계절이 있길 바란다. 싹이 돋아나 꽃을 무성하게 피우다가 이울어서 스러지는 날이 있듯이."

홍성현이 나를 바라보더니 눈물방울 떨어지겠다, 하며 자기 가슴으로 내 목을 끌어당겨서 뒷머리를 쓰다듬어주었다.

나는 두 팔로 그의 허리를 감싸 안으며 울먹거렸다.

"오빠 몰라요. 내 증오심이 지독한 그리움이란 걸."

"그리움도 깊어지면 고질병 된다. 그건 더 큰 불행이잖아."

그만 돌아가자는 듯 홍성현이 내 어깨를 감싸 돌려주며 걸음을 내딛었다.

나는 잠자코 따랐다.

"김태주 씨가 말이다. 날 찾아왔을 때 이상한 말을 하더라. 자기가 너한테 돌이킬 수 없는 못난 모습을 보였다나. 무슨 일 있었니?"

"뭐… 서로 감정이 다르거든요."

"어제 그 사람한테 전화해서 너에게 전할 말 없냐고 했더니 편지 좀 꼭 보내달라고 하더라. 아무래도 니가 당분간 여기 머물 것 같다고 하면서."

나는 고개만 끄덕였다. 그렇잖아도 그럴 생각이었다. 내 마음이 껄끄러워져서 서울로 올라가면 다시 김태주와 한집에서 살 수는 없을 것 같았다.

그리고 이건, 홍성현이 혼잣말로 중얼거리며 코트 안주머니에서 두툼한 누런 봉투를 꺼내 내 손에 쥐어주었다. 나는 얼떨결에 받아들었다.

"돈 좀 가지고 왔다. 니가 여기서 한동안 지내려면 필요할 거니까."

이상하게 마음이 불편하지 않았다. 마치 내가 당연히 돈을 받을 수 있는 위치에 있는 것 같다고 할까. 그래서인지 불쑥 용기도 낼 수 있었다.

"오빠, 내 주식값이 꽤 되지요?"

"그럼. 중동에서 건설회사들이 벌어들이는 달러가 많으니까 건설주도 샀고, 증권회사들의 수익성이 좋으니까 '증권주'도 사두었더니 놀랄 만큼 불었다. 그렇지만 한눈팔지 않아도 실패하는 게 주식투자라서 나 잠자며 뒤척일 때가 많다."

나는 달아올랐다. 홍성현이 비춰주는 환한 불빛으로 무턱대고 빨리 날아들어야겠다는 조바심이 들어서였다.

"그럼 나 오빠 도움 좀 또 받고 싶어요. 서울 가면 김태주 씨 집을 떠나서 따로 살 거예요. 여의도 아파트는 전세기일이 많이 남아서 들어갈 수 없으니까 다른 아파트를 얻어야잖아요. 오빠가 중개사에게 연락해서 작은 평수로 계약 좀 해주고 계약금도 지불해주면 안 될까요?"

'으음… 그 사람하고 그렇게 됐구나.'

홍성현이 곧바로 중얼거렸다.

내가 힐끗 쳐다본 그의 표정은 곤혹스러움이 짙었다.

"유주야. 내가 널 돕는 건 순수한 기쁨 때문야. 김태주 씨도 처음엔 그랬을 테지. 하지만 내 기쁨 속엔 내가 살았던 집과 그 가족들에 대한 진한 그리움이 담겨 있어. 그래서 앞으로도 저울질하거나 계산 없이 널 도울 수 있을 거지만 김태주 씨는 다르지. 아주 자연스럽게 사내의 감정이 움터서 꿈꾸었을 것이다. 자신은 지아

비로, 너는 지어미로 함께 늙어갈 미래를 말이다."

"그런 건 그 사람 혼자만의 감정예요. 자칫하면 집착이 될 수 있어요."

"니가 아직은 어려서 실감하지 못하겠지만 너하고 그 사람 인연의 줄이 질길 거야."

"편지로 내 마음을 확실히 밝히면 그 사람도 뒤돌아보지 않을 거예요."

홍성현이 더 이상 말을 잇지 않았다.

이윽고 우리 집 앞에 다다랐을 때도 홍성현의 표정은 굳어 있었다. 나는 그가 또 김태주 얘기를 꺼낼까봐 얼른 인사말을 늘어놓았다. 역까지 마중 나가고 싶지만 어머니가 걱정돼 빨리 들어가야겠다고 했다. 그는 내 어깨를 두어 번 토닥인 후 고샅길을 빠져나갔다. 내가 어린 시절 숱하게 업혔던 그 등을 향해 달려가서 매달리며 하루만 머물다 가라고 애원하는 내 모습이 환영으로 어른거렸다.

그렇게 홍성현이 다녀간 후 놀랍게도 어머니가 자리를 털고 일어났다. 더욱이 나에게 빨리 서울로 올라가라고 재촉까지 하는 것이었다. 나는 지금은 안 된다고 했지만 서두르는 마음으로 김태주에게 편지를 썼다. 형식적인 인사말과 큰어머니 장례식을 무사히 치렀다는 것까지 두어 줄 적고, 그를 만나지 못했더라면 현재의 나는 아마도 다른 모습일 것이다, 두고두고 그 은혜는 잊지 않을 것이며 갚을 기회가 오면 좋겠다, 이제 홍성현의 도움으로 마련하게 될 아파트로 이사 가서 내 삶을 새롭게 가꾸고 싶다, 이렇게 간략하면서도 냉정한 문장으로 마무리했다.

다음엔 김태주가 보낸 물건을 풀어보았다. 뜻밖에도 내가 스타일화를 수없이 그린 스케치북이 있었고, 속엔 편지봉투까지 끼어 있었다. 겉봉을 뜯는 내 손이 떨렸다.

유주야. 내가 집을 나온 그날, 그날은 너무 괴로워서 술을 마시니까 이상하게도 너에게 배신당한 것 같은 고약한 감정이 생기더라. 집에 들어가면 절대로 하지 말아야 될 말을 뱉어낼 것만 같았어. 네가 어떻게 날 거절할 수 있느냐고. 아니 무릎이라도 꿇고 내 여자로 살아달라고 애원할 것만 같았다.

돌이켜보면 그날 내가 참 잘 견뎌냈어. 다음날엔 마음을 정리하려고 무작정 훌쩍 떠난 것이다. 지방 이곳저곳을 여행 삼아 돌아다녔다. 그리고 돌아왔는데 네 큰어머니가 돌아가셔서 고향집으로 간다고 써 있는 너의 쪽지를 본 순간 내가 얼마나 못난 짓을 했는지 깨달았다. 홍성현 씨에게 네 스케치북을 전달할 때 참 부끄럽고 애달프고 그렇더라.

어쨌든 그래도 꼭 고백하고 싶은 게 있다. 그동안 너와 함께 지낸 시간은 참으로 행복했다. 마치 가정을 이룬 것 같았으니까. 다시는 그런 행복감에 젖어보지 못할 것 같아서 가슴이 쓰라리지만 어쩌겠니. 우리 인연은 여기까지인 것을. 너 언제 서울로 올라올지 모르지만 아마도 나를 떠나겠지? 그래 떠나라. 떠나서 자유롭게 네 삶을 가꿔라. 너는 내가 한 가지를 가르쳐주면 서너 가지를 알 만큼 영특하니까 실력을 갈고 닦으면 복장패션업계에서 반드시 자리매김할 것이다.

그리고 이 스케치북이 눈에 띄어서 들여다보았다. 너의 디자인이 독특하고 수준 이상이라 무엇을 꿈꾸고 있는지 알 수 있었다. 그래서 내 창의력도 조금 보태서 스타일화를 그려보았는데 참고해보면 어떨까 싶다.

편지는 날짜도 적지 않고 끝나 있었다. 마치 내가 먼저 보낸 편지를 읽고 답장을 써 보낸 것 같은 내용에 콧속이 알싸해졌다. 마음이 괴로운 건 아니지만 뭔지 정리가 된 듯한 편안함도 느껴지지 않는 것이었다.

다음날 김태주에게 편지를 띄우고 돌아와서야 그가 보낸 스케치북을 펼쳐보았다. 놀랍게도 내가 마지막으로 그린 스타일화 다음 장에 조금 변형된 디자인이 그려져 있었다. 상의는 내 것과 같았지만 허리 아랫부분이 달랐다. 가운데로 길고 조금 넓게 파인 절개선을 향해 양쪽 옆구리 절개선에서 빗금 같은 자잘한 주름이 잡혀 있었다. 뒷모습도 같았다. 옷소매는 촘촘한 세로줄 주름에다 팔꿈치에서 가로줄로 막았고 다시 세로줄로, 손목에서 가로줄로 마감돼 있었다.

분명 내 디자인보다 물결의 이미지가 섬세하게 살아 있지만 뭐랄까, 내가 알지 못한 문제를 누가 풀어준 것 같은 고마움은 느껴지지 않았다. 되레 묘한 껄끄러움으로 부대껴지는 것이었다.

그런데 며칠간 두 디자인의 스타일화를 수없이 들여다보았기 때문일까. 눈에 익숙해진 그것들이 내 안간힘에서 되쏘는 결정을 내리게 했다. 그건 내 상의 디자인에다 김태주의 하의 디자인을 가미시키는 게 훨씬 매끄럽다는 판단과 옷소매는 내가 다시 디자인해보자는 발상이었다. 김태주가 그린 옷소매는 이상하게 시선을 혼란시키는 것 같아서 마음에 들지 않았기 때문이다.

나는 어머니에게 그럴듯한 거짓말을 했다. 이제부터 아주 특별한 옷을 만들어 내가 다니던 학원에 제출해야 졸업해서 근사한 양장점을 차릴 수 있다고. 그러니까 머지않아 서울로 올라가야 한다며 어머니 눈치를 살폈다.

다행히 어머니는 기운을 더욱 추스르듯 검은색으로 당신이 입을 모직코트를 만들어 달라고 했다. 큰어머니의 사십구재를 치르러 절에 갈 때 추우니까 상복 위에 입겠다는 것이다. 그러더니 탱자부터 부지런히 따기 시작했다.

나는 방에 틀어박혀서 디자인 작업에만 몰두할 수 있었다. 상상력을 쥐어짜서 수없이 그려보고 지우고, 겨울철이라 옷소매도 손목까지 덮는 것으로 하고 싶었다. 그러다가 영감처럼 스치는 게 있었다. 바로 물고기 등 쪽의 가늘고 길면서 작은 층을 이룬 지느러미였다.

'그래, 그걸 형상화시켜보자. 옷소매의 위아래로 절개선을 넣고 5센티 정도의 잔주름을 절개선에서 2센티쯤으로 모아 엇갈려 박으면 어떨까. 마치 두 가닥을 꼬아 볼륨을 살린 것처럼 독창성이 살아날 거야. 아! 또 있다. 하의 곡선마다 은박의 수실로 스티치를 뜨면 어떨까! 그런 어울림은 아른거리는 물결의 이미지를 살릴 수 있을 거야.'

그렇지만, 나는 중얼거리며 머리를 세차게 흔들었다. 뭔가 개운치 않은 부대낌으로 선뜻 내키지가 않는 것이었다. 비록 내 창의성을 이끌어냈지만 어쨌든 김태주의 디자인을 버무린 작품이 아닌가. 그런 심리적 부담감은 차츰 더해졌다. 그래서 일단 스케치북을 덮어버렸다.

내 머릿속을 비워야만 했다. 어머니가 하루걸러 생태를 한 상자씩 사와서 창난젓과 명란젓, 아가미젓 담그는 일손을 도우며 올해는 의상콘테스트에 응모하는 걸 그냥 넘기자고 스스로를 다독였다.

내장을 다 뺀 생태들의 얼마쯤은 응달에 널고, 얼마쯤은 굵게 썬 무채와 좁쌀밥을 버무려 식해도 담갔다. 어머니가 젓갈 단지들을 뒷동산 토굴로 옮기자고 했는데 나는 깜짝 놀라서 물었다.

"뒷동산에 무슨 토굴이 있는데요?"

"성님 살아기실 때 인부들 사서 토굴을 파 놨다. 니가 준 돈으로 말여. 젓갈들을 심심하게 담가 토굴에 저장시키니께 얼매나 좋은지 모르겠다. 맛이 안 변하잖여."

어머니는 아주 흐뭇한 표정으로 설명해주었다.

어머니와 같이 단지 하나를 들고 뒤꼍을 거쳐 토굴로 들어서자 그곳엔 다른 단지들도 꽤 있었다. 모두 봄부터 담가서 저장시킨 젓갈들이라는 것이다. 나는 숨을 깊이 들이쉬었다. 바닥은 차지게 다져진 흙이지만 양 벽과 천정은 울퉁불퉁하게 깎인 바위로 이루어진 토굴의 냄새가 아주 친숙한 향기로 맡아지는 것이었다.

이튿날부턴 김장도 시작했다. 응달에 묻힌 항아리에 켜켜이 쟁여서 짚방석까지 덮어씌웠을 즈음의 저녁나절, 드디어 홍성현의 전화를 받았다. 지방으로 발령받은 후배네 아파트가 삼십 평대라 망설이다 계약했다는 것이다. 겨울철 전세 얻기는 가뭄에 콩 나듯 어려워서 나중에 작은 평수로 옮기면 된다고 했다. 날짜는 크리스마스 보름 전이고, 열쇠는 중개사에게 맡겨놓을 것이라고 알려주었다. 내 아파트를 살 때 중개해준 사람이었다.

나는 환호성을 질렀다. 그동안 사슴 모가지 돼서 얼마나 초조하게 기다렸던가. 새해가 오기 전 새로운 거처로 옮겨야 김태주에게 덜 미안할 것이었다. 그런 흥분으로 들떠서인지 저절로 외침이 터져 나왔다.

"어우, 오빠 없었으면 나 어떻게 살았을까!"

"임마, 내가 뭐 어려운 일 해줬다고 그래."

홍성현도 목청을 높였다. 이어 또렷하게 들려오는 걸걸한 목소리가 있었다.

"무슨 오지랖이 그렇게 넓어서 쓰잘데기없는 전화질이냐? 싸게 끊어라!"

분명 홍성현 어머니의 꾸짖음이었다.

홍성현이 조금 머뭇거리는 듯하다가 그만 끊자며 찰칵, 소리를 냈다.

전화선으로 듣기만 해도 단박 기를 죽게 하는 홍성현 어머니의 호통. 까맣게 잊은 그 존재가 내 머릿속을 꽉 채웠다. 몸이 물먹은 솜처럼 무거워져서 행랑채 위의 잿빛 하늘만 한동안 바라보다가 부엌으로 향했다.

어머니는 관솔로 아궁이에 불을 지피고 있었다. 내가 곁에 쪼그려 앉자 눈을 껌벅거리던 어머니가 그만 서울로 가야잖여? 물었다. 나는 이때다 싶어서 떠날 날짜를 알렸다. 불길이 이맛돌을 핥자 어머니는 불땀을 조절하며 말을 이었다.

"작년 봄 탱자나무가 한창 꽃을 피울 때 말이다. 내가 성님한티 이렇게 말한 적이 있다. 조상님들이 하필 가시투성인 탱자나무를 안쪽 울타리루 빙 둘러 심어서 동티가 난 것 같다구 말여. 그 나무가 돌담보다 높게 둘러싸서 쎈 음기를 뿜으니께 딸내미들만 태어난 것 같구, 돌담 안으루 양기가 들어오다가두 가시에 찔려 피를 흘릴 테니께 우리가 몽땅 베어버리자구 해봤구먼. 그랬드니 성님이 뭐라구 하신 줄 아냐? 음기가 쎄니께 당신하구 니 아부지가 부부로 맺어졌다는 거여. 음기가 쎄니께 니 아부지가 돌아오실 꺼라는 거여. 내 심정 차암 복잡하드라. 성님 말이 맞다믄 나두 그 음기 때문에 니 아부지랑 부부로 만난 거잖여. 그려서 내가 이 집을 잘 지키고 있으믄 니 아부진 언젠가 돌아오시겠지. 아이구, 언젠가가 아닐거구먼. 성님 혼령이 니 아부지 손목 잡아끌어서 곧 이 집으로 모셔올겨, 아마."

"참나, 엄니는 탱자나무에다 무슨 얼토당토 않은 그런 뜻을 붙여요."

한순간 온몸을 휘감는 뜨거움 때문에 나는 얼른 말꼬리를 얼버무렸다.

"그러니께 나 서울루 데려갈 생각일랑 아예 하들 말어."

나는 속으로 안심이 되는 숨을 몰아쉬었다. 어쩌면 어머니는 내가 같이 서울로 올라가자고 아무리 애원해도 들어주지 않겠다는 의지를 보이려고 탱자나무와 아버지까지 연결시켰는지도 몰랐다.

어머니의 검은색 모직코트를 만드는 김에 월남치마도 두어 벌 마련해주려고 대전까지 가서 신축성이 좋은 천을 넉넉히 떠왔다. 부지런히 패턴 뜨고 마름해서 박음질을 해놓은 후 나의 서울행을 홍성현에게 전화로 알릴까 하다가 그만두었다. 그의 어머니 목소리가 귓속에서 거센 바람처럼 윙윙거리는 바람에 그랬다.

하지만 김태주에게는 전화를 했는데 그의 대답이 자연스럽지 못했다. 내가 알려준 날짜를 더듬거리듯 다시 확인하는 것이었다. 그래선지 나도 짐 가지러 그의 집에 들르겠다고 말할 때 뭔지 모를 괴로움이 꼬불꼬불 이어졌다.

드디어 집을 떠나기 전날 밤, 어머니는 양은도시락 몇 개에 밑반찬을 담고, 오가리들은 따로따로 신문지에 말아서 끈으로 묶어 함께 보자기에 싸놓았다. 그런 다음 건건이로 소반을 차렸다. 장작불이 뭉근히 타오르는 부엌 아궁이 앞에서 이별주를 마시고 싶다는 것이었다.

우린 짚뭇을 깔고 마주 앉았다. 어머니는 먼저 당신 사발에 막걸리를 그득 따르고 내 앞의 사발에는 반도 안 되게 따라주었다.

"너는 고것만 마셔봐. 달착지근하구 구수해서 삼킬 만하니께."

나는 달갑지 않았지만 잠자코 있었다.

어머니가 먼저 사발을 들어 단숨에 죽 들이켠 후 나에게 마시라는 손짓을 했다.

나도 혀를 조금만 적셔보았다. 텁텁하면서 쏘는 맛이 나쁘지는 않았다.

"너 싱숭생숭해서 잠 못 들까봐 마시라구 하는겨. 오늘은 작은 방에서 자라. 군불 때놨으니께."

'아, 어머니는 오늘밤에 이별을 하려고 그러는구나. 그동안 별채 큰방에서 우린 꼭 나란히 누워 잤으니까 그 허전함을 미리 떨쳐내려고. 그래서 맨 정신으론 힘드니까 술이라도 취하려고.'

어머니의 심경이 읽히자 삽시간에 냉기가 내 몸을 시리게 했다. 아니 뼈가 아렸다. 그래서 아궁이 쪽으로 몸을 돌려 두 손을 내밀어 불을 쪼였다.

"유주야, 니 큰엄니 살아기실 때 말여. 우린 자주 요 자리서 요렇게 막걸리를 마시곤 했다. 참 무정두 하시지. 그리 일찌감치 세상을 하직하실 게 뭐람."

어머니가 들려준 말들이 귀에 거슬렸지만 나는 어머니 눈시울이 젖어 있는 걸 보았다. 그래서 얼른 사발에 남아 있는 막걸리를 들이켜고 부침개 한 쪽을 입에 넣어 우물거리자 몸이 스르르 풀어지는 느낌이 왔다.

"야 좀 봐. 술맛 아는 먹음새여. 첨 아니냐?"

"첨이여, 첨. 엄니 땜에 안 마실 수가 없잖여!"

"얼래, 벌써 알딸딸허구나. 그럼 가서 누워. 난 몇 잔 더 마실 거니께."

"눕기 전에 꼭 할 말 있어요. 나 떠나면 행랑채 손질해서 당고모 작은손자라도 데려다가 같이 살아요. 밥은 공짜로 먹여주고. 걔가 내년에 고등학교 들어가면 거리도 훨씬 가까우니까 좋아할 거잖아. 또 텔레비전도 사서 들여놓고. 그래야 엄니가 덜 외롭지.

돈은 내가 넉넉하게 보내줄게요."

"문주랑 의논해보구. 돈은 갸가 준 것도 많구, 점방 세도 들어 오잖여."

나는 어머니가 또 넋두리처럼 큰어머니 얘기를 꺼낼까봐 그만 몸을 일으켰다. 눈앞이 조금 어지러웠고 걸음을 떼어놓는데 허방을 밟는 것처럼 기우뚱해지기도 했지만 조심해서 부엌을 나왔다. 그래도 방에 들어왔을 때 홍성현이 주고 간 돈 봉투를 재봉틀 위에 올려놓았다.

저무는 한 해의 새벽을 여는 햇살은 창호지의 냉기와 어둠을 조금 늦게 거두어간다. 그래서 곤한 잠에 빠져 있던 내 눈꺼풀도 들창을 비추는 갓밝이를 늦게 감지했는지도 모른다. 그렇게 곤한 잠에 빠져 있었기에 밖에서 유주야! 연거푸 부르는 소리로 부스스 일어났을 것이다.

아침상엔 간밤에 막걸리를 조금 마신 나를 위해선지 새우젓으로 간을 한 북엇국이 올려 있었다. 우린 말없이 국에 밥을 말아 먹은 후 어머니는 상을 내가고, 나는 부지런히 서울 갈 채비를 하기 시작했다.

마치 일상적이듯 내가 가방과 보따리를 들고 안마당으로 나오자 어머니도 부엌을 나와서 내 뒤를 따랐다. 중문과 텃밭을 지나서 대문 밖으로 나서며 내가 뒤를 돌아보자 어머니는 아무런 표정 없이 명령했다.

"곧장 가. 뒤 돌아보지 말구. 알았냐?"

나는 고개만 끄덕였다. 독하게 그럴 참이었다. 이젠 어머니에 대한 시름이 덜어지긴 했지만 만일 뒤 돌아보다가 발걸음이 멈춰지면 서울행이 또 늦어질지도 모르잖은가.

서울역에 도착했을 땐 오후 4시가 넘어서 있었다. 택시를 타고 곧장 부동산중개소로 향했다. 내가 전화로 미리 알렸기 때문인지 중개사는 기다리고 있었다. 그는 열쇠와 서류를 건네준 후 아파트 주인이 쓰던 전화도 그냥 놓고 갔다며 번호까지 적어주었다. 나는 뛸 듯이 좋아서 얼른 그 아파트를 찾아갔는데 안은 지저분한 채 비어 있었다. 그래도 먼저 언니에게 내가 올라왔다는 소식을 전했다.

다음날부터 당장 필요한 세간을 사 들여서 대충 정리한 삼 일 후에야 김태주의 전화번호를 돌렸다. 그는 집에 없었다. 며칠 동안 어딘가에 다녀오겠다며 나갔다고 아줌마가 알려주었다. 나 또한 서운하면서 한편으론 다행이라는 생각도 겹쳤다. 어쨌든 떡을 골고루 한 아름 사서 가방에 넣어가지고 김태주 의상실로 향했다.

의상실 사람들과 반갑게 인사하고 떡을 건넨 후 내가 살았던 방으로 향했다. 사십여 일 넘어서 들어선 방은 그대로였지만 냉기가 돌고 있었다. 무얼 먼저 챙길까 둘러보는데 아줌마가 들어서더니 김태주가 전하라고 했다며 밀봉된 누런 봉투를 내밀었다. 편지겠지, 생각하며 가방 속에 넣고 서둘러서 짐을 꾸리기 시작했다. 짐이래야 사철 옷가지와 책 서너 권과 스케치북 정도라서 시간은 별로 걸리지 않았다.

의상실 사람들에게 내 전화번호를 알려주고 또 연락하자는 말도 나눈 후 헤어졌다. 그리고 아파트에 도착하자 곧바로 김태주가 준 봉투를 꺼내서 안에 든 것을 빼보았다. 놀랍게도 액수가 일백

오십만 원이나 찍힌 자기앞수표와 간단한 글이 적힌 쪽지가 나왔다. 너무 이상해서 얼른 읽어보았다.

이 글 대신 너에게 직접 퇴직금을 건네지 못하는 내 마음을 헤아려 주기 바란다. 그동안 날 도와준 것에 비하면 적은 액수 같아서 미안해. 곱절은 주고 싶었지만, 아무쪼록 하는 일 잘 되길 바랄게.

나도 모르게 긴 숨이 흘러나왔다. 비록 퇴직금이라는 항목을 썼지만 그래도 터무니없이 많은 액수라서 오히려 부담감이 밀려들었다.

그 후, 김태주 의상실로 전화를 해본 건 3년 뒤였다. 해마다 개최되는 '올해의 의상디자인상 콘테스트'에 대한 미련을 끝내 버릴 수가 없어서 그해에 응모했는데 놀랍게도 내 출품작이 '대상'을 타게 되었다. 그 소식을 김태주에게 반드시 알려야만 할 것 같은 의무감에 부대끼다가 전화를 한 것이다. 그건 3년 전에 그려둔 디자인을 그대로 출품했기 때문이었다. 내 창의성을 아무리 담금질해도 감성을 파고드는 '물결'의 새로운 이미지가 머릿속에서 기어 나오지 않았기에 그랬다. 결국 독창적인 작품이 아닌 김태주의 디자인을 응용한 셈이었다.

그런데 김태주 의상실과 전화번호는 모두 남의 것으로 바뀌어 있었고, 그 남도 김태주에 대한 소식을 전혀 모른다는 것이었다. 나는 안타까웠지만 한편으론 묘한 안심이 생기기도 했다. 김태주와 성글게나마 다시 이어지는 것은 피하고 싶었으므로. 그래도 수

상소감에서 김태주는 오늘의 내가 있게 해준 자양분 같은 존재였다는 말로 예의를 갖추기는 했다.

그러다가 김태주 소식을 듣게 된 건 5년이 더 지난 후였다. 그해에 나는 여성기성복업체인 '강유주패션'을 설립했고, 예전에 김태주 집에서 살았던 은행원을 경리부장으로 특채한 후 김태주 얘기를 꺼내보았다. 그에게 나의 창업을 알리는 게 도리인데 혹시 그가 사는 곳을 알고 있는지 물었다가 가무러치게 놀라고 말았다. 그에게 피부가 괴사하는 질병이 생겨서 온천이 있는 지방으로 이사를 갔다는 것이었다. 나는 당연히 그를 만나봐야 한다는 의무감으로 은행원에게 도움을 구했는데 고개를 흔들어 보였다. 그가 자신의 병든 모습을 의사 외엔 누구에게도 보이지 않겠다고 했고, 또 경제적으로도 여유롭다고 했다는 것이다. 그렇지만 나의 창업은 병원의 지인을 통해서 그에게 알려주겠다고 했다.

나는 기업체를 운영하느라고 정신없이 바빴지만 이따금 김태주가 걱정돼서 은행원에게 물어보곤 했다. 그럴 때마다 점점 악화된다는 소식만 들려온다고 했다. 내 가슴은 아팠지만 그가 원하는 대로 해주는 것이 그에 대한 예의라고 생각할 수밖에 없었다. 그후로 4년이 더 흐른 뒤에 그의 부음을 들었다. 그때쯤 그와 흡사한 피부병을 앓고 있는 사람들의 발병 원인이 월남전쟁 때 사용된 '고엽제'라는 화학물질 때문일 것이라는 뉴스가 신문기사로 실리곤 했다.

김태주에 대한 깊은 상념에서 깨어났지만 여전히 머릿속이 혼란스러웠다. 그의 장례식에 다녀온 지 10여 년 만에 그의 처였다는 여인으로부터 그들의 딸을 3년간만 맡아줄 사람으로 나를 원했다는 말을 듣다니…….

찬바람을 너무 오래 쐰 것일까. 몸이 으스스 떨려서 일어나 에어컨을 끈 후 환기시키려고 창문을 열었다. 그러자 눈길이 발코니 밖 창틀에 매달린 에어컨의 빈 박스로 던져졌다. 그 위의 화분에 싱싱하게 살아 있는 톱날 같은 민들레 이파리가 보였다. 발코니 밖의 화분까지 홀씨가 날아와서 꽃을 피웠던 민들레. 그 작은 꽃송이에 알 수 없는 애착심이 생겨서 시들기 전 대를 잘라 그늘에 며칠 말렸다가 달포 전쯤 책갈피에 끼워 두었던 기억이 홀연히 떠올랐기 때문이다.

순간 어떤 감응이 예리하게 스치며 가슴에서 파문이 일었다. 이상하게도 그 민들레꽃이 김태주 딸과 맞물리는 기이한 느낌으로 피돌기를 한다고 할까. 티끌처럼 가볍디가벼운 홀씨가 봄바람에 실려서 아파트 10층의 발코니 밖 화분까지 날아올 확률. 그건 절대적이지 않은 개연성의 수치일진대도 예사롭게 여겨지지 않는 것이었다. 한시적이나마 내 보살핌이 필요한 김태주 딸과 책갈피에 고이 갈무리해둔 민들레꽃, 그 맞물림이 애틋하면서도 오묘한 조화로움으로 받아들여졌다.

쏙독새 자수병풍

어둠에 잠긴 아파트로 들어서자 나는 먼저 불을 밝히고 옷도 벗지 않은 채 가방 속의 우편물을 꺼냈다. H미술관에서 등기로 보내준 것인데 오후에 받았다. 반가움에 얼른 꺼내보려다가 퇴근하여 느긋하게 펼쳐보는 게 좋을 것 같아서 미루었었다.

소파에 앉아서 포장지를 벗기자 두께는 조금 얇았지만 크기가 일반 책보다 조금 더 길고 넓은 책이 나왔다. 표지는 푸른 바탕색이고, 그보다 옅으면서 얼핏 희게 보이는 자잘한 물방울들이 꽉 찬 듯한 형상에 주황색으로 '강경포구, 그 역사성의 흔적'이라는 제목이 크게 인쇄돼 있다.

사뭇 설레는 마음으로 표지를 넘겨보았다. 노란 바탕색에 왼쪽으로는 전시회 주최자와 후원회들, 디자인 담당자 등을 알리는 붉은색의 작은 글씨체가, 오른쪽으로는 큰 글씨체로 차례가 인쇄돼 있다. 제일 위엔 인사말을 쓴 H미술관 이사장 이름이, 다음 줄엔 '강경포구, 그 곰삭은 향기'라는 부제로 글을 쓴 언니 이름과 신분이, 그 아래로는 참여한 작가들 이름이 이어져 있었다. 모두 한 자리에서, 또 사사로이 서너 번씩 만나 식사하며 전시회에 대한 이야기를 나눈 이들이라 눈에 익은 이름들이었다.

언니의 글을 읽어보려고 페이지 두 면을 넘겼다. 먼저 우리 조상은 몇 대에 걸쳐 배를 많이 지닌 강경의 토호 선주들이었다는 소개를 서두로 시작해서 본문으로 이어져 있었다.

호남평야를 낀 곡창지대의 젖줄이었던 '강경포구'는 서해에서 금강 뱃길(42km)을 따라 내륙으로 연결되는 농수산물의 교역 요충지였다. 성어기인 3~6월은 하루 수십 척의 배가 포구에 생선을 산더미같이 부렸던 곳이다. 충청남북, 전북과 경기 등지에서 몰려든 상인들로 읍내 인구 3만여 명과 상인 등 타지 인구까지 10만여 명이 북적댔었다. 그러나 6·25전쟁 때 갑문이 폭격을 맞았고, 호남선 철도도 개통되면서 수운에 의존하던 강경포구는 쇠락의 길로 들어섰다. 더욱이 고속도로가 개통되고 '강경'과 멀지 않은 곳인 '군산항'에서 영해를 벗어난 원양어업이 활발해지자 강경포구는 초라한 흔적만 남게 되었다.

그렇게 영화로웠던 강경포구의 소멸을 가슴 아파하셨던 내 아버지는 미래를 내다볼 줄 아는 선각자이셨다. 장차 산업의 분업화가 다각도로 이루어질 수 있다는 안목으로 포구의 생명력에 버금가는 '수산물가공업'을 유치하겠다는 공약을 내걸고 국회의원 선거에 출마하신 것이다. 하지만 그 시대로선 다소 추상적인 공약이라 불확실성이 컸기 때문인지 아버지가 근소한 표 차이로 낙선하셨다고 나는 지금도 믿는다. 그럼에도 아버지의 큰 꿈은 읍내 사람들과 특히 내 동생 '강유주'

의 가슴속에 불씨처럼 소중하게 갈무리돼 있었나 보았다.

200여 년 역사를 자랑하는 강경포구는 서해의 각종 해산물이 다 모여드는 곳이므로 팔고 남은 막대한 양의 해산물을 처리하기 위한 염장 기술이 자연스럽게 발달된 곳이다. 읍내 상인들은 드디어 '강경읍번영회'를 설립하고 젓갈 생산으로 불을 붙여 옛 영화를 되살리려고 온 힘을 모았다. 그들의 노력은 마침내 결실을 맺어 '강경포구, 그 역사성의 흔적'이라는 주제로 10월 11일부터 전시회를 열 수 있도록 발판을 놓는 데 한 몫을 했다. 아울러 '제 1회 강경 젓갈축제'도 그날부터 열린다.

이런 강경이라는 지역을 사진, 회화, 영상 등의 매체를 사용하는 작가들에게 각기 다른 시각으로 소멸된 포구의 흔적들에 대한 조형성을 꾀하는 전시를 주최해준 H미술관, 포구와 맥이 통하는 산업의 부활을 후원해준 관계부처, D식품업체와 유기적으로 협력해서 젓갈축제에 도전한 강경읍번영회와 고향의 발전을 위해 초석을 놓느라고 많은 땀을 흘린 동생에게 진심으로 감사드린다.

1997년 8월 초순 강문주

언니의 글은 우리 집안의 불행한 가족사는 가리면서 요점을 잘 다듬었다고 할까. 하긴 나였어도 아버지가 선거에서 패배한 결정적 요인이나 경주 얘기는 차마 쓰지 못했을 것이다. 그렇지만 아버지의 꿈을 이뤄주려고 애쓴 나의 노력을 밝혀줘야 하는 게 언니의 도리라고 생각하는 부담은 가진 것 같았다. 어쨌든 강경포구의 역사를 알리고 그 옛 영화에 버금가는 첫 번째 '젓갈축제'를 알리는 글은 짜임새 있으면서 깊은 울림을 일게 한다는 느낌이 들었다.

책의 다음 장을 넘겨보려다가 나는 손을 멈칫했다. 반사적으로 홍성현이 떠오르면서 순간 가슴이 저려온 것이다. 만약 그의 도움이 없었더라면 아니, 그의 사랑이 없었더라면 내가 감히 아버지의 꿈을 이뤄주고픈 열정인들 불태울 수 있었을까?

'성현 씨, 이제 달포쯤 지나면 우리 고향에서 젓갈축제가 열려요. 아, 그날 당신 손을 잡고 같이 보러 갈 수 있으면 얼마나 좋을까요.'

나는 중얼거리면서 책을 탁자에 내려놓았다. 그리고 머리를 소파 등받이에 기댄 채 눈을 감았다.

20여 년 전, 내가 홍성현에게 조촐한 음식을 대접하겠다는 전화를 해본 건 크리스마스 삼 일 전이었다. 전세 든 아파트에 필요한 세간을 사들여 구색이 갖춰지자 그를 초대해서 마주 앉아 밥 먹는 즐거움을 가져보고 싶었으므로. 그도 흔쾌히 응했다. 마치 기다렸던 것처럼 그날 저녁 8시쯤 오겠다고 했다.

그날, 고향집에서 즐겨먹던 음식들을 마련하고 싶어서 생각나는 재료들을 사왔다. 연근 전, 배추 속잎과 미나리를 넣은 맑은 대구탕, 그리고 어리굴젓과 밑반찬 서너 가지면 될 것이었다. 연근은 얄팍하게 썰어 데쳐내서 걸쭉한 밀가루반죽을 묻혀 구멍이 또렷하도록 지짐질했고, 대구탕은 살이 흐트러지지 않게 토렴해서 초벌로만 끓여 놓았고, 움파를 넣은 양념장도 만들어 놓은 후 거울 앞에서 단장을 했다.

이윽고 홍성현이 잠시 후 도착할 것이라며 전화를 해주었다. 나는 얼른 냄비에 씻어놓은 쌀을 안치고, 대구탕이 한소끔 끓는 동안 식탁에 준비한 음식들을 차리기 시작했다.

시간이 돼 초인종이 울렸을 때, 내 심장도 같이 울렸다. 현관문을 열자 정말 홍성현이 서 있었다. 하마터면 고향집에서 그를 만났을 때처럼 와락 달려들 뻔하다 멈칫했다. 그의 양손엔 물건이 들려 있었다.

"집들이인데 빈손으로 올 수 없잖니. 전기밥솥하고 포도주 한 병 사왔다. 밥솥은 여자들이 제일 좋아하는 선물일 것이고, 포도주는 건배하려고."

나는 정말 좋았지만 그냥 오면 어때서요, 치렛말밖에 하지 못했다. 그리고 홍성현이 내미는 물건을 받아서 주방 한쪽에 놓았다.

홍성현은 식탁 위에 술병을 올려놓더니 스스럼없이 코트도 벗어서 의자 등받이에 걸쳐놓으며 한 마디 했다.

"너두 음식 솜씨가 좋구나. 하긴 사모님들 손맛이 워낙 뛰어나셨으니까."

"구석구석 한번 돌아볼래요?"

내가 슬쩍 물어보았다.

"뭘. 아파트에 사는 친구들이 많아서 구조를 훤히 아는데. 배고프다."

홍성현이 포장지를 풀어 술병을 꺼내더니 나선형의 따개를 코르크마개에 대고 돌리기 시작했다.

나는 미처 유리잔을 준비하지 못했지만 머쓱해하지도 않으며 커피잔 두 개를 양 쪽으로 놓았다. 이어 뜸들인 밥을 푸고, 대구탕을 대접에 퍼 담아 홍성현 앞에 먼저 놓고 내 몫도 떠서 의자에 앉았다.

홍성현이 자기 앞의 커피 잔에 검붉은 포도주를 따르고 내 잔도 채워 주었다. 그리고 잔을 들어올렸다.

"자, 너의 창창한 앞날을 위하여."

나도 잔을 들어 홍성현의 잔과 가볍게 부딪친 후 한 모금 마셨다. 처음 마셔보는 포도주는 뭐랄까. 씁쌀하고도 감미로운 어떤 익숙한 향이 혀끝에 맴돈다고 할까.

"음… 맛 품평을 하자면… 이상하게 탱자 향의 여운이 남는 것 같네요."

"그 향기에 대한 그리움이 짙어서 그럴지도 모르지. 봐, 음식들도 옛날에 자주 먹던 것들이잖아. 특히 이 어리굴젓은 뜨거운 밥에 비벼먹어야 풍미가 살지."

홍성현이 어리굴젓을 한 수저 떠다가 밥에 얹었다.

"내가 담근 거예요. 앞으로 자주 만들어 줄게요. 오빠가 유난히 좋아하는 검은깨가루 묻힌 옴쌀인절미도요."

이 말을 할 때 난 행복감에 젖어서 홍성현의 눈을 바라보았다. 하지만 그는 내 눈길을 피하듯 입을 우물거리기만 했다. 어쩐지 그가 껄끄러운 침묵을 지킨다는 게 감지되었다. 나는 그가 집어먹는 반찬마다 눈길을 던지는 것으로 불편한 침묵을 견뎌내다가 일부러 웃음소리를 내고 말았다.

"오빠, 그렇게 먹다가 체해요."

"너두… 나이가… 인제 스물넷이 된다. 그치?"

느릿느릿하게 내 나이를 확인시켜 주는 홍성현의 말이 나는 달갑지 않았다. 그걸 몰라서 묻는단 말인가.

"완전한 성인이란 말이다. 그래서 포도주도 사온 거고."

이번엔 내가 차가운 거부감으로 눈길을 내리깐 채 입만 우물거렸다.

그래서일까. 홍성현이 밥은 다 비웠지만 대구탕은 조금 남긴 채 수저를 놓았다. 양이 많이 줄었다, 변명처럼 들리는 말을 곁들이면서.

"저녁이니까 커피 대신 배 깎을까요?"

나도 말을 덧붙이고 싶지 않아서 일어서며 물었다.

홍성현이 그래, 하며 포도주를 한 모금 더 마셨다.

나는 먼저 그릇들을 빨리빨리 싱크대 위로 옮겨놓은 후 접시에 배와 과도를 담아서 식탁에 놓고 깎기 시작했다. 그런데 이엄이엄 벗겨지는 배 껍질이 끊어지지 않도록 살집을 많이 잡아 칼을 돌려가던 내 손이 한순간 멈추어졌다. 무슨 깊은 생각에 잠긴 듯 커피잔 손잡이를 잡고 앞으로 기울여 남은 포도주를 물끄러미 바라보고 있는 홍성현의 모습에서 뭔지 모를 불길함이 밀려오며 숨이 막혀온 것이다.

"오빠, 뭐예요? 나한테 해야 할 말 있어요?"

"너 혹시… 김태주 씨를 떠난 게 나 때문이었니?"

아무런 대꾸 없이 나는 홍성현을 바라보았다. 김태주가 자신이 품은 연정까지 홍성현에게 다 털어놓았단 말인가.

"내 가슴에 그 사람이 들어올 자리는 없어요."

내 목소리엔 떨림이 있었다.

"유주야, 나는 우리 어머니 때문에 사랑에 미치지도 못한다."

내 머릿속이 띵, 울렸다. 손의 힘도 풀어지면서 배가 스르르 빠져나와 식탁에서 조금 굴렀고, 동시에 칼은 접시로 떨어지며 짧은 음향을 남겼다. 나는 입술을 깨물며 벌떡 일어나서 돌아서고 말았다.

홍성현 어머니. 가히 누름돌 같은 그 존재의 중압감이 가슴을 뻐근하게 할 정도였다. 그의 어머니가 자기 아들의 연인으로 절대 인정하지 못할 내 실체가 새삼스럽게 깨달아지는 것이었다. 그래서 버둥거리듯 양손가락을 깍지 껴서 가슴골에 대고 젖혔다 고부렸다 했다.

"한 2년만 더 니 주식계좌를 관리해주고 싶었는데 그만 넘겨야겠다."

"마음대로 하세요! 그래도 난 오빠에게 한 발짝이라도 더 다가갈 거니까!"

나는 고함을 지르고 말았다. 욕망을 숨김없이 분출한 것이다.

홍성현의 침묵이 이어졌다. 그 지루함을 내가 깨버렸다.

"오빠한테 내가 초라한 존재라는 거 알아요. 그런데도 난 오빨 짝사랑하고 있어요. 가슴 시린 사랑이죠. 하지만 몰래 품었다가 들켜도 좋을 만큼 짝사랑은 아름다운 감정이라고 하던데요. 어떤 영화에서 그렇게 들었어요."

"유주야아, 돌아서서 날 봐."

"돌아서면 내 감정을 받아줄 거예요?"

"넌 마음이 아프겠지만 몸도 정신도 건강하니까 곧 나을 거다. 이만 돌아가야겠다. 연락은 하자."

홍성현이 가차 없이 일어서는지 의자 밀어내는 소리가 들려왔다.

나는 꼼짝하지 않았다. 아니, 용기를 내지 못했다고 할까. 돌아서면 매정하게 가버리는 그에게 매달리며 사랑을 구걸할 것 같은 자신에 대한 연민 때문이었다.

현관문 여닫는 소리가 귓전을 울렸다. 이를 악물고 버티던 나는 어느 결에 무너져버렸다. 몸이 저절로 움직여서 현관문 밖으로 내달려 복도 난간 아래를 까치발로 내려다보는, 제 정신이 아닌 여자였다.

이윽고 어둠 속에서 홍성현의 거무스름한 모습이 나타났다. 느릿한 걸음으로 멀어져가는 그의 뒷모습. 차츰 홀쭉해지고 작아지다 사라졌지만 내 눈은 탐조등이 돼서 지울 수 없는 그의 환영을 쫓아 한사코 빛을 쏘아댔다.

내 실체의 초라함을 일깨워준 홍성현 어머니. 그래서 다시 복장학원에 다니기 시작했다. 내 안의 부력으로 물살을 거스르기 위한 자맥질을 힘차게 한 것이다. 그렇게 오다가다 할 때마다 여의도의 이곳저곳 건설공사 현장을 기웃거리곤 했다. 불꽃을 튕기며 철근 골조가 높다랗게 올라가는 아파트가 신기했고, 또 상가도 지어지는 걸 자꾸 보니까 슬그머니 어떤 감이 오는 것이었다. 이렇게 많이 지어지는 아파트엔 반드시 옷을 맞춰 입는 여자들이 살 게 아닌가. 그렇다면 이곳에서 양장점을 운영해보면 어떨까?

그런 생각에 골똘해서인지 정말 도전해보고 싶어졌다. 승산이 있을 것이라는 믿음으로 중개사에게 전세로 나와 있는 상가점포가 있는지 알아보았다. 그는 앞으로 국영방송국과 증권회사도 많이 들어올 예정이니 아예 점포를 사면 나중에 값이 크게 오를 것이라고 나를 한껏 부추겼다. 듣고 보니 타당성이 있었다. 내가 양장점을 잘 운영해 단골이 많이 늘어났어도 주인이 비워달라고 요구하면 자리를 옮겨야 하지 않는가. 무엇보다 내 귀를 솔깃하게 한 것은 증권회사가 많이 들어올 것이라는 말이었다. 그럼 혹시 홍성현도 이곳 지점으로 옮겨올지 모르잖은가.

더 망설이지 않았다. 중개사가 소개하는 상가점포를 다리품 팔며 일일이 보러 다녔다. 기왕이면 넓은 평수가 많은 아파트단지와 가까운 점포를 물색했고, 괜찮다 싶은 곳이 정해지자 금액을 맞춰보았다. 통장의 잔액으로는 어림없었다. 내가 뜸을 들이자 중개사가 점포와 내 아파트를 담보로 은행대출을 받으면 된다고 알려주었는데 그래도 부족했다. 양장점을 개업하려면 실내장식도 해야되고 생활비도 필요하잖은가. 그래서 궁리 끝에 내가 전세 사는 아파트 주인에게 연락을 해보았다. 전세금을 반으로 다시 정하고 나머지는 은행이자를 웃도는 월세로 주면 어떻겠느냐고 했더니 주인은 오히려 좋아하며 쾌히 응낙하는 것이었다.

꽃샘추위의 끝 무렵부터 나는 정신없는 나날을 보냈다. 양장점 내부 공사를 시작했고, 재봉사와 보조원을 구했고, 재단사는 반나

절만 일할 사람으로 정했고, 마네킹과 자질구레한 기구도 사들였다. 양장점 이름을 짓기 위해서 국어사전을 수없이 뒤적였지만 마음에 쏙 드는 명칭은 찾아지질 않았다. 그러다 한순간 떠오른 얼굴이 동생 경주였다. 그녀도 혹시 이곳 어딘가에서 살고 있을지 모르잖은가. 그럴 경우 눈에 잘 뜨이게 내 이름을 사용하고 싶었다.

'강유주의상실'. 나는 이 상호를 수십 번은 되뇌어보았을 것이다. 어머니에게도 자세한 소식을 편지로 알렸다. 어머니는 믿어지지 않았는지 전화로 증말이냐, 증말? 하고 확인하다가 꿈만 같다며 언니에게 알렸냐고 물었다.

"천천히 말하지 뭐. 언니한테야 그리 신나는 일이겠어?"

그다지 내키지 않는다는 투로 나는 응답했다.

"그러믄 안 되는 거여. 문주랑 전화할 때 니가 순전히 성현이 도움으루 아파트두 사났구 또 전세두 얻었다구 알려줬더니 기가 막힌 모양이더라. 한동안 말을 못하든디 뭘. 얼매나 섭섭했으믄 그렸겄냐. 지금 이 소식두 니가 알려야지 또 내가 알리믄 니들 띠앗머리 떨어져서 안돼야. 알었냐?"

전화를 끊고 어머니 말을 되새기자 스치는 기억이 있었다. 언니가 대보름 음식을 잔뜩 싸가지고 아파트에 처음 들렀을 때였다. 언니는 내가 아파트로 이사 온 걸 궁금해 하는 말을 꺼내다 말고 내 눈치를 살피며 여짓거리기만 했었다. 그러다가 에돌리듯 음식 얘기만 조금 하더니 그냥 돌아섰었다. 그렇다면 어머니로부터 홍성현이 나를 도와줬다는 말을 듣고 그렇게 착잡한 심정을 내비친 것일까?

내 마음도 불편해졌다. 언니에게 의상실 개업을 굳이 알리는 게 영 내키질 않는 것이었다. 그냥 바람결에 전해지기만을 바랐다.

나뭇잎들이 봄 햇살로 색깔이 짙어질 무렵 마침내 의상실 문을 열었다. 홍성현은 물론 김태주에게도 연락하지 않았다. 그들에게도 바람결에 알려지면 되는 것이다.

주변에 그럴싸한 의상실이 없어서인지 옷을 맞추러 오는 여자들은 아주 많았다. 게다가 비위를 맞춰주는 내 말솜씨가 옷치레 좋아하는 여자들의 마음을 사로잡았나보았다. 밀려드는 일감으로 추석에도 고향집에 내려가지 못한다고 어머니에게 전화로 알렸다. 그제야 언니가 내 의상실 개업을 알게 되었는지 난초화분 두 개와 예쁜 커피잔 한 세트를 운전사 편에 보내왔다. 나도 언니에게 어울리는 투피스 한 벌을 만들어서 소포로 보냈다.

시월이 며칠밖에 남지 않았을 때였다. 재봉사와 보조원이 퇴근하고 나도 코트를 걸치려는데 실례합니다 하는, 귀에 익은 목소리가 들려왔다. 무심히 고개를 들어 바라보던 나는 돌처럼 굳어버렸다. 홍성현이 안으로 성큼 들어서고 있었다.

"손님 없으니까 좀 앉아도 되겠지?"

홍성현이 망설임 없이 소파에 앉으며 물었다. 내가 놀란 눈으로 바라만 보자 그는 상체를 젖히며 말을 이었다.

"너 차암… 혼을 내줘야 할지… 칭찬을 해줘야 할지… 중개사한테 물어볼 게 있어서 전화했다가 들었다. 첨엔 웃음만 나오더라."

"왜요? 오빠한테 일일이 의논하지 않아서 가소로웠나요?"

"아니. 니가 경제 안목을 키운 게 하두 대견해서. 그래도 이제 나저제나 연락이 올까 하고 기다렸다."

"오빠는 내 손이 닿을 수 없는, 머나먼 곳에 있는 신분이잖아요."

유주야! 홍성현이 성을 내듯 큰소리로 부르더니 일어나 성큼성큼 다가와서 두 손으로 내 어깨를 잡았다.

"넌 자기연민에 너무 깊이 간혀 있어. 알아?"

"오빠도 알잖아요. 열등감이 많아서 그렇다는 걸."

나는 양손으로 주먹을 쥐고 홍성현의 두 팔뚝을 때리며 투정을 부리고 말았다. 그건 참고 참았던, 애절한 그리움의 분출이었는지도 몰랐다.

"임마, 열등감 없는 사람이 몇이나 되겠니? 어쨌든 나가자. 맛있는 거 사주고 뭐 필요한 물건도 사줄게. 의상실에 알맞은 걸 사오고 싶었지만 뭐가 좋을지 내가 모르잖아. 그래서 빈손으로 왔다."

"필요한 거 없어요. 그것보다 나 간절하게 원하는 건 있는데."

홍성현의 기색을 살피며 나는 조심스럽게 운을 떼 보았다.

"말해봐. 해줄 수 있는 거면 들어줄 테니까."

"오빠 팔짱끼고 아파트로 가는 거요. 가서 밥 먹고 텔레비전도 보고… 또 같이 별을 보며 이야기 나누는 거요."

어이없다는 듯 홍성현이 피식 웃으며 팔을 내렸다. 싫다는 반응이리라.

나는 그를 쏘아보았다.

"비웃는 거예요?"

널… 홍성현이 혼잣말로 중얼거렸다. 하지만 이내 진지한 표정을 지으며 그래, 가자, 하더니 소파의 내 핸드백까지 집어서 건네는 게 아닌가.

기대하지 않고 어깃장 부리듯 해본 말인데 이렇게 쉽게 이루어지다니, 믿기지 않아서 어리둥절했다고 할까. 그렇지만 내 몸은 재빨리 움직여졌다. 전등을 끈 후 밖으로 나와서 문을 잠그고 자연스럽게 홍성현의 팔짱을 꼈다.

"뭐 맛있는 거 만들어 줄래?"

홍성현이 걸으면서 물었다.

"뭐가 먹고 싶어요?"

"난 옛날에 먹던 아욱국이 그립다. 또 매콤하고 자작하게 조린 갈치도 좋고."

나는 깔깔거렸다. 고작 그런 음식이 먹고 싶다는 것도 우스웠고, 갈치조림의 표현도 그럴 듯해서 웃음이 터져 나온 것이다.

"임마, 난 촌놈 출신이잖아."

홍성현이 멋쩍었는지 팔짱낀 내 팔을 툭 치듯 가볍게 밀쳤다.

"와 신나네. 그럼 오빠랑 상가에 들러서 갈치랑 아욱도 사야 하니까."

내가 팔짱을 더욱 조이며 너무 좋아하는 감정을 드러냈기 때문일까. 홍성현도 별다른 말없이 내가 이끄는 대로 걸음을 옮겼다.

의상실과 아파트는 이웃 동네라서 중간 지점에 있는 상가에 들러 은빛이 밝고 두툼한 갈치 한 마리를 다듬어 달라고 해서 샀고,

채소가게에선 무와 아욱을, 건어물가게에선 마른 새우 한 움큼을 샀다. 홍성현이 의상실에 빈손으로 왔으니까 값은 모두 자신이 치르겠다며 돈을 내밀곤 했다. 의상실 개업 선물로 텔레비전이나 사주려고 했는데 돈이 많이 굳었다는 농담까지 하면서.

반찬거리가 든 봉투는 홍성현이 들고, 나는 또 그의 팔짱을 낀채 걸어오면서 이야기를 나누는 우리는 정말 연인들의 모습이었다. 그는 주로 경제 전망에 대해서, 나는 의상실 운영에 대한 소소한 것들을 말해주며 아파트로 들어섰다. 그리고 내가 후딱 옷을 갈아입은 후 음식을 만들 동안 그는 거실의 소파에 앉아서 텔레비전을 보았는데 그런 정경도 바로 연인들의 모습일 것이었다.

마른새우를 넣은 아욱국이나 나박하게 썬 무를 깔고 끓이는 갈치조림은 모두 손쉬운 요리였다. 식탁에 김치와 김, 밴댕이젓갈무침을 곁들인 후 숟가락을 놓았다.

"건건이라 어쩌죠?"

밥을 퍼 담으며 변변치 않은 반찬이 미안해서 나는 한 마디 던졌다.

"더 차리면 상다리 휘어진다."

홍성현이 응답하며 일어나더니 텔레비전을 끈 후 다가와서 의자에 앉았다. 그리고 수저를 들어 먼저 아욱국을 떠서 입으로 가져갔다. 맛이 어떠냐는 궁금증으로 내가 바라보자 그는 왼손의 엄지를 세워주었다.

"이런 것 말고 오빠가 좋아하던 음식 몇 가지 또 아는데."

내가 밥을 우물거리면서 말하자 홍성현이 무엇이냐는 식으로 고갯짓을 했다.

"쑥갓이랑 풋마늘잎 넣고 끓인 조기매운탕, 애호박 넣은 명란젓 찌개, 서대구이. 또……."

"서대구이는 나보다 니가 더 후딱 발라먹었어. 뼈 더미가 수북했었잖아."

"앞으론 오빠보다 조금만 먹을 게요."

홍성현이 뭔가를 내색하지 않으려고 표정이 굳어지는 걸 감지할 수 있었다.

나도 긴장됐다. 그와 이렇게 살갑게 마주 앉아서 추억이 덕지덕지 묻어 있는 음식을 또 먹을 수 있을까? 그런 안타까움이 드러나지 않게 고개를 조금 숙인 채 그와 속도를 맞추려고 천천히 먹었다.

자기 몫을 다 먹은 홍성현이 잘 먹었다고 했다. 그는 다시 거실로 가서 텔레비전을 켜고 소파에 앉았다.

나는 식탁을 대충 치우고 배를 깎아 포크와 함께 접시에 담아 들고 가서 탁자에 올려놓았다. 그리고 홍성현 옆에 앉아 배 한 쪽을 포크로 찍어 내밀었다.

우린 배를 먹으며 텔레비전만 보았다. 뉴스를 듣고, 연속극을 보며 재미있는 장면이 나오면 웃고, 정치와 경제에 대해 대담하는 프로를 볼 때는 진지하게 귀를 모으고, 어색해하지 않으며 번갈아 화장실에 다녀오고. 그랬는데 어느덧 밤이 깊어진 것일까. 홍성현이 텔레비전 앞으로 가더니 전원을 끄고 다시 와서 앉으며 낮은 소리로 물었다.

"별들이 꽤 돋아났다. 그래, 무슨 이야기를 나누고 싶은 거니?"

아, 이 사람은 여태껏 밤하늘에 별이 뜨기를 기다리고 있었구나. 내가 오늘 밤 간절히 원한다고 말한 것을 들어주려고. 내 안 깊은 곳에서 뭉클 올라오는 그 무엇… 기쁨인 것 같은 아니, 슬픔인 것 같은 그 무엇을 지그시 누르려고 하자 숨소리가 하르르 떨려나왔다.

나는 그만 자신도 모르게 홍성현의 오른손을 잡아들어서 팔을 돌려 내 어깨에 두르고, 그의 왼손도 잡아끌어다가 내 양손으로 꼭 잡아 그의 오른쪽 허벅지 위에 올려놓고, 머리는 그의 어깻죽지게 기댄 채 입을 열었다.

"무슨 이야기냐고요? 오빠의 심장을 자극하고 싶은 고백이에요. 내 짝사랑이 아무리 불타올라도 오빠에게 옮겨 붙지 못할 것이라고… 그렇게 스스로를 달래지만 포기가 안 된다고요. 날마다 탱자처럼 향기롭게 부풀어만 간다고요."

홍성현이 아무런 말도 하지 않았다. 대신 그의 팔이 천천히, 부드럽게 움직여 감싸 안은 내 어깨를 조여 오고 있었다.

"그래서 영롱한 별들을 향해 속삭이며 주술을 걸려고요. 한번만이라도 오빠에게 이렇게 기댄 채 잠들게 해달라고."

나는 눈을 감은 채 속삭였다. 그러자 내 어깨를 감싸 안는 홍성현의 악력이 더 강해지는 걸 느낄 수 있었다. 그건 아주 익숙하고 아늑한 느낌의 악력이었다. 나는 눈을 뜨지 않았다. 그대로 정말 잠들고 싶어서.

얼마나 지났을까. 홍성현이 내 몸을 조심스럽게 안아 들어서 소파에 살짝 옆으로 눕혔다. 내가 잠들지 않았다는 걸 알고 조금이라도 편한 자세를 만들어주는 것 같았다. 나는 밀려오는 허탈감으로 행여 눈이 떠질세라 꼭 감은 채 움직이질 않았다. 그런데 식탁께서 잠깐 부스럭대는 소리가 들려오는 듯하다 곧 이어 현관문 여닫는 소리로 연결되었다.

아, 가버렸구나. 걷잡을 수 없이 치밀어 오르는 슬픔 때문에 나는 일어나서 앉았다. 그리고 입술을 깨물며 식탁을 바라보았는데 자그마한 흰 종이가 올려져 있는 게 보였다. 천천히 다가가서 보니까 놀랍게도 홍성현이 글을 남긴 종이였다. 수첩 한 장을 떼어낸 듯 가장자리에 찢겨진 자국이 선명했다.

유주야. 나도 너를 무척 그리워했다. 그 감정은, 그래 사랑이다. 이제 겁내지 않고 우리의 사랑을 막는 둑을 넘어서서 네 곁에 꿋꿋이 머물겠다. 그러려면 시간이 꽤 걸리겠지? 조급해져서 전화하지 말고 나를 믿고 무던히 기다려다오. 무슨 뜻인지 알겠지?

꿈은 아니겠지? 정신이 번쩍 들었다. 홍성현이 내 사랑을 받아들이겠다는 글을 남기다니. 게다가 그도 나를 사랑한다는 고백까지 하다니. 도저히 잠을 이룰 수 없을 것 같아서 서성거렸다. 그가 무슨 뜻인지 알겠지? 라고 쓴 글도 정말 무슨 뜻인지 잘 알고 있으므로. 그건 자기 어머니를 어떡하든 설득해서 허락을 받아낸 다음 내 앞에 당당히 나타나겠다는 의지가 아닌가.

그날 이후 내 일상은 행복감과 기다림으로 이어졌다. 나날을 그야말로 사슴 모가지가 된 채 홍성현을 기다렸다. 그는 고통과 갈등을 겪으며 자기 어머니에게 자신도 사랑 때문에 미칠 수 있는 사내의 모습을 보여주고 있을 것이다. 다행히 의상실 일과 학원 수업이 내 초조함을 견디는 데 많은 도움이 됐다.

그렇게 한 달이 지났을 쯤 드디어 홍성현의 전화를 받았다. 잘 지냈지? 하고 묻는 그의 음성은 여느 때와 다르지 않았다. 나도 목소리를 가다듬으며 그럼요, 라고만 응답했다. 하지만 가슴의 박동은 이미 빨라져 있었다. 그는 내일 저녁 7시에 만나자며 그의 회사 앞에서 기다리겠다고 했다.

마침내 하나의 디딤돌이라도 놓은 것일까? 안도감과 뒤따르는 불안이 겹치기는 했지만 다음날 정성들여 치장을 하고 홍성현을 만나러 나섰다. 약속장소에 가까워졌을 때 유주야, 부르는 소리가 들렸다. 홍성현이 옆 건물 앞에 서서 손을 흔들고 있었다. 한 손엔 두툼한 봉투를 들고 있었다. 일찍 나와서 기다려준 그 반가움을 무엇에 비교할 수 있을까. 나는 한달음으로 그에게 달려들었다.

"어디 보자. 어디가 달라졌나?"

홍성현이 그윽한 눈빛으로 나를 바라보았다. 내가 장난스레 그의 팔뚝을 주먹으로 치려고 하자 그는 내 주먹을 펴서 잡더니 가자, 하며 이끌었다.

하루 일을 끝내고 퇴근하는 사람들 속에 끼어서 나는 홍성현과 손을 깍지 낀 채 걸었다. 그는 한 구획이 끝나는 곳에서 꺾어 돌아 조금 더 내려가다가 어느 음식점 안으로 나를 이끌었다. 밝지 않은 조명에 실내가 넓은 양식집이었는데 빈 좌석이 드문드문 있었다. 벽면 쪽의 테이블로 나를 데려간 그는 의자를 빼내주며 앉으라고 했고, 자신은 맞은 편 의자에 앉았다.

"오늘은 아주 특별한 날이다. 우리의 앞날을 계획할 날이니까."

'우리의 앞날을 계획할 날? 그럼 우리의 사랑을 꽃피울 수 있게 된 것인가?'

나는 긴장하며 홍성현의 눈을 빤히 바라보았다.

"우선 맛있는 거 먹고 천천히 얘기하자. 뭐 주문할까?"

홍성현이 메뉴판을 건네주며 물었다. 나는 알아서 시키라고 했다. 먹는 것보다 우리의 앞날을 계획한다는 말에 신경이 곤두서 있어서였다. 종업원이 다가와서 컵에 물을 따라주자 홍성현은 소고기 스테이크와 빵을 주문했다.

나는 조급증을 참을 수가 없어서 확인하듯 말을 흘렸다.

"앞날을 계획한다는 건… 우리 사랑은 불가능하지 않다는 거죠?"

"불가능이라… 내가 어떤 책에서 읽은 글이 있는데 말이다. 이런 구절이 가슴에 와 닿았었다. 삶이 나를 버려도 나는 삶을 버리지 않는다, 이렇게 씌어 있었거든. 어떠니? 가슴을 울리지 않니?"

얼었던 내 마음이 이내 스르르 풀어지고 있었다. 홍성현이 들려준 얘기. 그건 우리의 사랑은 기필코 이루어진다는 암시가 아닌가. 온몸으로 희열이 번지는 바람에 소리라도 지르고 싶은 걸 간신히 참아야만 했다.

나는 음식을 정말 맛있게 먹을 수 있었다. 의상실에서 겪은 소소한 얘기와 내년의 유행패션에 대한 예측을 말하며. 그러다가 후

식으로 과일과 커피가 나왔을 때 내 조급증은 또다시 꿈틀거렸다.

"그런데 앞날을 계획한다는 말이 어쩐지 미래형으로 들리는데 요?"

홍성현이 커피를 한 모금 마시고 나를 진지하게 바라보았다.

"맞아. 미국에 우리 회사의 지사가 설립됐는데 나 거기로 발령 났다. 아니 사실은 자원했었어."

이게 무슨 소린가? 너무 놀라서 내 입은 얼어붙어버렸다.

"유주야, 우리 어머니에게 내 사랑은… 절대로… 그러니까 우리 를 아는 사람이 아무도 없는 곳으로 같이 가버리자."

순간, 내 머릿속이 마구 혼란스러워졌다.

"우선은 내가 먼저 출발해서 자리를 잡아놓고 연락할게. 서너 달 걸릴 거야. 너는 여길 대충 정리하고 들어와."

"그럼 벌써 오빠 떠날 날짜가 잡혔어요?"

내 입에서 다급한 물음이 비명처럼 터져 나왔다.

"2주 후에 떠나. 빨리 발령내줬으면 너한테 진즉 알렸을 텐데 경쟁이 치열했거든. 열 명이 같이 가야 하니까 며칠 전에야 통보 받았어."

나는 아무런 말을 할 수가 없었다. 한순간에 모든 것이 뒤바뀌 어버린 듯 여전히 혼란스럽기만 했다.

홍성현이 옆 의자에 놓았던 봉투를 테이블 위로 올려놓고 말을 이었다.

"요 며칠 사이에 니 주식을 다 처분해서 아예 은행에 예금했다. 여기 통장, 도장까지 넣어 왔어. 시골 어머니께 잘 보관하시게 해.

의상실도 팔지 말고 전세 놓고. 언젠가는 다시 돌아와야잖니."

"그럼 우선 사랑의 도피인가요?"

뭔가 한 가닥 맑은 물줄기를 본 듯 막막함이 풀어지는 느낌이
들었다.

"그래. 두 어머니를 위해서 언젠간 돌아와야지. 참 여기 내 후
배 명함도 넣었다. 선생님 장례식 때 도와준 그 후배야. 너 출국할
때 필요한 서류를 갖추는 데 도와주기로 했다."

예리한 무엇에 에이듯 통증이 전신으로 퍼져나가서 나는 입술
을 깨물었다.

"겁나니?"

홍성현의 목소리가 가라앉은 걸 알 수 있었다.

나는 고개를 힘껏 저었다.

"유주야, 사랑엔 밀어붙여야 할 옹벽이 있더라. 치열한 용기로,
아니 광기에 빠져서라도 말야. 그만 일어나자. 어머니한테도 얼른
알려야 하니까."

밖으로 나와서 택시를 타자마자 나는 홍성현의 어깨에 고개를
기댄 채 눈을 감았다. 밀려오는 기쁨과 설렘 속에서도 뭔가 얽힌
듯한 착잡함이 뒤따른다고 할까. 그건 홍성현 어머니에게 내가 그
토록 받아들여지지 않는 존재인가? 라는 쓰디쓴 괴로움이었다.

그런 심경을 홍성현도 가늠했는지 내 손을 끌어다가 자기 손가
락으로 깍지 끼며 귀엣말을 했다. 택시가 그냥 미국으로 날아갔으
면 좋겠다고. 그래서 나도 속삭여주었다. 가서 나 빨리 데려가지
않으면 말라죽을지 모른다고. 우리의 웃음소리가 택시 안을 짧게

맴돌았다.

택시가 아파트 앞에 다다르자 홍성현이 나를 따라 밖으로 나와서 봉투를 넘겨주며 여기서 헤어지자고 했다. 또 업무 인계와 친구들과의 술자리 때문에 시간이 여유롭지 못해 자주 만날 수 없으니까 전화는 수시로 하겠다고 말한 후 기다리던 택시를 타고 떠났다.

내 사랑이 극적으로 이루어졌다는 게 믿어지지 않아서일까. 문득문득 알 수 없는 불안이 스치곤 했다. 그렇지만 3일 지나서 홍성현의 전화를 받자 비로소 생생한 실감이 휘돌았다.

"난 준비 잘하고 있다. 너 보고 싶지만 꾹 참으면서 말야."

마치 내 사랑을 확인하는 것 같은 홍성현 말에 나는 흥얼거리듯 화답했다. 난 벌써 오빠랑 사는 것처럼 행복한걸요, 하고.

홍성현은 수시로 전화를 했다. 뭐하니? 밥은 먹었니? 보고 싶은데 너무 늦었다, 등등의 일상적인 말로 애정을 표현해주었다. 나는 응답할 때마다 업무 인계 빨리 끝내고 서너 시간이라도 짬을 내면 안 되냐고 떼를 쓰듯 했다. 그러면 자기 혼자만이 아니라서 토, 일요일에도 늦게까지 잡무를 해야 하니까 그럴 수 없지만 어떡하든 짬을 내보겠다고 했다.

그렇게 아쉽고도 가슴이 타는 시간은 흘렀고, 홍성현이 떠날 날을 사흘 남긴 늦은 밤에 공중전화로 나를 불러냈다. 내가 미치도록 보고 싶어 아파트 놀이터에서 기다리고 있을 테니까 빨리 나오라고 했다. 나야말로 그가 보고 싶어서 머리가 돌 지경이었으므로 스웨터를 걸치며 밖으로 내달렸다.

십일월 중순이 지난 밤바람은 싸늘했다. 아파트 건물 옆면을 돌아 놀이터로 들어서자 창마다 흘러나오는 불빛으로 미끄럼틀 근처에서 서성거리는 홍성현을 한눈에 알아볼 수 있었다. 그도 나를 알아보고 재게 다가왔다. 그렇게 마주 섰을 때 나는 그의 가슴으로 뛰어 올랐고, 그는 내 허리를 휘어감아 두어 바퀴 돌리듯 달리더니 미끄럼틀 속으로 들어갔다. 그리고 내 얼굴을 두 손으로 감싸 쥐며 속삭였다.

"내가 왜 널 이곳으로 불러냈는지 아니?"

"통행금지 걸리기 전 빨리 집에 가야 하니까?"

"아냐. 아파트로 들어가면 얼굴 붉어지는 욕구를 참지 못할 것 같아서."

"……."

"나 말야. 남은 시간 짬을 내려면 얼마든지 낼 수 있어. 하지만 그러다가 불잉걸 같은 욕구를 끝까지 참지 못할까봐 겁나거든."

이럴 때 뭐라고 말해줘야 한단 말인가. 그야말로 내 얼굴이 붉어지는 걸 느끼며 어쩔 줄 몰라 하는데 홍성현의 입술이 내 입술 위로 포개지고 있었다. 나는 그만 숨을 머금으며 눈을 감았다.

홍성현의 입술은 부드럽고 따뜻했다. 하지만 이내 격렬하게 내 입술을 짓이기다가 오른쪽 볼로, 귓바퀴와 목을 빙 돌아 왼쪽 귓바퀴와 왼쪽 볼을 스쳐 다시 입술로 돌아왔다. 나는 몸을 떨며 그의 입술을 오롯이 받아들였다. 아니, 어느 결에 내 팔이 칡넝쿨처럼 그의 목을 휘감은 채 내 입술이 그의 입술과 볼을 휩쓸고 있었다. 서로의 숨소리가 격정적인 음률처럼 뒤섞이다 그의 뜨거운 혀가 내 입술을 간질이듯 훑었다.

아주 잠깐이었던 것도 같고 긴 것도 같았던 시간이 흘렀던가. 홍성현이 나를 옆으로 돌려서 어깨를 한 팔로 안은 채 걸음을 내디디며 속삭였다.

"수시로 전화만 할게. 알았지?"

나는 홍성현의 허리 뒤로 팔을 돌려서 그의 옷깃을 붙잡은 채 어쩔 수 없이 따라야만 했다. 그렇지만 볼멘소리가 절로 흘러나왔다.

"서너 달은 너무 길어. 한두 달 안에 나 데려가. 응?"

"그래. 빠르면 두 달밖에 걸리지 않을 수도 있어."

두 달밖에? 내 속에서 환호성이 메아리쳤다.

아파트 출입구에 다다르자 나는 잠깐 홍성현의 가슴에 얼굴을 묻고 숨을 깊이 들이켰다. 그의 체취를 깊이 빨아들이고 싶어서였다. 그도 두 손으로 내 얼굴을 감싸더니 속삭였다.

"유주야, 기다리고 있을게."

순간, 세차게 북받치는 울음을 참으려고 나는 입술을 깨물었다. 그걸 홍성현이 감지했는지 획 돌아서서 빠르게 걸어갔다. 나는 꼼짝하지 않고 어둠 속에서 짧은 줄금으로 어릿거리다가 사라지는 홍성현의 모습을 끈질기게 눈에 넣으며 서 있었다. 찬 바람살이 내 치맛자락을 훑었다.

홍성현은 출국하는 날까지 매일 세 번씩 전화를 해줬다. 잘 잤니? 밥 먹었니? 할 때는 그도 밝게, 나도 웃으며 응답했다. 하지만 밤에 잘 자라, 할 때는 그의 목소리가 가라앉은 듯했고, 내 목소리도 침울하게 나왔다.

드디어 홍성현이 출국하는 날 아침에 마지막 전화를 해주었는데 내가 울먹거리자 그는 담담한 목소리로 나를 달랬다. 가서 금방 편지하겠다고.

그렇게 홍성현이 떠났는데도 도무지 실감이 나지 않았다. 퇴근하다가 나도 모르게 놀이터 미끄럼틀로 걸음을 옮겨서 두리번거리기까지 했다.

이튿날 늦은 저녁, 아파트 앞에 이르렀을 때였다. 뒤에서 너 유주냐아? 느린 말투로 물어오는 여자 목소리가 있었다. 아주 귀에 익어서 오히려 미덥지 않아 나는 잠시 머뭇거리다가 돌아섰다.

"맞구먼, 우리 딸내미."

너무 놀라면 고함조차 나오지 않는 것일까. 나는 어엄니, 웅얼거리기만 했다. 느닷없이 나를 찾아온 어머니. 그 걸음이 어쩐지 불길하게 여겨진 것이다.

어머니는 잰걸음으로 다가오면서 말을 이었다.

"니 의상실보다 집에서 만나는 게 좋을 것 같아서 기다렸다. 택시 아저씨한티 여기 아파트 이름 말하구 데려다 달라구 했지."

"왜 연락도 하지 않고 오신 거예요?"

"너랑 전화루 얘기 나누면 내 결심이 흐려질 것 같아서. 아파트라는 거 텔레비에서 가끔 봤지만 그래두 한참 구경했구, 요 근처 음식점서 밥두 사먹었으니께 마냥 기다린 폭은 아녀."

결심이 흐려지다니, 어머니의 그런 얘기는 불길함을 더욱 부풀게 했다.

아파트 안으로 들어와서도 어머니는 처음 보는 실내가 궁금하지 않은지 그냥 소파에 풀썩 주저앉았다. 내가 탱자차를 끓이려고 주전자에 물을 담아 불에 올리자 어머니는 입을 열지 않고 기다려 주었다. 찻잔 두 개에 설탕으로 잰 탱자를 퍼 담고, 끓은 물을 부어 탁자로 가져다 놓자 어머니가 나를 물끄러미 바라보았다.

그때 불현듯이 떠오른 것, 어머니가 이토록 이상한 모습을 보일 수 있는 것은 혹시 내가 비밀로 하는 것을 알게 된 게 아닐까? 그런 추측이 뇌리를 스쳤다.

나는 단박에 목이 메어 어머니의 한 손을 움켜잡았다. 그러면서도 어머니 얼굴은 차마 바라보질 못했다.

그제야 어머니가 찻잔을 들어 한 모금 마시고 내려놓았다. 그리고는 고개까지 끄덕이며 입을 열었다.

"그려, 죄다 알었다. 그끄저께 성현이 엄니가 우리 집에 다녀갔구먼. 나한티 죄다 알려주구 말여."

"뭐, 뭐얼요? 뭐얼 알려줬다는 거예요?"

마구 떨려나오는 내 말소리. 마른침이 꿀꺽 삼켜졌다.

"니 아부지가 세상 뜨신 사실이랑, 너하구 성현이 연애하는 거랑 다."

엄니! 나는 비명을 지르며 허리를 숙여서 어머니 양 허벅지에 얼굴을 묻었다.

어머니가 내 뒷머리를 쓰다듬었다.

"니 아부지가 뼛가루를 강물에 뿌려달라는 유서를 성현이한티 남겼다며? 성님이랑 나 몰래 말여. 나 그 말 듣구 기절 안했다. 하긴 성님 세상 뜨셨을 때 꼭 니 아부지가 데려가신 것 같아서 더 원망스러웠었지. 그렇지만 심장은 단련됐었나벼. 눈물도 말라버렸는지 안 나오더라."

내 온몸의 혈구는 세차게 휘돌고 있었다. 목 줄기를 메우는 뜨거움도 견디기가 힘들어서 숨을 헉헉 몰아쉬었다.

"눈물 보이지 마라. 눈물은 이런 때 보이는 게 아녀. 왜 그러냐면 말여. 성현이 엄니가 니들 연애하는 거 막어보겠다구 고렇게 다 까발린겨. 사박스러워 그런지 심지어 경주 얘기까지 하드라. 성님이 하두 부탁해서 자기가 아는 집에 경주를 소개시켜줬다는겨. 니 아부지가 눈치채구 자기한티 사정해쌓어서 한번 그 집에 같이 가봤드니 이사가버렸다는겨. 그러니 나랑은 죽어두 사돈을 맺을 수가 없다는겨. 그러니 내가 울 수가 있냐? 되려 조곤조곤 알려줬지. 성현이 갸가 너한티 연정을 품구 살뜰히 보살피구 있는 사정을 말여."

나는 다시 어머니의 손을 잡고 몸을 떨었다. 머릿속은 모래가 꽉 찬 것처럼 버석거렸다.

어머니도 내 손등을 쓰다듬으며 다시 말을 이었다.

"유주야, 잘 들어. 니 아버지두 경주두 다 각각의 인생여. 그러니께 넌 니 인생을 살어. 성현 엄니가 악착스럽게 훼방을 놓아쌓면 말여. 성현이한티 어디 딴 나라루 도망가서 살자구 애원해봐. 갸 엄니가 오만난리 친들 어쩌겠냐. 니들이 연분인디."

어머니가 할 말을 다 털어놓았다는 듯 그만 눕고 싶다며 일어섰다.

내가 얼른 먼저 안방으로 들어서려고 하자 어머니는 대뜸 손사래를 쳤다. 건넌방에다 이부자리를 펴라는 것이었다. 내가 같이 자고 싶다고 하자 어머니는 당신 혼자 편하게 자겠다며 한사코 고집을 부렸다. 할 수 없이 건넌방에 이부자리를 펴자 어머니는 두루마기와 치마저고리만 벗고 내복차림으로 이불 속에 쓰러지듯 누웠다. 한꺼번에 너무 많은 충격을 받아 심신이 지쳐서 그동안 잠을 이루지 못한 것일까. 눈을 감은 어머니 얼굴은 백짓장처럼 하얬다. 그래서 얼른 불을 꺼주고 거실로 나와버렸다.

나는 비틀거렸다. 하지만 행여 어머니의 잠을 깨워 골 깊은 시름에 잠기게 할까봐 거실의 불도 끄고 안방으로 들어섰다. 미칠 것 같았다. 팔짝팔짝 뛰고 싶었다. 그래서 미치지 않기 위해 불을 켠 후 홍성현, 그를 찾으러 종종걸음을 떼기 시작했다. 마냥 걷고 걸어 험한 산을 넘고 황량한 벌판도 지났다. 또 태양에 달궈져서 뜨겁고 버석거리는 모래사막도 쉼 없이 걷느라 온 몸은 지치고 입에선 단내가 풍겼지만 참따랗게 홍성현만 떠올리며 발걸음을 떼고 또 떼었다.

그렇게 헉헉거리며 걷는데 한순간 귓결을 스치는 소리가 있었다. 나는 꿈에서 깨어나듯 걸음을 멈추고 사방을 두리번거렸다. 방문 밖에서 들릴 듯 말 듯 이어지는 기척은 무언지 달그락거리는 소리 같았다. 그제야 내가 밤새도록 방안을 헤맸다는 것과 어머니의 존재까지 자각되자 눈앞이 심하게 출렁거려왔다. 내가 미처 감지하지 못한 새벽 어둑발이 어느새 창문에 드리우며 어머니의 잠을 깨웠음인가. 하지만 이렇게 실성한 듯한 내 모습을 어머니에게 보여서는 안 될 것이었다.

나는 가까스로 정신을 가다듬은 후 옷도 갈아입었다. 이어 대충 씻고 거실로 나와서 어설픈 웃음까지 머금으며 어머니에게 창경원이라도 구경 가자는 말을 꺼내보았다. 어머니는 정색을 했다. 언니가 알게 되면 얼마나 가슴이 아프겠느냐는 것이다. 그동안 언니도 아버지의 죽음을 감추기 위해서 마음고생을 지독히 했을 테니까 조만간 사실을 다 털어놓겠다고 했다. 그래서 간단하게 한술 뜨고 곧바로 떠나겠다는 것이었다.

나는 서둘러 누룽지를 끓였고, 물김치와 곤쟁이젓갈만 올린 아침상을 차렸다.

어머니는 식탁에서 다시 당부하는 걸 잊지 않았다.

"성현이 엄니가 우리 집까지 내려와서 니 아부지 사연이랑 경주 얘기를 죄 털어놓은 걸 보믄 말여. 성현이 갸 심중이 바윗덩이처럼 굳었기 때문일 거여. 자기 아들이 말을 안 들으니께 나를 구워삶구, 널 들볶겠다는 심사여. 흔들리지 마러라. 니 아부지나 경주보다 인제 니 인생이 소중하니께."

어머니 표정은 결연했다. 그리고 단호하게 내 곁을 떠났다. 서울역까지 배웅해주겠다며 따라나서는 나를 엄하게 나무라듯 당신 마음을 무겁게 하지 말라며 혼자 택시를 탄 것이다.

홍성현 어머니가 내 사랑을 막아보겠다고 이제 와서 경주 얘기까지 꺼낸 비정한 성정에 소름이 돋았지만 어쨌든 경주 소식은 뼈를 저리게 했다. 그건 어머니와 내 가슴의 상처에 겨우 말라붙은 딱지를 무자비하게 떼어내 덧나게 해서 피를 흘리게 하고 고름집까지 생기게 할 수 있는 아픔인 것이다.

그런 암울한 예감은 빠르게 맞아떨어졌다. 그날 밤에 놀랍게도 홍성현 어머니의 전화를 받은 것이다. 유.주.냐.아? 느리게 물어 오는 목소리엔 뭔가 자제하려는 조심성이 배어 있는 듯싶었는데도 나는 화들짝 놀라서 네, 네, 하며 옴츠리고 말았다. 헤어진 지 아득한데도 그 음성은 구별할 수 있었다.

"니 엄니한테 내가 한 얘기 다 전해 들었겠지?"

당연히 그랬을 것이라고 밀어붙이는 것 같았다.

"네, 들었습니다."

나는 짐짓 사무적인 말투로 응답했다.

"그럼 이제부터 내 말 귓등으루 흘리지 마라. 성현이두 진즉에 알구 떠났다. 내가 다 말해버렸구 또 너랑 니 엄니한테두 알리겠다구 닦아세웠단 말여. 그러니께 공연히 편지질해서 니들 인생 멍들게 하지 마라. 니가 그 쓰잘데기없는 편지질만 안하면 성현이두 알아차리구 널 기다리지 않을 거여. 그리구 시방 나두 미국 가려구 부랴부랴 서류 준비하구 있다. 가서 성현이 발목 꽉 움켜잡구 어떡하든지 거기서만 살 거여."

분명 올러대는 목소리가 내 귓속을 가득 채웠다.

나는 터져 나오려는 울음을 참기 위해 주먹으로 입을 힘껏 틀어막았다. 눈앞이 뿌옇게 흐려졌고 몸은 마구 떨렸다.

"그리구 이건 내 생각인데 말이다. 경주를 한번 찾아보는 게 좋을 것 같다. 신문에 대문짝만하게 광고라두 내서 말이다. 알었냐?"

"……."

"알아들은 것 같으니까 이만 끊는다."

찰칵, 전화 끊기는 소리가 귓속에서 굉음처럼 울렸다. 순간 내가 부여잡았던 홍성현의 손에서 강제로 떼어내져 내동댕이쳐진 것 같은 지독한 통증을 느꼈다.

나는 엉금엉금 기어서 방으로 들어와 쓰러졌다. 지금 당장 홍성현이 나타나서 나를 이끌면 지옥에라도 따라갈 것 같은 절절함으로 온밤을 또 하얗게 지새웠다. 이튿날엔 의상실 재봉사에게 전화로 내가 이삼 일 못 나가니까 알아서 하라고 말한 후 아예 전화 줄도 뽑아놓고 누워서 하루 반나절을 물만 마셨다.

내 안에선 피를 말리듯 고통스럽게 충돌하는 번민이 이어졌다. 어머니 말대로 내 삶과 경주 삶은 각각이다, 아니다, 경주 삶에 홍성현 어머니가 개입돼 있는 게 확실하므로 나와 홍성현의 사랑은… 이렇게 이어지는 번민이었다. 그러다가 언뜻 거울에 비친 내 몰골을 보았다. 헝클어진 머리와 퀭한 눈, 바싹 마른 입술은 갈라져 있었다. 순간 머릿속을 헤집어대던 번민이 꼼지락거리더니 하나로 뭉치는 게 보였다. 그건 운명이었다. 내가 두 갈래 길에서 방황하다가 그 어떤 힘에 의해 선택하고 싶지 않은 길로 떠밀려지고 만 내 운명이 바로 거울에서 보인 것이다.

나는 그만 엎드려서 방안을 기어 다니며 통곡했다. 그렇게 내 사랑은 처절한 울부짖음으로 녹아내렸다.

나는 죽을힘을 다해 의상실 일과 학원수업에 매달렸다. 다음해 2월 복장학원을 졸업한 후 패션잡지를 뒤적여 새로운 디자인이 있으면 그대로든지 수정하든지 해서 만들어 걸어놓곤 했는데 의외로 반응이 좋아 잘 팔렸다. 또 뭇 여인들의 의상을 꼼꼼히 눈여겨보거나, 명동의 양장점들도 기웃거려서 남의 디자인을 베끼다 보면 때론 내 창의력이 자극돼 전혀 새로운 의상들이 나오기도 했다. 그런 기성복의 판매액수가 맞춤옷보다 차츰 많아지자 나는 새로운 꿈을 꾸기 시작했다. 장차 기성복 판매가 전망성이 있어 보이므로 도전해보겠다는 꿈이었다.

바쁜 나날을 보내다가 경주 찾는 광고를 처음 낸 건 홍성현과 헤어진 지 2년 후 소소리바람이 불 무렵이었다. 그건 어머니가 큰어머니의 삼년상을 치른 후에 하라고 간절히 부탁했었기 때문이다. 경주가 봄 소풍 때 찍은 9살 때의 사진과 큰어머니랑 서울에 올라왔다가 헤어졌다는 간략한 내용과 날짜, 가족 이름, 고향집 주소, 그리고 내 의상실 주소와 전화번호까지 석간신문에 정말 대문짝만하게 실었다.

그런데 참 이상했다. 의상실에서 어스름한 무렵 신문에 처음 실린 아홉 살짜리 상고머리의 경주 사진을 보자 강렬한 희망 대신 절망감이 밀려오는 게 아닌가. 확대시켜서인지 더욱 낯설어 보이는 그 사진으로 경주 자신이 아니라면 누가 현재의 그녀를 알아보랴 싶었다. 또 그 사진과 홍성현을 맞바꾼 것 같은 어이없는 허탈감마저 뒤따르는 것이었다. 그래서였을까. 어느 결에 내가 밖으로 뛰쳐나와 놀이터를 향해 달렸는지 미끄럼틀 속 모래밭에 두 다리를 쭉 뻗은 채 앉아 있었다.

그런 심리적 갈등을 겪으면서 나는 경주에 대한 그 누군가의 제

보가 오길 간절하게 기다렸다. 이듬해도, 그 이듬해도 강남 갔던 제비가 봄소식을 물어오는 삼월삼짇날에 맞춰 경주 찾는 신문광고를 연이어 냈다. 만일 경주를 찾지 못하면 홍성현을 향한 상사병으로 내가 기어이 그를 찾아갈 것만 같았다.

더욱 심해져가는 상사병의 괴로움을 이겨내기 위해서 나는 미친 듯이 일에 매달려야만 했다. 그러다 '강유주패션'이라는 브랜드로 여성복을 만들기 시작한 건 홍성현과 헤어진 지 무려 7년이나 흐른 뒤였다. 자금이 부족해서 의상실까지 팔았지만 전세 얻은 아파트는 내 아파트와 같은 평형인데도 웃돈을 얹어주는 조건으로 맞바꾸었다. 그렇게까지 해서라도 홍성현의 숨결이 깃든 곳을 떠나기가 싫었던 것이다.

밤은 깊어 있었다. 밀린 잡무로 저녁 어스름이 깔릴 쯤 사무실에서 간식을 먹어서인지 배는 고프지 않았다. 옷 갈아입고 씻은 후 H미술관에서 보내준 책을 마저 읽으려고 일어섰다.

말끔하게 씻은 후 로션을 바르며 화장대 한쪽에 세워진 달력을 먼저 들여다보았다. '강경포구, 그 역사성의 흔적'에 대한 전시가 시작되는 날 언니는 아침부터 참석하고, 나는 낮에 들렀다가 같이 고향집으로 향하자고 약속했는데 다음날 일정이 어떤지 확인해보는 것이다. 모처럼의 귀향인데 아무래도 다음날 서울로 올라오기는 힘들 것 같아서였다.

눈으로 달력의 날짜를 훑어가다가 그글피가 보름달이 뜨는 날인 걸 알았다. 나는 설렘이 섞인 콧소리를 냈다. 그날 마법을 부려주는 '쏙독새 자수병풍'을 펼쳐놓고 잠자리에서 홍성현을 만나 몽환적인 사랑을 나눌 것이므로.

그 병풍은 10년 전의 봄날 일요일, 어떤 남자가 용달차에 싣고 와서 나에게 건네주었다. 그는 자신도 알지 못하는 사람의 간곡한 부탁으로 심부름 왔다며 무척 조심스러워했었다. 자신의 표구점에서 병풍을 표구한 후 내 이름과 주소를 알려주더니 반드시 나에게 전해줘야 한다며 떠넘기듯 놓고 가버렸다는 것이었다.

"병풍이라며… 보낸 사람이 왜 자기 이름 밝히기를 원하지 않을까요?"

왠지 나도 떨떠름해서 고개를 갸웃거리며 물었었다.

"글쎄요. 혹시 사장님에게 무슨 빚이라도 진 사람이 아닐까요? 이렇게라도 갚아서 마음이 편해지고 싶은가 봅니다. 어쨌든 전 도로 가져갈 수 없어요. 이걸 맡긴 사람의 이름이나 전화번호도 모릅니다."

남자는 도망이라도 갈 태세였다.

"나한테 빚을 진 사람은 없는데……."

나는 남자의 부담을 덜어주려고 병풍과 명함을 받아놓기는 했다. 하지만 포장지를 벗겨내다가 탄성을 지르고 말았다. 두 폭짜리 병풍에 섬세하게 수놓아진 새들이 언뜻 실물 같은 느낌을 주었기 때문이다.

'세상에, 수 솜씨가 이토록 정교하다니…….'

나는 병풍을 세워두고 서너 걸음 물러나서 자수를 감상했다. 연회색 바탕천의 한쪽 면에 미색과 주황색의 깃털이 마치 침엽수처럼 독특한 형태의 새 두 마리. 한 놈은 꼬리 끝과 가슴에 흰색 무늬가 있는데 풀숲에서 옆의 놈과 옆구리를 맞대고 있다. 가늘고 긴 풀들도 깃털과 비슷한 색상이었다. 또 한쪽 면엔 나뭇잎들의 앞으로 가로지른 나뭇가지에서 새들이 막 날아오를 듯 날개를 펼치고 있었다.

마치 금방이라도 푸드득 하는 날갯짓 소리가 들릴 것 같아서 잠깐 얼이 빠져 있던 나는 포장지를 완전히 벗겨내었다. 표구 아래의 모서리를 덧씌운 쇠붙이 틈에 끼어 있는 흰 종이가 눈에 띄었다. 혹시 보내준 사람의 이름이 적혀 있나 싶어서 얼른 종이를 뽑아보았는데 컴퓨터의 워드프로세서로 쓴 글이 있었다.

이 새의 이름은 신이 내려주었다는 '쏙독새'입니다. 따로 둥지를 만들지 않고 낮에는 주로 숲속에서 보호색을 띤 채 살다가 밤에 매처럼 밝은 눈과 힘센 날개로 밤하늘을 날아올라 먹이를 잡아먹습니다. 때문에 별을 사랑한다는 전설을 갖고 있지요. 보름달이 뜨고 별빛이 흐려지는 밤에는 꼭 짝을 지어서 하늘로 높이, 아주 높이 치솟아 올라가 작은 별들을 만난다는 것입니다. 그렇기에 강유주 씨에게 이 자수병풍을 선물합니다. 보름달이 뜨는 밤에 창문을 조금 열어놓고 이 병풍을 부적으로 펼쳐놓은 채 잠들면 꿈길에서 연인과 함께 별을 만나는 마법을 부려줄 것입니다.

간략한 글이었다. 몇 번이나 되뇌어 읽었을 것이다. 도대체 누가 이 병풍을 나에게 보냈을까. 왜 신분을 밝히지 않고 이다지도 신기하기 그지없는 새의 전설만 알려주는 것일까? 단순한 궁금증이 아닌 의혹이 품어졌다. 그러자 직감적으로 뇌리를 스치는 사람, 바로 홍성현이었다.

맞아. 그가 아니면 이런 병풍을 보내줄 사람은 없어…….

순간 현기증이 일어서 나는 가슴골에 두 손을 겹쳐 얹으며 주저앉았다. 머릿속은 혼란스러운데 손바닥으로는 심장의 빠른 박동이 완연히 느껴졌다. 게다가 눈시울까지 뜨거워지며 형언하기 어려운, 목이 턱 맺히도록 펄떡이는 그리움 때문에 신음이 잇새로 흘러나왔다.

나는 행여 보름날을 깜빡 잊고 지나칠까봐 정초엔 달력의 그 날짜들을 찾아서 전부 붉은색으로 동그라미를 그려놓곤 한다. 다달이 그날 밤이 오면 달의 정기가 들어오도록 창문을 조금 열고, 간직해둔 병풍을 꺼내 발치께 펼치고 드러눕는다. 이윽고 덩두렷하게 떠오른 휘영청 달빛으로 가늠되는 쏙독새들의 자수를 그윽한 눈길로 더듬으면 발갛게 익어간 내 몸의 세포가 깨어나서 파문을 일으키곤 한다. 그런 환각에 두 팔이 머리 위로 활짝 벌려져서 곤한 나비잠에 빠져드는 것이다.

그 포구의 맨드라미

H미술관에 도착한 시각이 너무 이른 탓일까. 미술관 문은 열려 있지 않았다. '강경포구, 그 역사성의 흔적'에 대한 전시 첫날이라 내가 제일 먼저 도착해 기다리는 게 좋을 것 같아서 새벽부터 승용차를 몰고 와 주차했지만 다른 차나 사람은 보이지 않았다.

손목시계를 들여다보니까 이제 겨우 7시 30분을 지나고 있었다. 밖으로 나가 움직여볼까 하다가 그냥 차 안에서 책이나 다시 보는 게 나을 듯싶어 가방 속의 책을 꺼냈다. 내 고향을 주제로 한 전시 작품이 수록된 책이어서 달포 전쯤에 죽 훑은 내용이지만 그래도 다시 읽어보면 느낌이 다를 것이었다.

첫 장을 펼치자 노르스름한 종이에 붉은색의 글씨로 인쇄된 미술관장의 인사말이 맑은 햇살을 받아서인지 선명하게 눈에 들어왔다. 금년 하반기 기획전으로 포구가 화려하게 존재했었던 강경이라는 지역을 사진, 회화, 영상 등의 매체를 사용하는 작가들을 초대하여 각각의 예술적 시각으로 이미지화하려 한 전시라는 머리글과 본문을 천천히 읽어보자 다시금 눈길이 머물러지는 곳이 있었다. 여전히 씁쓸함과 아픔이 뒤따르는 문구였다.

포구의 존재 때문에 조선 중기 이후로 내륙교통의 시발점이었던 '강경'은 현대화의 물결 속에서 포구는 사라졌지만 당대의 국제적 도시의 명성을 되짚어 볼 수 있을 만큼 특이하면서도 쇠락한 작은 도시입니다. 이번의 이색 전시회는 사라진 포구에 대한 향수를 불러일으키는 역사적 흔적들을 되돌아보면서 미래를 조명할 수 있는 계기가…….

나는 다음 장으로 넘겨버렸다. 선조들이 배를 많이 지녔던 집안의 큰딸로서 기고한 내 글이 실린 면이 나왔는데 거기도 그냥 넘겼다. 늘 그랬듯이 인쇄된 내 글은 다시 읽고 싶지 않을 만큼 이상하게 마음이 불편한 것이다.

다음엔 C대학의 사학과 교수가 강경포구의 역사와 기능을 아주 자세하게 기록한 면이 여러 장이었는데 내가 훤히 아는 내용이라 또 그냥 홀홀 넘겨버렸다.

H미술관 학예실장이 강경이란 지역을 주제로 전시를 여는 이유를 세밀하게 밝히고 참여한 작가들 작품의 구성적 요소들을 간략하게 풀이해준 글로 눈길을 옮기려는데 창문을 톡톡 두드리는 소리가 들려서 고개를 돌렸다. 실장의 얼굴이 창으로 보였다. 나는 얼른 책을 덮어 가방에 넣고 밖으로 나섰다.

"아니, 이렇게 일찍 오셨습니까?"

실장이 반갑게 인사말을 건넸다.

"전시장에 첫발 들여놓는 즐거움을 누리려고요."

나는 웃으며 손을 내밀어 악수를 청했다. 미술관장과 실장, 그리고 참여 작가들과의 모임 때는 인사차 식사만 한 후 이내 헤어졌지만 다음 모임에서는 그들의 견해에 귀를 기울이느라고 꽤 많은 시간을 같이 보낸 데다 전화도 몇 번 오갔기 때문인지 서먹하진 않았다.

우리는 토요일이니까 관람객이 많을 것이라고 이야기를 나누며 미술관 출입구를 향해서 걸었다.

"홍보가 많이 됐을 겁니다. 강유주 사장님이 여러 신문에 광고를 몇 번씩이나 내셨으니까요. 교수님도 보셨죠?"

실장의 질문에 나는 네, 짤막하게 응답했다. 신문뿐인가. 젓갈 축제에 대한 뉴스는 텔레비전에서도 여러 번 들었다. 하지만 나는 홍보 글이나 쓴 위치 이상을 넘어서지 못한다는 메마른 자괴감에 여전히 빠져 있다.

실장이 열쇠로 철문을 열고 전시장 안으로 들어서서 등을 밝혔다. 넓고 깨끗한 공간의 연회색 벽에 작품들이 잘 배열돼 있었다.

"방명록에 교수님이 첫 번째로 서명하시지요. 그리고 먼저 둘러보세요. 이제 곧 화환들이 배달될 거니까 전 여기 있겠습니다."

실장은 입구의 책상에 있는 방명록 첫 장까지 열어주었다.

나는 준비돼 있는 매직펜으로 이름을 적은 후 근처 작품으로 다가갔다. 1920년대의 '강경 뱃길'이라는 채색화가 걸려 있는데 갈색 바탕색에 '군산, 부여, 공주'로 이어지는 금강 줄기가 파란색으로 거미줄처럼 얽혀 있었다. 책에 수록된 작품보다 몇십 배쯤 커서인지 한동안 훑어보자 어지러워서 옆의 그림으로 옮겨갔다. 역시 책에 실린 작품보다 엄청 크고 짙푸른 물속에서 은회색으로 반짝이며 유영하는 물고기 떼가 한지에 아크릴로 그려져 있었다. 제목은 '흐르는 강'이었다. 작가가 모임에서 주제에 대한 소견을 밝힌 것처럼 관조보다 낭만적인 환상을 잘 살렸다는 느낌이 들었다.

그 옆으로는 1930년대 강경포구의 흑백 사진이 걸려 있었다. 그 시절 누군가가 찍은 사진을 찾아내 최대한 확대시켜서 다시 촬영한 것 같았는데 그래서인지 수묵담채화처럼 보였다. 포구에 빽빽하게 들어선 어선들의 돛대들이 죽죽 서 있고, 뱃전과 둔치 아래로 가로놓인 발판을 오르내리는 인부들, 도로엔 지게에 짐을 졌거나 강기슭으로 모여드는 사람들이 많았다. 그 사진은 책에 수록된 축소판을 보았을 때와는 다르게 소통되는 무엇이 있었다. 그건 어린 시절 아버지와 어머니에게서 허다하게 들었던 바로 포구의 옛이야기였다. 그러자 겨우겨우 아문 그리움 한 자락이 펄럭이며 가슴을 휘감아오는 바람에 걸음을 옮겨야만 했다.

이번에는 천연색 사진들이 죽 걸려 있었다. 첫 번째는 토담 한쪽을 헐고 마당 구석에 지은 듯한 허름한 가게 안에 각종 라면과 과자, 청량음료 등이 진열된 풍경이었다. 사진작가는 모임에서 소멸과 생성의 이미지를 조망해보겠다고 했었다.

죽 이어지는 작품들도 한결같이 옛것과 현대물이 대비되는 사물들이었다. 낡은 기와집 앞의 승용차, 어느 공간 구석에 설치된 컴퓨터 앞에서 대도시의 빌딩이 나오는 화면에 열중해 있는 소년의 뒷모습, 쪽머리에 한복 입은 할머니가 파마를 하고 바지 입은 어린 손녀와 손잡고 고샅을 가는 모습 등등을 슬슬 지나치자 젓갈들의 커다란 사진들이 죽 걸려 있었다. 유백색과 엷은 분홍빛이 맛깔스럽게 감도는 갸름한 생김새의 새우젓, 갯벌 색감을 그대로 살린 탱글탱글한 조개젓 이외의 것들은 붉게 양념이 돼 있다. 모두 고유의 감칠맛이 내 입안에서 느껴질 정도로 친숙한 젓갈들이었다.

그런데 실크스크린 속의 붉은 젓갈들이 한순간 굴절되며 뇌리를 스치는 영상이 있었다. 어머니가 애련하게 집착했었던, 바로 붉은 맨드라미꽃의 잔상이었다. 어쩌면 내 안에 깃들어 있는, 어머니를 향한 연민과 붉은 젓갈 사진들로부터 받는 느낌이 숨길처럼 맞닿아지며 동심원으로 퍼져나갔기 때문일까.

입안에 고이는 아린 맛을 삼키는데 옆에서 누군가의 물음이 들려왔다.

"오셨습니까?"

나는 흠칫하며 고개를 돌렸다. 관장이 웃음 띤 얼굴로 손을 내밀었다.

나도 허리를 수굿하며 손을 내밀어 악수를 나누었다.

"책에 실린 사진으로 볼 때와는 다르네요. 이것들은 실물처럼 먹음직스러워요."

나는 앞의 젓갈 사진들을 손가락으로 한번 죽 훑으며 말했다.

"강 사장님 고모의 손자라는 분이 전국의 수십 군데 젓갈가게들을 방문해서 수집한 10여 종류랍니다. 가장 많이 팔리는 젓갈들의 맛과 특성을 비교해서 정리했다는군요."

"저도 책에서 읽었어요. 강경의 지리적 특성으로 면면히 흘러온 젓갈 제작법과 소금문화의 흔적까지 확인시켰다고 씌어 있더군요. 그런데 놀랍게도 젓갈들 사진에서 언뜻 맨드라미꽃의 잔상이 스쳤습니다."

나는 기어이 맨드라미꽃을 끌어들였다.

"그렇습니까? 아, 붉고 통통하고 오글오글한 형상의 젓갈들이 많아서 그런가요? 어쨌든 감각이 참 독특하십니다."

"그건… 옛적엔 맨드라미꽃 즙을 젓갈 양념으로 썼다는 이야기를 들어서 그런가 봐요. 매운 걸 싫어하는 노인들이나 아이들을 위해서 고춧가루를 덜 넣는 대신 붉은색을 내느라고 썼대요."

나는 기억하고 있는 옛이야기의 한 올을 풀어내서 어설프게 엮어버렸다.

"호오, 그렇습니까? 처음 듣는 얘깁니다."

"저, 차 한 잔 주실 수 있으시죠?"

맨드라미꽃 얘기는 더 하고 싶지 않아서 나는 차 한 잔으로 말머리를 돌렸다.

관장이 자기 방으로 들어가자며 앞장을 섰다.

우린 전시장을 지나 이층으로 올라가서 관장의 방에 들어섰다. 그는 커피보트에 물을 붓고 전기코드를 꽂았다.

"전시회 준비하시느라고 힘드셨지요? 수공을 많이 들이셨던데요."

공연히 말치레 늘어놓는 것 같았지만 그래도 나는 한 마디 던졌다.

"제일 애쓰신 분은 강유주 사장님이시죠."

관장은 인스턴트커피를 부은 잔을 휘저으며 말했다. 그렇게 두 잔 만들어 탁자로 가져온 그는 나와 마주 앉아 마시면서 말을 이었다. 관계부처와 강경 출신 기업인들이 화환을 많이 보내올 것이라는 것과 젓갈의 참맛을 살리려는 읍민들의 열정에 대하여, 그리고 유주의 성공에도 관심을 내비치다가 내 기색을 살피는 듯하더니 나가서 관람객들을 맞이하자며 일어섰다.

내가 달가워하지 않는 표정이라도 지었나? 고개를 갸웃거리며 나도 관장의 뒤를 따라나섰다.

층계를 내려와 전시장에 이르자 관람객들이 꽤 많이 보였다. 그들 중 나를 알아보고 다가와서 강 선생님 댁 큰딸 아니냐며 정답게 손을 잡고 흔들어대는 이들도 있었다. 나도 깍듯이 응대해주었다.

시간이 흐르면서 관장이 관계부처 사람들이라며 소개해주는 이들과 정중히 인사를 나눴다. 또 하나 둘 모습을 보이는 참여 작가들과도 반갑게 말을 나누는데 당고모 작은손자가 들어서더니 방명록에 이름을 기록하려고 허리를 수그리는 모습이 눈에 띄었다. 반가움에 그를 향해 다가가자 그도 상체를 일으키다가 나를 보고 꾸벅 절을 했다.

"젓갈축제 준비로 정신없이 바쁠 텐데… 왔네."

"강 사장님 부탁이 있어서요."

으응, 그런 무덤덤한 반응으로 나는 고개를 끄덕여줬다.

"여러 인사들과 참여 작가들에게 젓갈들을 조금씩 드려야 하거든요. 맛을 품평받기 위해서요. 젓갈은 특별히 주문제작한 유리병에 넣어 판지로 싸고, 사장님 공장에서 만든 천 가방에 담아서 잔뜩 싣고 왔어요."

그으래? 내 말꼬리가 올라가며 슬며시 감정도 흔들렸다. 유주와 당고모 작은손자, 그들이 공유한 소망을 이루기까지 나에게 철저히 비밀로 했다는 소외감이 새삼스레 가슴을 시리게 적셔왔다고 할까.

곧이어 출입구 밖으로 바삐 나가는 당고모 작은손자의 뒷모습을 쫓던 내 눈길이 어느 화환으로 옮겨졌는데 순간, 숨이 턱 막혀왔다. 침엽수와 활엽수 사이사이에 꽃들이 꽂혀 있는 화환, 그 가운데로 늘어진 분홍색 끈에 큼직한 글씨체로 씌어 있는 증권회사 이름. 나는 눈을 홉떠서 다시 확인하듯 그 글자를 읽어보았다. 분명 옛날에 홍성현이 근무했던 증권회사 이름이었다.

일순 다리가 후들거리며 몸도 휘청거려졌다. 감정의 내밀한 곳에서 흐르고 있었던 그리움의 물결이 거세게 휘돌아 쳤고, 심장의 박동까지 북소리를 내기 시작했다. 나는 어깨를 움츠려 가슴을 양팔로 싸안은 채 방명록을 관리하는 여직원 뒤로 돌아왔다. 그리고 벽에 등을 기댄 채 숨을 색색거렸다.

'홍성현, 그가 돌아왔단 말인가? 그 먼 곳에서 돌아와 이 전시회를 알고 화환까지 보내주었단 말인가? 아아, 그럼 지금 이 시간, 그가 나와 같은 하늘 아래서 숨을 쉬고 있단 말인가?'

가슴의 박동은 심장의 파열이라도 일으킬 듯 요란해졌다. 그 소리는 어느 결에 고통스런 감정을 불러왔고, 곧이어 명치를 후벼 파는 익숙한 쓰라림이 꿈틀대기 시작했다. 그런 증세가 점점 강해지더니 속살을 쥐어 비트는 것 같은 통증으로 얽혀들었다.

나는 식은땀을 흘리며 어쩔 수 없이 앞의 여직원에게 말을 해야만 했다. 위경련 때문에 승용차로 가서 앉아 있어야겠다고. 강유주 사장을 만나면 내 얘기 좀 전해달라고 부탁했다.

눈길을 내리깐 채 계단을 내려왔다. 출입구 밖에 늘어서 있는 화환 중 그 증권회사 이름이 적혀 있는 끈을 다시 보게 될까봐 두려웠기 때문이다. 그리고 승용차 안으로 들어와서 양팔을 엇갈려 명치께 아래를 누르며 눈을 감았다. 툭하면 찾아오는 통증을 참아내는 내 인내도 대단한 편이었지만, 지금은 너무도 고통스러웠다. 그래서 가쁜 숨을 내쉬며 헐떡거렸다.

얼마나 지났을까. 밖에서 창을 두드리는 소리가 들려왔다. 고개를 들어보니까 유주가 수굿한 채 서 있었다. 창문을 내리자 유주가 빠르게 물었다.

"언니! 또 고질병이 도진 거야?"

나는 고개만 끄덕거렸다.

"저런, 아파서 울었나 보네. 볼이 눈물로 흠뻑 젖었어."

숨죽이며 울었나? 나는 양손바닥으로 눈 밑을 훔쳐냈다.

"어쩌지? 여긴 탱자술도 없을 텐데… 뭐, 할 수 없지. 언니 먼저 떠나. 집에 가서 탱자술 마시고 쉬어. 그래야 밤에 불꽃놀이도 구경하고 풍물놀이패가 벌이는 축제에도 참여하지."

"그래도… 되겠니?"

나는 유주의 눈치를 살피며 조심스럽게 물었다.

"괜히 무리했다가 병원갈 일 생길라. 걱정하지 말고 떠나. 난 손님들 점심 대접하고 일 좀 더 보다 출발할 거야."

더 할 얘기가 없다는 듯 유주는 미술관을 향해 재게 걸음을 뗐다.

나는 백미러로 잠깐 유주의 뒷모습을 흘끔거리다 마른침을 삼키며 핸들을 돌렸다.

명치께의 아픔을 견디며 한동안 승용차를 몰았다. 휴게소가 나타나자 잣죽을 사서 천천히 먹으며 시간을 보냈다. 곧장 집으로 향하는 게 꺼려지는 것이다. 작은어머니와 얘기를 나누다가 행여 홍성현이 이 땅으로 정말 돌아왔다는 말이라도 듣는다면 비틀거리고 말 것 같은 두려움이 밀려왔기 때문이다.

밖으로 나오자 바람살이 휘익 스치며 내 머리칼을 흩뜨렸다.

'으음, 그 옛날 내 사랑은… 고작 머리칼 몇 올 날릴 정도의 바람에 허망하게 무너져버리고 말았어.'

새삼스럽게 목울대를 맵싸하게 채우며 올라오는 독한 슬픔 때문일까. 눈앞이 어룽거려서 발걸음을 뗄 수가 없었다. 잠깐 서서 손등으로 눈시울을 지그시 문질러야만 했다.

다시 승용차를 몰아 달리다 휴게소가 나오면 정차해서 졸듯이 쉬었고, 다음 곳에선 산책하듯 거닐었고, 또 어느 곳에선 국수를 사먹은 후 서쪽하늘을 불그스름하게 물들이며 사위어가는 해넘이를 한참 바라보다가 고향집에 도착했는데 어둑발이 드리워져 있었다. 다행히 유주도 아직 내려오지 않았다.

작은어머니는 내 손을 쓰다듬으며 반겼다. 나는 자초지종을 얘기하고 위경련이 가라앉지 않아서 휴게소마다 들러 쉬었다 오느라고 많이 늦었다는 구실을 보탰다. 그렇지만 마주 앉아 얼굴 보는 게 버거워서 뒷동산에 올라가 아버지 어머니에게 인사말이나 하고 오겠다며 자리를 떴다.

고무신으로 갈아 신고 뒤꼍을 거쳐 진한 솔향기가 풍기는 호젓한 동산의 오솔길로 들어섰다. 꽤 떨어진 몇몇의 집에서 흘러나오는 희미한 불빛만으로도 사위가 분간되지만 눈을 감고도 나아갈 수 있는 길이다.

이윽고 바람에 실린 강물 냄새가 코끝을 스치는 등마루에 다다랐다. 강 건너의 광막한 흰 모래톱에 반사된 어둠살 끄트머리로 불빛이 번지듯 가물거리고 있었다.

순간 높다란 꼭대기에 나 홀로 남겨진 듯한 아득함으로 입에서 우! 소리가 저절로 흘러나왔다. 열손가락을 둥글게 고부려 입에 대고 우우… 크게 소리 지르다가 다리를 뻗고 앉았다. 그러자 귓전을 간질이듯 어떤 속살거림이 들려오기 시작했다.

'문주야, 네 피를 하염없이 마르게 하는 경주의 삶을 이젠 수면 위로 끌어올리렴. 유주가 복수의 칼을 들이대면 아무런 핑계조차 대지 말고 당해주렴. 그리하여 봄이 오면 이곳으로 돌아오려무나. 돌아와서 강경포구의 생성과 소멸, 아버지와 어머니의 흡착력 있는 삶을 엮어서 고운 수실로 아로새기듯 글을 쓰렴. 그리고 널 지독히도 아프게 했던 사랑, 그 무늬는……'

"언니, 혼자서 뭐라고 중얼거리는 거야?"

내 옆에 풀썩 앉으며 팔뚝을 툭 치는 이가 있었다.

그제야 나는 움찔하며 고개를 돌렸다.

"몇 번이나 소리쳤는데도 그렇게 못 들어?"

유주 말투엔 언짢음이 잔뜩 배어 있었다.

"그랬니? 강물이 자꾸만 속살거리는 소리에 귀를 기울이다 보니까 그랬나봐."

"참나, 위경련은 나았어?"

"그냥저냥 가라앉혔지. 휴게소마다 들렀다가 쉬엄쉬엄 오느라구 늦었어."

"나도 쉬이 빠져나오지 못하겠더라구. 근데 언니, 강물 어디쯤에서 아버지랑 큰엄니 혼령이 우릴 보고 계시겠지?"

"그래. 좀 전에 두 분에게 인사말을 드렸는데… 아직 별들이 돋아나지 않아서 그런지 기별을 안 보내주신다."

유주가 고개를 들어 하늘을 올려다보았다.

"아버진 밤하늘의 별자리 얘기 해주는 걸 참 좋아하셨지? 조금 있으면 천마별이 슬슬 나오겠네. 그럼 소년별이 천마별 등에 올라타고 물병자리별로 달려갈 거야. 물병에 물을 담아가지고 물고기자리별로 달려가서 커다란 입에 흘려주려고 말야."

아, 이때다! 나는 속으로 부르짖었다. 유주와 마주 대할 때마다 내 안 깊은 곳에서 기어 나오려고 꿈틀거리던 비밀. 그것의 한 마디를 더듬거리지 않기 위해 혀 밑에 고인 뜨거운 침을 삼켰다.

"너 이것도 기억하니? 경주는 이상하게 별들을 보고 가끔 수놓은 꽃들처럼 아름답다고 표현했던 거. 혹시 그 애의 감성계엔 어머니와 교감되는 한 줄기가 있었던 게 아닐까? 어머니의 자수를 유난히 좋아하며 들여다보았던 걸로 미루어서 말야."

"하긴, 그런데 왜 뜬금없이 그런 말을 꺼내?"

유주의 반응은 무척이나 건조했다.

"예전에 아버지 유품을 정리하다가 말야. 수첩에 별님수예점이라고 쓰인 상호와 전화번호를 발견했었는데, 왠지 지금 홀연히 경주와 맞물려져서 그래. 우리 그 수예점을 한번 찾아가 볼래?"

유주의 침묵이 꽤나 길게 느껴졌다. 그래서 내가 또 말을 이었다.

"마을 사람들이 강둑에서 폭죽을 터뜨릴 거라고 하던데. 그럼 밤하늘에 수놓은 것처럼 아름답겠지? 우리 그 별님수예점을 찾아가 보자."

골똘히 생각에 잠긴 유주의 침묵은 이어졌다.

나는 더운 침을 모아 삼키며 유주의 응답을 초조하게 기다렸다. 얼마나 흘렀을까. 유주가 고개를 천천히 끄덕였다.

그때 사람들의 함성이 들려오기 시작했다. 왼쪽 강둑에서 들려오는 소리였다. 나와 유주의 고개가 동시에 그쪽으로 돌려졌는데 곧바로 강렬한 폭발음이 이어지면서 강 위의 밤하늘로 불꽃이 드높이 솟아올랐다.

우리의 눈길도 하늘로 뻗었다. 또다시 함성과 함께 폭죽이 높이 올라가 터지고, 마치 꽃술이 찬란하고 몽환적인 형상으로 순식간에 피어나서 낱낱이 흩어지듯 강 위로 쏟아져 내렸다.

와아! 유주의 짧은 탄성이 폭발음에 섞여들었다.

폭죽이 연달아 밤하늘로 쏘아지고, 겹쳐지는 불꽃들의 파편들이 강의 습기 속으로 가뭇없이 사라지고, 함성은 이어지고, 유주도 탄성을 거푸 자아냈다.

이윽고 멀지 않은 곳에서 들려오기 시작한 소리가 내 귓바퀴를 맴돌았다. 그건 풍물놀이패가 악기들의 화음으로 만들어내는 음향이었다. 둥둥 하며 먹구름이 몰려오는 북, 비가 주룩주룩 내리는 장고, 바람이 윙윙 불어대는 징, 요란하게 하늘을 울리는 천둥소리의 꽹과리, 그렇게 제각각 품고 있는 자연의 가락이 이어지다가 태평소와 나발 소리도 함께 어우러지고 있다.

"언니, 풍물놀이패도 너럭바위 쪽으로 향했나 봐. 풍악소리가 신명나지?"

유주도 음향을 들었는지 나를 돌아보며 달뜬 음성으로 물었다.

"그래. 얼른 가보자. 모두 널 기다릴 텐데."

내가 먼저 일어나자 유주도 이끌리듯이 다리를 세웠다. ✱

문학나무 소설선 037

그 포구의 꽃

1쇄 발행일 | 2014년 11월 3일

지은이 | 방소윤
펴낸이 | 윤영수
펴낸곳 | 문학나무
편집주간 | 황충상

편집실 | 110-809 서울 · 종로구 동숭4나길 28-1 예일하우스 301호
이메일 | mhnmoo@hanmail.net

출판등록 | 제312-2011-000064호 1991. 1. 5.
주소 | 영업부 | 120-800 서울 · 서대문구 남가좌동 5-5 지하1층
전화 | 02-302-1250, 팩스 | 02-302-1251
ⓒ 방소윤, 2014

값 15,000원
잘못된 책은 바꾸어 드립니다.
지은이와의 협의로 인지는 생략합니다.
무단 전재 및 복제를 금합니다.
ISBN 979-11-5629-016-2 03810